Die Tote im Dolder

Michael Moritz, 1968 in Freiburg geboren und am Kaiserstuhl aufgewachsen, schreibt und produziert seit zwanzig Jahren Theaterstücke und Kurzfilme. Als Schauspieler war er an den grossen deutschsprachigen Bühnen (Staatstheater Stuttgart, Schauspielhaus Zürich, Burgtheater Wien) engagiert, im Fernsehen gibt er meist den Bösewicht und den üblichen Verdächtigen («Tatort», «SOKO Köln», «Die Sitte», «Post Mortem»). Am Max Reinhardt Seminar und am Konservatorium der Stadt Wien unterrichtet er Schauspiel. Im Emons Verlag erschienen «Tod in der Rheinaue», «Roter Regen», «Weinselig», «Lost Place Vienna», «Zürcher Verschwörung», «Tod im Theaterhaus» und «Um die Wurst».

Dieses Buch ist ein Roman. Handlungen und Personen sind frei erfunden. Ähnlichkeiten mit lebenden oder toten Personen sind rein zufällig.

MICHAEL MORITZ

Die Tote im Dolder

KRIMINALROMAN

emons:

Bibliografische Information der Deutschen Bibliothek
Die Deutsche Bibliothek verzeichnet diese Publikation in der Deutschen Nationalbibliografie; detaillierte bibliografische Daten sind im Internet über http://dnb.d-nb.de abrufbar.

FSC www.fsc.org
MIX
Papier aus verantwortungsvollen Quellen
FSC® C083411

Umschlagmotiv: photocase.de/to-fo
Umschlaggestaltung: Tobias Doetsch
Gestaltung Innenteil: César Satz & Grafik GmbH, Köln
Druck und Bindung: CPI – Clausen & Bosse, Leck
Printed in Germany 2013
ISBN 978-3-95451-174-7
Originalausgabe

Nur sich selbst zerbrechen, sich vergessen,
weitergehen und dafür zahlen –
dann hat man zum Schluss die Säulen des Herkules
vielleicht um einige Regenwurmlängen weitergerückt – vielleicht.

Gottfried Benn

EINS

Sie hatte ihm zugezwinkert, unmerkbar gelächelt. Nur kurz. Für Aussenstehende nicht zu sehen. Ein Profi. Dann war sie direkt nach oben gegangen. Stahl hatte ihr nachgesehen. Schwarzes, enges Abendkleid, freizügiger Rücken, schlanke Beine, die jeden Schritt auf der Treppe bewusst setzten, wohl wissend, dass ein männliches Auge sie goutierte. Am Treppenabsatz angekommen, hatte sie ein zweites Mal gelächelt. Breiter, den Mund leicht geöffnet. Stahl hatte es sich nicht verkneifen können. Er hatte zurückgezwinkert. In welchem Stockwerk und in welchem Zimmer sie verschwand, hatte ihn nicht zu interessieren. Er hatte nur darauf zu achten, dass ihr nichts geschah. Überhaupt durfte niemandem in dem Hotel etwas geschehen. Dafür war er zuständig.

Jetzt sah er, wie man sie auf die Bahre legte und in einen weissen Sack steckte. Sie lächelte nicht mehr. Sie war tot. Ihr schwarzes Kleid verschwand unter dem Zipp des weissen Sackes.

Stahl blieb hinter der Absperrung stehen, die Schaulustige und Spurenverwischer zurückhalten sollte. Wieder sah er ihr nach. Diesmal war ihm klar, wohin sie verschwinden würde. Er setzte seinen Waldlauf fort. Er merkte, dass sein verschwitztes Unterhemd kalt geworden war, und steigerte das Tempo. Seine langen Beine fegten durch das rostrote Laub. Es raschelte bei jedem Schritt. Er sah in die Baumkronen. Blauer Himmel stach durch die verwaisten Äste. Ein herrlicher Tag. Kalt zwar, aber klar. Die Wetterfrösche hatten Schnee angekündigt. Weit und breit keine Wolke. Aber der Tag war noch lang. Stahl nahm seinen Blick hinunter ins Laub. Er dachte an das Lächeln der unbekannten Schönen.

***

Lia hatte schnell aufgelegt, als sie die Männerstimme am anderen Ende der Leitung gehört hatte. Warum war Elena nicht drangegangen? Sie hatte gesagt, es wäre nicht gefährlich. Ein

Kinderspiel. Dann wären sie gemachte Leute. Man müsse nur den Hebel richtig ansetzen. Und man durfte kein Mitleid haben. Nur so könne man es schaffen. Alles andere wäre naiv. Elena war nicht naiv, das wusste Lia. Elena war mit allen Wassern gewaschen. Aber die, mit denen sie sich anlegten, waren es nicht minder. Sonst wären sie nicht dort, wo Elena und Lia noch hinwollten. Nach oben. Frei von täglicher Plackerei, frei von Männern, die nur so lange für sie zahlten, wie sie blühten.

Lias Handy klingelte. Das Display zeigte: Elena. Lia zögerte, nahm den Anruf entgegen, sagte aber nichts. Am anderen Ende wieder die Männerstimme: «Hallo? Sie hatten gerade angerufen. Hallo? Wer sind Sie? Hier ist Hürlimann von der Polizei. Elena Peres ist tot. Hallo? Melden Sie sich.»

Lia drückte den Anruf weg. Sie hörte, wie das Handy auf den Boden fiel. Dann sackte sie zusammen. Sie hatte es gewusst. Der Kerl, den sie hatten melken wollen, war eine Nummer zu gross. Wie hätte er sonst so viele narren können und mit fünfhundert Millionen von der Bildfläche verschwinden?

Sie bekam Angst, zwang sich aber zu einem kühlen Kopf. Das Handy klingelte erneut. Wieder Elena. Nein. Nicht Elena. Elena war tot. Das hatte die Männerstimme gesagt. Kommissar Hürlimann. Sollte sie ihm alles sagen? Die Polizei um Hilfe bitten? Lächerlich. Die Polizei war ihr noch nie eine Hilfe gewesen. Im Gegenteil. Ärger. Immer wieder Ärger. Mehr hatte ihr die Polizei bislang nicht zu bieten gehabt. Sie hob das läutende Handy vom Boden auf und entnahm ihm die SIM-Karte. Jetzt war Ruhe. Prepaid. Der Nummer war kein Name zugeordnet. Immerhin. Sie musste verschwinden. Hier war sie nicht mehr sicher.

***

Stahl wunderte sich. Zwar stand das Dolder Grand für Diskretion, aber dass überhaupt kein Anzeichen eines ermordeten Gastes zu erkennen war, machte ihn stutzig. Sein Vorgesetzter Hug hatte keine besonderen Vorfälle gemeldet.

Stahl hatte sich geduscht, in Montur geworfen und den Dienst angetreten. Er könnte schon im Bett liegen. Schliesslich hatte er Nachtschicht geschoben. Aber für Bogner half er gern noch ein Stündchen aus. Stahl stand am Eingang und überblickte die Halle. Genau hier hatte er auch gestanden, als die schöne Unbekannte ihm zugelächelt hatte. Er erinnerte sich, dass sie im Wald noch das schwarze Kleid getragen hatte. Sehr kühl für Mitte November. Er konnte sich nicht vorstellen, dass sie in dem Abendkleid ein Rendezvous im Herbstwald angetreten war. Sie hätte sich mindestens einen Mantel übergeworfen. Auch die High Heels. Damit trat man keinen Waldspaziergang an. Jemand musste sie dorthin gebracht haben. An ihm waren sie aber nicht vorbeigekommen. Ob er sich bei der Polizei melden sollte? Er zögerte. Das Hotel war nicht erpicht darauf, dass es mit einem Mord in Verbindung gebracht wurde. Delikate Angelegenheit. Stahl kannte das filigrane Spiel bereits aus der Zeit, als er noch im Dienst der Schweizergarde gewesen war. Zwölf Jahre hatte er dem Vatikan gedient. Er war mehr als nur ein einfacher Gardist gewesen. Spezialagent mit Sonderaufgaben. Die ganze Welt hatte er bereist, Depeschen von Rom getragen, die man der normalen Post nicht anvertrauen wollte. Vor einem halben Jahr hatte er den Dienst quittiert. Er hatte die ständige Anspannung nicht mehr ausgehalten. Mittlerweile war er sechsunddreissig. Das ideale Alter, um als Schattenmann zu operieren. Erfahren genug und körperlich noch im Saft. Deswegen hatte man in Rom alles versucht, um ihn zu halten. Vor allem Oberstleutnant Holzer hatte nicht lockergelassen. Gerade in diesen schwierigen Zeiten bräuchte es Leute, auf die man sich verlassen konnte, hatte er gesagt. Aber Stahl war sich nicht mehr sicher gewesen, ob man sich auf ihn noch verlassen konnte. Er war es müde geworden, zwischen den unterschiedlichen Machtgruppen den Spagat zu halten. Klar, er hatte sich für den Papst entschieden. Schliesslich hatte er den Fahneneid darauf geschworen. Aber wer und was war der Papst? Aus wie vielen Interessen war er geschmiedet? Und was war ein Schwur wert? Wie viele schworen auf Gott und die Zehn Gebote und lieferten sich gleichzeitig die blutigsten Kriege? Da konnte man lange an Ostern die Füsse von Gefangenen waschen, wenn man im nächsten Augenblick Hunderte für das Wohl der Kirche über die Klinge springen liess.

Es war bestimmt auch Cecilia, die ihm die Augen geöffnet hatte. Er hatte ihr vorgeworfen, sie würde es nicht verstehen, dass man manchmal Dinge tun müsste, die nicht offensichtlich rechtens waren, um unter dem Strich etwas Gutes zu gewinnen. Sie hatte ihn ausgelacht und ihm an den Kopf geschleudert, dass er die Phrasen einer gelungenen Gehirnwäsche drosch. Daraufhin hatte sie ihn verlassen. Er war ihr nicht nachgerannt. Sie hatte ihn nicht mehr angerufen. Er hatte darauf gewartet. Vergebens. Es war aus. Lange hatte es nicht gedauert. Ein halbes Jahr. Sie hatten den Sommer in Rom genossen. Jetzt war er allein. Nur Holzer rief ihn immer wieder an. Er wollte ihn noch immer dazu bewegen, zurückzukommen. Stahl blieb stark. Mit jedem Tag, den er nicht in Rom war, atmete er freier, schlief er besser. Zwar jagten ihn noch immer Träume vergangener Taten, aber ihre Fratzen schreckten ihn nicht mehr so sehr. Sie wurden ihm vertrauter. Er hatte alles gebeichtet, und doch liess ihn sein Gewissen nicht ruhen. Er hatte im Namen Gottes getötet und für den Heiligen Stuhl. Er hatte alle Rechtfertigungen der Welt. Er war Kreuzritter. Und dennoch: Die Träume liessen nicht locker. Vielleicht sollte er in Behandlung? Aber welchem Psychiater konnte er die Geschichten erzählen, die er erlebt hatte? Der Seelenklempner wäre ein toter Mann, wenn er nur eine der Storys glaubte, die ihm Stahl zu beichten hatte. Nein, er konnte nicht zur Polizei gehen. Er hatte den Ruf seines Arbeitgebers zu schützen. Dieser Kodex war eingebrannt. Dagegen konnte er sich nicht wehren. Jetzt war das Dolder Grand sein neuer Vatikan. Immerhin besser, als vor einer Disco zu stehen.

Vor dem Hotel fuhren drei Limousinen vor. Westlich angehauchte Araber stiegen aus. Mit gestylten Frauen im Schlepptau. In drei Tagen sollte hier die grosse Hochzeit steigen. Ein königlicher Cousin aus Dubai heiratete eine Öltochter aus Texas. Sie hatten sich wohl in Harvard kennengelernt. Jedenfalls hatte Hug das erzählt. Hug war immer informiert. Über jeden Gast. Hug, ein biederer Deutscher, ehemaliger Offizier beim BND, dem Bundesnachrichtendienst. Warum er dort den Dienst quittiert hatte, hatte er Stahl nicht verraten. Stahl wollte es auch nicht wissen. Jeder hatte seine Gründe.

Der Dubai-Tross betrat die Halle. Die Kollegen an der Information führten ihren Begrüssungstanz auf. Das konnten sie. Konkurrenzlos. Freundlich, zuvorkommend und niemals zu nahe tretend. Die hohe Schule der Gastfreundschaft. Eine der Frauen sah sich neugierig in der Halle um. Stahl schätzte sie auf Mitte zwanzig. Das Hotel schien sie zu beeindrucken. Jetzt sah sie zu Stahl. Er verzog keine Miene. Konnte es aber nicht lassen, mit den Augen zu lächeln. Sie errötete und sah rasch weg. Dann folgte sie dem Tross in die Lobby.

Ein anthrazitfarbener Mercedes 600, Baujahr 1969, fuhr vor. Acht Zylinder. Zweihundertsieben Stundenkilometer Höchstgeschwindigkeit. Soff wie ein Loch. Stahl kannte das Modell gut. Ein Kardinal in Rom hatte so einen gefahren. Jetzt stieg aber kein Geistlicher aus dem Wagen, sondern ein Polizist: Hürlimann. Stahl und er kannten sich bereits von einem Fall, der Stahl tief in die eigene Vergangenheit gezogen hatte – und bei dem er auf Cecilia getroffen war. Stahl hatte kein Interesse daran, dass Hürlimann ihn hier entdeckte. Er würde dafür sorgen, dass Hürlimann an ihm vorbeilief, ohne ihn zu erkennen. Das hatte Stahl gelernt. Unsichtbar zu sein.

Hürlimann betrat das Hotel und ging an Stahl vorbei. Er wechselte ein paar Worte mit dem Team an der Information, zeigte den freundlichen Menschen ein Foto, das sie sich nacheinander ansahen und einhellig mit einem Kopfschütteln verneinten. Hürlimann steckte das Foto ein und verschwand aus der Vorhalle in Richtung Rezeption. Dort würde er sein Spiel wiederholen. Und auch dort würde man geschlossen den Kopf schütteln. Diskretion.

***

Lia hatte ihre Tasche gepackt. Drei Bücher lagen vor ihr. Eines für eigene Notizen und Gedanken, ein Reiseführer über Indien und «Doppelleben» von Gottfried Benn. Sie würde alle drei Bücher brauchen. Den Rest würde sie auf dem wackligen Kieferregal lassen. Sie packte die Bücher ein und sah sich in der Wohnung um. Nein, mehr brauchte sie nicht. So schnell konnte alles vorbei sein. Es hatte ihr gefallen im Kreis 4. Sie hatte dem Vermieter sogar zweihundert Franken mehr geboten, als er ursprünglich wollte. Nur um die Wohnung unter dem Dach zu bekommen. Der Blick auf den Helvetiaplatz hatte sie entspannt. Flohmarkt und Boule-Spiel. Freilichtkino und Jazz. Es war ein schöner Sommer gewesen. Mit Elena. Vorbei. Man konnte nichts festhalten. Alles zerrann. Nur der Augenblick galt. Noch nicht einmal die Momente der Erinnerung hatten einen Wert. Sie flunkerten und beschönigten. Und die Zukunft? Schicksal.

Lia nahm ihre Tasche vom Bett. Zeit zu gehen. Es klingelte an der Tür. Kamen sie jetzt zu ihr? Waren sie so schnell? Woher wussten sie, dass sie hier wohnte? Dumme Frage. Solche Leute wussten alles. Was bildete sie sich ein, die aufs Kreuz legen zu wollen? Es war ihre Idee gewesen. Sie hatte Elena angestachelt. Aus Abenteuerlust. Und Elena war jetzt tot. Das hatte der Mann am Telefon gesagt. War er tatsächlich ein Polizist? Oder war es der Kerl, den sie hatten ausnehmen wollen?

Es klingelte erneut. Lia schlich zur Tür, sah durch den Spion. Hier stand niemand. Sie öffnete vorsichtig und sah sich im Gang um. Freie Bahn. Nach unten konnte sie nicht. Dort würde sie dem Besucher begegnen. Wer konnte es sein? Wen kannte sie hier? Einen Salsa-Tänzer, den sie ein paarmal abgeschleppt hatte. Und einen Schriftsteller, der Fantasy-Romane schrieb, aber im Bett recht einfallslos gewesen war. Sonst hatte sie hier noch niemanden zu Besuch gehabt. Bis auf Elena.

Lia lauschte. Kein drittes Klingeln. Dafür Schritte im Treppenhaus. Sie lehnte sich übers Geländer und sah nach unten. Ein schwarzer Handschuh zog sich am Geländer nach oben. Zu dieser Jahreszeit nicht ungewöhnlich, dass einer Handschuhe trug. Aber schwarz und ledern erinnerten an würgende Hände aus düsteren Filmen.

Ihr wurde es eng um die Kehle. Sie wollte den Handschuhen nicht begegnen. Sie nahm den Stock mit dem Haken von der Wand und zog die Leiter vom Estrich zu sich herunter. Dann stieg sie die Stufen hoch und floh auf den Dachgarten. Zürich über den Dächern. Traumhaft. Auch im Herbst. Sie atmete die feuchte Luft, ein Herbstgedicht von Christian Morgenstern kam ihr in den Sinn: «Nebel hängt wie Rauch ums Haus, / drängt die

Welt nach innen; / ohne Not geht niemand aus; / alles fällt in Sinnen. / Leiser wird die Hand, der Mund, / stiller die Gebärde. / Heimlich, wie auf Meeresgrund, / träumen Mensch und Erde.» Sie konnte es nicht lassen. Sie musste es bis zu Ende zitieren. Ein Glück war ihr kein langer Rilke eingefallen. Bis sie den zu Ende gesprochen hätte, hätten sich die schwarzen Handschuhe längst um ihren Hals gedrückt. Sie sah hinüber zum anderen Dach. Sie musste nur über einen kleinen Zaun klettern, dann wäre sie drüben. Sie horchte nach unten. Sie hätte den Stock mit nach oben nehmen sollen und die Leiter anschliessend hochziehen. Jetzt war es zu spät. Morgenstern war schuld. Sie hörte die Klingel. Der schwarze Handschuh hatte sie gedrückt. Gleich wäre er hier. Er war nicht dumm.

Ein Profi. Das musste er sein. Immerhin hatte er Elena getötet.

Lia kletterte über den Zaun. Sie blieb mit ihrem Rock hängen. Warum hatte sie keine Hose angezogen? Gewohnheit. Sie liebte Röcke. Die gaben ihr mehr Luft, schienen ihr sinnlicher. Sie zog an dem Stoff, versuchte, ihn aus dem Draht zu lösen. In der Eile unmöglich. Sie riss. Ein Fetzen der roten Baumwolle blieb am Drahthaken hängen. Sie kümmerte sich nicht darum, starrte nur in das Gesicht des Mannes, der am anderen Ende des Dachgartens ins Freie trat und zu ihr herüberblickte. Sie glaubte, ein siegessicheres Grinsen in seinem Gesicht zu lesen. Seine Zähne perlten weiss in dem gebräunten Gesicht. Das schwarze Haar hatte er nach hinten gegelt. Ein Südamerikaner. So sahen Tangotänzer aus. Unter anderen Umständen hätte sie gegen einen Ocho nichts einzuwenden gehabt. Jetzt brauchte sie ihre Beine zum Rennen. Nach ein paar Metern stand sie vor der Tür, die in das Treppenhaus führte. Sie drückte die Klinke. Verschlossen. Warum rüttelte man an verschlossenen Türen? Warum sah man nicht beim ersten Versuch schon ein, dass nichts zu machen war? Lia rüttelte und drückte die Klinke. Fünfmal. Vergeblich. Alternativen? Das nächste Dach. Kein Zaun. Dafür aber ein Spalt, der zehn Meter in die Tiefe gähnte. Lia schaute nach ihrem Verfolger. Er hüpfte lässig über den Zaun. Er achtete darauf, dass sein feiner Zwirn durch keinen Drahthaken ruiniert wurde. Es gelang ihm mühelos. Wie ihm auch alles Weitere ohne Mühe gelingen würde. Lia sah wieder nach vorn zu dem Spalt. Nein. Sie durfte nicht an den Spalt denken. Sie musste das Ziel anvisieren. So hatte sie es gelernt. Ziele fokussieren. Nicht Probleme mit Energie stärken. Zwei Meter waren es bestimmt. In der Schule war sie früher mal drei Meter und siebzig gesprungen. Da war auch Sand in der Grube gewesen. Hier erwartete sie Asphalt. Sie lief an, sprang, landete auf dem anderen Dach und fing den Sprung mit den Händen auf. Ein stechender Schmerz im rechten Daumenballen. Sie stöhnte und erkannte eine grüne Glasscherbe, die sich in ihr Fleisch gebissen hatte. Mit der Linken zog sie die Scherbe aus dem Ballen. Es blutete. Sie hörte ein Geräusch hinter sich und schnellte herum. Ihr Verfolger hatte das Ende des anderen Daches erreicht. Er stierte nach unten. Es schien ihm nicht wohl dabei. Höhenangst? Er sah zu ihr herüber und lächelte bitter. Er fürchtete sich tatsächlich vor dem Sprung. Lia atmete auf. Nur für einen Moment. Der Fremde griff unter seinen Mantel und zog eine Pistole hervor. Gern hätte sie die Marke und den Typ der Waffe gewusst. Sie liebte Details. Vor allem wenn es um ihren eigenen Tod ging. Der Lauf war um einiges länger als der Griff. Wohl ein Schalldämpfer. Sie kannte so etwas nur aus Filmen. Auch das Geräusch kannte sie, wenn so ein Ding schoss. Es würde flüstern. Und dann wäre es aus.

Der Killer zielte. Lia spürte schon, wie die Kugel in ihre Stirn eindrang. Ins dritte Auge würde er schiessen. Dort, wo die Inderinnen sich einen Punkt malten. Warum dachte sie jetzt an Indien? Weil sie immer wieder an Indien dachte. Indien war ihre erste grosse Reise gewesen. Allein im Aschram. Mit zwanzig. Das war vor neun Jahren. Dort hatte sie vieles erlebt. Aber eine Pistole mit Schalldämpfer – das war neu. Sie war dankbar für alles, was neu war. Aber auf diese letzte Erfahrung mit dem Schalldämpfer hätte sie verzichten können. Warum hatte er noch nicht abgedrückt? Warum lebte sie noch? Oder waren ihre Gedanken so schnell gerast, dass real erst eine Sekunde vergangen war? Sie sah, dass der Schütze zitterte. Die Waffe zielte zwar auf Lia, aber der Kerl sah gar nicht zu ihr. Sondern hinab auf die Strasse. Er zitterte und wackelte. Dann riss er sich einen Schritt zurück und stöhnte. Lia nutzte ihre Chance und rannte los. Bis der Killer seinen Höhenanfall wieder im Griff hatte, konnte sie vielleicht davongekommen sein. Nur noch zwei Schritte bis zur Tür, die vom Dach ins Treppenhaus führte. Sie drückte die Klinke. Die Tür war unverschlossen. Sie riss sie auf. Neben ihrer Wade barst ein Blumentopf. Das Ploppgeräusch war kaum zu hören gewesen. Aber es klang wie im Film. Etwas dumpfer vielleicht. Klar, im Film hatte alles einen Tick brillanter zu sein. Wie in Lias Leben. War sie enttäuscht, dass der Schuss nicht so fulminant klang? Ihr Ohr war verwöhnt und empfindlich. Das brachte ihr Beruf mit sich. Blödsinn. Sie war froh, dass das Geräusch für sie keine Konsequenzen hatte. Lia verschwand ins Treppenhaus und hetzte die Stufen hinunter. Sie musste aus dem Haus raus und weit weg von hier. Wohin?

***

Hürlimann hatte das Dolder ebenso verlassen, wie er es betreten hatte. Ohne Stahl zu erkennen. Seltsam. Wenn Hürlimann ernsthaft hier ermittelte, hätte er sich beim Sicherheitsdienst erkundigen müssen. Und Hug hätte Hürlimann an Stahl verwiesen, weil er Dienst gehabt hatte. War Hürlimann nur pro forma hier? Stahl erinnerte sich, dass Hürlimann auch im Fall Albin die Füsse ruhig gehalten hatte, er nicht erpicht darauf gewesen war, den Fall sauber zu lösen. Damals hatte ihm ein Junkie genügt, dem man den Mord anhängen konnte. Hätte Stahl nicht weitergebohrt, die Wahrheit wäre nie ans Licht gekommen. Sollte er auch jetzt mit Bohren beginnen? Was ging ihn die Tote an? Er hatte sie nur einmal gesehen. Ein Zwinkern und ein Lächeln. Mehr nicht. Auch der jungen Araberin hatte er zugelächelt. War man jemandem deshalb gleich verpflichtet? Die gesamte Schweiz stützte ihren Wohlstand auf ein freundliches Lächeln gegenüber dem Rest der Welt. Was bedeutete das schon? Es gehörte zum guten Ton. Um sich die Finger zu verbrennen, musste schon mehr Verbindlichkeit her. Freundschaft oder verwandtes Blut. Dafür würde Stahl sich bewegen. Oder Geld. Ja. Für Geld würde er seine Nase auch in Dinge stecken, die ihn nichts angingen. Immerhin hatte er zwölf Jahre als Söldner des Papstes gedient. Zwar hatte er an der Fahnenstange nicht auf Geld geschworen, aber er hatte gutes dabei verdient. Vor allem die Sonderzahlungen für besondere Aufträge hatten sich gelohnt. Hätte Stahl nicht so ein Pech gehabt, er müsste sich jetzt hier nicht die Beine in den Bauch stehen. Falsch angelegt. Alles futsch. Stahl wollte nicht daran denken. Was war, das war. Es gab Wichtigeres. Mit sich ins Reine kommen. Sich selbst gegenübertreten. Nicht davonlaufen. Grosse Worte. Hehre Vorsätze. Er hatte getan, was er getan hatte. Im Namen Gottes. Darauf geschissen. Er musste es akzeptieren. Seine zwei besten Freunde, die mit ihm vereidigt worden waren, lebten längst nicht mehr. Vielleicht wäre es auch für ihn besser gewesen, es hätte ihn bei einem Einsatz erwischt. Aber er hatte immer Glück gehabt. Viel Glück. So viel, dass es ihm schon unheimlich wurde. Als würde es Gott tatsächlich geben, und als würde er eine Garde Schutzengel nur für Stahl allein abstellen. Aber war dieses Glück auch ein Segen? Oder bestand gerade im Weiterlebenmüssen die Qual? War das Leben bereits das Fegefeuer?

Ein schwergewichtiger Mann um die vierzig kam auf Stahl zu. Er trug den gleichen eleganten dunkelblauen Boss-Anzug wie Stahl.

«Danke», sagte Bogner. «Hast was gut bei mir.»

«Geht es ihr besser?»

«Noch Fieber. Aber nicht mehr so hoch. Sie kommt auf die Beine. Geht halt etwas länger ohne Antibiotika. Doch sie schwört auf ihre Globuli.» Bogner nahm Stahls Posten ein. «War was los?», fragte er.

«Nichts Besonderes. Nur eine verführerische Schönheit aus Tausendundeiner Nacht.»

Bogner lachte. Seine Bronchien rasselten dabei. Er hustete. «Pass bloss auf. Die Jungs verstehen keinen Spass.»

«Wer tut das schon?»

«Ich.»

«Stimmt.»

Bogner näherte sich bedeutungsvoll Stahls Ohr. «Im Wald haben sie eine tote Frau gefunden.»

«Was?» Stahl stellte sich dumm. Nicht nur, weil er diese Strategie von Holzer gelernt hatte, auch weil er Bogner die Freude an der Nachricht lassen wollte.

«Die Polizei war gerade hier und hat ein Foto von ihr gezeigt. Heisse Braut. Aber sie wissen noch nicht, wer sie ist. Die Polizei hat gehofft, dass sie vielleicht unser Gast gewesen ist.»

«Und? War sie?»

Bogner unterdrückte ein Lachen. «Stell dir das vor. Überschrift im ‹Blick›: Die Tote im Dolder. Die Zimmer wären schnell leer.»

«Oder auch nicht. Crime wirkt auf manche anziehend.»

Bogner zuckte mit den Schultern. «Jedenfalls hat sie hier nicht gewohnt. Der Kommissar schien erleichterter als unser Geschäftsführer. War ihm wohl mulmig, hier oben zu schnüffeln. Dünnes Eis. Auch für einen Beamten. Da kann man schnell mal jemanden verstimmen, du verstehst.»

«Immerhin war er hier», sagte Stahl.

«Gibt ja nichts anderes in der Nähe.»

«Doch. Die FIFA.»

Wieder ein Lacher von Bogner. «Beim Weltfussballverband wird es ja noch heikler. Da ist der Vatikan ja offener.»

«Stimmt. Schönen Tag.» Stahl wollte gehen. Bogner hielt ihn am Ärmel zurück. «Hast du sie vielleicht gesehen? Gestern Abend?»

Stahl sah ihn irritiert an.

«Ich meine, wäre nicht die erste Braut, die sich jemand aufs Zimmer bestellt hat.»

«Dazu müsste ich wissen, wie sie aussieht.»

«Natürlich. Seltsam, dass der Kommissar dich nicht gefragt hat. Weil du doch Nachtdienst hattest.»

Stahl gähnte. «Das erinnert mich daran, dass ich längst ins Bett sollte.»

«Vielleicht hat ihn Hug abgeblockt. Der Schwabe hat sicher kein Interesse, dass man hier nach Fingerabdrücken sucht.»

«Grüezi, Herr Hug», sagte Stahl an Bogner vorbei. Der erschrak, wurde mit einem Schlag rot und schoss herum. Aber da stand keiner. Stahl grinste, zwinkerte Bogner zu und verliess das Hotel.

«Brauchst du einen Chauffeur?», fragte Merkel, als Stahl an der kleinen Gruppe dunkler Anzugträger vorbeiging, die sich am Eingang versammelten und die Transfers der Gäste übernahmen.

«Danke. Ich nehme die Bahn.»

«Ich kann dich wenigstens bis zum Römerhof fahren.»

«Langeweile?»

«Komm. Steig ein. Mit der Bahn kommst du nie heim. Ausserdem liegt ein Ast zwischen Waldhaus und Römerhof auf den Schienen. Bis der weggeräumt ist, hast du wieder Schicht.»

Stahl ging zur Beifahrertür der Mercedes-Limousine und wartete.

«Hältst du mir nicht auf?»

«Keine Faxen, sonst verfällt mein Angebot.»

Stahl stieg in den Wagen. Merkel fuhr los. «Muss sowieso was in der Stadt besorgen.»

«Dachte ich es mir doch, dass du nicht aus Nächstenliebe handelst.»

«Wobei wir beim Thema wären.»

Stahl sah ihn fragend an.

«Na ja. Vatikan», sagte Merkel. «Wie ist es dort so? Hast du mitgekriegt, wie der Papst ausspioniert wurde? Wer steckt dahinter? Und warum ist Benedikt wirklich zurückgetreten? Wer ist dieser Franziskus? Tut der nur so heilig und demütig? Ich meine, er ist Jesuit. Die sind Meister der Verstellung. Du musst das doch wissen. Du warst doch dort ein richtig hoher Agent?»

«War ich das?»

«Bogner erzählt so etwas.»

«Der erzählt viel.»

Merkel fuhr gut. Das Schiff glitt die Kurhausstrasse hinab, bog auf die Dolderstrasse und zog an den Villen vorbei. Eine, die leicht heruntergekommen zwischen den prächtig gepflegten Anwesen herausstach, stand zum Verkauf. Sie schien leer geräumt. Zumindest fehlten die Vorhänge an den Fenstern. Buchen und Ahorne mit roten und gelben Blättern schmückten den kleinen Park. Schon waren sie vorbei.

«Wie ist der Papst so? Ich meine privat?»

«Wenn du deinen Fahrgästen genauso viele dumme Fragen stellst, arbeitest du hier nicht lange.»

«Keine Sorge. Ich weiss schon, wann ich meine Klappe halten muss. Also?»

«Was?»

«Der Papst.»

«Trägt rote Unterhosen mit weissen Punkten. Dazu grüne Crocs.»

«Idiot.»

«Wenn du mir nicht glaubst.»

Merkel trat auf die Bremsen. «Endstation.»

«Das ist nicht dein Ernst. Wenigstens bis zum Römerhof», sagte Stahl. «Hier bin ich verloren.»

Merkel sah ihn grimmig an. «Wir machen einen Deal. Du sagst mir was, und ich sag dir was.»

«Du zuerst.»

Merkel fuhr weiter. Er rückte sich wichtig im Sitz zurecht. «Die Frau, die sie im Wald gefunden haben. Hast du davon gehört?»

«Bogner hat mir davon erzählt.»

«Du musst sie auch gesehen haben.»

«Wieso?»

«Weil ich sie gestern Abend hochgefahren habe. Im Auftrag eines unserer Gäste.»

«Hast du das der Polizei erzählt?»

«Ich habe es Hug gesagt. Der wird es schon weiterleiten. Ich will mit der Polizei nichts zu tun haben. Ich bin froh, dass ich hier eine neue Chance bekommen habe. Am Ende hängt man mir die Sache noch an. Du weisst schon, wie so was geht. DNA und so weiter. Da finden die bestimmt was von mir an ihr. Immerhin sass sie in meinem Wagen.»

«Blödsinn.» Stahl sah ihn an. Merkel nagte an seiner Unterlippe. «Hast du sie etwa auch wieder abgeholt?», fragte Stahl.

Merkel schüttelte den Kopf. «Nur hingebracht. Wie sie in den Wald gekommen ist, weiss ich nicht.»

«Du kannst mich am Bellevue rauslassen. Den Rest fahr ich mit dem Tram. In der Langstrasse klauen sie dir sonst die Reifen.»

«Du bist mir eine Geschichte schuldig», sagte Merkel.

«Die kriegst du. Versprochen. Dafür brauchen wir aber Zeit.»

Merkel fuhr rechts ran. Stahl stieg aus dem Wagen. Er sah der Limousine kurz nach. Er nahm die einfahrende Linie 8 und setzte sich neben eine ältere Frau, die ihn verkniffen anlächelte, ihre Handtasche fest an sich drückte und dann aus dem Fenster sah.

ZWEI

Lia hatte ihn abgehängt. Jedenfalls konnte sie ihn nirgendwo entdecken. Sie lief die Langstrasse hinab in Richtung Bahngleise. Hinter dem Rothaus bog sie links ab. Sie glaubte sich bei Röhmer erst einmal in Sicherheit. Ausgerechnet bei Röhmer. Ein Witz. Aber ihr fiel nichts Besseres ein. Freunde hatte sie in Zürich keine. Sie war erst vor einem halben Jahr aus Basel gekommen. Und da war sie ihrer alten Schulfreundin Elena begegnet. Im Synchronstudio von Röhmer.

Sie stand vor dem Cabaret Caligula und klopfte an die schwere Metalltür. Es war viel zu früh. Hier arbeitete man nachts und leckte tagsüber seine Wunden. Jemand öffnete die Tür. Eine dicke schwarze Frau mit einem bunten Tuch auf dem Kopf sah Lia fragend an. In der Hand hielt sie einen Putzeimer, ihre Hände steckten in gelben Plastikhandschuhen.

«Ich muss zu Röhmer.»

Die Schwarze erwiderte nichts. Aber sie machte auch keine Anstalten, Lia hereinzulassen.

«Es ist dringend.»

«Nix verstoh.»

«Röhmer. *Where is Röhmer? I have to see him.*»

Hinter der Schwarzen tauchte ein dürrer Stängel auf, der an einer Zigarette sog, als wolle er sie mit einem Zug abrauchen. Er taxierte Lia von Kopf bis Fuss. Dann neigte er abschätzend seinen Geierkopf. Ihm hing etwas zwischen den Zähnen, und er bohrte mit seiner Zungenspitze danach. Als er es befreit hatte, biss er mit den Schneidezähnen darauf herum und spuckte es aus. Tabak.

«Der Hintern ist ganz ordentlich. Aber die Beine sind zu kurz. Tanzen liegt also nicht drin. Sind die Titten echt? Wenn ja, kannst du auf den Zimmern arbeiten. Probe, versteht sich. Und deine erste Lektion kannst du gleich bei mir antreten.»

«Sie sind nicht Röhmer.»

«So? Bin ich nicht? Wer bin ich dann?»

«Ein kleiner Hund, der gross pinkeln will.» War das zu gewagt? Wenn der Kerl vor der Schwarzen sein Gesicht verlor, musste er reagieren. Er warf die Zigarette auf den Boden und ballte die Fäuste.

«Inbegriffen in der Lektion sind auch Schmerzen.» Er schob die Schwarze zur Seite und bedeutete ihr mit dem Kinn, sie solle verschwinden. Die Schwarze gehorchte. Der Geier schritt auf Lia zu und wollte sie am Handgelenk packen. Lia witterte es und zog den Arm zurück.

«Elena ist tot. Sagen Sie das Röhmer.»

Der Geier erstarrte. Lia wartete darauf, dass er seine Flügel in die Lüfte schwang und zu kreischen begann. Er blieb ruhig und flüsterte: «Elena ist tot? Ist das wahr?» Sein Hals reckte sich aus den Schultern und näherte sich Lias Gesicht. Sie hielt stand. «Seit wann?»

«Ich weiss es seit einer Stunde.»

«Von wem?»

«Von der Polizei.»

Sein Hals schnellte zurück. «Polizei?» Er sah sich links und rechts um. Fürchtete wohl, dass die Kavallerie bereits anrückte. Als er niemanden ausser Lia sah, zückte er sein Handy und wählte eine gespeicherte Nummer. «Tut mir leid, Boss. Es ist dringend. Hier ist eine Blondine und behauptet, Elena sei tot … alles klar. Wird erledigt.» Er steckte das Handy ein und liess den Blick nochmals über das Gelände schweifen. Dann lächelte er Lia schmierig an. «Kommen Sie doch bitte rein und fühlen Sie sich bei uns wie zu Hause. Herr Röhmer wird in wenigen Minuten hier sein.» Er ging einen Schritt zur Seite.

Lia ging die Stufen ins Dunkle hinab.

***

Stahl stieg am Helvetiaplatz aus dem Tram. Jetzt brach die Müdigkeit durch. Erst Nachtschicht, dann der Waldlauf und anschliessend für Bogner eine Stunde übernehmen. Das zog. Sollte er sich noch eine Schale genehmigen, ehe er sich schlafen legte? Blödsinn. Etwas hielt ihn davon ab, direkt in die Wohnung zu gehen. Er schlenderte durchs Quartier. Seine Gedanken kreisten um die schöne Tote. Merkel sagte, er habe sie ins Dolder gefahren. Und er habe Hug Bescheid gesagt. Obendrein wusste Hug, dass auch Stahl die Frau gesehen haben musste. Hug wusste, dass Stahl nichts entging. Deswegen hatte er ihn ja angeworben. Trotzdem hatte sich Hug noch nicht bei ihm gemeldet. Auch Hürlimann nicht. Hatte Hug der Polizei verschwiegen, dass die Frau im Hotel gewesen war? Oder durfte es Hürlimann nicht interessieren, dass die Tote zuletzt lebend im Dolder gesichtet worden war? Wen hatte sie dort getroffen?

Stahl witterte Brisanz. Er war zu lange in Rom gewesen, als dass ihm der Gestank fauler Geschichten entging. Es konnte ihm egal sein. Auch er hatte im Vatikan gelernt, über Dinge hinwegzusehen. Dinge, die ihn nichts angingen, Dinge, an denen er sowieso nichts ändern konnte. Die Strippen, an denen die Big Player zogen, waren lang und verworren. Da reichte ein Leben nicht aus, um Anfang und Ende zu finden. Aber durfte man es sich so einfach machen? Musste man hin und wieder nicht wenigstens den Versuch antreten, selbst die Fäden in die Hand zu nehmen? Das war der grosse Streit zwischen ihm und Cecilia gewesen. Deswegen war es auseinandergegangen. Cecilia schwor auf investigativen Journalismus. Stahl besass den Blick hinter die Kulissen und wusste es besser. Trotzdem konnte er das Lächeln der schönen Fremden nicht aus seiner Erinnerung bannen. Immer wieder tauchte ihr Gesicht vor ihm auf. Erst lebendig, die Treppen im Dolder emporschreitend – dann bleich auf der Bahre, bevor der Reissverschluss des Totensacks sie verschlang.

Er war in der Engelstrasse gelandet. Zwei langbeinige Frauen staksten ihm entgegen. Sie schienen nicht minder übermüdet. Hatten wohl die Nacht in der Mephisto-Bar getanzt. Die Blonde nickte ihm zu. Es kostete sie Mühe. Die Brünette brachte die Kraft nicht auf. Stahl lächelte tapfer. Er war trainiert. Bei der Garde hatte man stets wach zu sein. Schliesslich spürte man die Kraft Gottes im Rücken. Die Mädels hingegen kamen aus der Gruft des Teufels. Der Gedanke liess Stahl doppelt lächeln.

Er öffnete die Haustür und stieg die Treppen empor. Gezeter

hinter der Wohnungstür im ersten Stock. Geschirr klirrte. Eine Frau fluchte zornig auf Spanisch. Stahl kümmerte es nicht. Hier krachte es täglich irgendwo. Im Gegensatz zum Dolder eine angenehme Abwechslung. Im Kreis 4 lebte und brodelte es. Da kämpfte man mit offenem Visier, nicht nur hinter verschlossenen Türen, auch auf der Strasse.

Im zweiten Stock herrschte Ruhe. Im dritten lag Stahls Wohnung. Bis zu seinem Tod hatte Albin darin gelebt. Er hatte sie Stahl vererbt. Ein Witz, nach all dem, was Albin und Alfred mit Stahl getrieben hatten. Erst hatte er das Erbe ablehnen wollen, jetzt war er froh, dass er die Wohnung hatte. Und dabei hatte er so gut verdient. Nicht nur bei der Garde, auch mit Nebendiensten als Kurier von Depeschen, die ihm Palm besorgt hatte. Auch Palm war tot. Und das ganze Geld, das Stahl über die Jahre angehäuft hatte, war mit einem Mal futsch gewesen. Er hatte Palms Anlegern vertraut. Ein Hedgefonds, der monatlich Minimum vier Prozent Rendite versprach. Das schien nicht übertrieben und dennoch weit über den sonstigen Festgeldangeboten der Banken. Plötzlich hatte der Manager aber seine eigenen Gelder aus dem Fonds abgezogen und die Anleger, Stahl eingeschlossen, konnten zusehen, wie ihre Kröten dahinschmolzen. Fromm hiess der Hund. Florian Fromm. Wenn Stahl ihn zwischen die Finger bekäme, würde es krachen. Aber Fromm war abgetaucht. Spurlos verschwunden. Mit fünfhundert Millionen Schweizer Franken. Ein Witz. Wie konnte einer so viel Geld und sich selbst in Luft auflösen? So einer musste doch Helfer haben.

Stahl öffnete die Wohnungstür und trat ein. Ein ungewohnter Geruch hing im Gang. Süsslich. Stahls Müdigkeit wich. Die Ohren gespitzt, den Körper in Spannung, setzte er Schritt um Schritt an den leeren Regalen vorbei, in denen einst Albins Bücher gestanden hatten. Am Ende des Gangs linste er vorsichtig ins Wohnzimmer. Auf dem Sofa sass ein Mann. Stahl schätzte ihn auf Mitte fünfzig. Er war gekleidet wie ein Vertreter für Landmaschinen. Braune Cordhose, kariertes Holzfällerhemd, darüber eine grüne Lederweste. Sein Bauch spannte unter dem braunen Ledergürtel. Das runde Gesicht zierte ein rötlicher Schnauz. Die spärlichen rot-grauen Haare waren auf drei Millimeter getrimmt.

Aus seinen glasig-grünen Augen, die auf fetten Tränensäcken schwammen, sah er zu Stahl hinüber.

«Entspannen Sie sich, Stahl», sagte er. Ein Deutscher. Stahl tippte auf Nordrhein-Westfalen. Er sog an einer Pfeife. Sie war ausgegangen. Er stocherte mit Pfeifenwerkzeug im Tabak und zündete das Kraut wieder an. Drei Züge, und der süssliche Duft durchzog die Wohnung.

«Sie gestatten doch?» Er hielt die Pfeife in die Höhe. «Ich habe den vollen Aschenbecher gesehen und daraus geschlossen, dass man hier rauchen darf.»

Stahl löste sich vom Türrahmen und ging einen Schritt ins Zimmer.

«Was wollen Sie hier?»

«Hilfe.»

«Von mir?»

«Für Sie.»

«Ich weiss mir selbst zu helfen.»

Der Unbekannte paffte. «Sie brauchen Geld», sagte er.

«Wer nicht?»

«Sie sind einen hohen Standard gewohnt. So, wie Sie jetzt leben, muss das doch erniedrigend sein.»

«Ich habe über die Hälfte meines Lebens schlechter gelebt.»

«Ich weiss. Heimkind. Mutter Hure, Vater Dealer und Zuhälter. Immer im Kampf, um aus dem Sumpf herauszukommen. Das ganze Klischee. Mit der Hilfe Gottes hatten Sie es dann tatsächlich geschafft. Zwölf Jahre Vatikan. Jetset. Am Puls der Zeit. Wichtig und erfolgreich. Und dann der Absturz. Sinnfrage. Depression. Austritt aus der Schweizergarde. Sie dachten, Sie hätten genug Geld auf der Seite, um sich die Auszeit leisten zu können. Und auf einmal: Puff. Alles weg. Ohne Sinn und ohne Geld. Und Sie sagen, Sie brauchen keine Hilfe?»

Stahl wurde ungeduldig. Er war kein Pfeifenraucher. «Wer sind Sie?»

«Reschke. Max Reschke. WID: Wirtschafts-Inkasso Dortmund.»

«Und? Was wollen Sie von mir? Bei mir gibt es nichts zu holen.»

Reschke lachte den Rauch aus den Wangen. «Das sagen sie alle. Ich glaube, der Tod hat nicht so viele Ausreden gehört wie ich. Aber keine Angst. Ich will Ihnen kein Geld nehmen. Ich will Ihnen welches geben.»

Stahl spitzte die Ohren.

«Anderthalb Millionen Euro.» Er zog an der Pfeife und liess die Summe wirken. «Interessiert?»

Stahl sagte nichts. Sein Schweigen war Frage genug.

«Das ist genau die Summe, die Sie bei Fromm verloren haben. Widersprechen Sie mir, falls ich mich irre.»

Stahl widersprach nicht. Reschke lag richtig. «Sie haben gute Informanten», sagte Stahl.

«Nicht gut genug. Deswegen bin ich hier.»

«Worüber sollte ich etwas wissen?»

Reschke zog ein Foto aus seiner Weste und reichte es Stahl. Stahl nahm es und sah es sich an. Er kannte die Frau auf dem Foto. Hier war sie allerdings nackt und posierte an einer Stange. Die schöne Tote aus dem Dolder.

«Elena Peres», sagte Reschke. «Achtundzwanzig Jahre. Aufstrebende Erotik-Darstellerin. Nicht die ganz harten Pornos. Man sieht nicht alles. Aber doch genug.» Ein dreckiges Lachen entglitt ihm.

«Ausserdem verdiente sie gut als Callgirl in höheren Kreisen. Jetzt ist sie tot.»

«Ich weiss», sagte Stahl.

«Ich war heute Morgen auch im Wald. Ich habe Sie dort gesehen. Sportlich. Nach der Nachtschicht noch joggen gehen. Respekt. Die alte Disziplin der Schweizergarde, was?»

«Weiter.»

«Sie müssen Elena gesehen haben, als sie ins Dolder gekommen ist. Und Sie haben sie heute Morgen wiedererkannt.»

«Und?»

«Waren Sie bei der Polizei? Nein. Warum nicht?»

«Diskretion. Alte Gewohnheit.»

Reschke hatte seine Pfeife wieder vernachlässigt. Er gab ihr erneut Feuer und paffte sie an. Seine Züge wirkten jetzt hektischer. Das fleischige Gesicht schwabbelte.

«Genau deswegen sind Sie der richtige Mann für uns. Anderthalb Millionen.»

«Wofür? Für den Mörder von Elena Peres?»

Das zweite dreckige Lachen von Reschke. «Da gibt es bessere und billigere Huren. So viel ist keine wert.» Er riss sich zusammen.

«Entschuldigung. Ich meine das nicht persönlich. Nur vom Markt her. Der Markt gäbe das nicht her. Anderthalb Millionen für den Mörder einer Hure. Niemals.»

«Wofür gibt der Markt diese Summe her?»

«Für den Kopf von Florian Fromm.»

Diesmal vergass Reschke die Pfeife nicht, sondern heizte sie ordentlich ein. Er musste sie aus der Hand legen, weil der Pfeifenkopf ihm in den Fingern brannte.

«Ist Fromm nicht etwas zu heiss?», fragte Stahl.

«Sehr heiss. So heiss, dass Kommissar Hürlimann den Fall ungern fest anpacken will.»

«Fromm hat also mit dem Mord an Elena Peres zu schaffen?»

«Ich vermute es. Wir hatten Hinweise, dass die junge Dame häufiger Dates mit Fromm hatte, wenn er in Zürich gastierte. Er schien eine grosse Schwäche für sie zu haben.»

«Wie sind Sie auf ihre Spur gekommen?»

«Zufall. Über eine andere Person, die ebenfalls ein Faible für Elena Peres hatte.» Er nahm die Pfeife in die Hand, zog einmal daran und legte sie wieder weg. Dann griff er nach seinem iPhone und tippte ein paarmal darauf herum. «Kommen Sie, ich zeige Ihnen etwas. Schauen Sie YouTube?», fragte er.

«Hin und wieder.»

«Geniales Portal. Ich hänge oft darin. Gucke mir alte Konzerte von Creedence Clearwater Revival an.» Er öffnete das Portal und tippte. Dabei sang er: «I Put A Spell On You.» Dann reichte er Stahl das iPhone.

«Hier. Schauen Sie.»

Stahl nahm es entgegen. Aber es erschien nicht John Fogerty, der ins Mikrofon schrie, sondern ein Mann, der hinter einem Tisch sass, auf dem Geldbündel ausgebreitet lagen. Sein Gesicht war mit verschwommenen Pixeln unkenntlich gemacht, seine

Stimme leicht verfremdet. Stahl erkannte ihn dennoch. Es war Reschke, der sprach.

«Diese anderthalb Millionen Euro erhält derjenige, der uns Hinweise liefert, die zur Erfassung von Florian Fromm führen. Florian Fromm hat unzählige Anleger in den Ruin getrieben und sich selbst mit einer Summe von fünfhundert Millionen Schweizer Franken abgesetzt. Das Geld, das sie vor mir sehen, ist echt. Es kann Ihr Geld sein, wenn Sie uns helfen, Florian Fromm zu finden.»

Das iPhone vibrierte in Stahls Hand. Als Klingelton folgte der Basslauf von «Suzie Q». Reschke nahm Stahl das iPhone aus der Hand und lauschte dem Anrufer. «Ja? Verdammte Scheisse. Wofür bezahl ich dich?» Er drückte den Anrufer weg und nahm die Pfeife. Er zog nicht daran, zündete sie auch nicht an, sondern biss darauf herum, als wäre es der Spielknochen eines Pitbulls.

«Unsere heisseste Spur. Mein Mann hat sie verloren, weil er Höhenangst hat. Stellen Sie sich das vor.» Er sah Stahl an. «Und? Was ist? Sind Sie dabei?»

«Nein.»

Reschke hob erstaunt die Brauen. «Sie schlagen anderthalb Millionen aus? Laut meinen Informationen haben Sie nicht nur so viel Geld verloren, sondern einige Schulden zu tilgen. Wenn ich hochrechne, müssen Sie mindestens noch zehn Jahre im Dolder Wache schieben, bis sie aus den roten Zahlen draussen sind. Ausserdem haben Sie bei diversen Banken um einen weiteren Kredit gefragt, um ihren Traum vom Boxclub verwirklichen zu können. Bislang ohne Erfolg.»

Stahl schluckte. Er sagte es trotzdem und spürte, wie es ihm am Gaumen klebte: «Ich bin kein Kopfgeldjäger.»

Reschke lachte. Diesmal rutschte ihm das dreckige Grunzen nicht heraus. Er spuckte es bewusst und setzte ein zweites hinterher. «Ich kenne Ihre Vita. Die Dinge, die Sie getan haben, sind nicht edler. Mimen Sie also nicht den Kreuzritter.»

«Verlassen Sie meine Wohnung. Sofort. Und wenn ich Sie noch mal hier drin ohne Einladung erwische, bekommen Sie einige der Dinge, die ich getan habe, direkt zu spüren. Sie kennen meine Vita.»

Reschke packte seine Pfeife und stopfte sie in die Westentasche. Er zog die Hand heraus und hielt nun eine Visitenkarte zwischen den Fingern. «Ihr Stolz in Ehren. Aber Sie können ihn sich nicht leisten.»

Stahl rührte die Visitenkarte nicht an. Reschke legte sie auf den Tisch. «Wenn Sie nachgedacht haben, rufen Sie mich an. Tag und Nacht.»

Reschke ging. Stahl hörte, wie die Wohnungstür zufiel.

***

«Er braucht lange», sagte Lia und nahm eine Zigarette aus dem Päckchen. Die Zigarette fiel ihr aus den zitternden Fingern. Sie rollte über den Tresen. Der Dürre fing sie auf, ehe sie auf den Boden fiel, und zog sie sich schnuppernd unter der Nase durch. «Was rauchst du da für Kraut?», fragte er, gab ihr die Zigarette zurück und prahlte mit der Flamme eines goldenen Feuerzeugs.

Lia liess sich Feuer geben und schob dem Dürren das Päckchen über die Theke. Er nahm es und verzog das Gesicht. «Indonesische? Mit Zimt? Kenne ich nicht. Gibt's die nur zur Vorweihnachtszeit? Adventszigaretten?» Er fand sich lustig und goss sich einen Whiskey ein. «Den gibt's sonst auch nur zu Weihnachten.» Er trank und hustete die Hitze des Getränks aus der Kehle. «Oder zu Traueranlässen.» Er goss sich nach. «Und zu trauern gibt es immer was. Auch einen?»

«Danke. Ein heisses Wasser mit Ingwer wäre mir lieber.»

«Ingwer? Zimt? Was bist denn du für eine? Und du willst eine Freundin von Elena sein?»

Die Tür des Lokals flog auf. Der Dürre erschrak und liess die Whiskeyflasche unter der Theke verschwinden. Das Glas schob er Lia rüber. «Wehe, du verpfeifst mich.»

Lia drehte sich nach der Gestalt um, die den Dürren so in Schrecken versetzte. Der Kerl war zu lange unter der Höhensonne gelegen, sein Gesicht glänzte rotbraun. Das halblange Haar war schwarz nachgefärbt und aalte sich in Gel. Die gebleichten Zähne lächelten mit Nachdruck. Eine pigmentgestörte Hand, an deren Fingern Lia auf die Schnelle vier Ringe zählte, schoss auf sie zu. Unter dem dunkelblauen Jackett erschienen die Ärmel des rosafarbenen Hemdes.

«Röhmer. Wie Cäsar», sagte er und erwartete wohl einen Lacher. Lia verweigerte ihn. Sie hätte am liebsten geheult. Wo war sie nur reingeraten?

«Und Sie sind?», fragte er.

«Lia Orff. Eine Freundin von Elena.»

«Freundin? Ich kenne Elenas Freundinnen. Sie arbeiten alle für mich. Sie kenne ich nicht. Aber wenn Sie wollen, können Sie bei mir gern anfangen.»

«Ich habe bereits für Sie gearbeitet. Ich habe Elena synchronisiert.»

«Sieh einer an. Ich wollte Sie schon immer mal kennenlernen. Ihre Stimme ist das Geheimnis von Elenas plötzlichem Erfolg.»

«Elena ist tot.»

«Ja, Carlo sagte mir so etwas.»

«Ermordet.»

«Woher wissen Sie das?»

«Ein Polizist hat es mir gesagt. Am Telefon. Hürlimann heisst er.»

«Hürlimann. Soso.» Röhmer kratzte sich am Kinn. Die geröstete Haut schien zu jucken. «Carlo. Giess mir einen ein.»

Carlo gehorchte und reichte Röhmer das Glas. Er trank nicht daraus, lief dafür zwischen den Tischchen des Clubs auf und ab, wie ein Politiker, der eine grosse Rede ausbrütete. Endlich blieb er stehen und sah zu Lia hinüber. «Weiss jemand, dass Sie hier bei mir sind?»

«Nein. Den Typen habe ich abgehängt.»

Röhmer riss die Augen auf. «Typen? Was für einen Typen?»

«Wirkte auf mich wie ein Südamerikaner.»

«Und? Was wollte er?»

«Keine Ahnung. Habe ihn nicht gefragt. Bin einfach nur davon. Er sah nicht so aus, als wollte er mich auf einen Drink einladen.»

Röhmer schob nachdenklich sein Kinn von rechts nach links. «Und wie sehe ich aus? Wie die Heilsarmee? Was habe ich mit Elenas Tod zu schaffen? Und mit Ihnen? Gar nichts. Aber die

Sache stinkt nach Ärger. Und den meide ich, so gut es geht.» Er drehte sich zu Carlo, der zustimmend nickte, wobei nicht nur sein Kopf, sondern der ganze Kerl wippte. «Bring sie zur Tür. Und sieh dich draussen mal um, ob ein gefährlicher Südamerikaner übers Gelände streift.»

Carlo streckte sich und nickte Lia zu.

«Sie können mich doch nicht einfach rauswerfen. Ich bin die Nächste, die der Typ killt.»

«Ich bin nicht die Polizei. Gehen Sie zu Hürlimann.»

«Und was soll ich ihm erzählen? Vielleicht, dass Sie minderjährige Mädchen aus der Ukraine zu Pornos zwingen?»

Röhmer horchte auf. «Was unterstellen Sie mir da? Habe ich richtig gehört?»

«Ich habe Beweise. Elena hat sie mir gegeben.»

Röhmer sah sie an und kniff die Augen zusammen. Er kratzte sich wieder am Hals. «Sie bluffen. Es gibt keine Beweise.»

«Aber es wird Ärger geben, wenn ich das den entsprechenden Leuten stecke.»

«Wenn Sie so wichtige Leute kennen, dann schlüpfen Sie doch bei denen unter. Carlo, wirf sie raus.»

Carlo packte sie unsanft am Arm. Lia riss sich los. Carlo schnappte nach. Jetzt noch fester. Lia jaulte auf. Röhmer verzog genüsslich den Mund. Er schien Gefallen an Schmerzen anderer zu haben.

«Sie sind ein Drecksack. Eine fiese, feige Ratte. Leute wie Sie müsste man kaltmachen. Aber es trifft immer die Falschen», schrie Lia.

Carlo schleuderte sie auf das Trottoir. Dort landete sie auf den Knien wie ein gestrandetes Mädchen. «Drecksack!» Sie besah sich die aufgerissene Strumpfhose und die blutenden Knie. Sie blieb auf dem Trottoir sitzen. Die geschürften Knie warfen Bilder der Vergangenheit auf. Lia auf Rollschuhen, die sie zum Geburtstag bekommen hatte. Immer wieder fallend. Immer wieder aufstehend. Die anderen Kinder hatten bei jedem Sturz über sie gelacht. Es war ihr egal gewesen. Ihre Mutter wollte, dass Lia die Rollschuhe abschnallte und endlich zum Geburtstagskuchen kam, auf den die geladenen Gäste warteten. Aber die Gäste waren Lia egal gewesen.

Sie wollte Rollschuh fahren können. Ohne hinzufallen. Sie hatte gar nicht gemerkt, dass irgendwann die anderen Kinder alle weg waren. Aber am Ende war sie die ganze Strasse, von der Metzgerei bis zur Ampel gefahren, ohne sich auch nur ein einziges Mal auf den Hintern zu setzen. Und am Abend hatte sie in der Badewanne ihre Knie gewaschen. Stolz, trotz Schmerzen. Jetzt war sie weit entfernt von dem Triumph, der Narben zu Orden wachsen liess. Sie war ausgerutscht. Und wenn sie nicht auf sich aufpasste, würde sie nicht mehr auf die Füsse kommen.

«Brauchst du Hilfe?», fragte eine ausgemergelte Frau, die selbst schlotterte.

«Geht schon.» Lia rappelte sich auf.

«Hast du eine Zigarette?»

Lia gab ihr eine von ihren Gudang Garam. Gierig grapschte die Frau danach und warf sich den Stängel in den Mund. Feuer hatte sie selbst. Aber es dauerte fünf Versuche, ehe der Feuerstein die Flamme zündete. «Röhmer ist ein Arschloch», sagte sie. «Guck mal.» Sie steckte das Feuerzeug ein und zog ein Foto aus dem Parka. «Das bin ich. Vor vier Jahren. Nicht schlecht, was?»

Kaum wiederzuerkennen. Eine wunderschöne Frau, die ihre vollen Brüste in den Händen wog und sich mit den Schneidezähnen verführerisch die Unterlippe nagte. «Und was ist davon übrig geblieben? Sieh mich an. Ich bin fertig. Ein Junkie. Ein verfickter Junkie.» Sie steckte das Foto wieder ein. «Hast du ein paar Rappen für mich? Zum Essen, du weisst schon.» Sie sah an Lia vorbei, während sie ihre Schnorrformel abspulte. Lia zückte ihr Portemonnaie und kramte darin nach ein paar Münzen. Ein Fünfliber wäre grosszügig genug, dachte sie. Aber die gefallene Schöne wollte mehr. Sie grapschte das Portemonnaie und rannte davon. Lia stand wie angewurzelt. Sie kam nicht vom Fleck. Sie starrte der Diebin hinterher, bis sie hinter Röhmers Club verschwunden war. Hundertzwanzig Franken. Nicht die Welt. Aber die Kreditkarte. Die musste sie sperren lassen.

«Lia, was machst du denn hier?» Die Stimme, die nach Bierwerbung klang, riss Lia aus der Starre.

«Jan», sagte sie und sah ihn erleichtert an, als wäre er der Schimmelreiter, der sie aus dem Schlamassel retten sollte. Dabei war Jan alles andere. Er war ein Gauner, der aus der Not der Frauen Kapital schlug. Wie Röhmer. Jedenfalls verdiente auch Jan ordentlich im Porno-Geschäft. Zwar liess er keine Pferdchen laufen, dafür drehte er für Röhmer Filme, mit denen sie ordentlich Kasse machten. Lia arbeitete öfters für ihn. Nicht vor der Kamera, das konnte sie nicht. Einmal hatte sie sich von Elena zu einer Probeaufnahme mit einem Armenier überreden lassen. Der Kerl war ein Hengst mit Dauerständer gewesen. Am Anfang hatte sie es geil gefunden, dann aber hatte sie nur noch Kälte verspürt. Sie hatte es unter der Rubrik Erfahrung sammeln verbucht und abgehakt. Es genügte ihr, wenn sie den Darstellerinnen die Stimme lieh. Erotik heucheln, wo blanker Viehmarkt herrschte. Aber Lias Stimme hatte das gewisse Etwas: den Hauch, der Männer träumen liess.

«Sag es einmal. Nur für mich. Dann geht's mir gut», sagte Jan und schloss die Augen.

«Hör auf. Mir ist nicht danach.»

«Bitte. Nur ein Mal.» Jan zog ein Kindergesicht und schob die Unterlippe vor.

«Fick dich.»

«Schon besser. Mehr.»

«Elena ist tot. Jemand hat sie umgebracht.»

Jan riss die Augen auf. «Was? Red keinen Blödsinn.»

«Die Polizei hat mich angerufen.»

«Ach du Scheisse. Bist du deswegen hier? Willst du zu Röhmer?»

«War schon dort. Er will nichts damit zu tun haben. Hat wohl selbst kalte Füsse.»

«Dann gehe ich jetzt wohl besser nicht zu ihm.» Er trat gegen eine leere Bierdose, die auf dem Trottoir lag. Sie flog gegen eine Autotür. Jan kümmerte es nicht. «Das passt mir überhaupt nicht. Ausgerechnet jetzt. Ich habe einen Superplot, eine Story, die ich auf Elena aufgebaut habe. Mal keine Billigproduktion. Cineasten-Eros, verstehst du? Röhmer hätte den Streifen bestimmt finanziert. Was denkt die sich eigentlich? Lässt sich jetzt abmurksen, wo ich den grossen Streifen mit ihr drehen will. Scheisshure. Kein Verlass.»

Lia sah ihn fassungslos an. War Jan tatsächlich so ein Arschloch? Oder verdrängte er einfach, dass ein Mensch gestorben war? Hatte er Elena nur als Material betrachtet? Klar. Was dachte Lia überhaupt. Das Geschäft mit dem Weib war Menschenhandel, nicht mehr. Dass sie zu Elena eine Freundschaft aufgebaut hatte, war nicht die Regel, mehr romantische Ausnahme. Ob sie sich so nahegekommen wären, wenn sie sich nicht von der Schulbank gekannt hätten? Es war Zufall gewesen, dass sie sich wiederbegegnet waren. Ein schräger Zufall. Lia glaubte nicht an Zufälle. Sie mass allem Bedeutung zu. Ursache und Wirkung. Aus allem konnte etwas entstehen. Ein ewiger Kreislauf, dessen Regeln man zu akzeptieren hatte. Wenn man die Dinge annahm, konnten sie für einen arbeiten. Jedenfalls hatte sie das bislang geglaubt. Wie sollte sie aber mit Elenas Tod umgehen? Er war gewaltsam herbeigeführt worden. Ursache und Wirkung. Lia wusste, dass Elenas Tod eine triftige Ursache hatte. Und das machte ihr Angst. Dieselbe Wirkung konnte auch ihr widerfahren. Sie steckte in der Sache mindestens ebenso tief drin wie Elena. Elena war zwar der aktivere Teil des Plans gewesen, aber Lia hatte ihn ausgeheckt und war im Hintergrund geblieben. So wie immer. Es war schon in der Schule so gewesen. Lia hatte die Ideen zu dummen Streichen, Elena hatte sie ausgeführt und ausgebadet. Nachsitzen bis zum späten Nachmittag, Abfall sammeln auf dem Pausenplatz, Treppen putzen im Schulhaus. Dafür hatte sie Elena immer abschreiben lassen. Und als Lia in Jans Tonstudio ihre ersten Synchronversuche gemacht hatte, waren sie sich wiederbegegnet. Nicht real. Das kam erst später. Erst hatte sie nur Text unter Elenas stumme Lippenbewegungen setzen müssen. Jan und der Tonfuzzi waren begeistert, wie gut Lias Stimme zu Elenas Treiben passte. Sie wurde sofort nur noch auf Elena angesetzt. Schon der erste Film, in dem Elena eine grössere Rolle hatte, war ein mittlerer Erfolg in der Szene. Elenas Karriere begann Fahrt aufzunehmen. Jan wollte es sich nicht nehmen lassen, Elena und Lia bekannt zu machen. Lia hatte Jan verschwiegen, dass sie Elena kannte. Vor dem Treffen war sie aufgeregt und hatte befürchtet, keinen Ton herauszukriegen, wenn sie vor Elena stand. Aber es war ganz einfach gewesen.

Unkompliziert. Wie immer mit Elena. Mit ihr konnte das Leben so leicht sein. Egal, wie tief man in der Tinte steckte. Elena schiss auf das Elend, lachte und liess es sich gut gehen. Dass sie dabei immer auch eine fette Linie Koks im Hirn brauchte, war Lia anfangs nicht aufgefallen. Sie selbst rührte das Zeug nicht mehr an. Zweimal hatte sie sich was reingepfiffen. Rubrik Erfahrung. Mehr nicht. Das Zeug schlug ihr zu stark auf die Schleimhäute. Sie fürchtete um ihre Stimme. Ihre Stimme war das Wichtigste. Sie war nicht nur ihr Kapital, auch ihre Leidenschaft. Mit ihrer Stimme fand sie Zugang zur Welt. Sie war das Bindeglied zwischen tiefem Eindruck und gehobenem Ausdruck. Ihre Stimme liess sie leben. Mit ihr konnte sie die grosse Lyrik erklingen lassen, Sentenzen weiser Denker vom Papier lebendig zum Schwingen bringen. Aber eben auch Pornos synchronisieren, um zu überleben.

«Kannst du mir einen Vorschuss geben?», fragte sie.

«Was?»

«Mir hat gerade ein Junkie mein Geld geklaut. Nur fünfhundert.»

«Bin ich ein Bankomat? Was glaubst du, warum ich zu Röhmer will. Ich bin selbst blank. Ich dachte, dass Röhmer in meine Produktion mit Elena einsteigt. Du weisst, ohne ihn geht nichts. Wenn er Ja sagt, bringt er Geld. Sagt er Nein, kannst du die Stadt verlassen. So sieht's aus. Und ohne Elena geht gar nichts. Ich bin fertig. Verstehst du?»

«Verstehe.» Sie drehte sich von Jan weg und liess ihn stehen. Sie hatte nichts mehr mit ihm zu schaffen. Ihr Bindeglied war Elena gewesen. Ihr hatte sie ihre Stimme geliehen. Zwar hatte sie auch für andere Darstellerinnen stöhnend am Mikrofon den Orgasmus gemimt, aber mit Elena hatte sie sich identifiziert. Elena war tot. Und ihre Stimme mit ihr verstummt. Sie schluckte die Tränen hinunter, die in ihrer Kehle aufstiegen. Jetzt nicht. Nicht hier auf der Strasse. Aber wo?

Wohin sollte sie?

***

Stahl hatte kaum geschlafen, sich nur auf dem Laken gewälzt. Das Leintuch warf Falten wie das Atlasgebirge. Und es war nass. Stahl ebenfalls. Er schwitzte kalt und fühlte sich bleiern. Ein Blick auf seinen Wecker verriet ihm, dass es drei Uhr nachmittags war. In drei Stunden musste er im Dolder sein. Ihm graute davor, die ganze Nacht neben dem Hoteleingang zu stehen. Das feuchte Laken trieb ihn aus dem Bett. Er schlurfte nackt durch die Wohnung und setzte einen Kaffee auf. Dann ging er unter die Dusche. Heisses Wasser. Das tat gut. Er hatte sich Shampoo und Gel aus dem Hotel mitgenommen. Dort gab es genug davon. Er kaufte nicht gern fürs Alltägliche ein. Er war nicht alltagstauglich. Er brauchte die Abwechslung, das Abenteuer. Im Vatikan hatte er es gehabt. Jeden Kontinent hatte er im Namen der Kirche besucht. Immer eine Depesche oder einen Auftrag im Gepäck. Vielleicht ähnelten sich die Missionen manchmal, aber Routine waren sie nie gewesen. Hätte er doch bleiben sollen? Er konnte ja wieder zurück. Holzer hatte gesagt, die Tür stehe immer offen. Aber Stahl wusste, dass es schwer war, wieder einzusteigen. Er müsste sich wieder einarbeiten. Auch wenn es nach aussen hin den Anschein hatte, dass der Vatikan ein Altherrenclub war, so drehte sich das Rad der Politik innerhalb der Mauern sehr schnell. Wer mit wem wann und wo paktierte, um seine Interessen durchzusetzen, konnte sich rascher ändern als das Sommerwetter in den Alpen. Und diese Unbeständigkeit war für ihn auch ein Grund gewesen, Rom zu verlassen. Er war nicht naiv, aber er wollte etwas, woran er glauben konnte. Und der Glaube war ihm in den Fangnetzen der Interessengemeinschaften abhandengekommen.

Das Wasser plätscherte über sein kurzes schwarzes Haar und lief ihm über Nacken und Rücken. Das Shampoo duftete nach Zitrone. Der Geruch erinnerte Stahl an Malawi. Dort hatte er die besten Zitronen gegessen. Er massierte den Schaum bis in die Kopfhaut, den Rest verteilte er über seinen behaarten Körper. Klingelte sein Handy?

Er drehte das Wasser ab und lauschte. Ja. Er hatte richtig gehört. Es konnte warten. Er wollte noch ein paar Minuten in Malawi sein. Er roch an den Fingern, schloss die Augen und sah den Malawi-See vor sich. Die riesige rote Sonne, wie sie auf der

Wasseroberfläche stand und mit einem Satz abtauchte, als hätte sie einer ausgeknipst. Dort war keine Zeit für romantische Sonnenuntergänge. Die Sonne ging einfach aus. Ebenso schnell, wie Stahls Fahneneid erloschen war. Das Handy klingelte erneut. Stahl stellte das Wasser an und duschte sich den Schaum vom Körper. Er warf sich ein weiches grosses Handtuch um die Lenden. Auch eine Leihgabe des Hotels. Er ging in die Küche und nahm den Kaffee vom Herd. Er blubberte bereits und schoss heisse Tropfen auf das Ceran. Stahl goss den Kaffee in eine Tasse und erinnerte sich, dass er vergessen hatte, sich Zucker aus dem Dolder mitzunehmen. Widerwillig nippte er an dem Kaffee. Verdammt bitter. Er konnte keinen Kaffee machen. Die Brühe, die er braute, ertrug man nur mit Zucker. Er schüttete das Zeug in den Ausguss. Er würde sich gleich eine Schale im Bistro genehmigen. So viel Zeit war noch. Ausserdem gefiel ihm die kleine Kellnerin mit dem frechen Mundwerk. Céline. Stahl glaubte, dass er eine Chance bei ihr hatte. Aber er hatte sich bislang zurückgehalten. Er schätzte sie auf Mitte zwanzig. Vielleicht war sie zu jung für ihn. Seine Schläfen ergrauten bereits. Und der Strahlemann von einst war er auch nicht mehr. Worüber machte er sich eigentlich Gedanken? Wurde er alt? Verdammt. Doch nicht mit sechsunddreissig. Das war doch kein Alter. Er hatte sich immer als Jungspund gefühlt im Vatikan. Kein Wunder, bei all den Greisen um ihn herum. Wieder läutete das Handy. Stahl nahm es vom Küchentisch und sah drauf. Hug. Schon das dritte Mal. Das musste dringend sein. Vermutlich eine Sonderschicht wegen der arabischen Hochzeit. Stahl nahm den Anruf entgegen.

«Ja? Was gibt's? … Scheisse … hat es schon jemand seiner Frau gesagt? … ja, ich übernehme das … bis später.»

Stahl legte das Handy auf den Tisch zurück und starrte aus dem Fenster. Merkel war tot. Selbstmord. Er hatte sich mit seiner eigenen Waffe in den Kopf geschossen. Im Wald hatte man ihn gefunden. Im Wagen. Die Polizei vermutete, dass es etwas mit der toten Frau zu tun hatte, die man heute Morgen ebenfalls im Wald gefunden hatte. So hatte es Hug gesagt. Sachlich und nüchtern. Wie Hug eben war. Hug würde ebenso kühl vom Untergang der Welt berichten. Er war ein Mann der Fakten.

Ein kalter Rechner, dem der Mensch Material war. Die ganze Welt eine Maschine, mehr nicht. Stahl war in Rom einigen davon begegnet. Er selbst wäre auch beinahe zu so einer Spezies mutiert. Aber irgendetwas hatte ihn davor bewahrt. Vielleicht war es Cecilia gewesen. Cecilia. Merkels Frau hiess auch Cecilia. Er würde gleich los, um ihr die Hiobsbotschaft zu überbringen. Er goss sich den restlichen Kaffee in die Tasse und trank ihn. Bitter. Na und? Das Leben war kein Zuckerschlecken.

Er zog die Tür hinter sich zu und trippelte die Stufen hinab. Im ersten Stock öffnete sich die Tür. Eine leicht bekleidete Südamerikanerin verabschiedete einen Geschäftsmann. Es war ihm wohl unangenehm, von Stahl gesehen zu werden. Er lächelte verlegen. Stahl kümmerte es nicht. Er sah an ihm vorbei und verliess das Haus.

Der blaue Morgenhimmel war einer kalten, grauen Wolkenfront gewichen. Stahl hatte seinen Kragen hochgestellt und zog den Kopf ein. Ein Wind, der Schnee versprach, blies ihm ins Gesicht.

Im Café Quick herrschte Nachmittagstrubel. Das vorwinterliche Wetter trieb die Leute herein. Stahl sah sich nach einem Platz um. Ein einzelner Tisch war nicht zu finden, aber bei einem älteren Herrn konnte er sich dazusetzen.

«Darf ich?», fragte Stahl.

Der Mann sah hinter seiner Zeitung auf und nickte. Dann versenkte er seinen Blick wieder hinter dem Papier.

Stahl sah sich nach Céline um. Sie war heute nicht da. Schade. Dafür ein junger Kellner, der mit dem Andrang überfordert schien. Stahl winkte ihm. Der Kellner hob vertröstend die Arme und nahm eine Bestellung an einem Tisch mit vier Frauen auf, die sich gerade von einer Shopping-Tour erholten und sich gegenseitig ihre neusten Schnäppchen zeigten.

Stahl nahm es gelassen. Wozu die Eile? Er hatte erst um sechs im Dolder zu sein. Und es drängte ihn nicht, Cecilia den Tod ihres Mannes zu beichten. Selbstmord. Merkel war nicht der Typ dazu. War er nicht? Wie gut kannte Stahl Merkel? Reichte ein halbes Jahr, um einen Menschen zu ergründen? Bei Albin hatte ein Leben nicht gereicht, um dessen doppelten Boden zu erkennen. Und wie viele Menschen hatten sich schon in Stahl getäuscht? Trotzdem. Stahl glaubte nicht an Merkels Selbstmord. Nicht so plötzlich. So theatralisch. So günstig für die Polizei. Nicht, nachdem Reschke bei Stahl gewesen war und ihm von der Verbindung zwischen der Toten Elena Peres und Fromm erzählt hatte.

«Was darf ich bringen?», fragte der junge Kellner.

«Eine Schale, bitte.»

«Ich warte schon länger», maulte der Herr, der eben wieder hinter der Zeitung hervorkam.

«Ich wollte Sie nicht bei der Lektüre stören.»

«Ich lese, weil ich warten muss. Um mir die Zeit zu vertreiben, bis endlich jemand kommt, um die Bestellung aufzunehmen.»

Der Kellner atmete tief durch und versuchte zu lächeln. Sein Gesicht wollte aber vor Wut schreien.

«Brüllen Sie einfach», sagte Stahl. «Dann geht es Ihnen besser.»

Der Kellner sah Stahl verblüfft an. Dann schrie er. Alle Gäste drehten sich nach ihm um. Der Kellner verstummte. Stille. Nur die Kuchengabel eines Kindes klimperte gegen den Teller mit Apfelkuchen.

«Ich warte», sagte der Kellner.

«Eine Stange», sagte der Mann mit Zeitung und tauchte dahinter ab. Der Kellner setzte sich in Bewegung, der Klangteppich im Café schwoll an. Die gewohnten Abläufe griffen ineinander.

***

Sie war viel zu früh. Aber wohin sollte sie? Hier fühlte sie sich sicher. Ausgerechnet in der Kantine beim Radio SRF. Lia hatte Penne mit Pesto gegessen. Jetzt gierte ihr Gaumen nach Süssem. Sie löffelte eine Crème Caramel. Zum Glück hatte sie Daniel getroffen. Sie wusste, dass der kleine dicke Redaktor auf sie abfuhr. Er hatte nicht gezögert, ihr zweihundert Franken zu borgen, als sie ihm von dem Diebstahl in der Langstrasse erzählt hatte. Daniel hatte es eilig. Er musste an eine Sitzung. Er gab ihr zwei französische Wangenküsse. Seine Bäckchen glühten. Lia ahnte, dass er sich für zweihundert Franken mehr versprach.

«Bis später», sagte er, schnaufte hoffnungsvoll und hetzte aus der Kantine. Einen Blick auf die Armbanduhr, den nächsten Blick zum ranghöheren Redaktor, devot lächelnd. Erst als er um die Ecke bog, fühlte sich Lia entspannter. Schon zweimal wollte er sie zum Essen einladen. Oder ins Kino, Theater, Konzert. Was man eben so tat, um sich näherzukommen. Lia wollte Daniel aber nicht näherkommen. Sie bewunderte sein Wissen über klassische Musik, mehr nicht. Er war bieder und einsam, fühlte sich unterschätzt und lamentierte ständig über die Beamtenhaltung beim Radio. Dabei war er einer der Träger dieser Mentalität.

«Ist hier noch frei?», fragte ein dicker Mann mit deutschem Akzent und stellte sein Tablett auf den Tisch. Auch er hatte sich für Penne mit Pesto entschieden.

Lia nickte und löffelte weiter an ihrer Crème Caramel.

«Lia Orff?», fragte der Mann mit dem roten Schnauz und streckte ihr die Hand entgegen. «Reschke», sagte er.

Lia zögerte, sah sich nach einem Fluchtweg um. Wie ein Radioredaktor sah der Kerl nicht aus. Eher wie ein Bühnentechniker. Er zog seine behaarte Pranke wieder zurück und schaufelte Penne. «Sie kannten Elena Peres recht gut.» Die Penne verschwand in seinem Mund.

Lia wollte aufspringen. Die haarige Pranke schnellte vor und packte sie am Handgelenk. «Ich suche ihren Mörder», sagte Reschke. «Und Sie können mir dabei vielleicht helfen.»

«Ich weiss nichts», sagte Lia. Und es klang hilflos wie verlogen.

«Was wissen Sie nicht?»

«Nichts. Gar nichts.»

«Sie kennen sich seit der Primarschule, und Sie haben Elena Ihre Stimme geliehen. Aber damit nicht genug. Sie haben sich mit Leuten angelegt, die einige Kragennummern grösser tragen als Sie.» Er schob sich eine weitere Ladung Penne in den Mund, kaute kaum und nickte bedeutungsvoll. «Sie werden die Nächste sein. Ob Sie etwas wissen oder nicht.» Er griff in seine Weste und zog eine Visitenkarte hervor. «Rufen Sie mich an, wenn Ihnen etwas einfällt.»

Lia rührte die Visitenkarte nicht an.

«Drehen Sie sich mal vorsichtig um», sagte Reschke.

Lia tat es und erschrak. Am hinteren Ende der Kantine erkannte sie den Südamerikaner, den sie abgeschüttelt zu haben glaubte.

«Das ist Gustavo. Er gehört zu mir. Sehen Sie ihn als Ihren persönlichen Schutzengel. Genauso gut wie er könnte Ihnen aber auch jemand anders an den Fersen kleben. Der Mörder von Elena.»

«Der soll mein Schutzengel sein? Warum hat er dann auf mich geschossen?»

«Wenn er Sie hätte treffen wollen, hätte er es getan. Er wollte Ihnen nur einen Schrecken einjagen. Ihnen bewusst machen, wie ernst die Lage für Sie ist.»

Reschke stand auf und ging. Lia schob die restliche Crème Caramel von sich weg und nahm die Visitenkarte.

«Wer war das?»

Lia schreckte hoch. Daniel stand neben ihr.

«Ist die Sitzung schon vorbei?»

«Habe mich im Tag geirrt. Kommt vor bei so vielen Sitzungen. Wahnsinn. Wir reden immer mehr und produzieren immer weniger.»

Gleich würde er wieder über das Radio meckern. Das mochte sie gar nicht. Fest angestellt und nörgeln. Jetzt nahm sie es gern in Kauf. Besser, er lamentierte, als dumme Fragen zu stellen.

«Ein Schwabe?», fragte er und sah auf den Teller mit den Teigwarenresten. «Bestimmt. Die räumen nicht einmal ihr Tablett weg. Kein Wunder, dass die keiner hier mag.» Er nahm das Tablett.

«Meinen Teller kannst du auch mitnehmen», sagte Lia. Daniel tat es und versorgte das Geschirr in einem dafür vorgesehenen fahrbaren Regal. Lia nutzte den Moment, stand auf und verschwand. Ein letzter Blick zum Südamerikaner, der sie nicht aus den Augen liess. Dann war sie draussen.

Sie sah sich um. Gustavo war schon hinter ihr. Sie würde im Radio bleiben. Hier kannte sie sich aus. Für Fremde ein Labyrinth. Wenn sie wollte, konnte sie den Kerl leicht abhängen. Wenn er aber tatsächlich ein Schutzengel war? War es dann nicht besser, ihn in der Nähe zu wissen? Warum sollte sie diesem Reschke trauen? Sympathisch wirkte er nicht. Sie sah auf die Visitenkarte. Ein Detektiv. Wirtschafts-Inkasso Dortmund. Ein Wadenbeisser. Einer, dem es um Geld ging, nicht um Lias Schutz. Er würde sie opfern, sobald er an den Leuten war, zu denen Lia ihn führen sollte. Bis dahin konnte sie aber auf seine Dienste zählen. Sie wollte Gustavo nutzen. Sie lächelte ihm zu. Er erwiderte charmant, wenngleich schmierig, und hielt sich auf Distanz.

Daniel erschien am Ausgang der Kantine und hielt nach Lia Ausschau. Er sah sie und kam auf sie zu. «Warum bist du so schnell weg? Habe ich etwas Falsches gesagt?»

«Ich mag diese Ausländerfeindlichkeit nicht. Auch nicht gegen Deutsche.»

«War nicht so gemeint. Aber manchmal nerven sie einfach. Nur weil sie glauben, dass wir dieselbe Sprache sprechen, meinen sie, die Schweiz wäre eines ihrer Bundesländer, und führen sich auf, als wären sie bei sich daheim. Als Gast soll man sich etwas anpassen.»

«Und wie sähe das aus?»

«Weniger lärmend. Das wäre schon mal ein Anfang.»

«Du machst doch jetzt den Lärm.»

«Weil der Typ mich genervt hat. Lässt einfach sein Tablett stehen, weil er weiss, dass ein dummer, ordentlicher Schweizer es schon wegräumen wird. Was wollte er eigentlich von dir?»

«Von mir?»

«Ich habe gesehen, wie er mit dir geredet hat.»

«Ach daher weht der Wind. Eifersüchtig?»

Daniel errötete. Lia lachte.

«Er war vom Deutschlandfunk. Er hat meine Stimme in der letzten Nachtsendung gehört und gefragt, ob ich nicht auch einmal für ihn ein Feature sprechen möchte.»

«Und?»

«Vielleicht. Von zwei Nachtsendungen im Monat kann ich kaum leben. Aber geredet wird viel.»

«Spielst du auf mich an? Ich habe versucht, mit Frau Benz zu sprechen, aber es war noch nicht der richtige Zeitpunkt.»

«Kein Problem.» Lia sagte es kühler als gewollt.

«Glaubst du etwa, ich mache nur Sprüche?»

«Wer macht die nicht? Gehören zum Geschäft. Wir sehen uns heute Abend.» Lia liess Daniel stehen und verliess das Radio. Jetzt war sie froh, dass ihr die zynische Note rausgerutscht war. Daniel sollte nur wissen, dass sie mehr Arbeit als Radiosprecherin brauchte. Mit Elenas Tod war das Porno-Synchronsprechen für Lia vorbei. Die seriöseren Studios für Film und Fernsehen waren durchweg mit Schauspielern besetzt. Da kam sie nur schwer rein. Auch Werbung war heiss umkämpft. Dazu war Lia auch nicht reisserisch genug. Ihre Stimme konnte nicht schrill für Waschpulver oder Reiseangebote werben, aber sie schaffte es, einsamen Radiohörern das Gefühl zu geben, eine verständnisvolle Freundin neben sich zu wissen. Eine eigene Sendung, in der sie die Seelenfragen der Hörer beantwortete und ihre Musik auflegen konnte, davon träumte sie. Sie war schon immer ein guter Coach gewesen. Sie hatte auch Elena gecoacht. Elena war nicht nur durch Lias Stimme die Stufen in der Porno-Dynastie emporgestiegen, sondern weil Lia sie strategisch und menschlich unterstützt hatte. Aber jetzt war Elena abgestürzt. Jemand hatte ihr die Flügel gebrochen. Und Lia fühlte sich schuldig. Es war ihre Idee gewesen, Fromm zu melken.

Sie drehte sich um. Gustavo hatte das Radio ebenfalls verlassen.

***

Stahl duckte sich unter dem eisigen Wind. Er pfiff ordentlich. Es konnte sich nur noch um Minuten handeln, bis die ersten Flocken fielen. Die hellgraue Wolkenwand lag wie eine Decke über der Stadt. Man mochte sich unter ihr verkriechen und Winterschlaf halten. Schlafen und erst wieder aufwachen, wenn die Sonne alles Grau vertrieben hatte. Doch der Schlaf war kein Mittel gegen das Grau. Gab es überhaupt ein Mittel dagegen? In Stahl und um Stahl nur noch Grau. Ohne Kontraste. Nur ein Ton. Hellgrau. Wie die Schneewolken über Zürich. In Stahl schneite es bereits. Schnee, der hellgrau aus den Wolken fiel und hellgrau auf dem Asphalt seiner Seele landete. Ein Schnee, der liegen blieb, nicht schmolz, weil es an innerer Wärme fehlte.

Stahl schlotterte. Ein Anfall. Nein. Keine Tabletten. Die Tabletten waren falsche Freunde. Besser wäre Boxen. Eine lange Runde am Sandsack, vielleicht auch ein kleines Sparring. Morgen. Da hatte er frei. Jetzt musste er in einen anderen Ring steigen. Ein Ring, in dem er nur verlieren konnte. Ein Ring, in dem menschliches Mitgefühl verlangt war. Eine Tugend, die man Stahl in den Jahren als Kreuzritter ausgebrannt hatte. So lange, bis es in ihm zu schneien begann.

Er drehte noch eine weitere Runde im Belvoir-Park. Nur wenige Meter, am nördlichen Eingang, lag die C.-F.-Meyerstrasse. Dort musste er hin, die schlechte Nachricht überbringen. Vor einem Blumenbeet blieb er stehen. Hier blühten im Frühjahr die Schwertlilien. Der Belvoirpark war berühmt für seinen Iris- und Tagliliengarten. Die Lilie – in der katholischen Heraldik stand sie für Reinheit und Unschuld. Die Dreiteilung der Blüte symbolisierte die Dreifaltigkeit. Er konnte sich nicht dagegen wehren. Er konnte seiner katholischen Landkarte nicht entkommen. Reinheit und Unschuld. Er war weit entfernt davon.

Er verliess den Park und steuerte auf ein Mehrfamilienhaus zu. Auf der Klingel stand mit Kugelschreiber der Name Merkel geschrieben. Stahl läutete. Durch die Sprechanlage erklang die Stimme eines Kindes: «Papi, endlich bist du da. Wir warten schon lange auf dich.»

Stahl erwiderte nichts. Er wartete, bis der Summer das Türschloss freigab, und ging ins Haus. Im zweiten Stock wartete bereits das Mädchen, eingepackt in Schal und Wollmütze. «Hallo, Roger. Kommst du mit Schlittschuh laufen? Wo ist Papa?»

Hinter dem Mädchen tauchte Cecilia auf. «Wo ist Matthias?», fragte sie. «Hat er etwa wieder eine Doppelschicht? Aber dann hätte er mich doch angerufen.»

«Darf ich reinkommen?», fragte Stahl und versuchte, den Kloss hinunterzuschlucken, der sich in seiner Kehle zu einem Schneeball formte. Er fürchtete, dass die Kugel weiterwuchs und er mit ihr den unteren Teil eines Schneemannes bauen konnte.

Cecilia zog das Mädchen an der Schulter zurück.

«Können wir einen Moment allein reden?», fragte Stahl.

Cecilia sah ihn verstört an. «Ist was passiert?»

Stahl druckste und sah zu dem Mädchen.

«Geh spielen, Lisa», sagte Cecilia.

«Aber wir wollten doch mit Papa aufs Eisfeld. Wo ist er? Warum ist nur Roger da?»

«Geh kurz in dein Zimmer. Papa ist wahrscheinlich schon beim Eisfeld.»

«Das verstehe ich nicht», sagte Lisa.

«Tu einfach, was ich dir sage.» Cecilia wurde ungewollt energisch. Lisa trottete maulend ab. Es klingelte. Lisa fuhr herum und rannte auf die Sprechanlage zu. «Papa. Da ist er. Hallo? Papi?» Sie drückte den Summer und strahlte.

Stahl wusste, dass es auf keinen Fall Merkel war, der gleich die Treppen emporgestiegen kam. In seinem Hirn ratterten die verschiedensten Möglichkeiten. Reschke, der mittlerweile vielleicht auch wusste, dass Merkel Elena Peres ins Dolder gefahren hatte. Und wenn Reschke Spitzel im Dolder hatte, wusste er auch schon von Merkels Tod. Zählte er eins und eins zusammen, würde auch er einen Zusammenhang zu Fromm knüpfen. Oder gar Fromms Leute? Die Mörder von Elena und Merkel? Stahl glaubte an keinen Selbstmord. Er hatte selbst schon zu viele falsche Fährten gelegt, als dass er diesen einfachen Köder schluckte.

Lisa war mittlerweile ins Treppenhaus gerannt und spähte hinab. Stahl zog sie am Arm in die Wohnung und schloss die Tür.

«Was machst du? Was ist los?», fragte Cecilia.

«Spielen wir Verstecken?» Lisa mochte das Spiel.

«Ja», sagte Stahl. «Wir wollen Matthias einen Streich spielen und so tun, als wären wir schon zum Schlittschuhlaufen gefahren. Dann kann er sehen, was es heisst, wenn man nicht pünktlich ist.»

Er nickte Lisa zu und legte den Zeigefinger auf seine Lippen. Lisa tat es ihm gleich und kicherte leise. Stahl blickte zu Cecilia hoch, die vor Angst und unheilvoller Ahnung gleich platzte.

Die Schritte kamen näher. Stahl wagte es, durch den Spion zu spähen. Er wollte wissen, mit wem er es zu tun hatte. Er erkannte das Gesicht auf der anderen Seite und öffnete die Tür, ehe der Mann erneut läutete.

«Papi», rief Lisa.

«Hürlimann», sagte Stahl.

«Stahl», entglitt es dem Polizisten.

«Matthias?», fragte Cecilia.

«Ihr Mann ist tot. Er hat sich vor zwei Stunden im Wald erschossen.» Hürlimann störte es nicht, dass er noch im Treppenhaus stand. Auch diese Nachricht vor dem Kind abzuwerfen, kümmerte ihn wenig. «Wir vermuten, dass er ein Verhältnis mit der Prostituierten Elena Peres hatte, die wir bereits heute Morgen ebenfalls tot im Wald aufgefunden haben. Ein Eifersuchtsdrama, bei dem sich Ihr Mann anschliessend selbst gerichtet hat.»

Besser und griffiger hätte man es für den «Blick» nicht formulieren können. Es sagte alles und liess Platz für vieles.

Cecilia stand im Gang und brachte keinen Ton heraus. Lisa verstand gar nichts. Und Stahl war nicht in der Lage, Cecilia oder Lisa in den Arm zu nehmen. Ein Schneesturm tobte in ihm. Er musste sich beherrschen, wollte er Hürlimann nicht zu Brei schlagen. Wie konnte einer so kalt sein.

«Sie müssten noch in die Rechtsmedizin, Ihren Mann identifizieren», sagte Hürlimann.

Cecilia nickte apathisch. Hürlimann drehte sich zu Stahl. «Habe mit Erstaunen vernommen, dass Sie jetzt zur Garde des Dolder gehören. Ist das als Aufstieg zu werten?» Er gefiel sich in einem mokanten Grinsen.

Stahls Körper spannte sich. Gleich würde seine Faust an Hürlimanns Kinnspitze landen und ihm den Kiefer brechen. Aber Stahl hatte gelernt, sich zu beherrschen.

«Sind Sie immer so brutal zu den Angehörigen verstorbener Menschen?», fragte Stahl.

«Das Leben ist brutal.»

«Deswegen könnten wir es im Umgang miteinander menschlicher machen.»

«Der Umgang, der mir begegnet, heisst meistens Mord. Auch eine menschliche Seite. Vielleicht färbt die Verrohung da auf einen ab.»

Er drehte sich zu Cecilia. «Wenn Sie es heute noch schaffen könnten, Ihren Mann zu identifizieren, wäre das eine feine Sache. Je früher der Fall erledigt ist, umso besser. Dann habe ich vielleicht mal wieder ein freies Wochenende. Auch ich habe Familie. Zwei Töchter. Zwillinge.» Er sah zu Lisa. «Ich glaube, als ich sie zum letzten Mal gesehen habe, waren sie so gross wie du.» Er wandte sich Stahl zu. «Nennen Sie das menschlich? Wie soll man da menschlich bleiben, wenn man durch den Beruf den Kindern schon ein toter Vater wird, obwohl man noch lebt? Nein, da kommen Sie an den Falschen. Ich bin kein Tröster. Als Vatikanschüler können Sie Frau Merkel sicherlich mehr Trost spenden als ich.» Er salutierte mit dem Zeigefinger und verschwand im Treppenhaus.

Cecilia starrte ihm nach. Allmählich füllten sich ihre Augen mit Tränen. Dann begann sie zu weinen.

Stahl zögerte einen Moment. Dann ging er einen Schritt auf Cecilia zu und nahm sie in den Arm. Er spürte Lisa, die sich an ihn drückte. War er tatsächlich der Tröster? Hatte er von Hürlimann das gefordert, was er selbst nicht leisten konnte? Es fühlte sich fremd an, die Flügel über Schutzbedürftige auszubreiten. Stahl hatte echte Verantwortung bislang nur für sich selbst getragen. Was veranlasste ihn nun, hier den starken Mann zu geben? Die eigene Einsamkeit? So gut hatte er Merkel nun auch nicht gekannt. Ein paarmal hatte er die Wochenenden mit ihm verbracht. Merkel war ein geselliger Kerl, der gern Geschichten aus dem Vatikan gehört hätte. Stahl hatte kaum etwas erzählt. Nur Dinge, die man auch sonst überall nachlesen konnte. Aber durch seine Vergangenheit war er für Merkel attraktiv gewesen. Fast wie ein Promi. Sogar ein paar Fotos mit ihm hatte Merkel auf seine Facebook-Seite gestellt. Aber richtig nahe waren sie sich nie gekommen. Keine Freunde. Nein. Und trotzdem bewegte ihn Merkels Tod. Selbstmord. Nachdem er Elena Peres getötet haben soll. Das glaubte Hürlimann, weil er sich ein freies Wochenende wünschte. Nur deswegen? Oder steckte mehr dahinter? Hatte es etwas mit Fromm zu tun? Oder mit Leuten, die die Causa Fromm nicht hochkochen lassen wollten? War Merkel einfach nur der Sündenbock für eine Geschichte, die nicht ans Licht kommen durfte? Stahl ertappte sich dabei, dass es diese Fragen waren, die ihn näher an Cecilia und Lisa rücken liessen. Eigennutz. Anderthalb Millionen Euro. Nein, auch er war nicht zum Tröster geboren. Er hatte in Hürlimanns Kälte nur seine eigene gespürt und sie nicht ertragen.

Cecilia löste sich von Stahl. Lisa drückte sich an ihre Mutter. «Entschuldige», sagte sie. «Aber das kommt so plötzlich.» Sie sah ihn an. Oder durch ihn hindurch? «Was mach ich jetzt?»

Stahl wusste keine Antwort.

DREI

Lia steckte die neue SIM-Karte in ihr Handy und aktivierte sie. Dann wählte sie die Nummer, die sie auswendig gelernt hatte. Am anderen Ende sprang die Combox an. «Herr Fromm, Elena ist zwar tot, die Angelegenheit aber noch nicht.» Lia legte auf. Sie fand, das hatte sie gut gesagt. Und schön. Ein One-Take.

Sie behielt das Handy in der Hand und sah auf den See. Schade, dass sie Zürich bald verlassen musste. Sie mochte die Stadt. Auch als Baslerin. Mit dem Geld würde sie erst einmal nach Indien reisen. Dort konnte man gut und günstig abtauchen. Zehn Millionen Franken. Mehr wollte sie nicht von Fromm. Bei fünfhundert Millionen, die der Kerl selbst gestohlen haben sollte, geradezu ein Trinkgeld. Aber sie musste sich mässigen, wollte sie durchkommen. Sie durfte nicht zu gierig werden. Oder vielleicht doch fünfzehn? Nein. Zehn. Das genügte. Wie Geld einem den Kopf verdrehen konnte. Sie sollte wieder mehr meditieren. Mit sich ins Reine kommen, spüren, dass Geld nicht das Wichtigste war. In Indien würde sie es tun. Jetzt hatte sie keine Zeit. Sie musste den Deal schnell über die Bühne bringen. Aber wie? Sie hatte keine Absicherung. Was sollte Fromm daran hindern, sie ebenfalls kaltzumachen? Sie drehte sich nach Gustavo um. Zuletzt hatte sie ihn am Kiosk gesehen. Er hatte sich Zigaretten gekauft. Jetzt war er weg. Warum war ihr Schutzengel weg? Durfte sie auf den überhaupt zählen? Konnte sie Reschke trauen? Ein schmieriger Geldeintreiber. Ein Kopfgeldjäger. Mein Gott, dass es so etwas überhaupt noch gab. Lia kannte solche Leute nur aus dreckigen Western. Aber doch nicht in der Schweiz.

Das Handy brummte. Sie nahm den Anruf entgegen. «Hallo? Herr Fromm? … ja. Zehn Millionen. Damit ist die Sache erledigt … Sie müssen mir vertrauen, sonst hetze ich Reschke auf Sie … ja, ich kenne ihn. Er ist Ihnen bereits auf der Spur … aber ich habe ihm nicht verraten, wo Sie sich aufhalten. Noch nicht … ich schicke Ihnen die Bankverbindung per SMS zu … Sie haben Zeit bis heute Abend um dreiundzwanzig Uhr, dann will ich das Geld auf meinem Konto sehen … Was? Bar? Nein.» Sie legte auf. Das Handy brummte erneut. Sie zögerte. Nahm dann doch ab. Ein Fehler?

«Ja? … Das ist mir zu gefährlich. Elena ist schon tot … Sie können mir viel erzählen. Ich glaube Ihnen kein Wort … Das Geld wird überwiesen. Der Deal läuft unter meinen Bedingungen … Hallo?»

Jetzt hatte Fromm aufgelegt. Er sagte, er könne ihr nur zwei Millionen in bar geben. Er habe derzeit keinen Zugriff auf seine Konten. Die Banken hätten sie auf Druck der geprellten Investoren eingefroren. Gut möglich. Konnte aber auch eine Falle sein. Fromm war ein Meister der Lüge. Wer mit fünfhundert Millionen vier Jahre unauffindbar war, musste mit allen Wassern gewaschen sein. Er behauptete sogar, er habe mit Elenas Tod nichts zu schaffen. Er habe sie doch geliebt. Wieso sollte er sie dann umbringen?

Eine Hand legte sich auf ihre Schulter. Sie schrak hoch. Reschke. Er nahm die Hand wieder weg und setzte sich neben sie auf die Bank.

«Sie haben ihn angerufen?»

«Wen?» Lia spielte auf Zeit.

Reschke verdrehte die Augen. «Schauen Sie, ich bin kein Meister des Anschleichens, und trotzdem sitze ich jetzt hier neben Ihnen. Die Leute, die Fromm schicken wird, können sogar in Sie hineinkriechen, ohne dass Sie es merken. Also?»

«Ich weiss nicht, wovon Sie reden.» Lia blieb stur.

«Ihr Handy.»

«Was?»

«Geben Sie mir Ihr Handy.»

«Was erlauben Sie sich.» Lia sprang auf. Reschke packte sie hart am Handgelenk.

«Lassen Sie los oder ich schreie.»

«Schreien Sie. Es wird niemanden kümmern.»

Lia drehte sich nach Menschen um, die ihr helfen konnten. Nur vereinzelte Spaziergänger, zwei Strassenwischer, die Laub kehrten, und ein Pärchen, das zwei Bänke weiter ineinander vergraben knutschte.

Lia entspannte ihren Arm. Reschke fiel auf ihre Passivität herein. Sobald er ebenfalls im Griff nachliess, riss sie sich los und rannte, so schnell sie konnte. Er würde ihr nicht folgen können. Er war zu dick. Sie sah sich nicht um. Unter ihren Füssen spritzte der Kies. Sie rannte einem Strassenwischer durch einen ordentlich gefegten Laubhaufen. Der Arbeiter jagte ihr einen Fluch hinterher. Sie fürchtete ihn nicht.

An einer Kastanie hielt sie kurz inne und drehte sich nach Reschke um. Er sass noch immer auf der Parkbank. Als würde er gleich Schwäne füttern. Der Mann war die Ruhe selbst. Er war ihr unheimlich, und sie traute ihm nicht. Er gab sich als Detektiv aus. War er auch wirklich einer? Er regte sich noch immer nicht. Vielleicht war er tot? Hatte ihn jemand erledigt, während Lia von ihm fortgerannt war? Ein Schuss aus dem Hinterhalt, der ihr gegolten hatte? Lias Phantasie galoppierte. Sie musste weiter. Weg von hier. Niemand durfte sie mit Reschke gesehen haben. Am Ende unterstellte man ihr den Mord an Reschke. Sie drehte sich um und wollte weiter. Aber sie rannte gegen einen Mann, der einen dunkelgrauen Mantel trug und wie ein südamerikanischer Geschäftsmann aussah. Mit Sonnenbrille. Auch im Novembernebel, kurz vor dem ersten Schnee. Gustavo.

«Kommen Sie», sagte er. Sein Akzent klang charmant. «Er will nur mit Ihnen reden.»

Lia stand wie angewurzelt. Was war sie für eine Amateurin. Mit wem hatte sie sich da überhaupt angelegt?

«Haken Sie sich bei mir unter», sagte Gustavo. «Das sieht schöner aus, als wenn ich Sie an den Haaren zu ihm schleife.»

Es gab sie wirklich, die Typen, die solche Sprüche klopften. Wer schrieb Ihnen Ihre Zeilen? Oder sammelten sie Einzeiler auf Karteikarten, um sie dann bei Gelegenheit zum Besten zu geben?

Lia gehorchte. Sie spürte Gustavos harten Unterarm, der ihre Elle wie ein Schraubstock einklemmte. Bei Reschke angekommen, liess Gustavo sie frei und schlenderte weiter, als habe er lediglich eine gelesene Zeitung entsorgt.

Sie stand verloren vor Reschke. Er war nicht tot. Er fütterte auch keine Schwäne. Er paffte unsichtbare Kringel in den Nebel.

«Setzen Sie sich», sagte er.

Lia tat es. Sie wartete. Irgendetwas müsste ihr Reschke jetzt gleich erzählen. Mehr als nur das Handy einfordern. Das Handy hätte ihr Gustavo längst nehmen können.

«Anderthalb Millionen Euro», sagte Reschke und sog an seiner Pfeife. «Das ist die Belohnung, die auf Fromms Kopf ausgesetzt ist.»

«Ich weiss nicht, was Sie von mir wollen. Ich kenne keinen Fromm. Aber für anderthalb Millionen würde ich gern einen kennen», sagte Lia.

Reschke grunzte. «Glauben Sie etwa, Fromm zahlt Ihnen mehr, wenn Sie ihn nicht verraten? Sie werden genauso kaltgemacht wie Elena.»

Lia schluckte. Sie wäre gern abgebrühter. Vielleicht konnte man so etwas lernen. Schritt für Schritt. Silbe um Silbe. Wie Sprechen.

«Es gibt mittlerweile übrigens noch einen Toten. Merkel. Ein Fahrer aus dem Dolder. Er soll sich mit seiner eigenen Waffe erschossen haben. Direkt dort, wo man auch Elena gefunden hatte. Ein Liebesdrama, behauptet die Polizei.»

Lia kannte keinen Merkel.

«Ich bin gespannt, was die Polizei sich zusammendichtet, wenn Sie als Nächste im Laub liegen werden.»

Wieder so ein Spruch aus der Krimiecke. Hardboiled. Krimis waren wie Pornos. Es tauchten immer wieder die gleichen Versatzstücke auf. Das Erfolgsgeheimnis des Genres. Lia sah sich Reschke genauer an. Ein ausgebrannter Jäger, der vielleicht irgendwo Frau und Kind hatte, die ihm längst abgehauen waren. Einer, der Zechpreller jagte und sich dafür einen Teil der Beute einstrich. Bestimmt war das Wild nicht immer so prominent wie dieses Mal.

«Was werden Sie tun, wenn Sie Fromm erwischt haben?», fragte Lia.

Reschke sah sie verdutzt an. Er war es wohl nicht gewohnt, dass andere die Fragen stellten.

«Ist Ihre Provision so hoch, dass Sie sich zur Ruhe setzen können?»

«Wer sagt, dass ich mich zur Ruhe setzen will?»
«Sie sehen so aus.»
«So?»
«Ein Häuschen in der Provence. Angenehm warm. Rotwein und ein Pfeifchen, das nie ausgeht.» Sie lachte. Das konnte sie gut. Scherzen, wenn sie Angst hatte. Es zeigte ihr, dass alles relativ war. Nur eine Sache des Rahmens. Das hatte sie gelernt. Intuitiv hatte sie es schon immer gemacht. Schon als Kind. Als Erwachsene musste sie es wiederentdecken. Ihr Coach hatte ihr gesagt, dass sie dominante Menschen, die sie im Geiste verfolgten und tyrannisierten, als kleine Zwerge sehen sollte. Und es hatte geholfen. Ihren Sprechprofessor an der Hochschule in Stuttgart, der sich darüber mokiert hatte, dass eine Schweizerin niemals anständiges Hochdeutsch sprechen würde, hatte sie in ihrer Phantasie zu einem Mistkäfer degradiert und ihn dann mit dem Absatz zertreten. Noch immer entlockte ihr das Knackgeräusch des Chitinpanzers Genuss im Ohr.
«Sie werden es nicht glauben. Aber ich jage nicht wegen des Geldes. Es ist die Jagd selbst, die mich entlohnt. Und der Gedanke, am Ende dem Fuchs das Fell über die Ohren zu ziehen.» Er gefiel sich in seiner Jägerphilosophie. «Und wissen Sie was? Ich sammle die Trophäen noch nicht einmal. Das Fell interessiert mich gar nicht mehr, wenn ich es in den Händen halte. Es überfällt mich eine Leere nach dem Sieg. Und deswegen jage ich gleich den Nächsten. Ich kann nicht aufhören damit.» Er beobachtete Lia. Wartete auf eine Reaktion von ihr.
Sie tat nichts.
«Wie viel wollen Sie von Fromm?», fragte Reschke. «Anscheinend mehr, als ich Ihnen biete. Aber glauben Sie mir, mein Geld ist sicherer. Denken Sie an die Anleger, die er geprellt hatte, weil sie zu gierig waren. Mein Angebot mag Ihnen im Vergleich zu Ihren Wünschen nur wie ein Taschengeld erscheinen, aber es ist sicher.»
Lia wog ab. Zehn Millionen hatte sie von Fromm gefordert. Fromm hatte ihr zwei Millionen in bar angeboten. Reschke anderthalb, aber Euro.
«Was muss ich tun?», fragte sie.

Reschke grinste. «Kluges Mädchen.»
«Wird sich zeigen.»
Reschke klopfte den Tabak aus der Pfeife und steckte sie in die Innentasche seiner Daunenjacke, die er über der Lederweste trug. Die Daunenjacke hatte nicht weniger Taschen. Lia tippte darauf, dass er sein ganzes Leben in diesen Taschen verstaut hatte.
«Sie machen genau das, was Sie vorhatten. Sie erpressen Fromm und treffen sich mit ihm zur Geldübergabe.»
«Wieso sollte ich mich mit ihm treffen wollen? Ich will nur das Geld. Das kann er auch in einem Schliessfach am Bahnhof deponieren. Er wird stutzig werden, wenn ich mich mit ihm treffen will. Immerhin hat er Elena auf dem Gewissen. Das wäre zu naiv.»
«Es ist auch naiv, sich überhaupt mit ihm messen zu wollen. Eine Geldübergabe am Bahnhof geht auf keinen Fall. Zu öffentlich. Der Deal muss diskret ablaufen. Niemand darf wissen, dass wir ihn schnappen. Das werden Sie als Schweizerin wohl verstehen.»
Lia überhörte den Kalauer. Diskretion, Pünktlichkeit, Disziplin, Käse und Schokolade. Alle diese Klischees, auf die man die Schweiz reduzierte, nervten sie gewaltig. Bereits mit dreizehn hatte sie begonnen, dagegen anzukämpfen. Jedes Geheimnis, das einen Hauch von Skandal hatte, hatte sie ausgeplaudert, es hatte ihr nie genügt, nur zehn Minuten zu spät zu kommen, es musste mindestens eine Viertelstunde sein. Auf Sport und saubere Heftführung hatte sie gepfiffen, und Käse lehnte sie bis heute kategorisch ab. Nur Schokolade, der hatte sie nie abschwören können.
«Vielleicht hat Fromm die Schweiz ja schon wieder verlassen? Er wäre doch blöde, wenn er nach den beiden Morden noch am selben Ort bliebe», sagte Lia.
«Hat er Sie zurückgerufen?»
Lia sah ihn fragend an.
«Hat er?»
Lia nickte.
«Dann ist er noch da. Er will sich hier mit einem Mann treffen, der ihm aus der Patsche helfen soll.»
«Wer ist das?»

«Man nennt ihn: die Katze. Der Mann mit den sieben Leben. Er verschafft nicht nur sich stets neue Identitäten, sondern auch anderen Leuten, die abtauchen müssen. Allerdings ist er nicht billig.»

«Und wann soll das Treffen stattfinden?»

«In zwei Tagen.»

«Woher wissen Sie das?»

«Ist mein Job.» Reschke zog seinen Mund in die Breite. Sein roter Schnauz streckte sich.

«Meinen Sie, die Katze hat Elena getötet?»

«Keine Ahnung. Eine süsse Maus war sie ja.» Lia konnte darüber nicht lachen.

«Rufen Sie ihn jetzt an und verabreden Sie sich», sagte er. Die rote Raupe über seiner Oberlippe hatte sich zusammengezogen.

Lia zögerte. Sie horchte in ihren Bauch. Sie mochte Reschke nicht. Ihr Bauchgefühl stiess ihn ab.

«Tut mir leid. Ich kenne keinen Fromm. Aber Ihre Geschichten haben mich sehr unterhalten.» Sie stand auf und ging. Reschke hielt sie nicht zurück. Nicht einmal eine weitere Warnung schickte er ihr hinterher. Lia rechnete damit, dass gleich Gustavo hinter einem Baum hervorsprang, um sie aufzuhalten. Gustavo erschien nicht. Sie lief weiter. Die Promenade entlang. Bis zum Bellevue. Sie hatte sich nicht umgedreht. Wollte nicht wissen, ob und wer ihr folgte. Sie wusste, dass Reschke ihr auf den Fersen bleiben würde.

***

Stahl tuckerte mit der Dolderbahn bis zur Station Waldhaus. Er stieg aus und ging den Rest zu Fuss. Erste Schneeflocken fielen vom Himmel. Es sah nach einer mächtigen Ladung aus, die den Winter ankündigen sollte. Morgen würde der Adlisberg weiss sein. Vermutlich schon heute Nacht. Stahl liebte Schnee. Er war begeisterter Skifahrer. Aber er war lange nicht mehr auf der Piste gewesen. Dieses Jahr würde er auf die Bretter steigen. Vielleicht sollte er im Dolder kündigen und sich eine Stelle in St. Moritz suchen?

Eine Limousine fuhr an ihm vorbei. Neue Gäste. Stahl würde sich gleich nach denen erkundigen, die gestern Nacht abgestiegen waren oder schon länger im Dolder weilten. Irgendjemand davon musste Elena gekannt haben. Laura würde ihm einen Blick in die Dateien bestimmt nicht verwehren. Sie mochte ihn. Es schwang ein leichter Flirt zwischen ihnen, mehr nicht. Aber der Tag an der Rezeption war lang, und Stahl war noch immer ein Hingucker. Auch wenn er sich selbst nicht mehr in Topform fühlte.

Eine zweite Limousine rauschte an ihm vorbei. Eine dritte folgte. Vermutlich Hochzeitsgäste der Araber. Die Vermählung zwischen dem arabischen Adel und der texanischen Ölfamilie war mehr als ein Liebesabkommen. Mit dem Jawort wurden Geschäfte abgeschlossen. Da durften Trittbrettfahrer nicht fehlen. Stahl würde heute Abend viele Gesichter entdecken, mit denen er bereits unter seinem alten Arbeitgeber zu schaffen hatte: Waffenhändler, Lobbyisten, Höflinge, Diplomaten, Rohstoffhändler und Ränkeschmiede. Und alle hielten sie sich für das Öl im Getriebe des Weltenrads. Die tatsächlichen Lenker und Strippenzieher würde man nicht sehen. Sie standen abseits, im Dress eines Lakaien, trugen Koffer und machten gehorsam den Diener vor denen, die sie an der Nase herumführten. Einen dieser Sorte hatte Stahl kennenlernen dürfen. In Rom. Ein Kammerdiener des Papstes. Tatsächlich schob er im Hintergrund Milliarden und nahm auf jedes Geschäft Einfluss, das der Vatikan abwickelte. Holzer hatte Stahl auf ihn angesetzt. Er hatte ihn die Katze genannt. Holzer wollte ihn nicht festnehmen, dafür beobachten, in der Hoffnung, dass die Katze ihn zu Verbündeten innerhalb des Vatikans führen würde. Aber nur einen Tag nachdem Stahl von ihm gewusst hatte, war er verschwunden. Keiner konnte sagen, wohin. Holzer hatte keinen Schimmer, wer die Katze gewarnt hatte. Dafür hatte Stahl ihn zum ersten Mal nervös gesehen.

Stahl erreichte das Dolder. Er entdeckte Hug, der mit einigen Kollegen sprach, die dann im Hotel verschwanden. Hug kam Stahl entgegen und musterte ihn. Dann sah er auf seine Tissot Touch.

«Wollen wir fünf Minuten irgendwo in Ruhe sprechen?», fragte er.

«Wenn wir es hier tun, sind wir Schneemänner.» Stahl fegte sich die Flocken von den Schultern, die auf seinem Mantel zu kleben begannen. Der Schneefall hatte stark zugenommen.

«Gehen wir ins Büro», sagte Hug und schritt voran. Stahl folgte ihm. Er nickte den Fahrern vor der Tür und den Damen am Empfang zu, während Hug sie nicht zu sehen schien. Er war auch den ganzen Tag hier, was sollte er sie da jedes Mal grüssen. Ausserdem kostete Hug Freundlichkeit Kraft. Und die brauchte er, um den Laden sauber zu halten. Zwei Tote, die in Verbindung mit dem Dolder standen, das durfte ihm nicht passen. Da blieb keine Energie für freundliche Blicke übrig. Da musste man rasch zum Kern der Sache kommen. Wenn es sein musste auch im Schneesturm.

Das Büro des Sicherheitsdienstes lag im zweiten Untergeschoss. Zwei Kollegen sassen vor Rechnern und kontrollierten die Überwachungskameras. Frau Künzli, der gute Geist der Stube, liess sich einen Kaffee heraus und drehte sich zu den Eintretenden. «Kaffee?», fragte sie.

Er nickte ihr zu, nahm die Tasse entgegen, die sie ihm reichte, und nippte an dem Kaffee. Er tat gut. Hug lehnte ab. Sein Magen war schon bitter genug.

«Lassen Sie uns einen Moment allein», sagte er. Künzli zog sich zurück. Die Kollegen vor den Bildschirmen hatten es nicht mitbekommen. Sie blickten besonders konzentriert auf ihre Bildschirme. Immerhin war ihr Chef im Raum. «Haben Sie nicht gehört?» Hugs schwäbischer Akzent fegte durch den Raum. Kalt wie der Nordwind. Die Kollegen erwischte es im Nacken. Sie drehten sich zu Hug. «Wir haben hier etwas zu besprechen. Interne Ebene.» Die beiden dackelten davon. Interne Ebene. Das sagte Hug gern, wenn er es besonders wichtig haben wollte. Stahl kannte den Ausdruck nicht. Er wusste noch nicht einmal, ob es diesen Terminus tatsächlich gab oder ob es eine Erfindung Hugs war. Jedenfalls klang es so wichtig, als hätten der Führer und sein Sekretär Bormann ihn bereits verwendet, um das Tausendjährige Reich zu gestalten. Interne Ebene. Ein Schwachsinn.

Jetzt waren sie allein. Stahl setzte sich. Hug fand dazu keine Ruhe.

«Was hat Merkels Frau gesagt? Wie hat sie es aufgenommen?», fragte Hug.

«Sie ist fertig mit den Nerven. Wollte es nicht glauben. Ihr Mann begeht Selbstmord. Da geht vieles im Kopf rum. Sie wird es nicht wahrhaben wollen. Und irgendwann wird sie es glauben und sich selbst die Schuld geben.»

«Hat sie etwas gesagt?»

«Was sollte sie gesagt haben?»

«Irgendetwas, was mit ihrem Mann und der Toten zu tun haben könnte.»

«Nein.»

Hug beugte sich dicht zu Stahl herab. Stahl konnte Hugs Rasierwasser riechen. Herb. Fast wie ranziges Fett.

«Ich wusste davon.»

«Wovon?»

«Von der Affäre.»

Stahl stellte die Kaffeetasse auf den Tisch und zog fragend die Brauen hoch. «Merkel mit dieser Gazelle?»

«Ja. Tragisch. Es war auf einer Fahrt. Sie kam öfters hierher.»

«Warum ist sie mir dann erst gestern aufgefallen?»

«Weil sie nur gestern durch den Vordereingang kam. Ich weiss auch nicht, was sie geritten hatte.» Hug schnaufte durch. Stahl fand es etwas zu theatralisch.

«Sie arbeitete für einen Escort-Service. Sie wissen schon. Gehobene Klientel. Auf einer Fahrt hatte sie wohl zu viel Koks in der Nase und sich an Merkel rangeschmissen. Und er hatte von da an gedacht, sie gehören zusammen.»

«Hat er Ihnen das so erzählt?»

«Nicht freiwillig. Ich habe ihn erwischt, wie er bei einem Gast ins Zimmer gestürmt ist und ihn vermöbeln wollte, weil der es mit Elena trieb. Das ging natürlich nicht. Ich habe ihn mir vorgeknöpft, und er hat alles gestanden.» Er schüttelte den Kopf. «Ich hätte ihn sofort rauswerfen müssen. Aber er hatte Frau und Kind. Und seine Frau sei schon wieder schwanger. Ich müsse Verständnis haben. Er würde einsehen, dass er zu weit gegangen wäre. Aber ich dürfe ihn nicht rauswerfen. Er bettelte geradezu. Wie sollte ich ihm da kündigen? Bin auch nur ein Mensch.»

Diese weichherzige Seite kannte Stahl von Hug nicht. Sie wirkte ungeübt. Cecilia war wieder schwanger? Warum wusste Stahl das nicht?

«Ich habe Merkel von den Escort-Fahrten abgezogen. In der Hoffnung, dass die Angelegenheit damit beendet wäre.»

«Wer ist stattdessen gefahren?»

«Bogner. Ihm kann ich vertrauen. Ich wollte nicht noch mehr Leute in die Sache einbeziehen.»

«Verstehe.»

«Und gestern war Bogner bei seiner kranken Frau. Das wissen Sie ja. Und da musste Merkel fahren. Erst wollte ich selbst die Fahrt übernehmen, aber die Araber fordern allerhöchste Priorität.»

Er sah auf seine Schuhspitzen. Klassischer Full-Brogue Derby in Schwarz.

«Ich hätte Merkel nicht fahren lassen dürfen. Nicht nach dem, was vorgefallen war. Ich mache mir schwere Vorwürfe.»

Stahl glaubte Hug kein Wort. Hug mochte ein grossartiger Stratege sein, aber als Schauspieler ein glatter Reinfall. In Rom hätte er keine drei Wochen überlebt. Oder war er absichtlich so schlecht? Dann wäre er schon wieder gut. Stahl war auf jeden Fall gewarnt. Jemand musste gesehen haben, dass Merkel ihn in die Stadt gefahren hatte. Und Hug wusste, dass Merkel ein geschwätziger Geselle war. Merkel hatte auch von Elena erzählt. Aber in ganz anderer Manier, als Hug es jetzt darstellte. Stahl glaubte Merkel. Oder war Merkel der bessere Schauspieler gewesen?

«Immerhin wirft der Fall Elena Peres keine längeren Schatten auf unser Haus. Wir können froh sein, dass es auf interner Ebene geklärt wurde und keine grösseren Kreise zieht.»

Interne Ebene. Da war sie wieder. Die Zauberformel. Es klingelte bei Stahl. Hug war eben kein Vollprofi. Sonst wäre er beim BND geblieben und hätte es dort weiter gebracht. Aber Stahl war auch hier gelandet. War er ein Vollprofi? Er war es mal gewesen. Und es reizte ihn, sich noch mal selbst zu überprüfen. Er wollte wissen, wer und was genau hinter dem Tod von Elena Peres und Merkel steckte. Und wenn dabei anderthalb Million heraussprangen – umso besser.

Zwei Kollegen kamen zur Tür hereingerannt. «Im Spa-Bereich gibt es eine Schlägerei. Irgendwelche Engländer, die zu viel getrunken haben, prügeln sich mit den Arabern.»

Hug rannte sofort aus dem Büro. Stahl überliess es den beiden Kollegen, Hug zu unterstützen. Er selbst blieb sitzen und leerte den Kaffee von Frau Künzli. Plötzlich stand sie neben ihm, streckte ihm einen frischen Kaffee hin und lächelte. Er erwiderte.

Dann ging er aus dem Büro und nahm den Lift ins Erdgeschoss. Beim Öffnen der Tür begegnete ihm die Araberin, die am Morgen von seinem Lächeln errötet war. Jetzt stand ein schwarzbärtiger untersetzter Mann bei ihr, der finster dreinblickte. Stahl nickte unverbindlich und verliess den Lift. Die junge Araberin sah an ihm vorbei auf den Boden, ihr Begleiter behielt die finstere Miene bei.

Stahl sah auf seine Jaeger-LeCoultre Reverso. Er hatte noch zehn Minuten bis Dienstantritt. Zeit genug, um mit Laura Platonov zu plaudern. Laura kam aus dem Tessin und hatte irgendwann mal einen Russen geheiratet. Von dem Russen hatte sie sich längst getrennt, den Namen aber behalten.

Sie fand ihn interessanter als Müller. Laura arbeitete an der Rezeption. Sie sprach sieben Sprachen und schrieb historische Schnulzen. Sie träumte davon, irgendwann vom Schreiben leben zu können. Immerhin hatte sie die Naivität ihrer Heldinnen. Eine Schönheit war sie nicht. Sie hatte man tatsächlich wegen ihrer Kompetenzen angestellt. Gerade versuchte sie sich wieder an einer Diät. Stahl konnte sich nicht genau erinnern, welcher der Eiweissformeln sie gerade anhing. Sie knabberte an einem Stück Trockenfleisch, als Stahl zu ihr ins Office kam.

«Willst du auch ein Stück? Schmeckt nicht schlecht.» Sie streckte Stahl den Beutel hin, in dem sie ihren Proviant aufbewahrte.

«Danke. Mit vollem Magen arbeitet es sich schwer.»

Laura verzog mokant den Mund. *«Sei un scemo, Ruggero»*, sagte sie.

Stahl mochte es, wenn sie Italienisch sprach. Da klang sie am echtesten. In allen anderen Sprachen nahm sie Klischees und

Attitüden an, hinter denen sie sich gut verbergen konnte. Stahl kannte das von sich selbst. Die Fremdsprache als Chance, sich dahinter zu verstecken.

«Hai cinque minuti?», fragte Stahl.

«Dimmi.»

«Ich müsste mal einen Blick in die Gästeliste werfen.»

«Warum?»

«Weil sich vielleicht ein alter Freund von mir hier einquartiert hat, den ich gern mal wiedersehen möchte.»

«Wie heisst er?»

«Wie er jetzt heisst, weiss ich nicht. Früher nannte er sich mal Müller.»

Stahl fand seinen Witz gut. Laura honorierte ihn mit einem *«Va bene»*.

Sie drückte sich hinter ihren Rechner und fuhr die Gästeliste hoch. «Wir haben derzeit vier Müllers zur Auswahl.»

Stahl stand bereits neben ihr und übernahm die Maus. Unter Fromm war natürlich niemand eingetragen. Das wäre lächerlich gewesen. Vielleicht war er doch einer der Müllers?

«Wer ist in den Suiten?», fragte er.

«Leute, die ihre Ruhe haben wollen. Komme ich nicht ran. Laufen nicht über uns. Top secret. Aber Schwientek behauptet, George Clooney wäre oben, weil er hier seinen nächsten Werbeclip drehen will.»

«Hat Hug Zutritt zu oben?»

«Klar. Als Sicherheitschef hat er überall Zutritt. Bist du nicht informiert? Wo warst du das letzte halbe Jahr?»

«Täglich acht Stunden am Eingang.»

«Dann solltest du auch besser dort bleiben, Towarischtsch.»

«Spasibo za sovet.»

«Paka.»

Die Tür öffnete sich. Schwientek, der Empfangschef des Hauses, kam herein. Sein runder Kopf glühte. Er wischte sich den Schweiss von der Stirn. «Heute tanzt der Bär», stöhnte er. Er stöhnte immer. Egal, was er sagte. Nicht draussen. Nicht vor den Gästen. Aber sobald er sich unbeobachtet fühlte, liess er der Last des Elends freien Lauf. Seufzen, Stöhnen, Zetern. Das war

Schwientek. Und ein Kopf so rot wie der Oktobermond. Würde er nicht ständig schwitzen, er würde platzen.

«Stahl, was machen Sie hier? Müssten Sie nicht am Eingang stehen?»

Stahl sah auf seine Uhr. «In exakt dreissig Sekunden.»

«Das können Sie noch schaffen.» Schwientek lachte. Es rasselte in seinen Bronchien. Er hustete und fluchte über den Husten.

Stahl zwinkerte Laura zu und verliess das Büro. Er mass seine Schritte genau so, dass er um Punkt achtzehn Uhr neben dem Eingang stand. Bogner schüttelte den Kopf. Wie jeden Tag.

«Ein Mal möchte ich dich erwischen. Nur ein Mal. Wenigstens eine Zehntelsekunde zu spät. Wo lernt man so etwas? Nein, sag es nicht. Ich weiss es ja. Beim grössten Exportschlager der Eidgenossen. Der glorreichen Schweizergarde.» Er beatboxte einen Trommelwirbel und setzte einen Lacher hinterher. Dann zog er ein ernstes Gesicht. «Schlimme Sache, das mit Merkel.»

Stahl nickte.

«Warst du bei Cecilia?»

Wieder ein Nicken.

«Wie hat sie es aufgenommen?»

Ein französisches Pärchen betrat das Hotel. Es stritt sich ungeniert laut. Vor allem sie schien sehr erregt. Er schüttelte den Kopf und wandte sich ab. Sie fuhr sich hysterisch durch ihr blond gelocktes, wildes Haar und stampfte mit dem grünen Stöckelschuh auf. Zu fest. Sie knickte um, strauchelte und fiel auf den Teppich. Er lachte wie ein Maschinengewehr. Dachte gar nicht daran, ihr aufzuhelfen. Sie griff in ihre Handtasche. Aber sie zog kein Schminkdöschen hervor, sondern einen 45er Colt, den sie gekonnt entsicherte und auf den lachenden Franzosen richtete.

Stahl zögerte keinen Augenblick. Zwei Schritte, ein Sprung. Die Kugel schoss unter seinem Arm hindurch und zertrümmerte eine Vase, in der Hagebuttenzweige das Ambiente dekorierten. Unter seinem schweren Körper begrub er die zarte Französin mit dem feurigen Temperament. Er nahm ihr die Pistole aus der Hand und half ihr auf.

«Pardon», hauchte sie und hinkte mit dem abgebrochenen Absatz zum Lift.

«Das geht selbstverständlich auf meine Rechnung», sagte der Mann mit dem Pariser Akzent. «*Merci.* Vielleicht haben Sie mir das Leben gerettet.» Er sah zu ihr hinüber. «Ist sie nicht süss? Sie wird mich ruinieren. Aber ich bin ihr verfallen.» Der Lift öffnete sich. Sie wartete auf ihn. Er ging zu ihr. Sie verschwanden im Lift.

Schwientek, weiteres Personal und eine Handvoll Gäste, die sich in der Lobby aufhielten, waren als Schaulustige angerannt. Schwientek bemühte sich, die Situation kleinzureden. «Keine Sorge. Nichts passiert. Alles in Ordnung. *No problem. A little accident.*» Dann zischte er dem Personal aus dem Service zu, die Scherben zusammenzukehren. Für drei Minuten ging es zu wie auf einem Ameisenhaufen. Dann stand eine idente Vase dort, wo zuvor Scherben geflogen waren. Auch die Hagebuttenzweige steckten in derselben Architektur in der Vase. Alles sah so aus, als wäre nichts passiert. Also warum nicht den Dialog nahtlos wiederaufnehmen?

«Sie musste doch von seinen Depressionen gewusst haben. Ich meine, als Frau weiss man das doch.»

«Sie hat nichts gewusst.»

«Meinst du, an der Sache ist etwas faul?»

«Was sollte daran faul sein?»

«Merkel war nicht der Typ, der bei solchen Frauen landen kann.»

«So? Was für ein Typ muss man denn sein?»

«Einer mit Kohle. Oder einer wie du.» Er zwinkerte. «Wünsche einen ruhigen Abend.» Bogner schritt durch die Lobby und verschwand im Lift. Stahl sah auf die Hagebutten. Als wäre nichts passiert. Wie gut er das kannte. Irgendwann würde auch er im Sarg liegen. Als wäre nichts passiert. Vielleicht war auch nichts passiert. Seit Entstehung der Menschheit alles nur ein Traum. Vielleicht war die Erde selbst noch nicht einmal entstanden. Wer würde sie wieder zusammenkneten, wenn ein Riesencolt sie in Scherben fetzte?

***

Lia war vor dem Schnee ins Odeon geflüchtet. Für einen Roten war es noch zu früh. Ausserdem musste sie noch auf Sendung. Da konnte sie Alkohol vergessen. Sie vertrug nichts. Sie bestellte einen Ingwertee und blieb an der Bar stehen. Sie stellte sich so, dass sie den Eingang sehen konnte. Die Schneeflocken waren jetzt kleiner geworden und blieben liegen, wo sie wollten.

Der Kellner brachte den Ingwertee. Ein Mann trat ein und klopfte sich den Schnee vom Mantel. Auch sein schwarz gegeltes Haar schimmerte weiss. Gustavo. Er lächelte Lia zu und setzte sich in die Ecke des Lokals. Lia zögerte nicht und setzte sich zu ihm.

«Sie erlauben doch?», fragte sie.

«Gern. Bin sowieso zu viel allein. Ein Espresso», rief er dem Kellner zu.

«Arbeiten Sie schon lange für Reschke?», fragte Lia.

«Drei Jahre.»

«Und das macht Spass? Den Leuten hinterherschleichen?»

«Es gibt Schlimmeres. In Ihrem Fall ist es sogar ein Vergnügen.»

Latino-Charme.

«Tanzen Sie Tango?»

«Selbstverständlich.»

«Salsa?»

«Klar.»

«Ich nicht. Hab's mal versucht. War aber nichts für mich. Am Ende bevorzuge ich doch Freestyle.»

«Mag ich nicht. Alles muss seine Form haben. Das Temperament muss sich an der Form reiben können. Dann erst entsteht Erotik und Ästhetik.»

Der Kellner servierte den Espresso. Gustavo nahm den Zuckerbeutel und schüttelte ihn dreimal, wie zwei Rasseln. Cha-Cha-Cha. Dann riss er das Papier auf und liess den Zucker in den Kaffee rieseln. Alles im Rhythmus. Selbst das Zerknüllen des Papiers war Musik. Noch zwei Takte, und Lia wäre ihm verfallen. Der Kerl konnte was.

Lias Handy brummte. Der Tanz war zu Ende. Nur einer kannte ihre Nummer: Fromm.

Sie erhob sich vom Tisch und ging zur Bar zurück. Dort nahm sie den Anruf entgegen. Gustavo behielt sie im Blick.

«Ja? … Ja, ich bin einverstanden … Erst so spät? Geht es nicht früher? … Am besten in einer Stunde … Ja, ich habe ihn dann dabei.» Er hatte aufgelegt. Eine sympathische Stimme hatte dieser Fromm. Elena hatte auch gesagt, dass er ein feiner Kerl sei. Sie hatte gelacht dabei und gesagt: «Noch netter ist er aber, wenn er uns die zehn Millionen gibt.» Jetzt war Elena tot, und die zehn Millionen waren auf zwei zusammengeschrumpft. Immerhin sollte es die bald geben. In einer Stunde. Am Bahnhof. Bei den Schliessfächern im Zwischengeschoss sollte die Übergabe stattfinden. Sie würde den USB-Stick mit der Liste in ein Schliessfach legen und dann zu der Aufsichtsfrau in der McClean-Anlage gehen, um ihr den Schlüssel zu geben. Gleichzeitig würde sie von ihr einen anderen Schlüssel erhalten, der sie zu den zwei Millionen bringen sollte. Fromm konnte sie natürlich linken, aber er durfte sich nicht sicher sein, ob es der Stick war. Er musste ihr vertrauen. Auch darauf, dass sie keine Kopie davon gezogen hatte, um das Spiel endlos weiterzutreiben. Sie hatte eine Kopie gezogen. Nicht, weil sie zu gierig war. Sie wollte den Bogen nicht überspannen. Sie brauchte nur eine Absicherung.

Lia zahlte und ging. Gustavo sah sie nicht an. Sie hoffte, ihn jetzt abschütteln zu können.

Es schneite noch immer. Sie sprang in das nächste Tram und fuhr vier Stationen bis zum Bahnhof. Sie sah sich nach Gustavo um. Er war nirgendwo zu sehen. Sie ging in den Bahnhof. Viel zu früh. Noch eine Dreiviertelstunde. Trotzdem schlenderte sie schon mal zu den Schliessfächern neben dem WC mit Duschanlage.

Lia warf zwei Franken ein und trat in die Frauentoilette. Sie suchte die Aufsicht. «Nehmen Sie nachher den Schlüssel?», fragte Lia.

«Schlüssel um acht.» Die Frau lächelte und nickte. Anscheinend hatte ihr Fromm bereits einen Vorschuss für den Dienst gezahlt.

Lia schlenderte wieder zu den Schliessfächern. Sie überprüfte, ob der Stick noch dort sass, wo sie ihn verstaut hatte: In der Innentasche ihres Mantels. Lia entschied sich für Fach 84. Ihr Geburtsjahr. Eine Glückszahl. Sie legte den Stick hinein und zog den Schlüssel ab. Noch immer genügend Zeit. Sie sah sich um. Niemand da, der ihr auffällig schien. Zwei Rucksackreisende, die im Bahnhof Schutz vor dem Schnee suchten und versuchten, ihr Gepäck in ein einziges Schliessfach zu stopfen, um Geld zu sparen. Ein Betrunkener, der sich an eine Flasche Rum klammerte. Und eine Frau, die die Abfalleimer leerte.

Lia dachte daran, sich die Zeit im Press-&-Book-Laden zu vertreiben. Ein Mann versperrte ihr den Weg. Reschke. Irgendwo war bestimmt auch Gustavo. Wie konnte sie so naiv sein. Natürlich hatte Reschke vor dem Odeon gestanden und war ihr gefolgt, während Gustavo drinnen in aller Ruhe seinen Espresso zu Ende getrunken hatte.

«Wem sollen Sie den Schlüssel geben?», fragte Reschke.

«Das geht Sie nichts an.» Lia dachte nicht daran, sich so kurz vor dem Ziel ausbremsen zu lassen.

«Geben Sie ihn mir.»

«Nein.»

«Ich halte Sie hier so lange fest, bis der Übergabetermin geplatzt ist.»

«Das können Sie nicht.»

«So?»

«Ich schreie. Ich bin Schweizerin. Und Sie ein deutscher Detektiv. Sie können hier gar nichts anstellen. Nicht offiziell.»

«Offiziell interessiert mich nicht. Interessiert übrigens auch niemanden wirklich in der Schweiz.»

«Lassen Sie mich durch.»

«Wie Sie wünschen. Aber wir sind immer in Ihrer Nähe.» Reschke trat einen Schritt zur Seite. Lia ging an ihm vorbei. Was sollte sie jetzt tun? Sie konnte den Schlüssel nicht bei der Aufsichtsfrau abgeben. Reschke oder Gustavo würden es sehen. Und wenn Fromm so lange abgetaucht war, würde er die beiden Schmalspurdetektive sofort wittern. Dann war der Deal geplatzt.

Sie drehte sich nach Reschke um. Er war verschwunden. Auch Gustavo war nirgendwo zu sehen. Sollte sie es doch wagen? Es war noch eine halbe Stunde bis zur Übergabe. Sie ging in den Zeitschriftenladen und landete vor einem Stand, der Kriminalromane anpries. Auf langen Zugfahrten hatte sie sich auch immer einen Krimi eingesteckt. Vielleicht würde sie auf dem Flug nach Indien wieder einen lesen. Im Augenblick hatte sie Krimi genug. Eine Frau nahm sich «Winters Knochen» von Daniel Woodrell. Eine gute Wahl. Lia löste sich von den Krimis und schlenderte zu den Reisebüchern. Über Indien gab es einiges. Das meiste kannte sie. Sie nahm eines aus dem Regal und sah sich die bunten Bilder darin an. Märkte mit Gewürzständen. Lia roch das Curry aus dem Papier heraus. Ein Blick auf ihr Handy verriet, dass sie bereits eine Viertelstunde hinter sich gebracht hatte. Jetzt konnte sie gehen. Der Schlüssel wäre bestimmt schon bei der Aufsicht. Vermutlich hatte sie ihn sogar schon seit einer Stunde bei sich. Fromm wäre nicht so dumm, erst kurz vor acht hier aufzutauchen. Wenn er überhaupt selbst kam. Dafür hatte er bestimmt seine Leute. Er hatte gesagt, er habe Elena nicht getötet. Natürlich nicht. Das liess er machen. Und wenn nicht? Wenn er Elena tatsächlich nicht auf dem Gewissen hatte? Wer war es dann?

Die Aufsicht blätterte in einem Landser-Roman. «Freundschaft im Schneekessel» hiess die Ausgabe. Sie sah auf, als Lia auf sie zuging. Lia merkte, dass ihr Blick nicht mehr so entspannt war wie vorher. Er sprang unruhig hin und her. Lia spürte, wie sie an der Hand gepackt wurde. Dann drehte ihr jemand den Arm auf den Rücken und entnahm ihrer Hand den Schlüssel zum Schliessfach. In der Schulter biss es. Sie jaulte. Die Aufsicht hielt sich am Landserheft fest und verzog das Gesicht, als würde man gerade ihr die Schulter auskugeln. Bei so viel Mitgefühl, wie musste sie da erst im Schneekessel von Stalingrad leiden?

«Frau Orff, Sie stehen unter Verdacht, Gustavo Almeida getötet zu haben», sagte ein Mann in elegantem Wollmantel, mit gestriegeltem Seitenscheitel, angegrauten Schläfen und einem gestutzten Menjou-Bärtchen. Der Mann, der ihr den Arm auf den Rücken presste, sagte nichts. Er war ein schweigender Uniformierter, der Befehle ausführte.

«Lassen Sie mich los», sagte Lia. Auf ihre Befehle reagierte er nicht. Aber auf das Nicken des Stutzers.

«Hürlimann», sagte der Stutzer und zeigte seinen Dienstausweis. «Ich bitte Sie, mit uns zu kommen.»

«Warum? Was ist passiert? Ich verstehe nicht …»

«Das klären wir auf dem Revier.» Hürlimann sah auf die Nummer des Schlüssels. «Aber öffnen wir noch das Türchen im Adventskalender.» Er drehte sich zu dem Uniformierten.

«Sie können jetzt gehen. Ich glaube, ich werde mit Frau Orff allein fertig.» Der Beamte gehorchte und verschwand.

«Uniform zieht immer Neugierige an. Das mag ich nicht», sagte Hürlimann. «Kommen Sie. Und denken Sie nicht daran, abzuhauen.» Er zog sie mit sich. «Wenn ich Sie nicht kriege, schnappen Sie die Mörder von Elena, Merkel und Almeida. Drei Tote. Das müsste Ihnen Warnung genug sein.»

«Ich verstehe überhaupt nichts. Wovon reden Sie? Wer ist Merkel?»

«Einer, dem wir schlüssig den Mord an Elena unterschieben können.»

«Aber er ist nicht ihr Mörder?»

«Nein. Aber die Öffentlichkeit ist damit zufrieden. Sie ist nie wirklich an der Wahrheit interessiert. Sie braucht nur etwas, was sie nachvollziehen kann.»

«Und Sie? Sind Sie nicht an der Wahrheit interessiert?»

«Mich interessieren rasche Lösungen. Ich habe keine Zeit, mich mit Rätseln aufzuhalten. Wenn ich so denken würde, hätte ich bislang vielleicht drei Fälle in meinem Leben gelöst. Deutlich zu wenig für das, was täglich passiert.»

«Und mich wollen Sie jetzt ebenfalls für einen Mord belangen?»

«Vielleicht. Gustavo Almeida ist noch frei.»

«Wer ist das?»

«Sehr witzig.» Hürlimann schüttelte mit gespielter Enttäuschung den Kopf. «Er verfolgt Sie seit heute Morgen. Der Knecht von Reschke.»

«Und was ist mit Reschke?»

«Abgetaucht. Nicht so leicht zu fassen. Ist flinker, als er scheint. Und schon sehr lange dabei. Hier ist es Nummer 84.» Er steckte den Schlüssel ins Schloss und drehte ihn um.

«Haben Sie Gustavo getötet? Arbeiten Sie für Fromm?»

Hürlimann nahm den Umschlag aus dem Fach und sah hinein. «Gibt es noch eine Kopie davon?», fragte er.

«Nein.»

«Klug.»

«Ich weiss nicht.»

Hürlimann sah sie an. «Verschwinden Sie. Und sehen Sie es als grosses Glück an, dass Sie noch mal davongekommen sind. Sie spielen hier in einer Liga, die drei Klassen zu hoch ist.»

«Wer hat Gustavo getötet? Sie?»

Hürlimann kniff die Augen zusammen und dachte einen Moment nach. Lia spürte, dass sie besser keine Fragen stellen sollte. Hürlimanns Gesicht entspannte sich, und er tat so, als würde er tatsächlich überlegen. «Vermutlich Reschke. Streit unter Kumpanen. Gustavo wollte Reschke übers Ohr hauen. Zu Fromm überlaufen. Richtig. Fromm bot einfach mehr. Nur eine Frage des Geldes. Wie immer.» Er hielt ihr den Stick vors Gesicht. «Ich werde ihn überprüfen. Und wenn die Daten darauf sind, die Sie Fromm zurückgeben wollten, dann hoffe ich für Sie, dass es wirklich keine Kopie davon gibt. Und jetzt verschwinden Sie, solange ich noch an Reschke als Mörder glaube.»

Lia zögerte nicht. Sie ging an Hürlimann vorbei. Mit jedem Schritt, den sie sich von ihm entfernte, wurde sie schneller. Auch ihr inneres Tempo nahm rasend zu. Fragen auf Fragen schossen ihr durchs Hirn. Gustavo tot? Wirklich? Oder nur ein Bluff? Dieser Hürlimann war ihr unheimlich. Was hatte er mit dem Stick zu schaffen? Arbeitete er für Fromm? Oder war Fromm mit der Politik verbandelt? Hatte die Schweiz Interesse daran, dass Fromm nichts geschah? Lia hatte den Stick nie geöffnet. Sie wusste nicht, was darauf war. Elena hatte nur gesagt, dass er der Schlüssel zu einem besseren Leben war.

VIER

Sie hatten Stahl nicht erkannt. Er genoss es. Zwei Kardinäle, ein Deutscher und ein Italiener, gehörten zu den Hochzeitsgästen. Wie oft war er ihnen im Vatikan begegnet. Es war seine Aufgabe gewesen, alle zu kennen, die er zu schützen hatte. Sie hatten andere Aufgaben, als ihn zu kennen. Er war auch im Vatikan für sie nur ein Sicherheitsbeamter gewesen. Ein Kerl in dunklem Anzug. Austauschbarer Soldat. Die wenigsten hatten gewusst, dass er mehr gewesen war als das. Auch jetzt ahnten sie nicht, dass er ihre Biografien kannte – mit all ihren weltlichen Schwächen. Jede Schwäche eine Daumenschraube, die man ansetzen konnte, wenn es um Mehrheiten im Vatikan ging. Und es ging dort immer um Mehrheiten. Und hier? Worum ging es hier? Eine Elefantenhochzeit zwischen Ölgeldern und Immobilien? Oder nahm man die Gelegenheit einfach wahr, sich zu treffen, um allfällige Geschäfte zu verhandeln? Drei Nationalräte waren auch da. Und viel Halbprominenz aus der Weltwirtschaft. Auch die Chinesen fehlten nicht. Und die Männer in Grau. Lobbyisten und Vermittler. Jene, die alle kannten und keinen. Einer davon war Kogler, ein Wiener, der sich sofort an die beiden Kardinäle geschmissen hatte, nachdem sie im Hotel eingetroffen waren. Stahl kannte ihn von verschiedenen Unternehmungen, die er für den Vatikan in Ghana hatte abwickeln müssen. Kogler besass gute Verbindungen dorthin. Er half einigen ghanaischen Gaunern, veraltete Instrumente und Apparate, die österreichische und Schweizer Spitäler entsorgten, in Ghana zu Geld zu machen. Eines seiner kleineren Geschäfte. Die grösseren drehten sich um Waffen und Diamanten. Kogler sprühte Charme, hausierte mit seinem Schmäh und wusste es, dezent Tiefstatus zu spielen. Sein Gegenüber fühlte sich umgehend wie ein besserer Mensch, wenn er Kogler gegenüberstand. Kogler würde Stahl wiedererkennen. Bestimmt. Kogler lebte davon, dass er Gesichter nicht vergass. Jetzt sah er zu Stahl hinüber, weil wieder neue Gäste das Hotel betraten. Stahl blickte auf den Boden. Er wollte nicht, dass Kogler ihn schon erkannte.

Ein Schweizer Geschäftsmann, der in Schokolade investierte, betrat mit einer schwarzen Schönheit das Hotel. Kogler liess die Kardinäle stehen und kam auf die Neuankömmlinge zu. «Das ist aber eine angenehme Überraschung. Küss die Hand.» Er sagte es nicht nur, er tat es auch. Mit einer einzigen Geste hatte er das reiche Bürgertum in den Adelsstand erhoben. «Ich muss Ihnen unbedingt jemanden vorstellen», sagte Kogler, und seine Augen funkelten bei dem Gedanken an die saftige Provision, die ihm das mögliche Geschäft verschaffen würde.

In Stahls Ohr raschelte es. Der Funk im Stöpsel meldete sich. «Alles in Ordnung?» Es war Hugs Stimme.

«Alles klar», antwortete Stahl.

«Ich möchte gern, dass Bogner Sie ablöst. Ich kann Sie im Saal besser brauchen.»

«Bogner? Der hat doch gar keine Schicht.»

«Ausnahmsweise doch.»

«Gut. Warte ich hier auf ihn?»

«Nein. Kommen Sie sofort in den Festsaal. Ich glaube, es könnte gleich unruhig werden.»

«Bin auf dem Weg.»

Stahl verliess seinen Posten und ging zügig, dennoch Ruhe ausstrahlend, durch das Foyer zum Festsaal. Seltsam, dass Hug den Eingang unbewacht liess. Selbst wenn es nur ein paar Minuten waren. Es war gegen die Vorschrift. Und Hug handelte nie gegen die Vorschrift.

«Wie lange brauchen Sie noch?», knarzte es aus dem Stöpsel.

«Bin schon da.» Stahl erreichte den Festsaal und nickte einem Kollegen zu, der nur für grössere Events angeheuert wurde. Der Kollege erwiderte den stummen Gruss. Ein Schrank, der sich mit Eiweisspräparaten aufgepumpt hatte. Wirkungsvoll. Aber ohne Durchschlag.

Stahl sah Hug am anderen Ende des Saals. Hug hatte ihn ebenfalls im Visier. «Mischen Sie sich unter die Leute. Ich brauche Sie im Pulk, falls etwas losgeht.»

Stahl gehorchte. Eine Kellnerin hielt ihm ein Tablett, auf dem ein Dutzend perlende Sektgläser standen, unter die Nase. Stahl nahm sich eines und hielt sich daran fest. Plötzlich stand die junge

Araberin vor ihm, die am Morgen unter seinem Blickkontakt errötet war. Auch sie hatte ein Sektglas in der Hand. «Was machen Sie denn hier?», fragte sie. Sie hatte nur einen leichten Akzent. Stahl wusste nicht, ob er antworten durfte. Aber was sollte er tun? Hug hatte ihn unter die Menge beordert. Also konnte er hier nicht den stummen Wächter mimen. «Ich passe auf, dass den Gästen nichts geschieht.»

«Bestimmten Gästen? Oder sind Sie für alle da?» Sie sah ihn eindringlich an. Jetzt schien es Stahl, dass er selbst errötete. Diese Unschuld, gepaart mit hitziger Direktheit, schlug bei ihm an.

«Woher sprechen Sie so gut Deutsch?»

«Internat. Lyceum Alpinum.»

Stahl nickte anerkennend. Er kannte den Hort der Elite-Sprösslinge. Dort traf man den Nachwuchs derer, die sich gerade hier begegneten. Stahl war dort einige Male gewesen, als er einen Kardinal begleitete, dessen Sohn auf dieses Internat ging. Es lag in Zuoz, im Oberengadin. Nicht weit von St. Moritz. Für die Ausbildung der Sprösslinge berappte man zwischen siebzig- und achtzigtausend Franken im Jahr. Je nach Zuschlägen. Die Frau, die Stahl noch immer tiefer in die Augen sah, als ihr erlaubt war, hatte bestimmt einige Zuschläge gekostet.

«Stahl?», sagte eine Stimme mit Wiener Akzent. «Aber freilich. Roger Stahl, der James Bond des Vatikans. Das ist aber eine Überraschung.»

Kogler drehte sich geschickt nach einem Tablett um, das hinter ihm durch den Saal glitt, und angelte sich ein Sektglas. Die Eintrittskarte für den Gesprächskreis. Er prostete erst der orientalischen Schönheit, dann Stahl zu. «Sind Sie etwa in geheimer Mission hier? Dann habe ich Sie nicht gesehen.» Er lachte dezent über den kleinen Scherz. So dezent, dass man meinen konnte, die Zuhörer hätten darüber gelacht. Tatsächlich lächelte die Internatsschülerin. Kogler beherrschte sein Metier. «Und Sie gehören bestimmt zur Familie der Braut, habe ich recht? Warten Sie. Lassen Sie mich kurz nachdenken. Yasmin. Yasmin Faruk.» Er prostete ihr zu. «Kogler. Von Kogler & Kogler, Consulting and Public Affairs, Wien.» Seine Worte perlten mehr als der Sekt. «Wir haben damals die Verbindung zum Lyceum Alpinum hergestellt. Falls Sie sich noch über einen Ihrer Lehrer beschweren wollen. Nur zu. Ich werde mich darum kümmern.» Er tat, als würde er trinken, entdeckte plötzlich einen anderen, wohl für ihn wichtigeren Menschen und verabschiedete sich mit einem Rundum-Lächeln von Yasmin und Stahl. Dann tauchte er in das Bad der wichtigen Leute und war verschwunden.

Yasmin lachte los. Es war ungezwungen. Ein zarter, privater Moment. Sie ertappte sich selbst dabei, errötete wie am Morgen und zwang sich zurück in die Form des erlaubten Small Talks.

«Sie sind also der Bond des Vatikans? Interessant. Warum stehen Sie dann immer am Eingang, statt in der Bar einen Martini zu trinken?»

«Immerhin habe ich mich bereits zum Sekt vorgekämpft.» Er versuchte sich an einem smarten Lächeln, zwischen Connery und Craig, und rieb sich dabei das Kinn.

«Stahl, ich brauche Sie einen Moment hier», krächzte es in seinen Ohrstöpsel. Hug.

Stahl nickte Yasmin zu. «Vielleicht treffen wir uns ja an der Bar wieder?»

«Vielleicht.» Sie spielte ihren Dialog ebenso gekonnt.

Stahl bahnte sich durch die Prominenz. Die beiden Kardinäle standen so, dass Stahl sie passieren musste. Sie waren mit zwei Scheichs und einem Funktionär der FIFA tief ins Gespräch verwickelt. Stahl glaubte, den Namen Messi zu hören. Wann hörte man den Namen nicht? Ein Phänomen. Waren es nicht Gottesgnade und die vielen Gebete, die den Zwerg hatten wachsen und gesunden lassen? Ein Wunder, das Gegenleistung forderte. Eine Hand wusch die andere. Und war die Hand Gottes nicht auch ein Argentinier gewesen? Aber Messi war nicht Maradona. Auf Messi konnte man setzen. Messi gehörte zum täglichen Gebet wie das Vaterunser. Sein Wort im Mund glich der geweihten Hostie. Und die weihte nun ebenfalls ein Argentinier. Und hatten die Argentinier nicht den Nazis Unterschlupf gewährt? Stoff für Verschwörungstheorien.

Stahl huschte ungesehen hinter den Kardinälen vorbei und steuerte auf Hug zu, der abseits hinter dem Buffet stand und den Saal überblickte.

«Sehen Sie die vier dort drüben? Neben dem Eingang?», fragte Hug und deutete mit dem Kinn in die Richtung, in die Stahl schauen sollte. Stahl sah vier Männer, die sich angeregt unterhielten. Für ihn nichts Auffälliges. Sie unterschieden sich nicht von den anderen Gästen.

«Sie gehören zur EDL», raunte Hug.

«English Defence League? Was machen die hier?», fragte Stahl.

«Keine Ahnung. Mir ist nur unwohl bei dem Gedanken, wenn hier englische Neonazis plötzlich arabische Gäste aufmischen. Deshalb möchte ich, dass Sie sich in deren Nähe aufhalten.»

«In Ordnung.» Stahl entfernte sich von Hug und manövrierte sich in die Nähe der vier Engländer, die froh gelaunt Alkohol in sich hineingossen und sich über Witze amüsierten, die sie der Reihe nach zum Besten gaben. Stahl konnte darin keine Aggression entdecken. Aber jede Laune konnte kippen.

***

Sie hätte sich besser schon jetzt aus dem Staub gemacht. Aber ihr Flieger nach Bombay ging erst übermorgen. Was brachte es, wenn sie sich bis dahin in Basel verkroch? Bei ihrer Mutter? Die würde nur Fragen stellen. Warum sie ausgerechnet wieder nach Indien wolle. Dabei war sie es doch gewesen, die Lia die erste Reise und den Aufenthalt im Aschram finanziert hatte. Allerdings in der Hoffnung, Lia würde von ihrem Buddha-Trip runterkommen und sich wieder für die rechte Religion entscheiden. Die Religion der Bilderstürmer, die nur nach dem Wort Christi handelten. Lia handelte derzeit weder nach den Worten Christi, noch war sie frei von Bedürfnissen, wie es sich Buddha wünschte. Sie wollte zwei Millionen Franken erpressen, um sich damit ein Leben zu erkaufen, in dem man es sich leisten konnte, an alles zu glauben, woran man wollte. Fasten, weil man es sich leisten konnte zu völlen. Bedürfnisse tilgen, weil sie erfüllt wurden. Religion als Luxus, nicht aus der Knechtschaft heraus.

Lia würde die Sendung aufzeichnen wie geplant. Im Radio war sie sicher. Heute musste sie nicht die ganze Nacht bleiben. Ihre Sendung «Nachtkonzert» gab es nur jedes zweite Wochenende.

Ihretwegen hätte es ruhig jedes Wochenende sein können. Sie liebte es, mit ihrer Stimme unbekannten Ohren zu erzählen. Von Louis Armstrong, Duke Ellington, Charlie Parker, Miles Davis, John McLaughlin, Wynton Marsalis oder John Zorn. Dazu die passende Musik auflegen und sich selbst ein Konzert veranstalten, an dem Unbekannte teilhatten. Sie kam sich dabei vor, wie wenn ihr ein schöner Fremder aus der gegenüberliegenden Wohnung dabei zusah, wie sie sich langsam für ihn auszog.

Weil sie Daniel lange genug genervt hatte, durfte sie heute ein Feature über Gottfried Benn lesen. Sie liebte Benn. Nicht nur seine Lyrik. Auch seine autobiografischen Schriften: «Doppelleben». Der Titel passte zu ihr. Sie würde daraus «Weihnachten 1943» lesen.

«Wollen wir?», fragte ein Mann um die fünfzig, den Lia bislang noch nicht kennengelernt hatte. Sie hatte ihn schon im Radio über den Gang huschen sehen, aber nie mit ihm gesprochen. Die meisten nickten ihr zu, auch wenn sie nicht einordnen konnten, was genau sie im Radio zu tun hatte. Der Kerl aber, der sich mit Faller vorstellte, während er an ihr vorbeisah, schien stets mit sich selbst beschäftigt, als dass er Zeit und Raum hätte, anderen zu begegnen. Jetzt war es unumgänglich. Er machte es kurz und schlurfte voran. Lia sah auf seine Schuhe: schräg, nach innen abgelaufene Absätze. Dem Mann mussten die Knie schmerzen. Bestimmt auch die Hüften. Jedenfalls sah es nicht gesund aus, wie er sich durch den Gang schob.

«Klein, aber fein», sagte er, als er die Tür zum Studio öffnete. Es glich mehr einem WC als einem Studio. Der Raum, in dem sie sonst ihre Nachtschichten fuhr, war weit grosszügiger. Hier aber passten nur mit Mühe zwei Stühle nebeneinander. Plakate von Bob Dylan und Kris Kristofferson hingen neben Janis Joplin und Simon & Garfunkel. Joan Baez, rauchend in Schwarz-Weiss, stand gerahmt auf einem kleinen Bistrotisch, auf dem sonst nur ein überfüllter Aschenbecher und eine Ausgabe der «Prisma» von 2010 Widerstand gegen die Staatsgewalt propagierten.

«Sie rauchen im Studio?»

«Warum nicht?»

«Ist das nicht verboten?»

«Wer sollte es merken?»

«Der Rauchmelder?»

«Kabel kann man durchtrennen.»

«Nach Gebrauchsanweisung aus der ‹Prisma›?»

«Alte autonome Schule.» Faller verzog keine Miene. Er meinte es ernst. Er war noch ein echter Kämpfer. Er kam näher an sie ran und flüsterte: «Dieses Studio gibt es gar nicht.» Er kicherte in sich hinein.

«Wahnsinn. Die wissen gar nicht, dass sie mich hier im Äther haben. Auf dem Lohnzettel werde ich zwar als Tontechniker geführt, aber dass ich sende, davon haben die keine Ahnung.»

«Aber wir sind doch im Programm. Das muss die Sendeleitung doch wissen.»

«Programm?» Er kicherte wieder. «Klar. Aber nicht beim SRF. Wir senden für «Prisma Underground». Die Affen hier hätten sich für Benn niemals interessiert. Zu heisses Eisen. Noch immer.»

«Aber Daniel weiss Bescheid? Hätte nicht geglaubt, dass er ein heimlicher Revoluzzer ist.»

«Daniel Müller? Der weiss gar nichts. Der glaubt, Sie sprechen heute Ringelnatz und Morgenstern fürs Weihnachtsprogramm ein. Ein Idiot.»

«Aber warum Benn? Ist er den Linken nicht noch immer suspekt?»

«Blödsinn. Es geht um Sprache und Reflexion. Benn ist grossartig. Hinterher über einen schimpfen kann jeder. Aber schauen Sie sich doch mal um. Wie viel Widerstand leisten die Leute heute? Und dabei haben sie viel weniger zu verlieren als damals. Aber keiner steht auf.»

Lia setzte sich auf den Stuhl, den ihr Faller anbot.

«Wir sprechen ins selbe Mikrofon.» Er drehte es so, dass Lia auch rankam.

«Ich leite ein und fahr dann die Musik hoch. Dylan. ›Blowin' in the Wind‹. Ich spiele immer Dylan als Intro. Eine Art Markenzeichen. Haben Sie einen Lieblingssong von ihm?»

«Vielleicht ›Mr. Tambourine Man‹?» Lia fiel auf die Schnelle nichts anderes ein.

«Einverstanden.» Er drückte ein paar Tasten auf seinem iPod, den er an die Anlage gestöpselt hatte, und schob Regler nach eigener Logik.

«Hallo, ihr da draussen, hier ist wieder der gefallene Faller, der Falke im Sturzflug. Im Kampf gegen das Vergessen. Mit Sprache, die seziert, und Musik *like a rolling stone.* ‹Prisma Underground› kämpft weiter. Heute zu Gast mit Gottfried Benn: die bezaubernde Sirene Lia Orff.» Er stiess sich mit seinen Lippen vom Mikrofon ab und zog an seinen Reglern. Bob Dylan jaulte.

Lia wusste nicht, wo sie gelandet war. Ob es hier sicherer war als auf freier Wildbahn? Faller hatte sie noch immer kein einziges Mal richtig angesehen. Wenn er mit ihr redete, sah er an ihr vorbei oder hantierte an seinen Reglern.

«Hier sind die Texte», sagte er und reichte Lia ein paar lose Blätter. Sie flog über die Zeilen, wollte wissen, was sie da gleich lesen sollte, damit es wenigstens einigermassen nach etwas klang. Faller wollte aber reden. «Mir geht es beschissen», sagte er. «Ich habe Diabetes, seit zehn Jahren. Deswegen hinke ich auch so. Zuckerfuss. Und zum guten Glück frisst mich jetzt auch noch der Leberkrebs. Nächste Woche habe ich einen Termin zur Bestrahlungstherapie. Können Sie mich vielleicht dorthin fahren? Meine Frau hat mich verlassen. Auf die kann ich nicht mehr zählen. Drecksau. Nach allem, was ich für sie getan habe. Aufgestachelt von ihrem behinderten Sohn. Mein Stiefsohn. Der wäre gar nichts, ohne mich. Behindert. Ich habe ihn durchgeboxt. Erst durch die Schule, dann durch die Schreinerlehre. Und jetzt fällt er mir in den Rücken.»

Bob Dylan sang den letzten Refrain zu Ende. Faller blendete ihn aus und zog das Mikrofon hoch. Dann gab er Lia mit dem Finger ein Zeichen. Lia begann zu lesen, in Gedanken noch bei Fallers Kurzbiografie. Ihre Augen flogen über Benns Zeilen, die Worte blieben am Papier hängen. Es gelang ihr nicht, Benns Sprache lebendig werden zu lassen.

Faller gab ihr ein Zeichen, verschob die Regler und keifte mit geheuchelter Ekstase ins Mikrofon: «Lia Orff und Gottfried Benn. Sprengstoff für die Ohren. Da muss man was dagegensetzen.» Er tat es mit «Satisfaction» von den Stones.

«Sehr schön. Super. Kommt sehr gut», sagte er und wippte mit dem gesunden Fuss zu Keith Richards Gitarrenriffs. «Meine Ex ist Stones-Fan. Das muss man sich mal vorstellen. Liebt die Stones und lässt mich hängen. Die hat doch gar nichts kapiert von der Musik. Dabei habe ich sie rausgeholt aus dem Sumpf. Aus einer Sekte. Und jetzt hat sie Angst vor mir.» Er nahm einen Schluck Dosenbier. «Mit gutem Recht. Denn wenn ich sie erwisch, dreh ich ihr den Hals um.»

Lia blätterte in den markierten Textstellen, die sie gleich lesen wollte. Faller sprudelte weiter. «Schickt die mir die Polizei auf den Hals. Nur weil ich Manuel zurückhaben wollte. Aber die hätten aufpassen sollen. Konnten ja nicht wissen, dass ich den schwarzen Gurt in Karate und den braunen in Jiu-Jitsu habe. Dabei bin ich Pazifist. Immer gewesen. Ich habe den Kampfsport nur im Rahmen einer Therapie gemacht. Und wenn ich was anfange, mach ich es richtig.» Er blendete die Stones aus und nickte Lia zu. Lia las wieder Benn. Sie hatte sich für ein Gedicht entschieden.

«… du blühst wie Rosen schwer in Gärten allen,
du Einsamkeit aus Alter und Verlust,
du Überleben, wenn die Träume fallen,
zu viel gelitten und zu viel gewusst.»

Lia merkte, wie Faller neben ihr zu weinen begann. Er hielt sich den Mund zu, dass er nicht laut schluchzte. Lia fuhr mit Prosa fort. So schlecht hatte sie noch nie gelesen. Faller spielte «San Francisco» von Scott McKenzie ein.

«Tut mir leid. Aber manchmal kann auch ich nicht mehr an mich halten. Mit vierzehn bin ich von zu Hause abgehauen, weil beide Elternteile nur gesoffen haben. Ich habe mein ganzes Leben lang nur Scheisse erlebt. Und die Polizei sperrt mich vier Tage in die Psychi, nur weil ich einem von denen die Nase gebrochen und dem anderen die Familienplanung durcheinandergebracht habe. Zu dritt sind sie dann auf mich. Getreten und mit Knüppeln geschlagen. Einen krebskranken Diabetiker. Aber noch lebe ich. Und solange ich lebe, geht der Kampf weiter.» Er zog sich einen auf Vorrat gedrehten Joint aus der Tasche und steckte ihn sich an. Dann lehnte er sich zurück und inhalierte. «Ich mache Pause. Wenn die Musik zu Ende ist, schieb einfach den Regler und mach den Rest allein, okay?» Er sah sie aus wässrigen graublauen Augen an. «Ich höre dir gern zu. Du hast eine verdammt schöne Stimme. Gottfried Benn und Lia Orff. Was für ein Paar.» Er lachte. Der Joint zeigte Wirkung. Wer wusste, wie das Kraut mit den anderen Medikamenten wirkte. Faller verdrehte die Augen und summte zum Refrain des Flower-Power.

Lia schob die Regler und las. Jetzt tauchte sie ein und verlor sich in Benns Gedanken. Es dachte und sprach aus einem Mund: *«Wir lebten etwas anderes, als wir waren, wir schrieben etwas anderes, als wir dachten, wir dachten etwas anderes, als wir erwarteten, und was übrig bleibt, ist etwas anderes, als wir vorhatten.»*

***

Stahl hatte ihn sofort entdeckt. Keine Kunst. Er passte nicht in die Abendgesellschaft: mit seinem verschwitzen Karohemd und der Lederweste. Darüber einen beigen Trenchcoat, in dessen Taschen er seine Hände vergrub. Wie ein Walross auf Landurlaub.

Stahl entfernte sich von den Engländern, die sich viel ruhiger verhielten, als Hug befürchtet hatte, und näherte sich Reschke von der Seite.

«Falls Sie Fromm suchen, der ist nicht hier.» Stahl hatte es leise gesagt und darauf geachtet, dass seine Funkanlage nicht sendete. Hug brauchte nicht zu wissen, dass Stahl mit Reschke ins Geschäft kommen wollte.

Reschke erschrak. Er hatte Stahl wohl nicht erwartet.

«Ich habe Sie nicht gesehen», sagte er, und es pfiff aus seinen Bronchien.

«Das ist mein Job. Alles sehen und nicht gesehen werden. Deswegen wollten Sie mich doch anheuern. Gilt der Deal noch?»

Reschke wischte sich mit einem Taschentuch die Schweissperlen von der Stirn. «Können wir irgendwo anders reden? Mir ist es hier zu heiss.»

«Sie könnten ablegen», sagte Stahl. «Aber ich glaube, Ihr Outfit käme hier nicht gut an. Sehen Sie den Kerl dort hinten? Das ist mein Chef. Den würde brennend interessieren, was so eine Gestalt wie Sie hierhertreibt.»

Hug reckte neugierig den Hals und sprach in den Funk. Stahl stellte ihn an. «Wer ist der Kerl?»

«Ein Vertreter für Schmierseife, der mal sehen wollte, wie es die Reichen und Schönen treiben.»

«Wie kam er hier rein? Hat Bogner ihn nicht gesehen?»

«Keine Ahnung. Fragen Sie Bogner.»

«Er meldet sich nicht.»

«Ich kann ja mal nachsehen, was mit ihm ist, wenn ich den Kauz hier rausbegleite.»

«In Ordnung.»

Stahl nahm Reschke dezent am Arm, sodass Hug sehen konnte, was vor sich ging, und verliess mit Reschke den Saal.

«Vertreter für Schmierseife», sagte Reschke. «Da liegen Sie vielleicht gar nicht mal so falsch.»

Stahl ging mit Reschke zum Ausgang. Bogner stand nicht da, wo er sollte. Stahl funkte es Hug durch.

«Verdammt. Ich hab die Schnauze voll von ihm. Der kann sich einen anderen Job suchen.»

«Vielleicht musste er rasch zu seiner Frau.»

«Dann kann er sich abmelden.»

«Vielleicht hat er es bei Frau Künzli getan. Ich werde gleich nachfragen und dann Bogners Posten beziehen. Im Saal ist ja so weit alles ruhig.»

«Geben Sie jetzt die Anweisungen?»

«Ich schlage nur vor.»

«Ich werfe die Brocken bald hin. Entweder ich habe Idioten oder überqualifiziertes Personal.»

«Und was fange ich damit an?»

«Tun Sie, was Sie für richtig halten. Und stehen Sie bereit. Falls hier etwas anrollt, brauche ich Sie hier.»

Stahl trat mit Reschke vors Hotel und steckte sich eine kubanische Mini-Quintero an. «Also, warum sind Sie hier?», fragte Stahl.

Reschke sah sich um. Zwei Angestellte schippten Schnee, ein Fahrer begleitete einen älteren Herrn unterm Regenschirm vom Auto zum Eingang, und zwei andere Fahrer harrten auf Einsatz.

«Jemand hat meinen Assistenten getötet», sagte Reschke. Er verschaffte sich mit zwei Fingern Luft unter dem Kragen. Es schien ihm auch hier draussen heiss zu sein. «Gustavo. Ein guter Mann.» Reschke schluckte trocken. «Können wir in die Bar? Ich muss was trinken.»

«Wenn Ihnen dann nicht wieder heiss wird.» Stahl nahm einen letzten Zug von der kleinen Zigarillo und warf sie in den Schnee. Eine kratzende rote Schippe schaufelte sie auf und warf sie auf einen Haufen. Man würde den Stummel erst mit dem nächsten Tauwetter wiederfinden.

«Ein Getränk, länger dürfen Sie hier nicht bleiben. Mein Chef hat was gegen Schmierseifenvertreter. Es sei denn, Sie checken bei uns ein. Packt das Ihr Spesenkonto?»

«Bleibt mir nichts anderes übrig.» Reschke knurrte und ging zur Rezeption, um sich ein Zimmer für die Nacht zu nehmen. Stahl schlenderte in die Bar und setzte sich auf einen der Hocker.

Riccardo, ein flinker Barmann aus Napoli, der in seinem schmal geschnittenen Gesicht ein Bärtchen pflegte, bleckte Stahl an. «Mojito?»

«Si. Ma due. Ho un amico.»

Riccardo drehte sich im Rhythmus der Chill-out-Musik und begann, zwei Fireballs zu mischen. Stahl mochte den Rum-Limetten-Mix. Er wärmte von innen. Und er bildete sich ein, nach dem dritten klarer denken zu können. Jedenfalls hatten ihm die Fireballs schon grossartige Ideen geschenkt. Zum Beispiel, diesen Scheissjob an den Nagel zu hängen und den alten Boxclub von Fuzzy und Buffy wieder aufzumachen. Die Halle lag seit über einem Jahr brach. Stahl war aus Nostalgie vor einem Monat dort vorbeigegangen. Ein grosses Schild forderte zum Kauf auf. Die Boxhalle war ein Stück Heimat. Und Stahl sehnte sich nach Heimat. Rom war auch Heimat gewesen. Aber Rom hatte er verloren. Jetzt wollte er die Heimat in Zürich wiederfinden.

Reschke liess sich neben ihm auf einen Hocker fallen. Riccardo servierte die Getränke.

«Was ist das denn? Gibt's kein Pils?»

«Riccardo. *Una birretta per il tedesco.*»

«Va bene.» Riccardo zapfte, wie die Müllerstochter Gold

spann. Reschke konnte es kaum erwarten, dass die Stange vor ihm stand. Er leerte das Glas mit fünf grossen Schlucken, wischte sich den Schaum aus dem roten Schnauz und forderte Riccardo zu Nachschub auf. Riccardo setzte flink ein neues Glas unter den Hahn und drehte sich zwei Damen in Abendkleidern zu, die sich auf Piña Colada und Mojito einigten. Dann wandte er sich zum Bierglas und setzte ihm die Schaumkrone auf. Lautlos landete die zweite Stange auf dem Untersetzer vor Reschke. Er nahm einen kräftigen Schluck, kämpfte mit der Kohlensäure und befreite sich davon mit einem lautlosen Rülpser. Er schob den Kopf aus seinen Schultern wie eine Schildkröte und beugte sich zu Stahl.

«Ich war ganz nah dran. Und dann finde ich Gustavo tot auf dem Bahnhofsklo. Erstochen. Mitten ins Herz. Astrein. Das war ein Profi.» Er sah sich um. «So einer wie Sie. Ein anderer hätte das bei Gustavo niemals geschafft.»

«Ich war es nicht.»

«Das weiss ich auch. Ich will damit nur sagen, dass Fromm Freunde haben muss, die ihn schützen. Freunde von oben. Ganz oben.»

«Ich denke, er hat dort auch viele Feinde.»

«Ziemlich sicher.» Er grunzte. «Die anderthalb Millionen kommen jedenfalls nicht von Kleinanlegern.»

«Was wollten Sie auf der Bahnhofstoilette?»

«Es sollte eine Stick-Übergabe stattfinden.»

«Zwischen Ihnen und Fromm.»

«Nein. Wir waren der Person nur auf den Fersen.»

«Person? Hat die auch einen Namen?»

«Namen sage ich nur, wenn Sie mit einsteigen.»

«Weiter.»

«Der Deal war: Geld gegen Stick.»

«Was ist auf dem Stick?»

«Keine Ahnung. Jedenfalls etwas, was Fromm interessiert.»

«Hat er den Stick jetzt?»

«Weiss ich nicht. Wenn er ihn hat, macht er sich bald vom Acker damit. Und dann war die ganze Plackerei umsonst. Dass ich dann je wieder so nah an ihn rankomme wie jetzt, glaube ich kaum.» Er trank und putzte sich mit der Unterlippe den Schaum aus dem Bart.

«Was ist, Stahl? Steigen Sie ein?»

«Sie brauchen mich jetzt mehr als zuvor. Ich soll Ihr neuer Gustavo sein, habe ich recht?»

Reschke kratzte sich.

«Das kann ich aber nur, wenn ich hier kündige. Dann kommen wir hier aber nicht mehr so gut rein.»

«Waren Sie überall angestellt, wo Sie im Namen der Kirche ermittelt haben?»

«Ich habe nie im Namen der Kirche ermittelt. Sie verwechseln da etwas. Ich habe Depeschen überbracht und den Papst beschützt.»

«Mit den Schlüsseln Petri im Gepäck. Erzählen Sie mir doch nichts. Ich habe mich über Sie schlaugemacht. Glauben Sie etwa, ich würde lange Wege machen und mit Ihnen teures Bier trinken, wenn ich nicht wüsste, wen ich vor mir habe?»

«Sagen Sie es mir, dann komme ich endlich selbst darauf.»

«Keine Zeit für Therapie. Zum letzten Mal: Sind Sie dabei?»

«Die anderthalb Millionen, wenn wir Fromm kriegen. Ansonsten das Gehalt von Gustavo.»

Reschke stiess mit dem Bierglas an den zweiten Fireball. Stahl rührte ihn nicht an. Einer genügte ihm doch. Hug meldete sich im Ohrstöpsel und wollte wissen, ob am Eingang alles klar sei. Stahl erhob sich vom Hocker.

«Wir hören uns morgen früh. Jetzt habe ich noch Dienst.»

«Kündigen Sie doch nicht?»

«Warum sollte ich mich aussperren, wo ich reinwill?»

Er liess Reschke sitzen. Der leerte das Bier und nippte zaghaft am Fireball. Er schien ihm zu schmecken, und Reschke prostete den zwei Damen zu, die sich mit ihren Drinks begnügten und Reschke nackte, aber kalte Schultern zeigten.

Am Eingang der Bar begegnete Stahl Kogler. Er war bester Laune.

«Kommen Sie, Stahl, ich lade Sie auf einen Drink ein.»

«Tut mir leid, ich bin im Dienst.»

«Pfeifen Sie auf den Dienst, Stahl. Das ist hier nichts für Sie.

Besoffene Engländer verprügeln. Das hat doch keinen Stil. Überlegen Sie doch mal, wo Sie herkommen. Was Sie schon getan haben. Ich schäme mich richtig für Sie. Sie verpulvern Ihr Talent. Und ich weiss, wovon ich spreche. Ich bringe Talente zusammen. Top-Talente.»

«Ich hoffe, Sie sind hier fündig geworden.»

«Keine Sorge. Ich werde immer fündig. Meine Trüffelnase lässt mich nicht im Stich.» Er blickte nach oben zur Decke und kniff das rechte Auge leicht zusammen. «Warten Sie. Drei, nein vier Geschäfte habe ich angebahnt.» Er rieb sich die Hände, als würde der Schneesturm bis in die Lounge wehen. «Eines sogar mit Ihrem alten Arbeitgeber.» Er kicherte diebisch. «Und fragen Sie mich bitte nicht, um was für ein Metier es sich handelt. Ich müsste zur Beichte, wenn ich es ausspräche.» Er klopfte Stahl auf die Schulter. «Also, falls Sie hier rauswollen. Noch sind Sie ein Mann mit besonderen Qualifikationen. Aber das Verfallsdatum von Vita-Orden rast heutzutage.» Er hatte die zwei Damen an der Bar entdeckt und winkte ihnen zu. Eine der Schönen schien ihn zu kennen. Sie winkte zurück. Kogler schritt zu ihr hinüber und begrüsste sie. Sein Körper sprach deutlich, dass er sich auf das nächste Geschäft spannte. Ein Profi. Auch er. Hier wimmelte es davon. Vermutlich waren die Ladys auch Profis. So wie Elena Peres? Nein, anders. Aber irgendwie ähnlich. War Stahl noch ein Profi? Wollte er noch einer sein?

Er verliess die Bar und dachte an die Stick-Übergabe, von der Reschke erzählt hatte. Was war auf dem Stick? Und wer war die Person, die ihn gegen Geld tauschen wollte? Warum hatte man nicht diese Person statt Gustavo getötet? Wer hatte den Stick jetzt?

***

Hürlimann drehte den Stick zwischen den Fingern. In seinem Computer hatte er ihn nicht öffnen können. Die Datei fragte ein Passwort. Hürlimann war kein Hacker. Hubert schon. Dafür war Hubert auch mit dreissig Kilo Übergewicht gesegnet und hauste in einem Souterrain, das aussah, als hätte vor Minuten eine

Bombe darin eingeschlagen. Hürlimann konnte nicht sagen, wo die Bombe ihr Zentrum gehabt hätte. Es gab keine freie Stelle in dem Chaos. Bis auf den Sessel vor dem Rechner, auf dem Hubert angewachsen schien.

«Machen Sie es sich ruhig bequem», sagte Hubert. Ein Komiker. Hürlimann würde sich nicht vom Fleck bewegen. Er fürchtete, auf eine Mine zu treten, die eine neue Explosion auslösen könnte.

«So, jetzt bin ich so weit. Her mit dem guten Stück.» Hubert drehte sich mit dem Sessel zu Hürlimann und streckte seine wurstigen Kurzfinger nach dem Stick aus. Hürlimann war einmal mehr froh, seine schwarzen Handschuhe zu tragen. Er spürte durch das Leder hindurch Huberts klebrigen Schmutz. Ein Schauder des Ekels lief ihm über den Rücken. Da musste er durch. Auch durch den Mief, der aus all den unnützen Gegenständen kroch, die Hubert hier unten sammelte. Ein parfümiertes Taschentuch wäre jetzt nicht schlecht gewesen. So wie es der barocke Adel Frankreichs besessen hatte. Ja. Frankreich. Das grosse Frankreich zur Zeit des Absolutismus. Das wäre etwas gewesen für Hürlimann. Er wäre der grosse Joseph Fouché gewesen. Gewiefter Staatsdiener und eleganter Drahtzieher unter vier Regierungen. Hier war er ein kleiner Beamter, der sich gerade eine grosse Dummheit leistete.

«Das dauert jetzt ein Weilchen», sagte Hubert. «Wenn Sie wollen, können Sie sich gern die Füsse vertreten. Aber Sie können auch hier warten.»

«Wie lange?»

«Weiss man nie genau. Das Programm läuft und probiert. Vielleicht fünf Minuten. Vielleicht auch fünf Stunden. In der Regel brauche ich aber nie länger als eine Stunde.»

Hürlimann würde es hier unten keine Stunde aushalten.

«In einer Stunde bin ich wieder hier.» Er verliess das Trümmerfeld und stieg die Treppen zur Strasse hinauf. Reine Wohngegend in Affoltern. Keine Schaufenster. Gerade mal eine Bäckerei an der Ecke. Und eine Beiz. Immerhin.

***

Faller schloss die Sendung mit Joe Cockers Version von «With a Little Help from My Friends» ab und streckte Lia die Hand entgegen. «Danke. War eine feine Sache. Deine Stimme ist der Hammer. Du könntest sogar das Telefonbuch lesen, ich würde einen Ständer kriegen.» Er lachte dreckig. Lia hoffte, dass er ihre Hand bald losliesse.

«Bist du allein?», fragte er.

«Nein», log Lia.

«Wäre auch ein Wunder.» Faller liess ihre Hand los.

«Zum Glück habe ich Manuel. Sonst wäre es wirklich einsam. Und die Drecksau wollte ihn mir wegnehmen. Dabei hört er gar nicht auf sie. Ägyptischer Mau-Kater. Die hören nicht auf jeden. Die müssen Autorität spüren. Manuel frisst mir aus der Hand. Und wenn ich abends im Bett liege, kommt er zu mir. Er spürt, dass ich allein bin.» Er wischte sich eine Träne von der Wange. «Und er spürt wohl auch, dass die Therapie für die Katz sein wird.» Er lachte über sein makabres Wortspiel. Lia lächelte gezwungen und nahm Benns «Doppelleben» vom Tisch.

«Wohin soll ich den Schnitt schicken? Oder willst du noch eine Viertelstunde warten? Dann kannst du ihn gleich mitnehmen.»

«Schick ihn in die Schützenmattstrasse 30, 4051 Basel.»

«Basel? Ein Bebbi? Schau, schau. Ich hatte mal eine Freundin in Basel. Wildes Vieh.» Er schnalzte mit der Zunge. «Mit der konnte man überall und immer. Wahnsinn.» Er sah Lia plötzlich gierig an. «Wie steht es mit dir? Bis du auch so eine? Oder eher so ein Dreckstück wie meine Ex?» Faller näherte sich der Tür, drehte den Schlüssel um und zog ihn ab. «Guck mich an. Bin ich so hässlich, dass man von mir nichts mehr wissen will?»

Lia schluckte.

«Sag was. Ich will deine Stimme hören. Deine Stimme macht mich geil.»

«Schliess die Tür auf. Oder ich schreie», sagte Lia.

«Schrei nur. Es liegt in der Sache der Tonstudios, dass sie schalldicht sind.» Er schüttelte belustigt den Kopf. «Will schreien. So was Blödes. Genauso blöd wie meine Ex. Die wollte auch immer schreien, wenn es zur Sache ging. Aber ich habe ihr das Maul gestopft. Mit einem Putzlappen. Ich glaube, sie fand es sogar gut.» Er zog sich seinen Schal vom Hals. «Das hier ist aber besser. Du hast Besseres verdient. Seide. Kühlt im Sommer, wärmt im Winter.» Er knüllte den Schal zusammen und näherte sich Lia. Sie dachte an einen Tritt in die Eier, wie sie es aus Filmen und Büchern kannte, und setzte entschlossen dazu an. Lächerlich. Faller fing ihr Bein im Flug auf und drehte es um. Sie schrie auf und stürzte.

«Hast du mir nicht zugehört? Schwarzer Gurt in Karate. Brauner Gurt in Wing-Tsun. Und Meister-Dan im Kamasutra.» Er stieg über sie, packte Lia rittlings bei den Hüften, schob ihr den Rock über den Hintern und stiess sie mit dem Kopf gegen die Stahltür. Es rumste. Lia stöhnte auf, spürte, wie Faller sich an ihrer Strumpfhose zu schaffen machte. Irgendetwas musste sie doch tun. Sie konnte das, was jetzt geschehen sollte, doch nicht einfach über sich ergehen lassen. Fallers Hände rissen ihr die Strumpfhose über den Hintern. Er tätschelte ihre Pobacken und grunzte. Sie hörte, wie er an seinem Gürtel nestelte. Ein paar Momente blieben ihr noch. Sie sah sich um. Links lag ein Mikrofonständer. Wenn sie den erwischte, konnte sie Faller damit eins über den Schädel ziehen. Sie streckte ihren Arm aus. Fallers Hand packte sie am Gelenk und drehte es um. Sie stöhnte.

«Stöhn nur. Ich mach gleich mit.» Er liess ihre Hand los und packte sie an den Hüften. Lia wehrte sich mit dem ganzen Körper. Er gab ihr wieder einen Stoss, dass sie mit dem Kopf gegen die Stahltür krachte. Lia hoffte, dass sie gleich ohnmächtig würde und von der Schändung nichts mitbekam. Sie schlug selbst mit dem Kopf gegen die Tür. Aber es schmerzte nur. Die Ohnmacht wollte sie nicht erlösen. Gleich würde er in sie eindringen. Sie kämpfte dagegen an. Faller fixierte sie brutal. Lia schrie, so laut sie konnte. Faller liess los.

«Zucker. Schnell. Ich brauch Zucker.» Er kroch zu einer Tasche und wühlte gierig darin. Er fand nur sein Diabetiker-Besteck. Mit grossen Augen starrte er Lia an. «Scheisse. Ich bin unterzuckert. Hast du was? Einen Snack?»

Lia rappelte sich auf, nahm den Schlüssel vom Tisch und schloss die Tür auf. Faller stierte sie bettelnd an. Nein. Kein Mitleid. Sie musste lernen, hart zu sein. Wenn sie ihr Ziel erreichen wollte, musste sie die andere Seite von Lia pflegen. Wie sollte sie mit Fromm fertigwerden, wenn sie schon bei Faller weich würde?

Sie packte Benns «Doppelleben» ein und verliess den Raum. Sie zog die Tür hinter sich zu. Faller würde nicht schreien. Er wusste, dass die Tür schalldicht war.

***

Die Stunde war um. Hürlimann hatte es geschafft, nur mit zwei Stangen auszukommen und dabei von keinem Trinkbruder angesprochen zu werden. Sogar die dralle Blonde, die den Spielautomaten mit Franken fütterte, hatte er auf Abstand halten können. Sie hatte mehrmals zu ihm herübergeschielt, bereit, ihm ihr Leid zu klagen: Warum sie überhaupt spielte. Aus Einsamkeit. Wie alle. Das wusste er selbst. Auch er spielte. Aber auf einem anderen Niveau. Mit höherem Einsatz. Eine Sucht war es trotzdem. Jedes Spiel spuckte ein paar tausend Franken mehr auf das Konto in Liechtenstein. Noch ein letztes Spiel. Dieses Mal sollte es wirklich das letzte sein. Mit dem Stick wäre er draussen. Mit den Namen, die der Stick verriet, musste er nicht mehr spielen. Da spielte es sich von selbst. «Schneeball-System», dachte er, als er durch die Fensterscheibe in das Licht der Laterne sah, wo die Flocken tanzten.

Er schob eine Zehnernote über den Tresen und verliess die Beiz. Noch während er die Tür hinter sich zuzog, hörte er, wie es im Geldautomaten klimperte. Sie hatte gewonnen. Er würde auch gewinnen.

Hürlimann stapfte durch den Schnee. Wie viel es in einer Stunde schneien konnte. Nur wenige Autos wagten sich auf die Strasse, ein Schneepflug rauschte an ihm vorbei. Seine Schuhe waren nicht auf Winter eingestellt, obwohl sie es angekündigt hatten. Die Wetterfrösche. Man konnte ihnen trauen. Aber Hürlimann traute keinem. Da bekam er lieber kalte Füsse. Ein Blödsinn. Es war Eitelkeit. Er liebte einen schlanken Fuss. Elegantes Schuhwerk war ihm wichtig. Und die Herbstmode war flockiger zu tragen als Winterstiefel. Er würde ohnehin bald dort sein, wo man Schnee nur aus Erzählungen kannte. Ob er ihn dann vermissen würde?

Jetzt verfluchte er ihn. Der Matsch klebte an seiner Hose. Er stampfte mit den Füssen auf die Fussmatte, die vor Huberts Haustür mit «Welcome» warb, und läutete. Niemand öffnete. Hubert hockte wohl unter seinen Kopfhörern und hatte die Zeit vergessen. Hürlimann wiederholte das Läuten. Vergebens. Er fluchte und ging ums Haus herum. Der Schnee reichte ihm jetzt schon bis zur mittleren Wade. Er näherte sich dem Fenster zu Huberts Büro und beugte sich hinunter. Er sah Hubert, wie er mit dem Kopf auf der Tastatur schlief. Schlief er? Nein. Hürlimann ahnte Schlimmeres. Aber er konnte nicht mit dieser Ahnung von hier verschwinden. Er musste sich davon überzeugen. Immerhin ging es um den Stick. Um Hürlimanns Leben in der Karibik. Weit weg von dem verdammten Schnee.

Er sah sich um. Niemand da, der ihn hätte sehen, geschweige erkennen können. Ein Hundebesitzer führte seinen Labrador Gassi. Der hob das Bein und markierte eine Strassenlaterne. Dann zogen die beiden weiter.

Hürlimann trat einen Schritt zurück und sah nach oben. In den oberen Stockwerken brannte Licht. Er wollte keinem begegnen. Wenn Hubert tatsächlich nicht nur schlief, sondern tot war, durfte keiner von der Verbindung zwischen ihm und Hubert wissen. Und Hubert war tot. So oder so. Hürlimann konnte keine Zeugen für sein neues Leben gebrauchen.

Er schlich wieder zum Fenster zurück und drückte mit dem Fuss gegen den Rahmen. Keine Chance. Eher würde das Glas splittern. Und das wäre laut.

Ein Auto hielt vor dem Haus. Hürlimann drückte sich in den Schnee. Das Knallen einer Autotür. Frauenlachen. Das Auto fuhr davon. Zweimal Hupen. Schritte, die durch den Schnee stapften und sich näherten. Hürlimann hob den Kopf. Eine junge Frau, der geflochtene Zöpfe unter der Pudelmütze auf die Schultern fielen, rutschte auf dem Waschbeton aus und schrie auf. Das Licht der Hauslaterne zeigte ein schmerzverzerrtes Gesicht. Sie versuchte aufzustehen. Es gelang ihr nicht. Sie zückte ein Handy und wählte eine Nummer.

«Hier Sandy … Ich liege vor der Haustür. Bin ausgerutscht … Ich glaube, ich habe mir das Bein gebrochen …» Sie legte auf.

Hürlimann lauerte. Keine Minute später öffnete sich die Haustür.

«Ist es wirklich so schlimm?», hörte er eine ältere Frau fragen. «Musst du in den Notfall?» Sie stieg vorsichtig die drei Stufen in den Schnee hinab. Ihre Hühnerbeine in dicke Moonboots gepackt. Sie hielten warm und gaben festen Halt. Hürlimann würde sich lieber die Beine brechen, als so herumzulaufen.

Das Hühnchen half der Gestrauchelten auf. «Kannst du auftreten?»

Die junge Frau versuchte es und jaulte. «Ich muss ins Spital. Ich habe gehört, wie es geknackt hat.»

«Soll ich die 144 rufen?»

«Nein. André kann mich fahren. Das ist mir lieber. Die fünf Minuten kann ich warten.»

«Aber nicht hier draussen. Ich habe Suppe gemacht.»

Sie schafften sich Schritt um Schritt ins Haus.

Hürlimann war vorsichtig im Schutz der Wand rangeschlichen. Er musste schnell sein. Sobald die beiden Frauen im Hauseingang verschwanden, sprang er aus seiner Deckung heraus und sprintete zur Tür. Er rutschte auf der Treppe weg und schlug auf die Stufen. Er schluckte den Schmerz. Mit der ausgestreckten Hand verhinderte er, dass die Tür sich ins Schloss warf. So lag er und lauschte. Im oberen Stock vernahm er undeutlich die Stimmen der beiden Frauen. Dann war Ruhe.

Hürlimann rappelte sich auf und schlüpfte ins Haus. Sein rechtes Schienbein schmerzte. Die Hose war aufgerissen. Er humpelte die Treppen hinunter zu Huberts Souterrain und hatte Glück. Gleichzeitig wusste er aber auch, dass er Pech hatte. Jemand war hier gewesen und hatte sich nicht die Mühe gemacht, nach seinem Verschwinden die Tür hinter sich zuzuziehen. Hürlimann wollte es genau wissen. Er ging in die Wohnung, passierte den kurzen Gang und landete hinter Hubert, der noch immer mit dem Kopf auf der Tastatur lag. Auf dem Bildschirm flimmerte ein Schoner. Grössere Fische, die kleinere frassen.

Hürlimann bewegte die Maus. Die Fische verschwanden. Auf

dem Screen erschien eine Word-Datei, auf die Hubert noch etwas getippt hatte: «NZtnbz». Nein. Das war keine verschlüsselte Botschaft. Das waren die Tasten, die Huberts Kopf beim Aufprall auf die Tastatur getroffen hatte. Ein Schuss in die Schläfe. Aus nächster Distanz. Hürlimann untersuchte die USB-Anschlüsse des Rechners. Fehlanzeige. Der Stick war weg. Hürlimann haderte mit sich selbst. Warum hatte er Hubert allein gelassen? Es half nichts. Schuldzuweisung half nie etwas. Er musste anders denken. Wer war ihm gefolgt? Wer hatte gewusst, dass er den Stick hatte? Dem Polizisten, der ihm am Bahnhof geholfen hatte, Lia den Stick abzunehmen, hatte er gesagt, dass es sich um eine Undercover-Agentin handelte, der er auf den Zahn fühlen wollte. Lia wusste, dass er den Stick hatte. Sie war keine Killerin. Eine kleine Gaunerin, das schon. Eine, die wie er selbst mit einem einzigen Coup den Scheissalltag hinter sich lassen wollte und von einem besseren Leben träumte. Hatte sie jemanden angerufen, nachdem er ihr den Stick abgenommen hatte? Er hätte sie kaltmachen müssen. Das wäre professionell gewesen. Aber Hürlimann tötete nur im Notfall. Jetzt könnte er sich ohrfeigen. Das war ein Ernstfall. Was glaubte er eigentlich, mit wem er es zu tun hatte? Das bessere Leben gab es nicht gratis. Da musste man schon eine Schaufel Dreck investieren. Wer sauber bleiben wollte, sollte täglich schuften und an das Gute glauben. Hürlimann schuftete zwar noch immer, aber an das Gute glaubte er längst nicht mehr.

Vermutlich hatte Lia Fromm angerufen und ihm gesteckt, dass ein Polizist ihr den Stick abgenommen hatte. Fromm konnte rechnen. Davon lebte er. Und das verdammt gut. Hürlimann war sich sicher. Es war einer von Fromms Leuten gewesen, die den dicken Hubert erledigt hatten. Und Fromm hatte den Stick. Alles war wieder im Lot. Wenigstens für Fromm. Hürlimann könnte sagen, dass er den Stick nur hatte überprüfen wollen, ehe er ihn Fromm zurückgegeben hätte. Aber das würde ihm noch nicht einmal seine Grossmutter abkaufen. Nein. Er war erledigt. Fromm würde zurückschlagen. Er würde ihn nicht kaltmachen, wie den dicken Hubert. Aber er würde ihn der Presse zum Frass vorwerfen. Hürlimann hatte sich im Laufe der Jahre in zu vielen kleinen Geschäften verstrickt. Ein Gefallen hier, eine Überweisung dort. Erst hatte er es im Griff gehabt. Die Deals waren ausgewogen. Jeder hatte seinen Vorteil, niemand konnte den anderen verraten, ohne selbst verschlungen zu werden. Dann war die Sache gekippt. Hürlimann war zu gierig geworden. Er hatte Geschmack gefunden am Leben der Reichen und Schönen. Und auf einmal steckte er in Schulden. Mit dem Stick hätte er sich allem entledigen können. Er hätte all die Gauner in der Hand gehabt, die geglaubt hatten, sie könnten ihn kommandieren. Jetzt hatte Fromm die Fäden wieder in der Hand. Seit knapp einem Jahr war der Mistkerl auf der Flucht. Mit fünfhundert Millionen Franken im Gepäck. Und keiner Polizei der Welt gelang es, den Schurken zu fassen? Lächerlich. Das stank zum Himmel.

Hürlimann hörte Stimmen.

«Ich frage Hubert, der macht das bestimmt.» Es war die Stimme des Hühnchens. Sie kam die Treppe herunter.

Hürlimann eilte zur Wohnungstür und wollte sie schliessen. Erst jetzt merkte er, dass die Tür nicht schloss, weil das Schloss aufgebrochen war. Er sah sich um. Eine Tür führte ins Bad. Er huschte hinein und lauschte.

«Hubert?» Klopfen an der Tür. Sie musste sich wundern, dass die Tür offen stand. «Hubert? Sandra hat sich das Bein gebrochen. Und André steckt mit seinem Wagen im Schnee fest. Sie will nicht mit der Ambulanz ins Spital. Kannst du sie vielleicht fahren?»

Hürlimann hörte, wie die Stimme am Badezimmer vorbeizog und in Richtung Hubert wanderte.

«Hubert? Hubert!» Ein schriller Schrei. Dann eilige Moonboots, die aus der Wohnung stapften.

Hürlimann musste verschwinden. Sofort. Er öffnete vorsichtig die Badezimmertür und huschte durch den Gang zur Haustür. Er hörte, wie das Hühnchen oben in die Wohnung flatterte und aufgeregt gackerte. Mit grossen Schritten stürmte er aus dem Haus in die Nacht. Starker Wind spie ihm Schnee ins Gesicht. Jetzt war er dankbar dafür. Es kühlte ihm den Kopf.

***

Bogner trat ins Hotel. Er hatte Eile. Er hatte vergessen, sich den Schnee von den Schultern zu klopfen. Schwientek, der gerade an der Information stand, eilte hinter der Theke hervor und begleitete Bogner dezent, aber bestimmt vor die Tür. Dort fegte er ihm den weissen Teppich mit zwei Schlägen vom Mantel und huschte wieder zur Information, wo er flüsternd Anweisungen gab. Bogner wagte einen zweiten Versuch und ging auf Stahl zu.

«Wo warst du?», fragte Stahl. «Hug hat sich schon Sorgen gemacht.»

«Ich habe versucht, ihn anzufunken, aber irgendetwas stimmt mit meinem Funk nicht», sagte Bogner. «Meine Frau hat einen Rückfall bekommen. Fast zweiundvierzig Grad Fieber. Hätte nicht gedacht, dass ein Mensch so glühen kann. Da kannst du Spiegeleier drauf braten.»

«Nimmt sie noch immer keine Antibiotika?»

«Stur wie drei chilenische Esel. Nur Natur und chinesischer Firlefanz.»

«Übernimmst du? Hug wollte, dass ich im Saal bin», sagte Stahl und wollte sich vom Eingang entfernen.

«Warte einen Moment. Ich muss erst noch kurz auf die Toilette», sagte Bogner und eilte durch die Halle. Er nahm die Treppen nach unten. Stahl stutzte. Wieso ging er nicht hier oben auf die Toilette? Stahl funkte an Hug. «Bogner ist da. Er war kurz bei seiner Frau. Sie hatte einen Rückfall.»

«Dann kommen Sie in den Saal. Ich traue dem Frieden hier nicht.»

Stahl sah Bogner, der die Treppen heraufkam, und verliess seinen Posten. Bogner übernahm am Eingang.

Im Saal hatte sich nicht viel verändert. Ein paar Gäste waren verschwunden, andere hinzugekommen. Lediglich der Alkoholpegel war um einige Runden gestiegen. Die Stimmung nicht mehr ganz so steif wie zuvor. Dennoch hielt man sich an die Konventionen. Small Talk aus dem Lehrbuch.

Stahl sah Hug am anderen Ende. Hug nahm ihn ebenfalls wahr. «Behalten Sie die zwei vollbärtigen Araber im Blick. Die stehen mir zu nahe an Ritter.»

Nationalrat Ritter. Ein Politiker am rechten Rand der SVP,

der Schweizerischen Volkspartei. Er flirtete stark mit einem Jungspund der DPS, einer Rechtspartei, die für Menschen warb, die sich ohne Wenn und Aber für ihre Heimat einsetzten. Dass sie darunter nicht vollbärtige Araber verstanden, war Stahl klar. Deswegen konnte er auch Hugs Unruhe verstehen, als sich die beiden finster blickenden Nomaden den blassen Politikchargen näherten.

Stahl rückte dichter an die explosive Männerkonstellation. Aber nicht die beiden Araber brachten Hitze aufs Parkett, sondern die Schweizer begannen miteinander einen heftigen Disput.

«Eben nicht», schrie der Milchbubi von der DPS. «Es gibt keine bessere Lösung. Ein Lager im Berg, das ist das Beste. Das kriegt keiner mit und alle passen rein.»

«Wir sind doch keine Nazis. Ein Lager im Berg. Das ist doch absurd.» Der SVPler überschlug sich. «Allein was das kostet.»

Aha. Es ging nicht um Menschenrechte, sondern um die Finanzierung. «Die Nazis konnten sich das leisten, weil sie die Lager mit dem Geld der Juden gebaut haben. Aber von wem wollen Sie das Geld für die Berglager nehmen? Von der thailändischen Putzfrau? Vom türkischen Strassenwischer? Vom indischen Zeitungsverkäufer? Das ist doch absurd.»

Die beiden Araber standen jetzt bei den Politikern. Stahl war in Höchstspannung. Der Ältere, dessen schwarzer Bart bereits einige graue Flocken aufwies, beugte sich mit dem Oberkörper zum Gruss leicht vor und nannte seinen Namen. Stahl hörte nur «Faruk». Hiess nicht die charmante Internatsschülerin Faruk? Yasmin Faruk. Stahl sah sich den Araber genauer an. Ja. Er konnte eine Ähnlichkeit entdecken. Die gleichen hohen Wangenknochen. Die scharf gebogene Nase und das energische Kinn. Verwandt waren sie bestimmt. Vater und Tochter?

«Vielleicht können wir Ihnen helfen? Wir haben ein paar Gelder übrig, die wir gern zukunftsweisend investieren», sagte er. Die beiden Politiker fühlten sich ertappt und lächelten verlegen.

«Entschuldigen Sie bitte, Herr Faruk. Mein junger Kollege schiesst manchmal etwas über das Ziel hinaus. Das war natürlich nicht ernst gemeint.»

«Aber nein. Warum nicht? Glauben Sie etwa, nur weil ich von

Nomaden abstamme, sei ich ein Freund der Kaffer? Die Teilung der Welt zieht sich doch nicht durch Schwarz und Weiss, sondern durch Reich und Arm.» So zart Faruks Timbre schwang, so sehr hörte man die Schärfe der Sichel darin sirren. «Wie viel würden Sie mitbringen für ein solches Projekt?» Faruk wandte sich direkt zu dem Jungen. Der schluckte und rang nach Worten.

«Nennen Sie eine Zahl. Sie kann auch hypothetisch sein. Ich werde Sie aber an dieser Zahl messen.»

«Zwanzig Millionen.» Es war ein Stottern wie an der Schultafel. Faruk würde dem Jungpolitiker gleich mit dem Zeigestock auf die Finger klopfen. Er tat es mit einem Blick, der ganze Karrieren vernichten konnte, und drehte sich von den beiden Schweizern weg. Sein Begleiter tat es ihm gleich. Die Schweizer standen kreidebleich und verloren beieinander und waren dem Kellner dankbar, der mit Gruyère und Rotwein auf dem Tablett einen Rettungsanker bot. Sie griffen danach wie Ertrinkende, bissen in Schweizer Urgeschmack und spülten mit dem Roten nach, in der Hoffnung, dass es sich um einen Tessiner Merlot und keinen marokkanischen Guerrouane handelte.

«Alles roger?», knarzte Hug in Stahls Ohrstöpsel. Hug mochte das Wortspiel mit Stahls Vornamen. Er brachte den Kalauer fast täglich.

«Alles in Ordnung. Übliches Abklopfen. Nicht mehr.»

«Dann möchte ich Sie bitten, dass Sie hierherkommen und mich für ein paar Minuten ablösen.»

Stahl bahnte sich durch die Gäste und steuerte auf Hug zu. Im Augenwinkel entdeckte er Yasmin Faruk. Sie stand etwas abseits unter drei arrangierten Dattelpalmen und unterhielt sich erregt mit einem Mann. Er war grösser als Stahl. Und das hiess etwas. Stahl selbst mass einen Meter und neunzig. Der Kerl, der dem Temperament Yasmins mit beschwichtigenden Gesten Paroli bieten wollte, schoss darüber hinaus. Mindestens zwei Meter. Eine Erscheinung. Charismatisch. Bestimmt schon über die Fünfzig. Stahl kannte ihn. Reschke jagte ihn. Und Yasmin diskutierte hitzig mit ihm: Florian Fromm. Anderthalb Millionen auf zwei Metern. Greifbar nah.

Stahl hielt auf die beiden zu. «Alles in Ordnung?», fragte er

Yasmin, die ihn irritiert ansah. Fromm spannte seine zwei Meter. Bereit zu reagieren. Stahl spürte den geübten Stress, den die tägliche Flucht auf Fromm ausübte. Er wurde von Fromm in Windeseile gescannt. Freund oder Feind? Fromm blieb in Spannung. Er konnte sich wohl nicht entscheiden zu Angriff oder Flucht. Bestimmt lag es an der Gegenwart von Yasmin.

«Guten Abend, Herr Fromm», sagte Stahl und spürte, wie auch seine innere Spannung wuchs. Fromm reagierte seinerseits, indem er die Augen weitete.

«Sie werden mich nicht kennen. Ich bin nur ein Kleinanleger, der sich einst viel von Ihrem Hedgefonds versprochen hatte.»

«Tut mir leid. Ich weiss nicht, wovon Sie sprechen. Sie müssen mich verwechseln.» Fromms Timbre schwang ruhig und warm. Souverän. Aber die Katze in ihm blieb auf dem Sprung.

«Oh, entschuldigen Sie. Ich dachte, Sie seien Florian Fromm, der Strauchdieb, der mit fünfhundert Millionen Franken seiner Anleger durchgebrannt ist.»

Fromm lachte. «Schön wär's. Sehe ich dem Kerl wirklich so ähnlich? Es ist nämlich nicht das erste Mal, dass ich mit dem verwechselt werde.»

«Solange Sie nicht von einem Grosskaliber verwechselt werden, der auf das Kopfgeld scharf ist, das auf Fromm ausgesetzt ist, können Sie von Glück reden. Es sind einige Leute hinter ihm her, die für anderthalb Millionen Belohnung auch scharf schiessen. Und bei so viel Geld kann es schon mal vorkommen, dass man in der Hitze des Gefechts auf den Falschen zielt.»

Fromm sah zu Yasmin. Dann wieder zu Stahl. «Bieten Sie sich gerade als Leibwächter an?»

«Wäre nicht billig.»

«Was kriegen Sie hier?»

«Zu wenig, um meine Fünfhunderttausend, die ich durch Fromm verloren habe, in zehn Jahren wieder reinzuholen.»

«Eine halbe Million? Das zahlt Ihnen keiner. Oder er müsste grosse Angst haben.»

«Das sollte er. Man hat mir anderthalb Millionen geboten, wenn ich ihn fasse.»

«Aber ich hoffe, das gilt nur für den Richtigen.» Fromm blieb smart. Seine Augen sprangen unruhig zwischen Yasmin und Stahl hin und her.

«Ist mir im Grunde egal. Hauptsache, ich kriege mein Geld.»

«Ich wünsche Ihnen viel Glück», mischte sich Yasmin ein. «Und bis dahin absolvieren Sie bitte Ihren aktuellen Job. Die Faruks zahlen schliesslich ordentlich für den Abend. Da dürfen sie wohl erwarten, dass sie gut beschützt werden und ihre Gäste nicht mit Ganoven verwechselt werden.»

Stahl sah sie an. Ihre dunklen Augen glühten. Der Zorn, in dem sie vorher mit Fromm gesprochen hatte, entlud sich nun auf Stahl, der das für sie wichtige Gespräch taktlos unterbrochen hatte.

«Sie entschuldigen uns jetzt hoffentlich», sagte sie und hakte Fromm unter. Sie verliessen den Saal durch den hinteren Ausgang, der in den Neubau des Hotels führte.

Stahl dachte nicht daran, sich abwimmeln zu lassen. Anderthalb Millionen auf dem silbernen Tablett, serviert von einer Königin aus Tausendundeiner Nacht. Er wäre ein Volltrottel, würde er sich wieder auf seinen Posten begeben und dabei zusehen, wie sich die Engländer unter den Tisch soffen. Es war ihm ganz recht, dass Fromm aus dem Festsaal verschwand. Jetzt konnte Stahl ihn sich ohne Aufsehen vorknöpfen. Nur Yasmin störte. Stahl nahm es in Kauf. Das war im Preis inbegriffen. Sie würde es schon verstehen. Und wenn nicht. Was kümmerte es ihn.

Er sah sich noch mal im Saal um. Hug stand wieder auf seinem Posten. Er gehörte zur Deko wie die Dattelpalmen und die drapierten Seidenkissen. Würde er nicht seinen Boss-Anzug tragen, er ginge als Haremswächter durch.

Stahl sah noch, wie Fromm mit Yasmin im Dunkel verschwand, und folgte ihnen. Vermutlich würden sie in die oberen Suiten fahren. Der Lift befand sich auf der rechten Seite. Stahl rannte nicht, aber er ging zügig. Er erreichte den Lift. Fromm und Yasmin waren nirgendwo zu sehen. Sie mussten gerannt sein. Stahl verfluchte seine Coolness. Da stand der Mann vor ihm, dessen Kopf Stahls Leben verändern konnte, und er liess ihn entwischen. Weit konnte er nicht sein. Vermutlich im Lift nach oben. Stahl drückte die Taste und wartete, bis der Lift nach unten kam. Die Tür öffnete sich. Bogner stand drin. In der Rechten eine Luger mit Schalldämpfer. Grossflächig gezielt. Stahl sah, wie sich Bogners Zeigefinger krümmte. Gleich würden ihn neun Millimeter irgendwo in der Bauchgegend treffen. Stahls Arm fuhr aus, schneller, als Bogners Zeigefinger abdrücken konnte. Bogner war ein schlechter Schütze. Auch am Schiessstand. Er wollte immer zu viel. Er liess es nicht schiessen. Er schoss. Und darin lag der Fehler. Entweder man verzog, oder man war zu langsam. Glück für Stahl. Die Kugel landete im Edelstahl des Lifts.

Stahl entwaffnete Bogner mit zwei Aktionen, verpasste ihm noch einen Leberhaken und schob eine Gerade unters Kinn nach. Bogner krachte gegen die Liftwand. Stahl packte ihn am Kragen und riss ihn hoch. «Wo ist Fromm?»

«Welcher Fromm?»

«Der Fromm, der dir befohlen hat, mich zu killen.»

«Tut mir leid, Hug hatte gefunkt, einer der Engländer wäre der Faruk-Tochter gefolgt und du wärst nicht an deinem Posten. Da hat er mich losgeschickt. Ich dachte, du wärst der Typ. Ich hätte nie auf dich geschossen. Der Schuss ging nur los, weil dein Arm gegen meine Hand geschlagen hat.»

Stahl liess die Szene noch mal im Kopf nachspielen. Bogner konnte die Wahrheit sagen. Stahl konnte bei Hug nachfragen. Bogner schien seine Gedanken zu lesen. «Frag doch Hug, wenn du mir nicht glaubst.»

«Das werde ich. Später. Jetzt habe ich keine Zeit dafür. Ich muss an Fromm dranbleiben.»

Bogner schüttelte sich und betastete sein Kinn. «Fromm wohnt ganz oben. Da hast du keinen Zutritt.»

«Du kennst ihn also doch?»

«Ich kenne ihn nicht. Ich weiss, dass er dort oben seit zwei Wochen residiert.»

«Und wieso weiss ich das nicht?»

«Weil ich schon etwas länger dabei bin?»

Stahl drückte die Taste, die ganz nach oben führte. Der Lift schloss sich und fuhr nach oben.

«Da kommst du ohne Karte nicht rein», sagte Bogner.

«Du hast doch bestimmt eine.»

«Ja. Aber die werde ich nicht benutzen.»

«Warum nicht?»

«Weil das gegen die Vorschriften ist.»

«Luger mit Schalldämpfer ist auch gegen die Vorschriften.»

«Eine SIG nicht.» Bogner hatte die Dienstwaffe gezogen und entsicherte sie, indem er den Schlitten nach hinten zog.

«Ich hab den Abzug auf fünfhundert Gramm Widerstand eichen lassen. Die geht ganz schnell los.»

«Du wirst nicht schiessen. Das macht zu viel Lärm.»

«Zwing mich dazu, und du wirst eines Besseren belehrt. Leider kannst du dann mit deinem Wissen nichts mehr anfangen.» Bogner gefiel sich. Er sah zu viele Trash-Serien.

«Wie geht es deiner Frau?», fragte Stahl. Wenn er Bogner für einen Augenblick ablenken konnte, hatte er eine Chance.

Bogner grinste. «Ich verrate dir ein Geheimnis. Ich habe keine Frau. Noch nie gehabt. Ich bin eingefleischter Junggeselle. Ich brauchte nur ein Alibi für gewisse Arbeiten.»

«Hast du Elena Peres ermordet? Für Fromm?»

«Bingo. Ich sollte sie nur zur Vernunft bringen. Aber sie drehte durch. Da musste ich handeln.»

«Und Merkel?»

«Er hat einfach zu viel gesehen. Und er hatte kein so stabiles Nervenkostüm. Wer Familie hat, fährt langsamer. Da mussten wir handeln.»

«Und der Assistent von Reschke?»

«Gustavo? Eine Niete. Das war ein Kinderspiel.»

Der Lift war längst oben angekommen.

«Übrigens, auch du enttäuschst mich. Hätte mir von einem Gardeagenten mehr erwartet.»

Bogner behielt Stahl fest im Blick, während er seine Karte durch den Scanner zog. Die Lifttür öffnete sich.

«Lassen Sie die Waffe fallen, Bogner.» Es war Hug mit vier weiteren Sicherheitsleuten, die ihre Schalldämpfer-Pistolen auf Bogner richteten.

Bogner liess seine SIG fallen, riss sie dann in Richtung Hug hoch. Er spekulierte wohl auf seinen Fünfhundert-Gramm-

Abzug und den Überraschungseffekt. Aber Hugs Leute waren schneller. Es poppten einige Schüsse, die Bogner in Beinen und Armen trafen. Er liess die SIG fallen und stürzte zu Boden.

Stahl hatte sich gegen die Liftwand gepresst und stieg nun über Bogner aus. «Manchmal sind diese Dinger doch ganz gut zu gebrauchen», sagte er zu Hug. «Aber der Job hier ist mir zu heiss. Ich kündige.»

Er liess Hug mit Bogner zurück und ging den Gang entlang. Hier oben war er noch nie gewesen. Hier logierten die ganz wichtigen Leute. Leute, von denen man nicht wissen sollte, dass sie überhaupt hier waren. Stars, die keinen Rummel wollten, Geschäftsleute, die sich kein Aufsehen leisten durften, und Leute wie Fromm, die sich die Suite leisten konnten, aber von der ganzen Welt gejagt wurden.

Hinter welcher Tür sich Fromms Unterschlupf verbarg, konnte Stahl nur raten. Aber er wollte ihn sich schnappen. Wie das letzte Türchen im Adventskalender öffnete sich die Suite Nummer fünf. Fromm und Yasmin kamen heraus. Sie hatte verheulte Augen.

Stahl schritt auf die beiden zu. «Herr Fromm. Dürfte ich Sie kurz etwas fragen?»

Fromm stand der Schrecken ins Gesicht geschrieben.

«Besser nicht», sagte Hug, der mit zwei seiner Leute aufgerückt war, die Stahl in die Mitte nahmen. «Stahl, Sie sind hier unbefugt. Sie haben hier keinen Zutritt.» Hug meinte es ernst.

«Ich bin hier für die Sicherheit zuständig. Und dieser Mann ist ein Sicherheitsrisiko. Sie haben doch alles mitgehört.»

«Erstens hatte die Funkverbindung manchmal Löcher. Zweitens arbeiten Sie hier nicht mehr. Sie haben gerade gekündigt.»

«Ich ziehe die Kündigung zurück.»

Hug wandte sich an seine Männer. «Bringen Sie ihn runter. In Hand- und Fussschellen. Unten können Sie ihn dann wieder freilassen.»

Die Sicherheitsleute legten Stahl die Ketten an.

«Übertreiben Sie nicht etwas?», fragte Stahl.

«Wenn Sie das, was hier oben vor sich geht, irgendjemandem erzählen werden – er wird es garantiert nicht glauben. Er wird sagen: Sie haben zu viel Phantasie. Und das haben Sie auch. Abführen.»

Stahl sah noch einmal zu Fromm hinüber und las den Triumph in seinem Blick. Er würde es wieder schaffen. Knapp. Aber er würde einmal mehr davonkommen. Die Sicherheitsleute zogen Stahl zum Lift. Sie mussten warten, weil der Lift bereits mit Bogner nach unten fuhr.

«Herr Fromm. Ich hoffe, Sie hatten keine Unannehmlichkeiten», sagte Hug. Stahl hörte es durch den Ohrstöpsel. Sie hatten vergessen, ihm den Funk zu nehmen. Und Hug dachte wohl nicht daran, dass er noch auf Sendung war. Oder wollte Hug, dass Stahl das Gespräch mitbekam? Welche Rolle spielte er in der ganzen Sache?

«Nein. Alles bestens», sagte Fromm. «Was ist denn eigentlich vorgefallen?»

«Nichts von Bedeutung. Eifersüchtelei unter Angestellten. Wir klären das intern. Ich wünsche Ihnen noch einen angenehmen Aufenthalt.»

Der Lift war oben angekommen. Stahl drehte den Kopf zu Fromm. Er sah, wie er Hug die Hand schüttelte. Die Sicherheitsleute schoben Stahl in den Lift.

FÜNF

Lia stapfte durch den Schnee. Bis zum Bellevue war sie mit Tram und Bus noch gekommen. Jetzt ging nichts mehr. Die Schneefahrzeuge kamen mit dem Schaufeln nicht mehr nach. Nur wenige Taxis mit Schneeketten frassen sich durch das Weiss.

Lia hüpfte und ruderte mit den Armen. Vergebens. Die Taxis schlichen an ihr vorbei. Sie schauten nicht links noch rechts. Zogen nur ihre Fuhre ins Ziel und kämpften mit den Scheibenwischern gegen die dichte Flockenfront.

Wo sollte sie hin? Sie hatte gehofft, im Radio übernachten zu können, sich nach der Sendung irgendwo hinzulegen und über alles eine Nacht zu schlafen. Aber der verrückte Faller hatte ihr einen Strich durch die Rechnung gemacht. Zu Daniel hätte sie gehen können. Den Schnee als Vorwand nehmen. Aber der hätte sich etwas versprochen. Womöglich sah er die zweihundert Franken, die er ihr geborgt hatte, als Anzahlung für eine Nummer. Zu Jan? Ihn hatte sie anfangs ganz sexy gefunden. Aber er war ein Schlappsack. Nur wenn er kokste, hatte er eine grosse Klappe. Und wie er sich benommen hatte, als er von Elenas Tod erfahren hatte. Unterstes Niveau. Was konnte man von einem Porno-Filmer auch erwarten. Nein. Lia konnte nirgendshin. Irgendwo im Schnee stapften die Mörder von Elena und Gustavo. Und nach der Kiste, die Lia mit dem Stick abgezogen hatte, durfte sie damit rechnen, dass sie die Nächste war, der es an den Kragen ging. Sie warf den Kopf in den Nacken und riss den Mund auf. Flockenfangen. Bis ihr schwindelig wurde. Sie begann zu lachen, drehte sich im Kreis und torkelte dann irgendwann auf das Trottoir. Sie legte sich auf den Rücken und drückte einen Engelsabdruck in den Schnee. So konnte sie liegen bleiben. Als Engel. Elena war ja auch einer. Ein gefallener. Wie Luzifer. Aber wenn man nicht aus dem Guten, sondern aus dem Bösen fiel, war man dann nicht ein auferstandener Engel? Und Elena hatte gegen die Götter des Bösen rebelliert. Wie Lia auch. Sie waren die Guten, weil sie die Bösen beklauen wollten. So einfach war das.

«Ist Ihnen nicht gut?», fragte ein Mann, der sich über Lia beugte.

«Geht schon. Mir ist nur ein bisschen schwindlig», sagte sie. Vielleicht gar nicht schlecht, auf bedürftig zu mimen? Vielleicht bekam sie so eine günstige Fahrt dorthin, wohin sie heute noch wollte. Aber wollte sie wirklich dorthin? Ja. Es blieb ihr keine Wahl. Sie hatte das Spiel begonnen, jetzt musste sie es zu Ende führen. Immerhin hatte sie den Stick. Den echten. Hürlimann hatte ihr den falschen abgenommen. Taschenspielertricks. Immerhin etwas, was sie von ihrem Vater gelernt hatte. *Orffini* hatte er sich genannt. *Der grosse Orffini*. Ein Zauberer für Galas und Kindergeburtstage. Lia hatte ihm als Mädchen oft assistiert und dabei einige Tricks gelernt. Nach einem Engagement auf einer Kreuzfahrtlinie war er dann nicht zurückgekehrt. Irgendwann war eine Postkarte aus Indien gekommen. Lia würde es verstehen, wenn sie erst mal grösser wäre. Damals war sie zwölf. Und sie hatte nichts verstanden. Jetzt war sie neunundzwanzig. Verstand sie nun? Vielleicht. Vor neun Jahren, bei ihrem ersten Aufenthalt in Indien, hatte sie gehofft, ihrem Vater dort zu begegnen. Zufällig. Weil es keine Zufälle gab. Sie war ihm nicht begegnet. Aber sie hatte dort etwas über sich selbst erfahren und dadurch vielleicht auch etwas von ihrem Vater verstanden. Warum schossen ihr jetzt diese Gedanken durch den Kopf? Sie hatte nicht einmal mitgekriegt, dass sie bereits neben dem hilfsbereiten Mann im Wagen sass und sich selbst im Radio hörte. Fallers vorproduzierte Sendung lief an. Schräg. Lia sah sich lesen. Neben sich den weinenden Faller.

«Ausgerechnet Benn. Im ‹Prisma›. Verstehen Sie das? Der Nazi. Diese Rechtfertigungsschrift. Hinterher. Hätte er mal währenddessen reflektiert. Wenn einer so klug schreiben kann, kann er mir nicht erzählen, dass er nichts kapiert hat.»

Lia wagte nicht zu sprechen. Aus Angst, der Fahrer könnte ihre Stimme erkennen.

«Wo wollen Sie denn hin?»

Lia räusperte sich und sprach so heiser sie konnte. «Zum Dolder.»

Der Mann pfiff laut und sah sie dann an. «Sind Sie dort Gast?»

«Nein. Ich arbeite dort.»

«Fängt die Schicht so spät an?»

«Eigentlich um zehn. Aber durch den Schnee habe ich mich verspätet.» Sie hustete und drückte die Stimme in die Kehle.

«Gibt das Ärger?»

Sie zuckte mit den Schultern.

«Ausbeuter. Allesamt. ‹Expropriiert die Expropriateure!› Das sollten sie mal im Radio lesen. Kennen Sie das noch?»

Klar kannte Lia «Das kommunistische Manifest». Etwas Furchtbareres hatte sie noch nie gelesen. Jedenfalls aus literarischer Sicht. Da bremste jedes Wort. Allenfalls als Zungenbrecher hatte es einen Wert.

«Wir kommen wieder. Der Kommunismus ist noch nicht tot. Aber eine ganz neue Form des Kommunismus. Ohne Hierarchie. Ohne Übergang. Von einem Tag auf den anderen wird es geschehen. Der kommunistische Urknall explodiert aus der Volonté générale der Weltbevölkerung. Das Internet macht es möglich.»

Lia las wieder aus «Doppelleben». Gerade eine ihrer Lieblingsstellen. Der Fahrer drehte den Ton ab. «So eine tolle Stimme und erzählt die falschen Inhalte.» Er kratzte seinen schwarzen Vollbart und sah zu Lia hinüber. «Warum setzen die meisten Menschen ihre Talente falsch ein? Warum liest sie nicht die richtigen Dinge? Spricht sie nicht Sätze von gesellschaftlicher Bedeutung aus? Warum fahre ich Taxi?»

Lia wusste nichts zu antworten. Sie hing ihrer abgewürgten Stimme nach. Sie war gerade gestorben. Mitten im Satz. Ein Omen? Würde sie auch bald sterben?

Das Taxi fuhr bereits den Adlisberg hinauf. Von vorne kam ein Wagen, der die Nebelscheinwerfer eingeschaltet hatte und nicht daran dachte, sie abzublenden. Die Strasse war durch den Schnee verengt. Einer musste an die Seite fahren, wollten sie aneinander vorbei. Der bärtige Kommunist zündelte dagegen und fluchte.

«Lackaffe. Nur weil dein Auto grösser ist und du von oben kommst, glaubst du, du hast Vorrang. Nicht mit mir.» Er hielt stur auf den anderen Wagen. «Fahr du doch ran.»

Der andere schien ähnlich zu denken. Der Bärtige trotzte und fuhr kampfbereit den grellen Lichtern entgegen.

Lia klammerte sich an den Türgriff und schloss die Augen. Ihr ganzer Körper spannte sich an. Gleich würde es rumsen. Aber es rumste nicht. Sie hörte einen Triumphschrei des Bärtigen, dann begann er zu singen: «Völker, hört die Signale! Auf zum letzten Gefecht! Die Internationale erkämpft das Menschenrecht.» Er sah in den Rückspiegel, klopfte vor Übermut auf die Hupe und lachte.

Lia drehte sich um und sah durch das verschneite Rückfenster. Der grosse Wagen hing schräg im Graben an einem Laternenpfahl. Ein Mann und eine Frau stiegen aus dem Auto. Sie war sehr zierlich und trug einen Pelz. Er war ein Riese, über zwei Meter. Florian Fromm. Gab es doch Zufälle? Was sollte sie tun? Jetzt konnte sie mit Fromm schlecht den Deal durchziehen. Aber sie musste an ihm dranbleiben. Vielleicht war er bereits auf dem Weg, das Land zu verlassen? Ohne den Stick? Ohne Lebensversicherung?

Dann musste etwas geschehen sein. Lia wollte es genau wissen. Sie wollte ein Mal Fromm aus der Nähe sehen. Von Elena hatte sie so vieles über ihn gehört. Ein charmantes Arschloch, mit dem Elena auch gern mehr gehabt hätte als nur hin und wieder eine bezahlte Nummer. Aber mehr war nicht drin gewesen. Jetzt war Elena tot. Und dort vorne stand nicht nur ihr Mörder, sondern auch der Kerl, von dem Lia sich ein neues Leben erhoffte.

«Kehren Sie sofort um», sagte Lia. «Wir müssen ihnen helfen.»

«So? Müssen wir das? Wer sagt das?»

«Nächstenliebe.»

«Nächstenliebe? Wollen Sie mich verarschen? Wenn ich umkehre und denen helfe, zeigen die mich noch an. So viel zu Nächstenliebe.»

«Ich steige hier aus.»

«Wir sind noch nicht oben.»

«Das weiss ich auch. Halten Sie an.»

«Wie Sie wollen. Das macht vierzig Franken.»

«Was? Wieso so teuer?»

«Angebot und Nachfrage. Ausserdem muss ich bis ganz nach oben fahren. Vorher kann ich nirgendwo wenden. Wenn Sie verhandeln wollen, zahlen Sie drauf. Der Zähler läuft weiter.»

Lia zahlte und stieg aus. Das Taxi fuhr weiter nach oben. Sie stapfte nach unten. Gleich nach der Kurve war der Unfall gewesen. Sie lief schneller. Hoffentlich war Fromm noch dort.

***

Stahl nippte an dem Kaffee, den ihm Frau Künzli gebracht hatte. Sie hatten auf Hug gewartet. Erst dann hatten sie ihm die Schellen abgenommen. Diese albernen Handlanger, die sich vorkamen, als wären sie Agenten des FBI. Lächerlich. Gleich würden sie ihn ins Bundesgefängnis nach Florence bringen. Wie sie vor ihm standen. Die Hände an den Gürtelschnallen, breitbeinig. Voller Genugtuung. Er war ihnen von Anfang an ein Dorn im Auge gewesen. Nur weil er Benimm hatte. Keine Bulldogge war. Sich nicht mit Eiweisspülverchen päppelte und pumpte.

«Sie können gehen. Koch, Sie übernehmen den Eingang. Schmitt, Sie gehen in den Festsaal. Künzli, fordern Sie Brauner und Schürle an.»

Künzli gehorchte und ging telefonieren.

«Zwei Leute in einer Nacht zu verlieren. Und das bei so einer Veranstaltung. Das ist Stress. Und ich mag keinen Stress. Warum tun Sie mir das an?»

«Warum schützen Sie einen Verbrecher?»

«Er ist unser Gast.»

«Machen Sie es sich so einfach?»

Hug zog die Brauen hoch und tat, als ob er nicht richtig gehört hätte.

«Spricht da der Roger Stahl? Ex-Agent der Schweizergarde? Wollen Sie mich verarschen? Wollen Sie mir nicht selbst erzählen, wie viele Verbrecher im Haus Gottes ein und aus gehen? Und das nicht nur, um an oberster Stelle die Vergebung ihrer Sünden zu erbitten. Und wie viele von denen haben Sie geschützt, weil es im Sinne Ihres Staates war?»

«Das Dolder ist kein Staat.»

«Aber die Schweiz.»

«Schützen Sie die Schweiz?»

«Ihre Interessen.»

«Als Deutscher.»

«Die Schweizer schützen ja auch den Vatikan. Söldner hier wie dort.»

«Was ist mit Bogner?», fragte Stahl. «Handelte er in Ihrem Auftrag?»

«Der Dummkopf. Kochte seine eigene Suppe. Liess sich von Fromm anwerben, um sich ein Zubrot zu verdienen. Fromm hatte ihm wohl versprochen, dass er ihn mitnimmt als Bodyguard. Dafür musste er aber Merkel aus dem Weg räumen.»

«Und Sie haben ihn nicht daran gehindert?»

«Kam allen zupass. Fromm, uns und der Polizei. Wir brauchen schnelle Lösungen. Aber wieso erzähle ich Ihnen das? Sie könnten mir doch denselben Vortrag halten.»

Stahl trank den Kaffee leer.

«Bevor wir uns nicht mehr sehen. Eine Frage habe ich noch. Warum haben Sie den Vatikan verlassen?»

«Ich war es satt, Interessen zu schützen.» Er stand auf. «Irgendwann brennt es dich aus. Irgendwann findest du keine Rechtfertigung mehr dafür. Und wenn dir die Selbstlügen ausgehen, wird es eng. Dann geht man besser.»

«Gute Reise. Und meiden Sie auf Ihrem Weg den Adlisberg. Überhaupt: Meiden Sie am besten alles, was Ihnen auf dieser Welt begegnet. Es wimmelt nur so von Rechtfertigungen und Selbstlügen. Am besten, Sie lassen sich erschiessen.»

Stahl drehte sich an der Tür zu Hug um. «Soll ich Ihnen etwas verraten? Einen Moment hatte ich gehofft, Bogner würde es im Lift gelingen. Aber wer einmal Gott gedient hat, der hat mehr Schutzengel, als ihm recht sind.»

«Glauben Sie mir, wenn Sie sich noch mal hier blicken lassen, hilft Ihnen eine ganze Armee Putten nichts.»

Stahl wandte sich ab.

«Und Stahl. Tun Sie nicht so selbstgerecht. Sie wollen Fromm nicht wegen Gerechtigkeit, sondern wegen anderthalb Millionen.»

Stahl erwiderte nichts. Er zog die Tür hinter sich zu und stieg die Stufen ins Foyer nach oben. Er überlegte kurz. Nein. Er hatte sich hier von keinem zu verabschieden. Alle waren sie freundlich gewesen. Aber es war professionelle Freundlichkeit gewesen. Nichts, was tiefer ging. Bis auf Merkel. Den hatte Stahl gemocht. Und dessen Familie, die jetzt ohne Ernährer dastand. Weil es für alle die einfachste Lösung war.

Er verliess das Hotel und passierte die Fahrer. Keiner darunter, den er um einen Lift in die Stadt fragen konnte. Merkel war der Einzige gewesen.

Er wechselte das Schuhwerk, tauschte die Alden gegen Winterstiefel und trat seinen Weg durch den Schnee an. Ein Taxi kroch die Kurve hoch. Stahl winkte. Das Taxi hielt. Stahl öffnete die Beifahrertür.

«Sind Sie bestellt?», fragte er.

«Nein. Ich bin frei», sagte der Bärtige.

«Jetzt nicht mehr.» Stahl stieg ins Taxi.

Der Bärtige stellte den Taxameter ein. «Wohin?»

«Kreis 4. Engelstrasse 88.»

«Egal.»

«Was?»

«Egal ist 88. Sie können die Zahl drehen und wenden, auf den Kopf stellen. Es bleibt immer 88.»

«Kann sein.»

«Ich könnte nirgendwo wohnen, wo mir täglich die Egalhaltung begegnet. Nichts ist egal. Wer nicht dagegen ankämpft, sollte gleich in die Kiste springen, oder? Aber es gibt viel zu viele, denen alles egal ist. Deshalb ist die Gesellschaft so, wie sie ist. Aber das wird sich ändern, weil es einige wenige gibt, denen nichts egal ist.»

Das Taxi wendete vor dem Dolder und fuhr nach unten.

«Kosten Sie mehr, wenn Sie die Klappe halten?»

Der Bärtige bremste und rutschte drei Meter nach.

«Sie können auch gern zu Fuss gehen. Ist mir egal.»

«88.»

Der Bärtige sah Stahl verdutzt an, kapierte dann und lachte. Er fuhr weiter.

«Mann, Sie sind auf Zack.» Er kniff die Augen zusammen und sah Stahl von der Seite her an. «Wie lebt es sich dort oben bei den Reichen und Schönen?», fragte er.

«Ich lebe nicht dort.»

«Arbeit?»

«Richtig.»

«Ich hatte vorhin schon eine im Wagen, die dort oben arbeitet. Hab sie im Schnee gefunden. Halb erfroren. Sollte sie hochbringen. Ist auf halber Strecke aber ausgestiegen. Weiss der Teufel, was in die gefahren ist. Vielleicht kennen Sie sich ja. Ich meine, wenn man zusammenarbeitet. Hübsches Ding. Blond. Nach dem Namen habe ich nicht gefragt. Ich frage meine Gäste nie nach dem Namen. Eigentlich müsste sie uns begegnen, wenn sie hier hochwollte. Merkwürdig.»

Er fuhr langsamer. Stahl sah einen Land-Rover-Geländewagen mit Liechtensteiner Kennzeichen, der frontal gegen einen Laternenpfahl gerauscht war.

«Sie hätte uns begegnen müssen. Sie ist nämlich direkt nach dem Unfall ausgestiegen.»

«Unfall?», fragte Stahl.

«War nicht meine Schuld. Der Kerl hielt dagegen, wollte mich von der Fahrbahn jagen. Aber nicht mit mir. Nur weil einer von oben kommt, hat er noch lange nicht das Recht, die Kleinen zu drücken.» Er lachte.

«Und Sie sehen ja, wer gewonnen hat.»

«Halten Sie an.» Stahl hatte etwas gesehen. Es lag neben der Beifahrertür im Schnee und wurde von der Laterne erhellt.

Der Bärtige bremste. Stahl stieg aus und ging auf den Land Rover zu. Er bückte sich und hob es auf. Ein rotes Seidentuch. Er erkannte es wieder. Yasmin hatte es auf dem Fest getragen. Stahl ging zum Taxi zurück.

«Haben Sie gesehen, wer in dem Wagen sass?»

«Ein Pärchen. Sie sind ausgestiegen. Es ist ihnen nichts passiert. Sonst hätte ich mich um sie gekümmert.»

«Wie sahen sie aus?»

«Weiss ich nicht. Ich habe sie nur im Rückspiegel gesehen. Sie bewegten sich einwandfrei. Er war sehr gross. Das ist mir aufgefallen. Ein Riese. Sogar grösser als Sie.»

Stahl streckte dem Bärtigen eine Zwanzigernote entgegen. «Stimmt so. Ich gehe zu Fuss weiter.»

Der Fahrer nahm die Note und steckte sie ein. «Spinnen jetzt alle? Sagen Sie mir bloss nicht, Sie tun das aus Nächstenliebe. Damit ist mir die Blonde schon gekommen. Und ich habe da schon gerochen, dass etwas faul ist. Liechtensteiner Kennzeichen. Damit will ich nichts zu tun haben. Führt euren Kapitalistenkrieg allein.» Er zog die Tür zu und fuhr los.

Stahl ging zum Land Rover und begann, die Spuren im Schnee zu sortieren. Wohin führten sie?

***

«Hier ist es», sagte Lia und zeigte auf das Eisentor, das mit Kette und Vorhängeschloss verriegelt war.

«Und wie kommen wir da rein?», fragte Fromm.

«Klettern.»

«Und ins Haus?»

«Schritt für Schritt. Nach einer Lösung folgt die nächste. Planen Sie immer alle Schritte im Voraus?»

«Meistens.»

«Und trotzdem stehen Sie jetzt hier. War das geplant?»

«Wie meinen Sie das?»

«Sie planen, ich nicht. Trotzdem kommen wir beide gerade nicht weiter.» Sie drehte sich zu Fromms Gefährtin. «Und Sie? Wie steht es mit Ihnen? Vielleicht haben Sie den goldenen Mittelweg? Oder sogar den Schlüssel?»

«Ich habe nur kalte Füsse», sagte die schöne Orientalin. «Und ich hasse Schnee.»

«Also? Klettern wir? Sie geben eine hervorragende Baumleiter ab. Kommen Sie. Stellen Sie sich nicht so an. Sie können mir nicht erzählen, dass Sie noch nie etwas Verbotenes getan haben. Ausserdem ist es ein Notfall.» Lia gefiel sich in ihrer vorwitzigen Art. Sie freute sich darüber, dass sie Fromm einen Schritt voraus war. Sie wusste, wer er – er aber nicht, wer sie war. Es war ihre Idee gewesen, sich die zum Verkauf stehende Villa als Unterschlupf bis zum Morgen zu suchen. Der Schnee fiel in Streifen. An ein Taxi war nicht zu denken. Und Fromms Begleiterin konnte in ihren Stöckelschuhen keinen Meter gehen. Wenn Fromm gewollt hätte, hätte er schon ein Taxi bekommen. Aber er durfte nicht auffallen. Das spielte Lia in die Karten.

Lia stieg in Fromms Hände, die er ihr zur Baumleiter hielt. Sie zog sich an ihm hoch. Ein kräftiger Mann. Ein echter Kerl. Elena hatte von ihm geschwärmt. Lia roch sein teures Parfüm. Ob sie sich mit ihm verbünden sollte? Blödsinn. Er würde sie ebenso kaltmachen wie Elena. Sie trat ihm auf die Schulter und fasste in den Schnee, der sich auf der Mauerkuppe stapelte. Sie zog sich hoch. Zu schwungvoll. Sie rutschte mit ihrem Körper über die Mauer und landete auf der anderen Seite im Schnee. Sie überprüfte ihre Glieder. Alles in Ordnung. Sie lauschte. Drüben tat sich nichts. Lia sah durch das Gittertor hindurch. Fromms Gefährtin schlotterte. Kein Wunder. Die schwarzen Stöckelschuhe hatte sie fortgeschmissen. Sie war barfuss. Sie wackelte auf Fromms Händen, drohte nach hinten zu kippen. Fing sich aber wieder und klatschte gegen die Wand. Gleich würde sie heulen.

«Auf die Schulter», zischte Fromm. «Du musst auf die Schulter steigen. Dann kommst du hoch.»

«Ich kann nicht. Ich habe Angst, dass ich dann nach hinten kippe.»

«Ich pass schon auf.»

«Wie denn? Ich steh doch in deinen Händen.»

«Ich balanciere es aus.»

«Nein.» Es klang wie die Verweigerung des Desserts einer trotzigen Prinzessin.

«Oder ich schleudere dich rüber.» Lia kannte Stimmen. Diese Stimme eben drohte mit einer Schärfe, die für chirurgische Eingriffe gedacht war. Die Prinzessin stieg flugs auf Fromms Schulter und kletterte wie ein Eichhörnchen auf die Mauer. Kaum oben, war es aber schon wieder aus. «Und jetzt? Wie komme ich von hier runter?»

«Spring. Der anderen ist auch nichts passiert.»

«Sie haben sich nicht nach mir erkundigt», sagte Lia durch die Eisenstäbe hindurch. «Ich hätte mir durchaus das Genick brechen können.»

Den letzten Satz hatte sie betont laut gesagt, damit es die

Prinzessin auch hören konnte. Lia genoss es, den Supermann in dieser Komikernummer zu sehen.

«Ich klettere rüber und fang dich dann auf», sagte er. Mit einem Satz aus dem Stand hing er an der Mauer und zog sich nach oben. Mit einem weiteren Satz landete er auf der anderen Seite. Er hielt seine Pranken ausgestreckt zur Prinzessin. «Spring.»

«Ich kann nicht. Meine Füsse sind eingefroren.»

«Lass dich fallen.»

«Ich kann nicht. Ich bin gelähmt.»

Lia formte einen Schneeball und warf ihn der Prinzessin seitlich an den Kopf. Sie erschrak, verlor das Gleichgewicht und fiel vornüber von der Mauer. Fromm fing sie auf. Sie strampelte wild mit den Beinen. Wie ein Kind, das nicht zu Bett getragen werden will. «Ich will nach Hause. Sofort.» War das schon Hysterie?

«Und jetzt?», fragte Fromm.

«Jetzt schauen wir, ob wir irgendwo auf die leichte Tour reinkommen», sagt Lia und wusste selbst nicht, wie sie in die verlassene Villa kommen sollten.

«Sie können hier warten. Ich schleich einmal ums Haus herum.» Lia huschte davon und hoffte, dass irgendwo ein Fenster offen stand. Oder jemand vergessen hatte, die Tür abzuschliessen. Vergebens. Hier kam man nur mit Gewalt rein.

Über ihr vernahm sie ein verdächtiges Knacken. Sie sah hoch. Der schwer beladene Ast einer alten Kastanie stöhnte unter dem Gewicht des Schnees. Lia stand wie angewurzelt und sah, wie der Ast sich bog und bog und bog. Dann krachte es. Lia blieb noch immer stehen. Sie wollte, aber sie kam nicht weg. Es war wie in diesen Träumen, in denen man auf der Stelle lief. Wach auf, Lia. Es ist nur ein Traum. Sie wachte nicht auf. Bleib in dem Traum, bleib auf der Stelle. Nur der Kastanienast bewegte sich. Er fiel nach unten. Auf Lia zu. Sie schloss die Augen, wartete auf das ewige Dunkel. Es krachte und splitterte. Lia stand noch immer. Sie öffnete die Augen. Doch nur geträumt? Nein. Den Ast gab es wirklich. Er war so gross, dass er es nicht geschafft hatte, sich auf sie niederzuwerfen. Das Haus hatte ihn gebremst. Im ersten Stock war er in ein Fenster gekracht. Dort lag er nun mit seinen Auslegern auf dem Sims, der andere Teil hing noch mit der Rinde am Baum. Sie löste sich. Diesmal reagierte Lia und sprang zur Seite. Der dicke Teil des Astes schlug einen halben Meter neben ihr ein.

«Sie lieben brachiale Lösungen, was?», sagte Fromm, den der Lärm angelockt hatte.

«Wenn das Leben Angebote macht, muss man sie nehmen. Da frage ich nicht lange.» Sie sah ihn herausfordernd an. Ihre Chuzpe gefiel ihm. Sie merkte es an seinem Blick. Lia hielt sich an den kleineren Ästen des Gefallenen fest und kletterte daran hinauf bis zum eingeschlagenen Fenster. Dort drehte sie sich nach Fromm und seiner Prinzessin um.

«Nein. Das schaffe ich nicht.» Lia hatte es geahnt. Das Püppchen wollte den Lift.

«Ich kann sehen, ob ich die Tür von innen entriegeln kann», sagte sie und verschwand im Dunkel der Villa. Sie ging durch ein Zimmer, in dem übrig gebliebene Möbel mit weissen Laken abgedeckt worden waren, und fand die Treppe. An der Eingangstür versuchte sie es vergeblich. Dafür liess sich ein Fenster im Erdgeschoss öffnen.

Fromm hievte die Prinzessin durch den Rahmen und kletterte dann hinterher.

«Meine Füsse sind abgefroren. Ich kann nicht stehen.» Die Prinzessin meinte es ernst und setzte sich auf den Boden. Sie rieb sich mit den Fingern ihre zarten Zehen.

«Meinen Sie, wir finden hier Socken und Schuhe?», fragte Fromm.

«Tut mir leid, ich kenne das Hotel hier nicht. Weiss auch nicht, nach welchem Schichtdienst die Angestellten hier arbeiten. Bin zum ersten Mal hier. Aber die Zimmer sollen ganz sauber sein», sagte Lia.

Sie entlockte ihm damit ein Lächeln. Smart. Das konnte er. Der Kerl verstand es, Eindruck zu schaffen. Kein Wunder, dass so viele auf ihn hereingefallen waren. Lia würde ihm nicht erliegen. Gerade war sie es, die ihn am Halsband führte. Das wollte sie sich nicht nehmen lassen. Und sie hatte noch den grössten Trumpf. Die Peitsche zur Dressur: den Stick. Wie und wann sie ihn einsetzen wollte, wusste sie noch nicht. Sie war an Fromm dran. Er hatte das Geld, an das sie wollte. Sie musste nur noch den richtigen Handel finden.

«Versuchen wir es oben. Dort habe ich Möbel gesehen. Vielleicht sind auch ein paar Klamotten darin zurückgeblieben. Wenn nicht, stecken Sie Ihre Füsse zwischen die Heizung. Ich glaube nicht, dass die Besitzer die Heizung ganz ausgedreht haben. Rohrbrüche im Winter sind teurer als Öl.»

Sie ging die Treppe nach oben. Fromm trug seine Prinzessin wieder auf Armen und folgte Lia. Oben angekommen, zog Lia die Leintücher von den Möbeln. Neben Sesseln, Sofa und Kommoden kam auch ein Kleiderschrank aus Nussbaum zum Vorschein. Lia öffnete die Tür des Schrankes. «Bingo», sagte sie und brachte zwei Filzpantoffeln zum Vorschein. Sie reichte sie der Prinzessin. Die zögerte. «Davon kriege ich bestimmt Fusspilz.»

Lia glaubte zu merken, wie Fromm genervt die Augen verdrehte. Sehr zufrieden schien er mit dem Püppchen nicht zu sein. Sie war ein Klotz am Bein. Oder gehörte sie zu einem neuen Deal, den er anvisiert hatte?

Lia ging zu einer Heizung und drehte sie auf. Sie wartete und tastete, ob die Rippen wärmer wurden.

«Funktioniert», sagte sie und hockte sich auf den Boden, um ihren Rücken zu wärmen.

«Ich finde es hier unheimlich. Warum machen wir kein Licht?», fragte die Prinzessin.

«Ich brauche keins», sagte Lia. «Ich bin müde und werde gleich schlafen. Ausserdem weiss ich nicht, wo hier der Hauptschalter ist. Und der Hausmeister scheint heute frei zu haben.»

«Sie haben einen unverschämten Ton an sich.»

«Und Sie einen dümmlichen.»

«Nehmen Sie das Sofa oder suchen Sie sich ein Bett?», fragte Fromm, der den sich anbahnenden Zickenkrieg unterbinden wollte.

«Ich nehme das Sofa. Gehen Sie auf Geisterfahrt durch das Spukhaus.» Lia hatte es so gesagt, als würde sie gleich Edgar Allan Poes Geschichte vom Hause Usher als Hörbuch sprechen. Die Prinzessin sah sie giftig an. Lia hätte fast laut losgelacht. Sie verbiss es sich. Zu sehr wollte sie es nicht provozieren. Sie wollte

Fromm sympathisch bleiben. Bestimmt war dadurch besser mit ihm ins Geschäft zu kommen.

«Warte kurz hier, Yasmin. Ich sehe nach, wo wir etwas Gemütliches finden. Und zieh die Schuhe an. Pilze verschwinden wieder. Aber Erfrierungen bleiben ewig.» Fromm verschwand aus dem Zimmer. Yasmin stieg trotzig in die Pantoffeln.

«Schade, dass wir kein Licht haben. Die Schuhe stehen Ihnen bestimmt prächtig.» Lia konnte es nicht lassen. So eine verzogene Göre vor der Flinte zu haben, das war Genuss. Da war sie wieder fünfzehn und foppte die reichen Schülerinnen aus ihrer Klasse. Sozialneid würden es die Schlauen nennen. Ihr war es egal. Wer austeilte, musste auch einstecken können. Lia hatte schliesslich auch Nehmerqualitäten. Und ihr Einsatz war hoch. Sehr hoch. Er kostete das Leben. Prinzessin Yasmin riskierte lediglich einen Schnupfen.

«Sie sind an allem schuld», sagte Yasmin.

«Wieso ich? Habe ich nicht dieses schmucke Schloss gefunden?»

«Wenn Sie uns nicht von der Fahrbahn gedrängt hätten, wären wir jetzt nicht hier.»

«Das war nicht ich, sondern der Taxifahrer.»

«Er hätte ausweichen müssen. Ich habe mit der Lichthupe Signal gegeben.»

«Sie sind gefahren?»

«Wieso nicht?»

«Nur so. Hätte gedacht, der Mann fährt.»

«Er sieht nachts nicht so gut. Bei Schnee schon gar nicht.»

«Sie sehen da schon besser. Immerhin haben Sie den Laternenpfahl voll getroffen.»

Yasmin verzog den Mund und schätzte Lia ab.

«Was haben Sie gegen mich? Warum helfen Sie uns, wenn Sie uns nicht mögen?»

«Anerzogene Nächstenliebe. Kommt man nicht dagegen an.»

«Es ärgert Sie, dass ich reich bin.»

«Sind Sie das?»

Yasmin lachte. Ein echtes Lachen. «Jemand, der aus ärmeren Verhältnissen kommt, wittert das sofort. So wie wir sofort riechen, wenn sich jemand als etwas Besseres fühlt, als er ist.» Sie schob sich geübt die schwarze Strähne aus dem Gesicht. «Sie wollten doch zum Dolder hoch, oder? Ein Gast sind Sie sicher nicht. Ich schätze, Sie arbeiten dort in der Küche. Habe ich recht?»

Lia schwieg und sah Yasmin an. Von oben herab. Antrainiert. Aber unter dem Drill schimmerte ein unsicheres, verletzliches Mädchen.

«Die werden sie bestimmt vermissen dort oben. Vielleicht sogar kündigen. Können Sie sich das leisten?»

Lia zuckte mit den Schultern.

Fromm kam zurück. «Am Ende des Gangs ist ein Schlafzimmer. Dort können wir uns hinlegen», sagte er. «Hier. Eine Decke für Sie.» Er reichte sie Lia. Sie nahm die Decke und legte sie neben sich auf das Sofa. «Danke.»

«Schatz, sie arbeitete in der Küche im Dolder.» Yasmin fand sich durch die Liebenswürdigkeit Fromms zum Statuskampf herausgefordert.

«Sie könnte uns doch was zu essen machen. Ich habe Hunger.»

«Ich glaube nicht, dass in der Küche etwas Essbares ist. Das Haus scheint mir schon recht lange zum Verkauf ausgeschrieben», sagte Fromm.

«Bestellen Sie doch bei einem Pizza-Kurier», sagte Lia und rollte sich unter der Decke auf dem Sofa ein.

«Danke für den Rat. Ich bestelle jetzt für mich ein Taxi. Das hier ist mir zu blöd.» Yasmin nahm ihr Handy und scrollte nach einer Taxinummer. Ehe sie wählen konnte, hatte sie Fromm am Handgelenk gepackt. Sein gutmütiger Ausdruck hatte sich für Bruchteile von Sekunden in einen gefährlichen Bären verwandelt. Seine Augen, die nachts schlecht sahen, blitzten. Dann entspannte er sich sofort. So selbstverständlich, als hätte es diesen Moment nie gegeben.

«Verschieben wir es auf morgen. Es ist spät. Und ein Bett ist so gut wie das andere. Komm.» Er zog Yasmin mit sich fort. An der Tür drehte er sich zu Lia um. «Schlafen Sie gut.»

«Gute Nacht.»

Lia sah den beiden nach und schloss die Augen. Schlafen konnte sie noch nicht. Zu viele Gedanken kreisten in ihrem

Hirn. Was wäre ihr nächster Schritt? Sollte sie Fromm sagen, was Sache war? Sollte sie ihm den Stick direkt anbieten? Hier hatte er aber sicherlich keine zwei Millionen bei sich. Er hatte überhaupt nichts bei sich. Kein Gepäck. Also wollte er nicht abreisen. Oder hatte er das Dolder so schnell verlassen müssen, dass ihm keine Zeit zum Packen geblieben war? Hatte er den falschen Stick von Hürlimann bekommen, ihn gecheckt und nasse Füsse bekommen? Der Stick war für ihn wichtig. Mit den Namen der Steuersünder konnte er einige Leute melken. Aber er begab sich dabei auf dünnes Eis. Lia hatte sich erst überlegt, ob sie es selbst angehen sollte. Doch es war ihr zu heiss. Auf dem Stick standen Namen von fast tausend dicken Fischen. Da brauchte es einen Profi, um von denen den Rogen zu pressen. Und Fromm war ein Profi. Und er mochte Lia. Das hatte sie gespürt. Aber das hiess bei so einem wenig. Sympathie war volatil.

***

Die Fussspuren endeten hier. Direkt vor dem Eisentor. Stahl erinnerte sich an die Villa. Sie war ihm an dem Morgen aufgefallen, als Merkel ihn nach unten gefahren hatte. Er sah durch die Stäbe hindurch. Auf der anderen Seite fand er ebenfalls Spuren. Der fallende Schnee hatte die Abdrücke leicht nachgefüllt, aber sie waren noch zu erkennen.

Stahl spürte das Adrenalin aufsteigen. Er zog sein Handy und wählte die Nummer von Reschke. Es klingelte lange. Keine Combox. War Reschke etwas geschehen? Hug hatte sicher mitbekommen, dass der Fahnder im Dolder eingecheckt hatte. Auf wessen Seite Hug stand, konnte Stahl nicht wissen. Hug war Söldner. Das Dolder sein Boss. Er tat alles dafür, dass es sauber blieb. Wenn ihm aber ein anderer mehr bot? Vielleicht hatte auch er einen Kodex, Verträge einzuhalten? Stahl pflegte so etwas. Aber es gab nicht mehr viele von dieser Art. Sie galt als naiv und überholt. Wer sein Fähnlein nicht rasch genug dem Wind anpassen konnte, gehörte zum alten Eisen. Ein Grund mehr, dem Vatikan den Rücken zu kehren. Dort diktierte das Tagesgeschäft so hysterisch wie an der Wall Street.

Endlich nahm Reschke ab. Seine Stimme grollte aus einem hundertjährigen Schlaf. Stahl tippte auf ein Wettsaufen mit Schlitzohr Kogler. Da musste Reschke den Kürzeren ziehen.

«Hier ist Stahl. Ich bin ganz dicht an Fromm dran. Wenn Sie wollen, können Sie ihn gleich abholen ... Fahren Sie einfach die Strasse runter. Irgendwann sehen Sie links an einem Laternenpfahl einen Land Rover. Von dort sind es etwa noch fünfhundert Meter die Strasse hinunter. Auf der rechten Seite liegt eine verlassene Villa. Fahren Sie vor das Eisentor und warten Sie dort ... Und passen Sie auf, dass Sie keiner Streife begegnen, die sie blasen lässt.» Stahl legte auf.

Er untersuchte das Vorhängeschloss. Mit seinen Schliesswerkzeugen eine Sache von zwei Sekunden. Er öffnete das Schloss, liess es aber in der Kette hängen. Er wollte das Tor nicht öffnen. Es würde zu viel Krach machen. Später, wenn er Fromm hatte, musste es schnell gehen. Da war Lärm egal. Jetzt kletterte er über die Mauer, den Spuren seiner Beute folgend.

Er entdeckte einen gefallenen Ast, der ein Fenster eingeschlagen hatte und Eindringlingen hervorragend als Leiter diente. Um sicher zu sein, überprüfte er, ob die Spuren hinter dem Baum weiter führten. Nichts. Nur weisse Fläche. Fromm und Yasmin waren also über den Ast ins Haus geklettert. Stahl tat es ebenso. Einmal rutschte er auf dem Schnee ab und stiess sich einen abgebrochenen Ast ins Schienbein. Es riss ihm ein Loch in die Hose. Er biss auf die Zähne, unterdrückte den Schmerz und kletterte weiter. Am Fenster angekommen, achtete er darauf, auf keine Scherbe zu treten. Sein Herz schlug laut.

Erinnerungen stiegen auf. An unzählige Einsätze, die er im Dienste des Vatikans gewagt hatte. Er hatte immer alles gewettet. Schliesslich war Gott auf seiner Seite gewesen. Naiv. Mein Gott. Aber er hatte überlebt. Und jetzt? War Gott noch immer auf seiner Seite? Oder nahm er es Stahl krumm, dass er aus dem Verein ausgetreten war?

Er entfernte vorsichtig eine Scherbe aus dem Rahmen, die ihm zu locker hing, und legte sie auf das Sims. Dann stieg er lautlos ins Haus.

Er glaubte, ein Schnarchen zu hören, und wandte sich in die

Richtung, aus der das Geräusch kam. Er sah eine Decke, die sich bewegte. Darunter drehte sich jemand im Schlaf und erzählte etwas. Stahl schlich sich an.

«Doppelleben, jawohl ...», murmelte es unter der Decke hervor. «Benn ... Nein, er war kein Nazi ... Er war ein grosser Dichter ... Jeder führt ein Doppelleben ... Arschloch. Hau ab ...»

Stahl war nah genug dran. Jetzt konnte er zugreifen. Er riss die Decke weg und hielt der träumenden Quasselstrippe den Mund zu. Er war nah genug, um zu erkennen, dass es eine Frau war. Aber es war nicht Yasmin.

«Wo ist Fromm?», fragte Stahl. «Wehe, Sie schreien. Dann dreh ich Ihnen den Hals um.» Er nahm langsam seine Hand von ihrem Mund.

Sie rang nach Atem.

«Fromm?», wiederholte Stahl.

«Wer sind Sie? Was wollen Sie? Sind Sie der Killer? Haben Sie alle umgebracht? Bin ich jetzt dran?»

«Fromm?»

«Am Ende des Ganges.»

«Ist er allein? Oder ist Yasmin bei ihm?»

«Sie sind zu zweit.»

«Sonst noch jemand?»

«Nein.»

Stahl packte sie hart am Arm. «Sie kommen mit. Und wehe, Sie machen auch nur einen Mucks.»

«Ich habe nichts mit der Sache zu tun.»

«Dafür wissen Sie aber ziemlich viel von den Toten in der Geschichte.»

«Das war nur so dahergesagt. Ich habe geträumt. Ich dachte, Sie gehören zu dem furchtbaren Traum, den ich gerade hatte.»

«Er wird noch furchtbarer werden, wenn Sie nicht genau das tun, was ich Ihnen sage.»

Lia gehorchte. Was blieb ihr übrig? Schreien? Fromm warnen?

Weshalb? Wegen zwei Millionen. So wie der Schrank sie anpackte, wollte er Fromm an den Kragen. Und wenn Fromm kalt war, waren es ihre zwei Millionen auch. Was sollte sie mit dem Stick dann anfangen? Fromm war ihre grosse Chance. Sie hatte ihre beste Freundin wegen dieses Coups verloren. Sollte sie jetzt tatenlos zusehen, wie der Killer ihren Traum wegblies? Sie versuchte, sich schwer zu machen. Der Fremde merkte es sofort und warf sie lautlos gegen die Wand. Er kam mit seinem Mund ganz nahe an ihr Ohr.

«Noch ein Mätzchen, und ich breche Ihnen das Genick.»

Das sass. Sie glaubte es sofort. Nein. Sie würde keine Mätzchen mehr wagen. Willig ging sie mit ihm. Nur noch wenige Meter bis zum Ende des Gangs. Lia entdeckte die Vase. Ihre einzige Chance. Sie berührte sie beim Vorbeigehen, die Vase fiel um und krachte zu Boden. Der Fremde schrak hoch und blitzte Lia an. Hinter der Zimmertür am Ende des Korridors hörte man Geräusche. Der Fremde schleuderte Lia zu den Scherben und rannte auf die Zimmertür zu. Lia sah ihm nach und hoffte. Für Fromm und ihre Millionen.

Stahl hatte seine SIG gezogen und entsicherte sie. Vorsichtig drückte er die Klinke, so wie er es gelernt hatte. Im Schutz der Wand. Die Tür liess sich öffnen. Stahl drückte sie auf und lauschte. Nichts. Kein Mucks. Stahl drang in das Zimmer. Die Pistole schussbereit. Das Zimmer war leer. Dafür stand eine andere Tür offen, die in einen anderen Raum führte. Stahl lief dorthin. Auch hier war niemand. Der Raum führte zu den Treppen. Stahl rannte. Fromm durfte ihm nicht schon wieder durch die Lappen gehen. So viel Glück durfte keiner haben.

Im unteren Stockwerk klirrte eine Fensterscheibe. Stahl hetzte die Treppen hinunter. Er fand das Fenster. Ein Stuhl lag im Schnee. Daneben tiefe Spuren. Er kletterte durch das Fenster und sprang in den Schnee. Er hörte das Eisentor knarren. Wie konnten sie ahnen, dass er das Schloss geöffnet hatte? Ein Schrei. Dann das Klatschen von Autotüren. Ein heulender Motor. Stahl rutschte aus, schlug in den Schnee und rappelte sich auf. Am Tor angekommen, sah er einen Mann benommen am Eisentor kauernd. Reschke. Stahl beugte sich zu ihm hinunter. Er blutete aus der Nase und am Hinterkopf. Stahl drückte Reschke Schnee in Gesicht und Nacken. Reschke wurde wach und wollte sich aufrappeln. Sein Kreislauf spielte nicht mit. Reschke sackten die Beine weg. Stahl packte ihm erneut Schnee ins Gesicht.

«Ich bin ein Idiot. Dabei habe ich so aufgepasst. Die letzten Meter habe ich das Auto ohne Motor rollen lasen. Dann habe ich gesehen, dass das Vorhängeschloss offen war, und wollte uns Zeit ersparen. Ohne einen Mucks habe ich die Kette entfernt. Und dann kommt Fromm und bedankt sich mit einem Kinnhaken.» Reschke liess den Kopf hängen.

«Ich dachte erst, Sie wären es. Von der Statur her. Im Dunkeln kann man euch schon mal verwechseln.»

Stahl packte Reschke unter dem Arm. «Kommen Sie, ich bringe Sie rein. Vor morgen Früh können wir sowieso nichts mehr machen.»

Reschke schlurfte neben Stahl her. «Ich habe einfach zu viel gesoffen. Dieser Österreicher hat mich abgefüllt. Ein Schwätzer vor dem Herrn. Aber charmant. Aalglatt. Auf einmal war ich blau. Da können einem Fehler unterlaufen. Oder? Stahl? Ist Ihnen noch nie ein Fehler unterlaufen? Irgendetwas muss doch bei Ihnen vorgefallen sein. Sonst hätten Sie nicht freiwillig den Vatikan mit dem Dolder getauscht.»

Stahl antwortete nicht. Er steuerte das eingeschlagene Fenster an, durch das Fromm mit Yasmin geflohen war.

«Kommen Sie, spucken Sie es aus. Ich kann schweigen.»

«Dann schweigen Sie. Klettern Sie und passen Sie auf, dass Sie sich nicht an den Scherben schneiden.» Er half Reschke hoch und gab ihm einen Schubs. Reschke polterte ins Haus und stöhnte. Stahl hörte das Knacken eines Astes. Er drehte sich um und sah eine Gestalt. Keine fünf Meter vom Tor entfernt. Die Frau, die ihn für einen Killer gehalten hatte. Stahl hatte noch keine Zeit gehabt, sie danach zu fragen, was sie in Fromms Nähe zu suchen hatte.

Sie sah zu ihm herüber und rannte los. Er hinterher. Sie war schnell, aber er hatte sie noch vor dem Tor eingeholt.

Sie schlug um sich, traf Stahl mit der Faust über dem Auge. Er packte sie, drehte ihr den Arm auf den Rücken und warf sie auf den Boden. Mit dem Gesicht tief in den Schnee. Sie beugte sich ins Hohlkreuz und schnappte nach Luft. Er drückte sie wieder in den Schnee. Sie strampelte mit den Beinen. Er rollte sie zur Seite. Erschöpft lag sie auf dem Rücken und rang nach Atem.

«Wer sind Sie? Warum sind Sie mit Fromm hier?»

«Wer? Ich kenne keinen Fromm.»

Er hob die Handtasche auf, die durch das Gerangel in den Schnee gefallen war. Er durchsuchte den Inhalt und fand einen Reisepass.

«Lia Orff», las er und steckte den Pass wieder in die Tasche. Er sah sich die Bücher an. «Indien und Gottfried Benn. Wie passt das zusammen?» Er kramte weiter. Lippenstift, zwei Kondome, ein Notizbuch. Er blätterte es durch.

«Was schreiben Sie da?», fragte er.

Lia war aufgestanden. Sie nahm ihm das Notizbuch aus der Hand.

«Sprechübungen», sagte sie.

«Sprechübungen? Sind Sie Logopädin?»

«Nein. Sprecherzieherin. Ich schule Schauspieler und Redner.»

«Und sie synchronisiert Pornos», sagte eine Stimme und stöhnte gespielte Erregung. Es war Reschke.

«Hallo, Frau Orff, das ist aber ein Zufall.»

«Sie kennen sich?» Stahl ging einen Schritt zurück, um beide im Blick zu haben.

«Kennen ist übertrieben. Ich hatte Frau Orff aufgesucht und um ihre Mitarbeit gebeten. Kurz darauf war Gustavo tot. Und jetzt finden wir sie bei Fromm. Scheint so, als hätte ich auf das falsche Pferd gesetzt.»

Reschke trat nah an Lia ran. «War Elena Peres gar nicht eine so gute Freundin, wie ich dachte? Gaben Sie ihr am Ende nur die Stimme und liessen sie die Drecksarbeit machen? Haben Sie Elena umgebracht, weil sie nicht mehr nur das sagen wollte, was Sie ihr in den Mund legten?»

Lia wich zurück. Reschke rückte nach. «Wo ist der Stick?»

«Hürlimann hat ihn. Sie haben doch selbst gesehen, wie er plötzlich am Bahnhof auftauchte.»

«Hürlimann?» Reschke blieb stehen. «Das erklärt alles.» Er sah sie lauernd an. «Ich glaube Ihnen kein Wort.» Er ging wieder einen Schritt auf sie zu. Lias Rückzug endete an der Mauer.

«Sie erlauben doch», sagte Reschke und begann, Lia zu durchsuchen. Er fand nichts. «Ziehen Sie die Schuhe aus.»

«Hier? Im Schnee?»

«Los. Machen Sie schon. Oder ich werde ungemütlich.»

Lia zog ihre Stiefel und die Socken aus. Barfuss stapfte sie von einem Fuss auf den anderen, während Reschke ihre Stiefel nach dem Stick untersuchte. Enttäuscht gab er ihr die Schuhe zurück. Lia schlüpfte rasch hinein.

«Darf ich jetzt gehen?», fragte sie.

«Von mir aus. Was meinen Sie, Stahl?»

«Von mir aus aber nicht.» Es war Stahl, der sich alles in Ruhe angesehen hatte. «Was ist das für ein Stick? Reschke? Lia?»

Reschke und Lia sahen sich an. Keiner wollte damit rausrücken.

«Ich habe keine Ahnung», sagte Lia. «Er fängt immer davon an.»

«Wollen wir nicht reingehen?», sagte Reschke. «Hier draussen wird es allmählich ungemütlich.»

«Es kann noch ungemütlicher werden, wenn ich nicht erfahre, worum es hier eigentlich geht.» Stahls Stimme war kälter als die Winternacht.

Reschke spürte, dass es keinen Wert hatte, auf Zeit zu spielen.

«Auf dem Stick stehen an die tausend Steuersünder. Fette Fische. Wir wussten, dass Fromm diesen Stick besass.»

«Deshalb wollten Sie an ihn ran? Nicht wegen der fünfhundert Millionen, die er Anlegern abgeluchst hatte?»

«Diese Summe ist lächerlich gegen das, was die Bundesrepublik durch diesen Stick einfahren kann.»

«Also hat die deutsche Bundesregierung das Kopfgeld ausgesetzt?»

«Weiss ich nicht. Interessiert mich auch nicht.»

«Wer hat Ihnen den Auftrag gegeben?»

«Ein Kerl, der roch wie Sie. Einer, der mit einem Koffer durch die Welt reist. Einer, der bei derselben Firma ausgebildet wurde wie Sie.»

«Ein Schweizergardist?» Stahl fing an zu begreifen. «Deswegen haben Sie mich angefragt?»

«Es traf sich gut, dass Sie ausgerechnet dort arbeiteten, wo Fromm abgestiegen war. Erst dachte ich, Sie würden dort undercover arbeiten. Es lag nah. Ein Gardist überbringt den Auftrag, der andere klebt Fromm an den Fersen. Ich war überrascht, als ich erfahren hatte, dass Sie ausgestiegen waren.»

«Arbeitet der Gardist auf eigene Rechnung?»

«Haben Sie je auf eigene Rechnung gearbeitet?»

Stahl schwieg. Er dachte an Palm und die Aufträge, die er für ihn als Privatmann durchgeführt hatte.

«Erst dachte ich, Sie hätten Elena getötet. Aber dann wären Sie nicht am Tatort vorbeigejoggt.»

«Warum sollte der Vatikan ein Kopfgeld aussetzen und dann eigene Leute auf Fromm hetzen?», fragte Stahl.

«Hat die katholische Kirche jemals nur auf das Jenseits gewettet?»

«Sie pauschalisieren.»

«Lernt man das nicht bei den Jesuiten?»

Stahl lächelte geheuchelte Milde. Reschke hatte seine Hausaufgaben gemacht. Er wusste so gut wie alles über Stahl. Jedenfalls, was es zu wissen galt.

«Ich verstehe gar nichts mehr.» Lia mischte sich ein. «Der Vatikan hat ein Kopfgeld auf Fromm ausgesetzt?»

Reschke lachte. «Ganz so einfach ist das nicht. Was immer Sie und Elena mit Fromm vorhatten. Sie haben sich mit ganz anderen Kalibern angelegt. Der Vatikan ist nur ein Umschlagplatz. Er bietet Dienstleistungen für Staaten an, die Interessen haben. Daran verdient der kleinste Staat der Erde ebenso wie am täglichen Opferkörbchen.»

Lia wandte sich an Stahl. «Ist das wahr? Könnte es sein, dass die Bundesrepublik Deutschland den Vatikan beauftragt, ein Kopfgeld auszusetzen, um an einen Stick mit Steuersündern zu gelangen?»

«Wollen wir rein? Ich kriege langsam kalte Füsse», sagte Reschke.

SECHS

Was bildete sich Röhmer ein? Ihn um diese Uhrzeit anzurufen? Röhmer wollte ihn treffen. Sofort. Seit wann diktierten ihm Zuhälter, dass er aus seinem seidenen Pyjama in die Klamotten sprang und durch den Schnee in die Langstrasse stapfte? Es war weit gekommen. Zeit, endlich den Schlussstrich zu ziehen.

Hürlimann stieg die Stufen ins Cabaret hinunter und klopfte einen albernen Rhythmus, den sich Röhmer ausgedacht hatte. Beethoven. Ta-ta-ta-taaa. Ta-ta-ta-taaa. Carlo öffnete und liess Hürlimann rein. Sie sprachen kein Wort miteinander. Sie mochten sich nicht. Hürlimann hatte Carlo mal für drei Jahre in den Bau gebracht. Das nahm Carlo ihm noch immer krumm. Hürlimann hätte ein Auge zudrücken können. Bei Röhmer hatte er es schliesslich auch getan. Der hatte aber auch dafür gezahlt. Pünktlich überwiesen. Das tat er noch immer. Halbjährlich. Keine Unsumme. Aber ein Taschengeld, das sich läpperte.

Eine Rothaarige mit weisser Haut flog auf Hürlimann zu. Blutarm, auf der Suche nach Männerschweiss und harten Franken. «Na, Hürli? Lange nicht mehr gesehen. Magst du mich nicht mehr?», sang sie. Martha war eine Sirene. Unwirklich. Ein Wesen aus anderen Welten. Hürlimann legte sich gern zu ihr. Er mochte ihre ukrainischen Lieder. Und ihre schlanken Finger, denen man anmerkte, dass sie in der Kindheit viel Klavier geübt hatten.

«Ich liebe dich. Und ich werde dich nie vergessen», sagte er. Es klang so kalt wie die Wettervorhersage für die kommende Woche. Marthas Pianistenfinger rutschten an seinem Hals ab. Enttäuscht flatterte sie einem feisten Vertreter entgegen, der sich kaum mehr aufrecht halten konnte.

Carlo hatte Röhmer längst Bescheid gesagt und stand vor Hürlimann. «Noch fünf Minuten. Kannst dir derweil einen genehmigen. Auf Kosten des Hauses. So magst du es doch am liebsten.» Carlo hatte den Satz noch nicht zu Ende gesprochen, da hatte Hürlimann ihn zu sich rangezogen und quetschte ihm mit der Linken die Hoden zusammen. Carlo riss die Augen auf, tat aber keinen Mucks. «Herr Hürlimann. Carlo. Wir werden uns niemals duzen. Selbst in der Hölle wirst du mich siezen. Ist das klar?»

Carlo nickte. Hürlimann lockerte den Griff und setzte sich an die Bar. Er wollte keinen Drink. Er wollte, dass sie zur Sache kamen. Er stand doch nicht um vier Uhr in der Früh auf, kämpfte sich durch den Schnee, um dann bei Röhmer einen zu saufen.

Er spürte lange Fingernägel in seinem Nacken. Martha. Von einer schnellen Gratis-Nummer hatte Carlo nicht gesprochen. Selbst wenn Martha sich beeilte, ein Whiskey war doch schneller gekippt.

«Zwei Scotch auf Eis», sagte er.

Der drahtige Kubaner servierte sofort. Marthas Finger umgriffen das Glas. Sie stiess mit ihm an und lächelte. Hürlimann glaubte, dass es echt war. Er glaubte, dass Martha ihn mochte. Er hatte sie nie schlecht behandelt. Und er hatte immer anständig bezahlt. Auch wenn Röhmer ihn eingeladen hatte. Er hatte Martha stets etwas zugesteckt, von dem Röhmer nichts wusste.

«Ich bin noch Jungfrau heute», sagte sie. Hürlimann mochte ihren Akzent. Und ihren Witz. Sie war verdammt schnell im Kopf. Was aus so einer Frau unter anderen Umständen hätte werden können? Vielleicht wurde ja noch etwas aus ihr? Mit ihm? Wenn er den Coup hinter sich gebracht hätte, könnte er Martha mit sich nehmen und ihr ebenfalls ein neues Leben schenken. Er lächelte schräg und kippte den Whiskey. Nein. Das würde er nicht tun. Er war kein Romantiker. Ausserdem wollte er frei sein. Da störten Relikte aus vergangenen Tagen. Martha nippte und leckte mit ihrer Scotch-Zunge über Hürlimanns Lippen.

«Keine Minute kann man Sie allein lassen, Herr Kommissar.» Es war Röhmer, der mit der Stimme eines Barockfürsten über die Bässe der Musik dröhnte. Er gab Martha ein Zeichen. Sie verschwand und widmete sich wieder dem besoffenen Vertreter. Röhmer setzte sich auf ihren Platz.

«Arnaldo, gib mir auch einen.»

Der Kubaner goss ein. Röhmer schaukelte das Glas zwischen seinen Wurstfingern. Kein Vergleich zu Marthas Spinnengliedern.

«Du sitzt tief in der Scheisse, Hürli.» Röhmer schob das Kinn vor. Das tat er gern, wenn er sich besonders wichtigmachen wollte.

«Weiss nicht, wie du da rauskommen willst.»

«Lass die Ouvertüre. Komm zur Sache.»

«Du hast versucht, Fromm zu linken. Das mag der gar nicht.»

«Was? Ich weiss nicht, wovon du sprichst.»

«Hürli, hör auf damit. Du kannst froh sein, dass du noch lebst.»

«Dein Ton gefällt mir nicht.» Hürlimann wurde hitzig. «Es reicht schon, dass du mich um diese Zeit hierherbestellst. Benimm dich dann wenigstens. Und vergiss nicht, wer hier wen am Leben lässt.»

Röhmer blieb cool und schwenkte weiter seinen Scotch im Licht der Discokugel.

«Nur solange ich schützend meine Hand über dich halte, kannst du hier dein Spiel treiben. Hast du das vergessen?»

«Ich habe jetzt einen anderen Beschützer. Der ist allmächtig.» Röhmer sah zur Decke und bekreuzigte sich.

Hürlimann begriff nichts. «Du wirfst dir zu viel Scheisse rein. Solltest vorsichtiger damit umgehen, damit du den Überblick behältst.»

«Oh, ich sehe ganz klar. Das kann ich. Ich kann immer ganz klar erkennen, wo die Stärkeren sind. Und die sind gerade nicht dort, wo du sitzt.» Er kippte den Whiskey. «Sondern warten im Hinterzimmer auf eine Erklärung von dir.» Röhmer stand auf. «Komm mit. Ich stelle sie dir vor.» Er ging voran.

Hürlimann zögerte. Er konnte den Laden auch verlassen. Aber was nutzte es. Irgendein Heckenschütze würde auf der Lauer liegen und ihn abknallen wie einen Hasen. Da nützte kein Zickzacklauf. Hürlimann folgte Röhmer. Er wollte die Stärkeren kennenlernen.

***

Lia lag eingerollt unter der Decke auf dem Sofa. Sie tastete nach dem Stick. Sie hatte ihn schon vorhin zwischen die Polster geschoben, als sie sich zum ersten Mal hingelegt hatte. Sie wusste, dass sie ihn nicht bei sich tragen durfte. Momentan war er nicht nur der Schlüssel zu einem besseren Leben, sondern ihre Lebensversicherung.

Reschke hatte sich in dem Zimmer am Ende des Gangs hingelegt, wo Fromm und Yasmin ihm bereits das Nachtlager vorgewärmt hatten.

Stahl hatte sich zwei Sessel zusammengeschoben und sie vor der Tür postiert. Dort lag er, unter seinem dunkelblauen Mantel, und tat so, als ob er schlief. Auch Lia hielt die Augen geschlossen. Auch sie tat so, als ob sie schlief. Aber sie konnte nicht schlafen. Sie musste wach sein. Hellwach. Vielleicht eine neue Strategie ausarbeiten. Fromm sausen lassen, dafür andere Käufer ins Auge fassen. Wie wäre es mit Reschke? Oder dem Vatikan? Direkt an die Bundesrepublik Deutschland? Verwegen. Wen sollte sie ansprechen? Herr Finanzminister, ich habe da etwas für Sie. Lächerlich. Und was war mit dem Gardisten, der Reschke den Auftrag gegeben hatte? Er würde sie kaltmachen und eher auf den Stick verzichten, als eine in der Welt herumlaufen zu haben, die zu viel wusste. Ausserdem kam sie nicht an ihn heran. Wie sollte sie ihn finden? Aber warum sollte sie ihn suchen? Er war ihr bestimmt längst auf der Spur. Er würde sie finden. Sobald er sich Hürlimann vorgeknöpft hatte, würde er bei ihr landen. Sie musste gewappnet sein. Sie brauchte Schutz. Sie linste durch Sehschlitze und sah auf Stahl. Er wäre der richtige Beschützer. Er kam selbst aus dem Stall. Aber wie konnte sie ihn für sich einspannen?

Oder sollte sie den Stick doch Reschke geben? Anderthalb Millionen waren auf den Kopf von Fromm ausgesetzt. Aber nur solange man dachte, er habe den Stick. Anderthalb Millionen Euro würde Reschke auch an Lia zahlen. Aber das war ihr zu wenig. Auch die zwei Millionen, die sie zuvor von Fromm erpressen wollte, waren nichts mehr wert. Jetzt, da sie wusste, wie viel der Stick tatsächlich brachte, war alles unter zehn Millionen ein Trinkgeld. Nein, das war sie Elena schuldig. Mindestens zweistellig.

Die Augen fielen ihr zu, der Schlaf überfiel sie.

Stahl hörte die tiefen und langen Atemzüge Lias und drehte sich auf die andere Seite. Die Sessel verschoben sich dabei leicht, sodass der Spalt zwischen ihnen wuchs. Stahl ruckelte mit dem Körper. Die Sessel stiessen wieder aneinander. Schlafen würde er nicht können. Aber eine Trance halten, so wie er es gelernt hatte, das lag drin. Das würde ihn fitter machen als eine heimtückische Tiefschlafphase in gekrümmter Haltung.

Die Sache, in die er geraten war, war verdammt heiss. Staatsinteressen waren etwas anderes als einen Betrüger jagen. Wenn sein alter Arbeitgeber auch noch mit drinhing, hatte es von vornherein eine globale Dimension. Sollte er besser aussteigen? Fromm war ohne den Stick sowieso nichts mehr wert. Oder hatte er eine Kopie davon? Bestimmt. Ein Kerl wie er sicherte sich ab. Sie wollten Fromm, weil sie sich bei ihm nicht sicher sein konnten. Ausserdem wusste er zu viel. Das schützte ihn zum einen, konnte ihm aber auch den Hals kosten. Je nachdem, welche Namen auf dem Stick zu finden waren.

Wohin war Fromm abgehauen? Konnte er es riskieren, sich mit dem ersten Flieger abzusetzen? Die Polizei interessierte sich nicht für ihn. Hürlimann hatte den Stick. Das hatte Lia jedenfalls behauptet. Er traute ihr nicht. Sie hatte mit Elena Fromm melken wollen. Warum sollte sie jetzt davon ablassen? Vielleicht hatte sie den Stick irgendwo versteckt und wartete auf eine günstige Gelegenheit, ihn zu versilbern? Stahl würde es so machen. Aber er kannte sich auf dem Parkett aus. Lia war eine naive Amateurin. Sie wusste nicht, mit wem sie es zu tun hatte. Sie würde noch nicht einmal durch die Vorzimmer der unteren Chargen gelangen, ohne dabei gerupft zu werden. Es grenzte schon an ein Wunder, dass sie es bis hierher geschafft hatte. Und Reschke? Was spielte er? Auch wenn er daherkam wie ein verschlafener Vertreter, Stahl durfte ihn nicht unterschätzen. Er fiel in Trance.

***

Hürlimann kannte so etwas nur aus Filmen oder Noir-Comics. Die Besetzung war klassisch: Ein fetter Puffbesitzer, der sich mit dem Taschentuch den Schweiss von der Stirn tupfte und sich an einem Whiskey-Glas festhielt, sein Geier Carlo, der bei jedem

Flügelschlag in seinen Schnabel gurgelte, die schöne Mulattin, die weit entfernt eine Zigarette nach der anderen paffte, und der Zwei-Meter-Mann, der sich die Knöchel rieb, weil er gewohnt war, das Schlagen sonst anderen zu überlassen. Und natürlich Hürlimann selbst. Der an einen Stuhl gefesselt in eine grelle Stehlampe blinzelte, um dem Schatten, der ihn schlug, immer wieder das Gleiche zu erzählen.

«Ich weiss es nicht … ich weiss nicht, wo der echte Stick ist … sie hat mir den Stick gegeben, und ich habe ihn dann zu Hubert gebracht. Hubert sollte ihn knacken … als ich zurückkam, war Hubert tot, und der Stick war weg …» Hürlimann spannte seinen Körper, in Erwartung eines weiteren Schlags. Der Schlag blieb aus.

«Vielleicht hat Bogner den Stick ausgetauscht und wollte auf eigene Rechnung arbeiten?» Es war Röhmer, der sich aus dem Hintergrund zu Wort meldete.

«Glaube ich nicht. Sie war es», sagte die Schöne, die jetzt neben dem Schatten Fromms stand und sich eine weitere Zigarette ansteckte.

«Ich mochte sie von Anfang an nicht.»

«Wenn sie es war, wieso ist sie uns dann auf die Pelle gerückt? Sie hätte doch mit dem Stick einfach abhauen können und ihn an Gott und die Welt verhökern.»

«Sie kennt nicht Gott und die Welt», sagte Röhmer. «Der Stick ist eine Bombe. Egal, wem sie ihn anbietet, sie kann leicht damit hochgehen. Und mit Ihnen glaubte sie ins Geschäft kommen zu können.»

«Wegen Elena?»

«Die gleiche Hure.» Die Schöne spuckte aus.

«Vielleicht», sagte Röhmer. «Weiber sind manchmal romantisch. Elena musste für den Deal sterben. Das bindet emotional. Lia ist kein Profi. Ein Profi würde sich einen anderen Käufer suchen. Ein Anfänger bleibt bei der Aktie, auf die er gewettet hat. Und das ist der Fehler.»

«Was machen wir mit ihm?», fragte Fromm.

Hürlimann wusste, dass er gemeint war.

«Hängen wir ihm den Mord an dem Hacker an?»

«Würde ich nicht machen. Ich würde die Sache nicht grösser aufblasen. Ein einfacher Autounfall im Schnee. Ein brennender Jaguar eines korrupten Polizisten. Das ist knallig, aber auch wieder schnell verraucht.»

«Kümmerst du dich darum?»

«Carlo wird das erledigen. Die beiden haben noch etwas offen.»

Hürlimann glaubte, das Krächzen des Geiers gehört zu haben.

«Was willst du jetzt machen?», fragte die Schöne. Sie klang gereizt.

«Mich hinlegen. Ich brauche einen klaren Kopf. Wenn ich zu wenig Schlaf habe, neige ich zu Fehlern.»

«Und die Schlampe mit dem Stick? Willst du die einfach laufen lassen?»

«Falls sie den Stick hat, wird Reschke schon aufpassen. Er ist in ihrer Nähe. Also können wir uns hinlegen.»

«Wenn der Stick weg ist, platzt die Hochzeit.»

«Ich weiss.»

«Willst du das?»

«Liebling, ich will nur dich.»

«Und was war mit dieser Hure?»

«Zeitvertreib. Ein Mann fühlt sich manchmal einsam.»

«Ich will, dass du dich nie mehr einsam fühlst.»

«Das schaffst du bestimmt.»

Die Schatten umarmten und küssten sich. Hürlimann zog das Blut hoch, das ihm aus der Nase troff. So ein Trash. Und er war mittendrin. Nicht zu leugnen. Er wartete auf den Werbeblock. Dann könnte er auf die Toilette gehen oder auf ein anderes Programm zappen. Aber der Streifen lief weiter. Die verliebten Schatten blendeten sich aus, dafür schwebte jetzt ein buckliger Geier über ihm.

«Wir sind allein.» Carlo bleckte seine schlechten Zähne.

Röhmer war mit den anderen verschwunden. Er zeigte ihnen wohl die Turtelgemächer. Mist. Warum war er so gierig gewesen? Warum hatte es ihm nicht genügt, einfach nur ein korrupter Bulle zu sein? Dann läge er jetzt zwischen Marthas Beinen und würde auf einer Linie Gratiskoks ins Nirwana reiten. Stattdessen musste er sich gleich die blöden Ergüsse des Geiers anhören. Ausgerechnet Carlo. Einer, den im Knast alle gefickt hatten. Selbst die Ratten waren dort über ihn gestiegen. Tiefer als Carlo ging es nicht mehr. Hürlimann hatte es zu akzeptieren. Der Schrank hatte ihm seinen Willen aus dem Gewand geprügelt. Hürlimann lag eine Provokation auf der Zunge. Er schluckte sie runter. Sollte Carlo doch die schlauen Sprüche klopfen. Wenn es ihn glücklich machte.

«Hürli, die Bullenhure. Weisst du, dass wir dich so nennen? Keiner mag dich, Hürli. Weder die Guten noch die Bösen. Weisst du auch, warum? Weil du dich nicht entscheidest, zu wem du gehören magst. Eine Hure arbeitet nie auf eigene Rechnung. Sie hat immer einen Boss. Und du willst dein eigener Boss sein und gleichzeitig mit allen ficken. So etwas geht nie gut. Auf Dauer.»

«Was geht schon gut auf Dauer.» Er liess sich doch hinreissen. Zu einem Dialog, der weit unter seinem Niveau lag. Mit Carlo konnte man keinen erstklassigen erwarten. Aber schweigend in die letzte Runde. Wer konnte das schon? Dazu musste man ein Samurai sein. Schweigen bedeutete Ehre. Und von Ehre war Hürlimann weit entfernt. Schon immer. Ein Fehler? Vielleicht. Aber es floss nun mal das Blut des Geniessers in seinen Venen. Und Sprache konnte Genuss sein. Wenn einem sonst nichts mehr blieb. Aber vielleicht gab es ja noch etwas anderes, bevor er in Flammen aufgehen sollte. Ein schöner Tod, den ihm Röhmer da gemalt hatte. Brennend im Jaguar auf einem weissen Schneefeld. Das wollte vorgefeiert werden.

«Gibt es keine letzte Zigarette? Einen Whiskey? Oder vielleicht sogar einen Fick?», fragte er und kam sich dabei cooler vor, als er geplant hatte.

«Ich werde dich ficken. Aber ordentlich. Du wirst nicht mehr wissen, wer du bist, wenn du an der Höllenpforte um Eintritt bettelst.»

Hürlimann hörte das Springen einer Messerklinge. Das Metall funkelte im Licht des Strahlers. Natürlich. Er war ja in den Niederungen des billigen Pulps gelandet. Carlo würde ihn jetzt quälen wollen.

Hätte Hürlimann nicht die Hosen voll, er hätte gegähnt. Vor dem Fernseher war das abgestandener Quark. Aber wenn Füsse und Handgelenke in Schlaufen steckten, man schon ordentlich die Fresse poliert bekommen hatte, begann das Adrenalin doch seiner Arbeit nachzugehen. Es jagte das Herz auf höhere Schlagzahl.

«Carlo, wir können doch über alles reden.» Kaum hatte Hürlimann den Müll gesagt, musste er laut lachen. Angstlachen. Hysterie. Es war alles nur ein Traum. Ein Traum, von dem man wusste, dass man ihn träumte, der einen aber so fesselte, dass man nicht aufwachen wollte. Wollte Hürlimann nicht aufwachen? Doch. Natürlich wollte er aufwachen. «Wach auf!», schrie er. Die Klinge von Carlos Messer schnitt sich über Hürlimanns Wange. Seltsam. Er hörte Carlos Kichern deutlicher als seinen eigenen Schrei. Obwohl der doch lauter war. Dann krachten Scherben. Metall schepperte auf den Boden. Ein Körper schlug dumpf auf. Hürlimann öffnete die Augen und sah auf den abgebrochenen Flaschenhals einer Whiskeyflasche, zitternd umklammert von langen, rot lackierten Nägeln. Ein Gesicht, so weiss wie der Schnee, in dem Hürlimann hätte in Flammen aufgehen sollen, sah ihn an. Martha. Ihre Lippen bebten. Sie lehnte sich über den niedergeschlagenen Carlo und nahm das Messer, das neben ihm lag. Sie säbelte an den Stricken, die Hürlimann am Stuhl fesselten.

Carlo regte sich. Hürlimanns Blick sprang zwischen Carlo und Martha hin und her. Sie hatte erst eine Fussfessel durchtrennt. Carlo sass bereits auf dem Boden und hielt sich den Schädel. Er dachte nach, was geschehen war. Gleich würde er sich erinnern. Martha schnitt an der zweiten Schnur. Carlo sah zu ihnen herüber. Er begriff. Taumelnd stand er auf und stürzte sich auf Martha.

Hürlimann sprang mit dem freien Bein auf und warf sich samt Stuhl, der noch an ihm hing, zwischen Carlo und Martha. Der Aufprall schmerzte. Hürlimann stöhnte. Carlo fluchte. Martha schnellte hoch und jagte Carlo das Messer in den Oberschenkel. Er jaulte.

«Dreh es um», sagte Hürlimann. «Du musst es einmal im Fleisch umdrehen.»

Martha sah ihn an. Dann drehte sie das Messer in Carlos Schenkel einmal um die eigene Achse. Er schrie laut, wollte sich wieder auf Martha stürzen, brach aber zusammen.

«Hilfe! Röhmer!», schrie er. Noch ein Schrei, und alles wäre umsonst gewesen. Hürlimann stemmte sich wieder hoch und warf sich samt Stuhl auf Carlos Gesicht. Es knackte. Der Stuhl war kaputt. Carlos Unterkiefer auch.

Hürlimann schüttelte die Stuhlteile von sich, nahm Martha bei der Hand und zog sie mit sich. Sie blieb stehen.

«Was ist?»

«Ich kann nicht mit. Röhmer hat meinen Pass.»

«Dann besorg ich dir einen neuen. Ich brauch sowieso auch einen.»

«Meinst du es ernst?»

«Ohne dich wäre ich jetzt tot.»

«Dankbarkeit hat ein Verfallsdatum.»

«Stimmt. Bei mir so lange wie Uran.» Der Spruch gefiel ihm. Schade, dass Carlo ihn nicht hören konnte. Er ging zur Tür. Martha folgte ihm. Vorsichtig öffnete er das schwere Eisen und lugte durch den Spalt.

«Freie Bahn.»

«Geh nach links. Dort ist der Lieferanteneingang.»

Hürlimann gehorchte. Sie erreichten das Alkohollager. Bierfässer und Weinregale, Champagnerflaschen und Whiskeykisten. Ein Mann klimperte gerade mit Bordeaux-Flaschen. Es war der Kubaner. Überrascht sah er zu Martha und Hürlimann.

«Seit wann vögelt ihr auch hier unten?», fragte er.

«Du weisst doch. Röhmer will, dass wir auf die Wünsche unserer Kunden eingehen. Und der hier will es besonders feucht und dunkel.» Sie gurrte professionell und griff Hürlimann zwischen die Beine. Er stöhnte auf. Sie lachte.

«Dann will ich nicht weiter stören.» Der Kubaner zog mit den Flaschen ab.

«Warum nimmst du die Hand wieder weg? Ich mag das», sagte Hürlimann. «Stell dir vor, wir würden es jetzt tatsächlich hier unten treiben. Auf der Flucht. Eine Nummer in der Höhle des Löwen. Das bringt noch nicht einmal Bond.»

Martha beugte sich über ein Fass und zog ihren kurzen Rock über den Hintern. «Nimm mich, wenn du magst.»

Hürlimann stierte auf ihre blanken Backen. «Scheisse! Das bring ich nicht.» Er schlug ihr auf den Hintern und zog sie mit sich fort. Sie verschwanden durch den Lieferantenausgang in den Schnee.

Es dämmerte bereits und hatte aufgehört zu schneien. Noch schimmerte der Schnee grau vom Zwielicht. Hürlimann suchte seinen Jaguar. Dann kramte er nach den Schlüsseln. Die hatten sie ihm nicht abgenommen. Dafür die Dienstwaffe und das Handy. Hürlimann sah sich um. Ein Besoffener kotzte in den Schnee, zwei Hunde kläfften, und ein Schneeräumfahrzeug tat seine Pflicht.

«Los», sagte er und rannte voran. Martha folgte ihm dicht. Er entriegelte den Jaguar und sprang auf den Fahrersitz. Martha schwang sich neben ihn. Hürlimann drehte den Zündschlüssel. Der Anlasser jodelte. «Er braucht immer etwas länger. Die Tücken der Sammlerstücke.»

Martha zeigte auf den Haupteingang des Clubs. Röhmer und der Kubaner waren aus der Tür getreten. Sie hatten Carlo entdeckt und sich den Rest schnell zusammengereimt.

Hürlimann drehte den Schlüssel ein zweites Mal. Wieder jodelte der Anlasser. Wieder sprang der Motor nicht an.

«Nicht so. Bitte nicht so. Das ist erbärmlich», sagte Hürlimann.

«Sie kommen.»

Jetzt war auch Fromm im Türrahmen erschienen.

«Anderthalb Millionen», schoss es Hürlimann durch den Kopf. Er hatte das Filmchen von Reschke auf YouTube gesehen. Das war das eine. Das andere: Hürlimann wollte wissen, was es mit dem Stick auf sich hatte, für den einige Menschen bereits ins Gras beissen mussten. Und für den sie ihn gepeinigt hatten. Man hatte ihm nur gesagt, dass er ihn besorgen sollte. Und er wollte mit den Informationen daraus Kapital schlagen, das ein für alle Mal gereicht hätte. Was hatte er noch zu verlieren? Wie sollte er ohne Kapital mit Martha ein neues Leben beginnen? Einer wie Fromm konnte leicht auf der Flucht sein. So einer konnte fünfhundert Millionen dafür auf den Kopf hauen, und alle würden ihn behandeln, als sei er der Prinz von Bagdad. Der ganze Hass stieg in Hürlimann auf. Hass auf die Reichen, Hass auf die, die das System schlauer und abgebrühter bedienten, Hass auf den Jaguar, der schon zweimal nicht angesprungen war. Gar nichts hatte er zu verlieren. Er konnte alles auf eine Karte setzen.

Röhmer und der Kubaner rückten näher. Hürlimann sah, dass Röhmer eine Knarre in der Hand hielt. Er drehte den Zündschlüssel. Eine Fehlzündung? Nein. Ein Schuss aus Röhmers Revolver, der die Heckscheibe platzen liess. Martha kreischte. Der Motor sprang an. Winterreifen. Zum Glück hatte er sie vorgestern aufziehen lassen. Er hatte gerochen, dass Schnee in der Luft lag. Rückwärtsgang, dann in den ersten, lässig in den zweiten und Gaspedal durchdrücken. Auf Röhmer und den Kubaner zu. Röhmer zielte und schoss. Die Kugel flog ins Irgendwo.

Hürlimann lachte kehlig. «Kimme und Korn. Du Idiot. Du darfst niemals das Ziel fixieren.»

Röhmer und der Kubaner hechteten in den Schnee. Hürlimann hielt auf Fromm zu, der wie angewurzelt vor dem Club stand. Er bremste scharf. Das Heck des Jaguar riss herum und traf Fromm. Fromm stürzte.

«Steig aus und setz dich hinten hin.»

Martha sah Hürlimann fragend an. «Mach schon.»

Sie gehorchte und stieg aus. Er sprang aus dem Wagen und lief zu Fromm.

«Steh auf! Los!», schrie er.

«Ich kann nicht. Mein Bein. Ich glaube, es ist gebrochen.»

Hürlimann griff Fromm in den Mantel und zog eine SIG hervor. Er entsicherte geübt und hielt Fromm den Lauf der Pistole an die Schläfe.

«Steh auf.» Er hatte die Aufforderung gedehnt wie Kaugummi.

Fromm rappelte sich langsam auf. Hürlimann drehte sich nach Röhmer und dem Kubaner um. Sie lagen im Schnee und spielten toter Mann. Röhmer hatte beim Sturz wohl die Pistole verloren. Hürlimann konnte sie abknallen wie die Hasen. Aber er war kein Killer. Er war noch immer Polizist. Auch wenn seine Auslegung der Profession grosszügig in Grauzonen driftete. Er gehörte zu den Guten. Und die töteten nur aus Notwehr.

«Steig ein», sagte er zu Fromm. Fromm gehorchte. Hinter Hürlimann bewegte sich etwas in der Tür. Er schoss herum und zielte. Aber er drückte nicht ab. Fromms schöne Begleiterin. Hürlimann fuchtelte mit der Pistole. «Du. Komm her. Du steigst auch ein. Dalli.»

Die Schöne kam zögerlich. Wohl in der Hoffnung, wenn sie die Zeit dehnte, konnte sich das Blatt noch zu ihren Gunsten wenden. Aber da gab es nichts zu wenden. Hürlimann hielt das Heft fest in der Hand.

«Martha, komm her.»

Martha gehorchte. «Hier. Du nimmst die Pistole und setzt dich hinten neben den Langen. Wenn er auch nur muckt, knallst du ihn ab.»

Er drückte Martha die SIG in die Hand. Sie starrte fasziniert auf die Waffe. Dann zielte sie auf die Leuchtreklame des Caligula-Clubs und drückte ab. Eine Neonröhre zerschellte.

«Bist du verrückt geworden? Lass das.» Hürlimann sah ihr in die Augen. Erst jetzt merkte er, dass sie zugedröhnt war bis oben hin. Sie kicherte.

«Setz dich hinten rein und reiss dich zusammen. Ich brauch dich jetzt.» Er kam dicht an sie ran. «Wenn wir das hier durchziehen, sind wir frei. Für immer.»

«Frei für immer», sagte sie und nickte. Sie jagte eine zweite Kugel in die Neonröhren und traf das «G». Sie jubelte und sprang kichernd neben Fromm auf den Rücksitz.

Hürlimann packte die Schöne am Handgelenk und drückte sie auf den Beifahrersitz.

«Tut mir leid, Yasmin», sagte Fromm. Ein Gentleman. Bis zum Schluss. Heuchler. Du zahlst. Hürlimann warf sich in den Wagen und fuhr vom Hof. Über die weisse Stadt legten sich die ersten Strahlen der roten Morgensonne. So konnte ein neues Leben beginnen.

***

Stahl hatte nichts gemerkt. Seine beabsichtigte Trance hatte ihn in einen Tiefschlaf geworfen. Erst die einfallende Sonne kitzelte ihn wach. Er zwinkerte gegen das Licht und entfernte vorsichtig den Arm, der ihn von hinten umschloss. Die Hand war zart, aber nicht dünn. Sie konnte zupacken, wenn es sein musste. Er führte sie an seine Nase und roch daran. Dann drehte er sich leise um und sah sie an. Hübsch war sie. Sehr hübsch. Kein Modell wie die tote Elena, vielmehr eine natürliche Schönheit mit kleinen Fehlern. Aber diese Fehler störten nicht, sie ergänzten das Bild zur Harmonie. Einer Geschlossenheit, an der man schwer vorbeikam. Sie reizte zum Küssen. Wie unschuldig sie vor ihm lag. Es war nicht leicht, im Schlaf unschuldig zu wirken. Manche Menschen schliefen wie kleine Kinder, andere verzerrten ihre Züge zur gehauenen Horrorbüste. Lia konnte schlafen wie ein Mädchen, das noch von der weiten Welt träumte. War sie so naiv? Oder war gerade das ihr grosser Trumpf in diesem tödlichen Sumpf, in den sie sich gewagt hatte?

Er hielt noch immer ihre Hand. Sie wollte sie wegziehen. Der Widerstand seines Griffes weckte sie. Sie lächelte und rückte ein Stück von ihm weg.

«Ganz schön unbequem auf diesen Sesseln», sagte sie.

«Sie hätten ja auf dem Sofa bleiben können.»

«Zu kalt. Bilden Sie sich nichts ein. Ich hätte mich heute Nacht an jeden gedrückt.»

«Da bin ich aber beruhigt.»

«Sie heizen wie ein Ofen.» Sie stand auf und streckte sich. Dann trat sie vors Fenster und atmete die Sonne ein. Sie rieb sich die Handflächen, wusch sich damit trocken das Gesicht und begann mit dem Sonnengruss, einer Yogaübung, die auch Stahl in seinem Repertoire hatte, in letzter Zeit aber wenig praktizierte. Er war nachlässig geworden. Zehrte noch von alten Trainingseinheiten. Aber jetzt war es vielleicht der richtige Weg, den Tag zu beginnen und die verklebten Glieder geschmeidig zu atmen.

Er stellte sich neben Lia und stieg mit ein. Er brauchte nicht zu denken. Die Abfolge hatte sich in sein Rückenmark gebrannt. Wie so vieles, was er über die Jahre gepaukt hatte. Trotzdem, er war weit von seiner Bestform entfernt. Die Muskulatur war verkürzt. Wie hatte eine alte Tänzerin in Rom zu ihm gesagt:

Wenn du einen Tag nichts tust, merkst du es nicht. Am zweiten merkst du es. Ab dem dritten Tag merken es die anderen. War er schon über den dritten Tag hinaus? Er schielte zu Lia. Ihre Bewegungen flossen ineinander. Da passten Atem und Asana zusammen. Sie merkte bestimmt, dass er längst über dem dritten Tag lag. Aber sie sagte nichts. Folgte nur ihrem Atem. Stahl dachte nach. Dafür war die Übung nicht gemacht. Man sollte eben nicht denken, wenn man sie praktizierte, sondern sich rein auf den Atem konzentrieren. Er gab es auf und setzte sich in einen der Sessel. Lia liess sich davon nicht stören und wiederholte die Abfolge noch fünf weitere Male. Er steckte sich eine Zigarette an.

«Wollen Sie auch eine?», fragte er.

«Nicht vor dem Frühstück.»

«Ich dachte, Sie hätten gerade Prana gespeist.»

Sie lachte. Charmant und einnehmend. Flirtete sie mit ihm? Klar. Was steckte dahinter? Er wusste, dass er bei Frauen gut ankam. Aber in dieser Situation wog ein Flirt anders. Lia wollte etwas von ihm. Und zwar bei nächster Gelegenheit entwischen. Sollte sie. Sie wusste ebenso wenig, wo Fromm zu finden war. Und wenn sie es wusste, war es besser, er würde sie scheinbar ausbüxen lassen und ihr dann heimlich folgen.

«Prana macht hungrig», sagte sie. «Ich meine, was hält uns davon ab, dieses Haus zu verlassen und irgendwo ein ordentliches Frühstück einzunehmen? Was liegt in der Nähe?»

«Das Dolder?»

«Laden Sie mich ein?»

«Lieber in die Stadt. Ich frage noch Reschke, ob er mitkommt.»

«Reschke? Muss der mit? Zu zweit ist es bestimmt lustiger.»

«Sie mögen ihn nicht?»

«Witzig. Wer mag schon so einen.»

«Weil er Ihnen auf die Schliche gekommen ist?»

«Weil er nicht echt ist. Hören Sie nicht, wie er redet? Hinten im Hals. Gepresst. Er gibt nicht gern.»

«So? Wer tut das schon.»

«Sie.»

«Ach.»

«Ja. Ihre Stimme sitzt vorn. Sie meinen, was Sie sagen. Und Sie wollen Ihr Gegenüber mit Ihrer Stimme berühren.»

Stahl runzelte die Stirn. Lia lachte. «Entschuldigung. Zu viel Jargon. Jedenfalls geben Sie ab. Sonst würden Sie nicht bollern wie ein Kohleofen. Und Reschke hält alles zurück. Das ist eben so.»

«Waren Sie etwa erst bei Reschke, bevor Sie sich an mich gedrückt haben?»

«Sie spinnen wohl. Dazu brauche ich nicht über den kalten Gang zu laufen. So etwas höre ich.»

Stahl senkte seine Stimme und raunte im Stil eines Filmstars. «Und was hören Sie jetzt?»

«Dass Sie gern würden, aber sich nicht trauen, weil Sie mir nicht trauen.» Auch sie hatte ihre Stimme auf Schlafzimmerpegel gedrosselt.

Stahl atmete tief durch. «Da ist was dran.» Seine Stimme klang wieder normal. Dann presste er und imitierte den Kopfgeldjäger: «Gehen wir zu Reschke.»

Lia lachte. Stahl gefiel das. Sie hatte Leichtigkeit. Das hatte ihm gefehlt in der letzten Zeit. Mit seiner Sinnsuche war er in eine bleierne Sackgasse geraten. Er hatte sein Lachen verloren. Sie hatte das Zeug dazu, es ihm wieder zurückzubringen. Trotzdem: Vorsicht. Sie wusste um den Menschen. Und wer um ihn wusste, konnte sich auf ihn einstellen. Er hatte es selbst gelernt. Von den Besten. Wer erfolgreich missionieren wollte, musste in jede Seele kriechen können. Selbst wenn er dabei seine eigene unterwegs verlor. Stahl hatte sie verloren. Längst. Lia machte ihm Angebote, sie wiederzufinden. Wenigstens für den Moment eines Lachens.

«Bin gleich wieder da», sagte er und verliess das Zimmer. Auf dem Weg zu Reschke fand er eine leere Vase, in der er die Zigarette versenkte. Die Zimmertür stand offen. Stahl klopfte an den Rahmen.

«Morgen», sagte er und trat ein. Das Bett war leer. Reschke weg.

«Reschke?» Keine Antwort. Vielleicht im Bad? Er sah nach. Nichts. Er ging ans Fenster und sah an der grossen Kastanie vorbei auf die Strasse. Er sah Reschke, wie er sich durch das Eisentor zwängte und hinter der Mauer verschwand. Warum hatte er nichts gesagt? Es so eilig gehabt? Seltsam.

Stahl kehrte durch den Gang zu Lia zurück. «Schätze, wir müssen auf Reschkes Gegenwart verzichten.» Keine Reaktion. Er trat ins Zimmer.

«Lia?»

Sie war nicht da. Hatte sie die kurze Zeit genutzt, um ebenfalls zu verschwinden? Wusste sie doch, wo sie Fromm finden konnte? Er lief die Treppe hinunter zu dem Fenster im Erdgeschoss, durch das sie gestern reingekommen waren. Es stand weit offen. Vermutlich war Reschke dadurch abgehauen. Auch Lia?

«Wollen Sie etwa ohne mich los?» Es war Lia, die hinter ihm auftauchte. Stahl drehte sich zu ihr um. Sie rubbelte sich mit einem Handtuch die Haare trocken. «Die Dusche funktioniert», sagte sie.

«Handtücher gibt es auch. Allerdings nur kaltes Wasser.»

«Sie haben geduscht?»

«Klar. Tun Sie das nie?»

«Nicht in verlassenen Häusern bei Minustemperaturen.»

«Hier drin haben wir zehn Grad. Die Besitzer wollen keinen Rohrbruch riskieren.» Sie warf ihm das Handtuch zu. «Wenn Sie wollen, können Sie sich sogar rasieren. Es gibt eine Packung Einwegrasierer im Spiegelschrank.»

«Rasieren? Jetzt?»

«Sie kratzen.»

«Woher wissen Sie das.»

«Ich hatte mich heute Nacht an Sie gedrückt. Schon vergessen?»

«Aber doch nicht ans Gesicht.»

«Sie schlafen sehr unruhig. Da haben Sie sich auch mal zu mir hin umgedreht. Und dabei meine Wange geschrubbt.»

«Kommt nicht wieder vor.»

Lia trat einen Schritt auf ihn zu. Sie sah ihm offensiv in die Augen.

«Sind Sie sich da so sicher?» Noch einen Schritt. Ihr Mund näherte sich seinen Lippen, schürzte sich leicht und drückte sich gegen ihn. Ein Kuss, als würde eine Seifenblase zerplatzen. So zart. Fast gehaucht.

«Meine Haut ist sehr empfindlich», sagte sie. Der zweite Kuss war fordernder. Die Wildheit ihrer Zunge stand im Gegensatz zur Weichheit ihrer Lippen. Stahl zog sie an sich und erwiderte. Sie schob ihn weg.

«Rasieren.»

Er sah sie an. Grinste. Schüttelte ungläubig den Kopf.

«Wo ist das Bad?»

«Geradeaus. Dann links. Aber trödeln Sie nicht. Ich will meine Schale und mein Gipfeli.»

Stahl salutierte und ging. Der Kuss kribbelte noch immer auf seinen Lippen. Als liefen Ameisen darauf herum. Das Gefühl drang tief in den Bauch. Wie ein Kräuterschnaps breitete sich die Wallung in seinem Körper aus. Was waren anderthalb Millionen gegen dieses Gefühl? Er atmete tief aus, zog sich aus und stieg unter die Dusche. Arschkaltes Wasser. Die Hitze im Bauch blieb. Es hatte gefunkt. Stahl war angeschossen. Vom Seifenblasenkuss einer blonden Gaunerin.

***

«Was haben Sie mit uns vor?», fragte Fromm.

«Maul halten.» Hürlimann war auf die Autobahn gebogen, die ihn Richtung Süden bringen sollte. Graubünden. In die Berge. Dort hatte er ein kleines Château in der Nähe von Davos geerbt. Von der Schwester seiner Mutter. Tante Erika. Sonst unbezahlbar. Er hatte Erika nicht gekannt. Sie hatte sich früh einen reichen Libyer geangelt, der unter dem damaligen Gaddafi-Regime fliehen musste und seine Millionen ebenfalls mit in die Berge gebracht hatte. Erika hatte ihm die Schweizer Staatsbürgerschaft durch eine kluge Heirat verschafft und sich das Château schenken lassen. Erika und der Libyer hatten mit Hürlimanns keinen Kontakt. Der alte Hürlimann war erzkonservativ, mochte keine Kaffer. Egal, wie viel Geld sie hatten. War ohnehin Gaunergeld. Was war kein Gaunergeld? Hürlimann war es egal.

«Wie viel wollen Sie? Ich gebe Ihnen zwei Millionen.»

«Zu wenig.»

«Zwei Millionen? Hast du das gehört, Hürli? Er will uns zwei Millionen geben. Wow. So viel Geld. Wofür?» Es war Martha, die es bei der Zahl von zwei Millionen in ihrem Kopf klimpern hörte und bunte Bilder malte.

«Schnauze», zischte Hürlimann.

«Na hör mal. Zwei Millionen. Das ist Wahnsinn. Also jedenfalls für mich. Oder holst du das täglich am Bankomat?» Sie fuchtelte fahrlässig mit der Pistole hinter Hürlimanns Kopf herum. Tippte ihm damit sogar auf die Schulter.

«Nimm die Knarre weg. Richte sie auf ihn.»

«Ganz cool, Hürli. Ich mag es nicht, wenn man schreit. Das mag ich auch bei Röhmer nicht. Er schreit immer. Alle Männer schreien. Warum? Was bildet ihr euch ein? Nur weil ihr Schwänze habt, glaubt ihr, ihr dürft uns anschreien. Das lassen wir uns nicht länger gefallen. Wir Frauen müssen uns wehren. Mit Waffen. Wenn jede Frau so eine Pistole hätte, dann würdet ihr nicht mehr schreien. Hab ich recht? Du, ich rede mit dir.» Sie zielte auf Yasmin. «He, Reichenflittchen. Ich rede mit dir. Schreit mit dir etwa niemand? Das kannst du mir nicht erzählen. Los. Sag mir, ob er mit dir schreit. Dann leg ich ihn um. Musst es nur sagen. Ich tu es.» Sie richtete die Pistole gegen Fromm.

Hürlimann musste bremsen, weil ein Lkw auf den Zubringer scherte. Ein Ruck zu viel für Marthas nervösen Zeigefinger. Der Schuss krachte, die Kugel sauste knapp an Fromms Schädel vorbei und zerschoss die Fensterscheibe hinter ihm.

«Hör auf mit dem Scheiss! Gib mir die Waffe!» Hürlimann griff mit der rechten Hand nach hinten. Wenn sie noch mehr ballerte, hatten sie gleich die Kollegen am Hals.

«Ich habe gesagt, du sollst nicht mit mir schreien!», schrie Martha zurück. Ihre Stimme überschlug sich mehrfach. «Leise. Ganz leise. Und Bitte-Bitte sagen. Hörst du?» Sie drückte Hürlimann den Lauf gegen die Schläfe. «Arschloch. Hurenficker Hürlimann. Freierschwein. Was glaubst du eigentlich, wer du bist? Hä? Gratisficks vom Boss. Bis vor einer Stunde war ich doch nur ein Stück Fickfleisch aus dem Osten für dich. Dann habe ich dir das Leben gerettet. Und seitdem gehört es mir. Ich kann damit machen, was ich will. Und wenn er sagt, dass er zwei Millionen für mich hat – hörst du? Für mich – dann hast du nicht zu entscheiden, dass das zu wenig ist …»

«Ganz ruhig, Martha. Ganz ruhig. Klar nehmen wir die zwei Millionen. Ist doch viel Geld.» Hürlimann hatte den rechten Arm noch immer nach hinten gedreht. «Und jetzt gib mir die Waffe.»

Vorn bremste der Lkw. Hürlimann stieg in die Eisen. Der Lauf der Pistole glitt von seiner Schläfe. Ein Schuss krachte und zerschmetterte die Tachoanzeige. Die Nadel schlug wild aus. Der Jaguar schlingerte, kam von der Fahrbahn ab, überschlug sich und riss die Leitplanke mit. Hürlimann zählte noch drei weitere Purzelbäume, dann wurde es dunkel um ihn.

SIEBEN

Er kam sich vor wie ein Anfänger. Er hatte sogar gegen den Strich rasiert. Damit sein Kinn glatt wie ein Kinderpopo wurde. Das machte er sonst nie. Vor allem nicht mit kaltem Wasser. Und sie war abgehauen. Hatte seine Eitelkeit genutzt und ihn reingelegt. Wie hatte er so blöd sein können. Frauen. Seine Schwäche. Sie waren es immer gewesen. Regula fiel ihm ein. Auch Cecilia. Auf ihre Art hatte auch sie ihn nur benutzt. Die Psychiaterin, bei der er in Rom in Therapie gewesen war, hatte ihm gesagt, dass es mit seiner Mutter zu tun hatte. Und mit dem Heim, in das sie ihn gesteckt hatten. Das half ihm jetzt nicht weiter. Sollte er jetzt seine Mutter anklagen, weil sie ihn verlassen hatte? Mit einer Überdosis Heroin. Er sah sie wieder vor sich liegen. Im Bad. Stahl war von der Schule nach Hause gekommen. Hatte ihr die Sechs zeigen wollen, die er in Mathematik geschrieben hatte. Sie starrte zur Decke. Er drückte ihr die Schularbeit ins Gesicht. Sie sollte sehen, dass er ein kluger Kopf war. Aber was war das Rechnen wert, wenn andere ihre eigenen Gleichungen machten? Die Jagd nach dem X, dem unbekannten Tier, sie blieb. Das Handeln der Menschen war nicht in Gleichung zu bringen. Zu viele Unbekannte und nur eine Gleichung, nur ein Leben, in dem alles gelöst werden wollte.

Stahl durchsuchte die Taschen seines Mantels. Handy, Füllfederhalter, Notizbuch. Es war alles da. Nur im Portemonnaie fehlten die Noten. Fünfhundert Franken. Davon hatte er sich diese Woche den neuen Boxsack kaufen wollen. Jetzt fühlte er sich selbst wie ein Punchingball, den man satt geohrfeigt hatte. Auf die glatten Wangen seines einfältigen Babyface.

Er schlüpfte in den Mantel und verliess die Villa durch das Fenster.

Er setzte sich seine Ray-Ban auf. Ein Modell aus den Sechzigern. Original. Holzer hatte sie ihm geschenkt. Paul VI. sollte sie getragen haben. Der Hardliner. Unter den aktuellen Kardinälen gab es einige, die sich wieder einen Paul wünschten und die alten

Zeiten beschworen. Aber es gab auch die Reformer, die Öffnung propagierten. Derzeit schienen sie mit Franziskus Oberwasser zu haben. Aber nichts war, wie es schien. Vor allem nicht in Rom.

Nie zuvor war so viel aus den Mauern des Vatikans gedrungen. Vatileaks. Das Internet. Fluch oder Segen? Die katholische Kirche war nicht Opfer des Mediums. Sie setzte es auch in ihrem Sinne ein. Aber das Internet war ein weiterer Einschnitt in die Macht der Mission. So wie man vor Luthers Übersetzung die Macht behalten wollte, indem man die Bibel nur auf Latein lesen konnte, so raubte nun das Internet, Twitter-Medium für alle, die Kraft des verbreiteten Wortes. Inflationär wog alles gleich viel. Jeder konnte Gott sein. Mit einem selbst gedrehten Video auf YouTube, millionenfach angeklickt, schossen neue Apostel aus dem Nichts in die Hirne der einstigen Jünger und schufen neue Gemeinden und Nachahmer. Die Felle schwammen davon. Schon lange. Das neue Testament war längst kein Bestseller mehr. Selbst in den Dörfern Afrikas, wo der Pomp von Purpur und Gold noch Eindruck schindete, zankte man sich mehr um das Barcelona-Trikot von Messi als um den Leib des Messias.

Reschke hatte gesagt, dass ein Kerl der Schweizergarde bei ihm gewesen war, um ihm den Kopfgeld-Auftrag gegen Fromm zu übermitteln. Stahl kannte derzeit nur einen aus der Truppe, dem man solch delikate Jobs anvertraute. Holzer. Gerade wegen Vatileaks war man sehr vorsichtig geworden. Es sei denn, der Kerl hatte sich nur als einer von ihnen ausgegeben. Aber Reschke hatte das sicherlich überprüft. Der Deutsche war kein Anfänger. Wo war er hin? Wo war Lia? Wo Fromm? Wieder viele Unbekannte. Wieder nur eine Gleichung. Stahl würde vorerst keine Unbekannten jagen, sondern alte Bekannte abklopfen. Und er wusste auch schon, wen.

***

Lia hatte es sich genau überlegt. Sie würde das Ding zu Ende bringen. Stahl war ein smarter Kerl. Aber eitel. Das waren sie alle. Am Ende gefielen sie nur sich selbst. Und ihr gefiel es, dass sie noch immer den echten Stick hatte. Lange wollte sie ihn aber nicht bei sich tragen. Erst hatte sie daran gedacht, den Stick einfach in den Polstern des alten Sofas zurückzulassen. Wenn aber die Besitzer plötzlich entrümpelten? Von solchen unsinnigen Zufällen las man immer wieder. Selbst Onkel Manfred war es passiert, dass seine Tochter den D-Mark-Sparstrumpf, den er sich in den Neunzigern durch Pendlerarbeit in Rheinfelden erworben hatte, samt Bett auf den Sperrmüll gestellt hatte, nachdem sie ihn wegen seiner Demenz ins Heim gesteckt hatte. Er hatte immer wieder von dem Geld erzählt. Alle dachten, er fasle nur. Bis man in der Zeitung einen Abfallarbeiter vor dem Bett gezeigt hatte, der den Strumpf in der Hand hielt. Lia hätte gern gewusst, was aus dem Arbeiter geworden war. Hatte er das Geld behalten dürfen? Blieb ihm nur ein Finderlohn? Wie viele Leute hatten sich gemeldet und behauptet, dass es ihr Geld war? Herrenloses Geld hatte viele Freunde und konnte dadurch zum grössten Feind werden. Ausserdem hatte Geld, das einem leicht zufiel, den Ruf, schnell zu verpulvern. Lia würde das nicht passieren. Sie würde sich etwas gönnen. Aber sie würde nicht prassen. So war sie erzogen worden. Die Mutter hatte Wert auf Sparsamkeit gelegt. Aber es gab eben auch die Gene des Vaters. Der Zauberer, der nicht sparen wollte. Vor allem nicht mit seiner Lebenszeit. Einer, der hinauszog in die Welt, sein Abenteuer zu leben. So hatte Lia ihn irgendwann romantisiert. Auch wenn sie heute natürlich wusste, dass Zauberer oft tragische Spiessgesellen waren.

Immer wieder passierte sie auf dem Weg in die Stadt Schnee schaufelnde Menschen. Allesamt schoben sie mit dem gleichen knarzenden Ton die silbergrauen Schaufeln über den Asphalt. Einer warf den Schnee vom Trottoir direkt auf die Strasse. Ein Auto hupte verärgert. Der Schaufler zeigte ihm den gestreckten Mittelfinger. Das Auto hielt an. Ein kräftiger Kerl stieg aus dem Wagen, ging auf den Arbeiter zu, packte ihn am Kragen und drückte ihn mit dem Gesicht in den Schnee.

Lia überlegte nicht lange. Sie rannte los, sprang in das Auto und fuhr davon. Im Rückspiegel sah sie den kräftigen Kerl wild mit den Armen fuchteln. Er würde gleich die Polizei verständigen. Lange wäre sie mit dem Wagen nicht sicher. Aber sie kam schneller von hier fort. Stahl war ihr bestimmt schon auf den Fersen. Und zu Fuss, direkt an der Strasse, war sie leichte Beute.

Sie fuhr bis zum See und liess den Wagen dort stehen. Es zog sie immer ans Wasser. Wie ein Magnet. In Basel war sie immer an den Rhein gegangen. Hier musste sie zum See. Der Blick auf die Goldküste machte ihr Mut. Vielleicht würde sie auch bald dort eine Villa bewohnen. Nicht zu protzig. Aber mit Grün zum See hin. Ein kleines Tonstudio, ein eigenes Label, mit dem sie Hörbücher produzierte. Lyrik und Prosa. Klassiker und Zeitgenössisches. Auf jeden Fall Benn. «Doppelleben». Damit würde sie beginnen. Es wäre ihr egal, wenn sie damit Verlust machte. Wen störte das, wenn man Millionen auf dem Konto hatte.

Sie wählte Fromms Nummer. Er nahm nicht ab. Nur die Combox.

***

Fromm hatte das Klingeln gehört. Aber er war zu spät gewesen. Das Handy hatte drei Meter von ihm im Schnee gelegen. Bis er sich dorthin gerobbt hatte, war es verstummt. Die Nummer auf dem Display verriet ihm, wer es war. Die Frau, die ihn schon einmal angerufen hatte.

Elenas Freundin. Lia. Elena hatte ihm von ihr erzählt. Lia wäre eine alte Freundin von früher. Aus Basel. Sie hätten sich zufällig wiedergetroffen, weil Lia Elenas Filme synchronisierte. Fromm kannte Elenas Erotikstreifen. Und er war überrascht gewesen, dass ihre Stimme nicht so samtig und verführerisch klang, als er ihr zum ersten Mal begegnete. Aber der Rest überzeugte ihn dann doch. Sie war ein Tier gewesen, mit dem er seine Phantasien hatte ausleben können.

Er brauchte es hart. Das war nun mal so. Er schämte sich nicht dafür. Aber er litt unter Frauen wie Yasmin, die einfallslos auf dem Rücken lagen und wie Meerschweinchen quiekten. Solche Frauen dienten allenfalls zum Vorzeigen und Netzwerken. Aber vom gespürten Leben verstanden sie wenig. Da war Martha schon ein anderes Kaliber gewesen. Mit der hätte Fromm es auch gern noch getrieben. Es hatte ihm tatsächlich einen Ständer verursacht, als sie ihn im Auto mit der Knarre bedroht hatte. Und als der Schuss abging, hatte er sich selbst stöhnen hören. Nicht vor Angst. Sondern vor Geilheit. Hinter ihm war das Fenster zerborsten. Hürlimann hatte panisch herumgeschrien, und dann hatten sie sich überschlagen. Martha und ihn hatte es aus dem Wagen geschleudert. Hürlimann und Yasmin waren im Jaguar in Flammen aufgegangen. Fromm war zu Martha hinübergekrochen, um zu sehen, ob sie noch lebte. Nicht aus Nächstenliebe. Das war ihm fremd. Aber die geile Erinnerung zog ihn zu ihr. Er hatte ihr Gesicht noch einmal sehen wollen. Es war nicht mehr viel davon übrig gewesen. Jetzt hörte er den Krankenwagen. Er musste weg. Durfte nicht gefasst werden. Dann war alles aus. Die ganze Jagd. Zwei Jahre Versteckspiel für die Katz. Er versuchte aufzustehen. Es stach im Knie. Höllische Schmerzen. Egal. Das Leben war Schmerz. Solange es schmerzte, lebte man.

Er schleppte sich vom Schneefeld unter eine Baumgruppe. Dort lehnte er sich an den Stamm einer Tanne und beobachtete, dass Feuerwehr, Krankenwagen und Polizei sich über den Unfallort wie eine Putzkolonne hermachten. Aus der Distanz ging es nicht um Menschen. Es war logistischer Abfall, der beseitigt werden musste. Fromm hatte es immer so gesehen. Aus der Distanz. Die Menschen, die er betrogen hatte, waren keine Menschen, sondern Nummern. Nummern, die ihm Zahlen bescherten. Millionen. Alles ein Zahlenspiel. Alles Logistik. Toll, wenn man es so sehen konnte. Dafür musste man eben beim Sex eine härtere Tour fahren, um sich zu spüren. Wenn man sich zu sehr von allem distanzierte, brauchte es den Gegenpol.

Er hörte die Combox ab. Er hörte Lias Stimme und sah Elena. Er wollte diese Stimme näher kennenlernen. Yasmin war tot. Der Deal mit den Arabern hinfällig geworden. Elena lebte weiter. Mit der Stimme Lias. Er hatte Elena nicht getötet. Das hätte er nie gekonnt. Sie war dreist gewesen mit ihren Forderungen. Zehn Millionen. Dieses Biest. Sie hatte ihm doch tatsächlich nach einer Nummer, als er friedlich eingeschlafen war, den Stick gestohlen. Er hatte zu viel geplappert. Das hätte er nicht tun dürfen. Aber wenn man nur auf der Flucht war, dann brauchte man manchmal jemanden, dem man sich anvertrauen konnte.

Er wollte sich jetzt Lia anvertrauen. Er hatte sie gestern Nacht an der Stimme erkannt. Elenas Stimme. Lia hatte sich gestern Nacht als clever und praktisch gezeigt. Er brauchte jetzt jemanden, der clever und praktisch war. Und sie konnte bestimmt auch die harte Tour fahren. Immerhin hatte sie Elena auch in den härteren Filmen die Stimme geliehen. Ja, sie würden ins Geschäft kommen. Falls sie noch lebte. Er musste Reschke zurückpfeifen. Er wollte nicht mehr, dass Reschke sie wegen des Sticks kaltmachte. Reschke, diese Schmeissfliege. Ein schmieriger Söldner, der auf beiden Seiten die Hand aufhielt. Auch er wollte seine Prozente am Stick. Alle wollten sie an der Datei verdienen. Egal, welches Lager. Fromm würde zahlen. Jedem das, was er verdiente. Und Reschke verdiente einen grausamen Tod. Er würde leiden müssen. Setzte dieses Arschloch ein Kopfgeld aus. Das ging zu weit. Reschke hatte ihm versprochen, den Auftraggeber zu nennen, sobald er seinen Anteil hatte. Fromm war darauf eingegangen und hatte Reschke im Gegenzug angeheuert, ihm den geklauten Stick wiederzubesorgen und ihm dafür drei Millionen Euro zu zahlen. Immerhin das Doppelte, was Fromms Kopf wert war. Reschke hatte nicht lange gezögert, noch nicht einmal versucht, Berufsehre zu heucheln. Warum er allerdings Stahl auf ihn gehetzt hatte, verstand Fromm nicht. Zum Glück hatte Bogner ihn davor gewarnt. Bogner war einer von Röhmers Empfehlungen gewesen. Röhmer war derzeit der Einzige in der Stadt, auf den Fromm setzen konnte. Er würde ihm Unterschlupf gewähren, bis die Sache durchgezogen war. Nicht billig. Flucht war eben eine teure Reise. Und Fromm hatte sie nun mal gebucht, ohne vorher das Kleingedruckte zu lesen.

Reschke nahm nicht ab. Auf die Combox sprach Fromm nicht. Er wählte die Nummer von Lia. Sie nahm ab.

«Wir kommen ins Geschäft», sagte er. «Allerdings mache ich die Ansagen.» Er lauschte Lias Stimme. Sollte es ihn erwischen, wünschte er, die letzten Worte von ihr zu hören.

«Nein. Das ist mir zu heiss. Wir treffen uns bei Röhmer. Ich gebe Ihnen mein Wort, dass Ihnen nichts passieren wird.»

Selbst ihr Hohnlachen gefiel ihm. «Glauben Sie mir. Ich überweise Ihnen das Geld sofort. Allerdings nur die Hälfte. Fünf

Millionen Franken. Die andere Hälfte kriegen Sie, wenn ich den Stick habe … nein, keine Schliessfachnummer mehr. Direkte Übergabe. So viel Risiko müssen Sie eingehen.» Jetzt lachte er. Er hoffte, dass auch sie sein Lachen mochte. Den meisten Frauen gefiel es. Elena hatte es sehr gefallen. Jedenfalls hatte sie es gesagt. Na ja, sie wurde auch gut bezahlt dafür. Aber Lia sollte noch mehr bekommen. Da durfte er erwarten, dass sie sein Lachen mochte. Sie sagte diesbezüglich nichts. Aber sie akzeptierte den Deal.

Fromm legte auf. Jetzt kam die Überweisung an die Reihe. Er wartete auf die SMS, die ihm Lias Konto anzeigte. Liechtenstein. Eine Privatbank. Er wählte seine Bank, die ebenso privat agierte, und gab die Order. Die Zahlen hüpften online von einem Konto auf das andere. Jetzt lag es an Lia, ob sie weiter im Spiel bleiben wollte. Sie konnte auch mit den fünf Millionen abhauen. Aber damit würde sie nicht weit kommen. Nicht, wenn sie mit fünf Millionen eine Gejagte war. Das wusste Fromm aus eigener Erfahrung. Sie wäre klug genug, den Deal durchzuziehen. Wenn Reschke sie nicht vorher aus dem Verkehr zog. Fromm wählte wieder die Nummer von Reschke. Der nahm noch immer nicht ab.

***

Lia sah die Zahl auf ihrem Konto. Es war nur eine Zahl. Aber was für eine. Und mit etwas Mut hätte sich die Zahl noch diesen Abend verdoppelt. Sie war mutig. War es Mut? Oder Gier? Lia war es egal. Sie spürte das Pochen in den Adern. Die Ausnahmesituation. Leben, das nicht vom alltäglichen Ablauf bestimmt war. Keine Sprechübungen, keine Funktermine, keine Unterrichte. Zeit und Raum hatten plötzlich eigene Gesetze. Sie hatte ein Ticket gelöst, das in keinem Reiseführer stand. Eine Tour auf Leben und Tod. Alles oder nichts. Und sie mochte es. Es fühlte sich an wie auf ihrer ersten Indienreise, als sie mit fremden Männern in dunklen Hütten lag, nie wissend, ob sie ihr Gutes oder Schlechtes antun würden. Sie hatte Glück gehabt. Auch die fetten Spinnen in den Duschen hatten ihr nichts anhaben können. Ja, sie würde am Abend bei Röhmer sein. Jetzt war es erst zehn Uhr. Noch zehn Stunden. Eine Ewigkeit. Am besten, der Deal ginge jetzt über die Bühne. Ihr Mut würde wieder verschwinden. Und dann käme die Angst. Und Angst machte den Kopf eng. Einen engen Kopf durfte sie sich nicht leisten. Ein Fehler, und es wäre aus.

Sie sass bereits im 6er-Tram, das zu Jans Studio führte. Bei ihm konnte sie bis am Abend unterkommen. Vielleicht hätte er ein paar Stimmen für sie einzusprechen. Das würde sie ablenken und die Zeit verkürzen. Bei der Sihlpost würde sie aussteigen, den Rest in die Dienerstrasse zu Fuss gehen.

***

Es war leicht gewesen, ihre Spur aufzunehmen. Reschke hatte früh die Villa verlassen und einfach gewartet, bis Lia an ihm vorbeikam. Es gab nur zwei Richtungen, in die sie abhauen würde. Entweder hoch in Richtung Dolder oder runter in die Stadt. Und es war kein Hexenwerk, auf die Stadt zu wetten. Er würde sie umlegen müssen. Dann hätte er den Stick und würde ihn dem Gardisten geben und kassieren. Reschke machte sich keine Illusionen. Er war nicht so naiv, zu glauben, dass er die Informationen auf dem Stick selbst versilbern konnte. Er wäre ein toter Mann, wenn er nur einen Moment daran dachte. Die Leute, die hinter dem Auftrag standen, hatten schon ganz andere Löwen erlegt. Dagegen war Reschke eine Kakerlake, die man mit dem Absatz zerquetschte. Ihm genügte seine Provision. Dass Fromm dachte, er würde für ihn arbeiten, war gut. Das gehörte zum Plan. Eine hübsche Finte. Fromm abzuräumen, war ein Teilziel. Tatsächlich drehte sich die ganze Sache aber um etwas anderes: Reschke hatte es erst nicht verstanden. Wie konnte man einen solchen Tanz um eine einzige Person veranstalten? Wenn der Typ wenigstens reich wäre. Aber er war ein armer Schlucker, verschuldet und jobbte als Sicherheitsangestellter im Dolder Grand. Wenigstens bis gestern Nacht. Was hatte dieser Kerl, dass die Mächtigsten der Mächtigen ihn wieder für sich gewinnen wollten? Wusste er mehr, als allen lieb war? Dann konnten sie ihn doch einfach erledigen. Aber er war wohl nicht so leicht abzuräumen. Sonst hätten sie es längst getan. Oder er war zu wertvoll. Eine Killermaschine, in die man viel investiert hatte. Geld, Wissen und Zeit. Und so einer glaubte, einfach aussteigen zu können. Das konnte ihnen nicht passen. Nicht in Zeiten, in denen es auf jeden Profi ankam. Stahl war so etwas wie ein Ritter der Tafelrunde. Menschliches Kapital, das in Geld nicht aufzuwiegen war. Ein Einsatz von ihm konnte Milliardengeschäfte nach sich ziehen. Reschke hielt nicht viel von Verschwörungstheorien, aber er wusste, wer vom Schrecken des 11. September profitiert hatte. Und solche Leute brauchten Typen wie Stahl. Ingenieure des Komplotts. Hirngewaschene Bestien, die daran zu glauben hatten, es im Dienste dieses oder jenes Gottes zu tun. Stahl war so einer. Jedenfalls war er lange genug dabei. Und in seine Dienstzeit fielen einige Kisten, die Furore gemacht hatten. Reschke hatte sich erkundigt. Vor allem die Geschichte mit den Blutdiamanten klebte Stahl an. Johannesburg – Rom – Antwerpen. Das war die Achse. Der Vatikan stritt ab, mit der Sache etwas zu tun haben. Aber Stahl hatte viele diplomatische Reisen nach Südafrika auf seinem Flugzettel stehen. Und in Antwerpen war er auch immer wieder gewesen. Mit Abstecher nach Brüssel. Freilich, in Angelegenheiten, die der Vatikan mit der EU zu verhandeln hatte. Und plötzlich rumpelte es hinter den Kardinalsmauern. Nicht, dass es dort jemals ruhig zugegangen wäre. Aber dass in einer Dichte so vieles aus den Mauern gedrungen kam, war nicht üblich. Mal sollte Papst Benedikt ermordet werden, dann plauderte der Kammerdiener aus dem Nähkästchen, und schliesslich fand man Kardinal Lugosi mit aufgeschlitzter Kehle tot in seiner Wohnung auf. Man hatte ihm die Hände vor der Brust gefaltet und ihm einen falschen, mit Blut beschmierten Diamanten hineingelegt. Kardinal Lugosi. Ein umstrittener Geist, der dem Opus Dei nahestand und für seine Polemiken berüchtigt war. Er hatte der Presse angekündigt, demnächst einige Herren zur öffentlichen Beichte zu fordern, oder er selbst würde aus der Kirche austreten und sein Beichtgeheimnis lüften. Keine zehn Stunden später war er tot. Und Stahl quittierte seinen Dienst. Oder wollte man ihn aus der Schusslinie ziehen? Jedenfalls war es für Reschke klar, dass beides miteinander in Verbindung stand.

Reschke war in den hinteren Waggon des Trams eingestiegen.

Er verbarg sich hinter einer «NZZ», die ein Fahrgast hatte liegen lassen. Reschke musste selbst über die älteste aller Tarnungen schmunzeln. Aber nur weil es abgedroschen war, war es noch lange nicht schlecht. Klassiker hielten eben ewig. Reschke war sich sicher, dass Lia ihn nicht bemerkt hatte. Er war ein Meister der Beschattung. Wie viele Stunden war er schon Leuten hinterhergerannt, ohne dass sie ihn bemerkt hatten. Ohne sich falsche Bärte, Perücken oder Sonnenbrillen aufzusetzen. Einfach nur mit einer Zeitung in der Hand. Manchmal, wenn ihm langweilig geworden war, hatte er es sich nicht verkneifen können, mit dem Finger ein Loch ins Papier zu stossen, um das Klischee perfekt zu machen. Darauf verzichtete er jetzt. Die Sache war ernst. Es handelte sich um keinen kleinen Fisch, dem das Finanzamt auf den Fersen war. Lia und der Stick waren die Eintrittskarte auf eine andere Spielebene. Wenn Reschke diese Nummer erfolgreich durchzog, würde er nur noch für die ganz Grossen arbeiten. Mit Blick hinter die Kulissen. Vielleicht würde man ihn sogar selbst zum Kreuzritter ernennen. Je nachdem, was man mit Stahl vorhatte, wäre ja dann ein Platz frei.

«Ist der Platz noch frei?», fragte ein älterer Herr, der eben zugestiegen war. Er war bestimmt schon siebzig, aber sehr drahtig. Der weisse, fein gestutzte Schnurrbart erinnerte an alte Kolonialzeiten, die aufrechte Haltung sprach für tägliche Disziplin, der dunkelgraue Kaschmirmantel erzählte Wohlstand.

Reschke rückte wortlos ans Fenster, reckte seinen Kopf nach Lia, die noch immer fünf Reihen vor ihm sass, und tauchte hinter der Zeitung ab, als sie sich umzudrehen drohte.

Der Mann setzte sich neben ihn. «Schlimme Sache», sagte er.

Reschke senkte die Zeitung und sah zu dem Fremden. Der tippte mit dem Zeigefinger, der in hellem Rindslederhandschuh steckte, gegen die Überschrift eines Artikels: «Damaskus bald in Schutt und Asche?»

Reschke nickte.

«Warum hält sich so einer so lange? Was glauben Sie?»

Reschke zuckte mit den Schultern. Er hatte kein Interesse an einem politischen Gespräch. «Weil man ihn noch gebrauchen kann», sagte der Mann. «Solange man einen Tyrannen noch gebrauchen kann, darf er noch strampeln. Hitler, Hussein, Gaddafi. Alles hervorragende Packesel für das Gold anderer.»

Reschke nickte und sah zu Lia.

«Niemand ist frei. Und je weiter er nach oben kommt, umso mehr wird er ein Gefangener seiner Macht. Macht ist ein Gefängnis. Erst wenn sie die Macht abgeben, werden sie frei.»

«Sie sollten ein Buch schreiben», sagte Reschke und wollte sich wieder hinter die Zeitung drücken. Der Mann drückte die Zeitung runter. «Wurde alles schon geschrieben. Aber es interessiert keinen. Wissen schützt nicht vor Dummheit. Gerade weil man glaubt zu wissen, tappt man in die Falle. Es ist die Eitelkeit und die Hybris – die grosse Tücke des Wissens. Ihr siamesischer Zwilling, sozusagen.»

Das Tram hielt an. Lia erhob sich von ihrem Sitz und stieg aus.

«Darf ich durch? Ich muss aussteigen», sagte Reschke.

«So? Müssen Sie das? Ich noch nicht.» Der Mann machte keine Anstalten, Reschke Platz zu machen.

«Lassen Sie mich raus», zischte Reschke.

«Ich könnte jetzt um Hilfe rufen und behaupten, Sie wollten mich bestehlen. Jeder würde mir glauben», sagte der Mann. «Also bleiben Sie ruhig und fahren mit mir bis zur Endstation.»

«Sie spinnen wohl.» Reschke sah Lia durch das Fenster nach. Sie verschwand aus seinem Sichtfeld.

«Lassen Sie mich raus. Ich muss zu meiner kranken Tante», sagte Reschke.

Der Mann lachte. «Köstlich. Eine Zeitung als Tarnung und eine alte Tante als Vorwand. Ich frage mich, wie man auf so einen Idioten wie Sie gekommen ist. Ich werde mich beschweren, dass man mir keinen anspruchsvolleren Auftrag erteilt hat. Aber in meinem Alter ist man froh, wenn man sich hin und wieder einbringen darf.»

Das Tram fuhr weiter. Reschke wollte den Mann wegdrücken, merkte aber, dass der Schalldämpfer einer Luger aus dem Kaschmir gegen seine Rippen drückte.

«Wer sind Sie? Was haben Sie vor?»

«Sie bis zur Endstation begleiten. Das sagte ich doch schon.»

«Wer schickt Sie? Fromm?»

«Was hätten Sie davon, wenn Sie es wüssten? Ich sagte doch bereits, Wissen schützt nicht vor den Folgen. Und Erkenntnis erfährt man nur durch Gott.»

***

Lia wartete, bis Jan zu Ende gedreht hatte. Dann ging sie über den verschneiten Hinterhof, der als Set diente. Zwei nackte Darstellerinnen zogen sich ihre Skianzüge an und tranken aus dampfenden Tassen. Lia bezweifelte, dass nur Tee darin war.

«Nicht schlecht, Mädels», rief ihnen Jan hinüber. «Macht den Mund aber weiter auf beim Orgasmus. Sonst ist der Take für den Arsch.» Er ging zu einem solargebräunten jungen Mann, der sich einen Wollpullover über sein Sixpack warf. «Karascho, Igor. Karascho.» Jan klopfte Igor auf die Schulter, machte eine Faust und knurrte. «Hart rannehmen. So ist es richtig. Hart.» Dann wieder die Faustbewegung. Igor lachte und warf sich Viagra rein. Für die nächste Runde musste sein Knüppel wieder stehen. Jan liess sich vom Regieassistenten Olaf, der gleichzeitig auch Kameramann und Cutter des kleinen Filmteams war, Tee einschenken. «Warst du nah genug dran? Wenn Igor abspritzt und wir Schnee im Hintergrund haben, ist alles für die Katz. Weiss auf Weiss kannst du vergessen.»

«Ich hab das nicht im Griff. Wenn Igor seinen Schwanz so blöd rumreisst, schwenk ich nach», sagte Olaf.

«Wir brauchen einen Übersetzer. Meine Pantomime reicht da nicht. Komme mir allmählich schon dämlich vor.»

Olaf lachte und entdeckte Lia, die bis auf drei Meter herangekommen war und wartete, bis Jan Zeit für sie hatte.

«Hallo, Lia», sagte Olaf. «Schön, dich mal wiederzusehen.» Er ging auf sie zu und streckte ihr die Hand entgegen. «Tut mir leid wegen Elena. Sie fehlt uns an allen Ecken und Enden.»

«Das kannst du laut sagen», sagte Jan. «Mit Elena hätte der Kasache nicht in den Schnee gespritzt. Die hätte ihm den Rüssel so gehalten, dass du alles gesehen hättest.»

«Ja, Elena. Scheisse, Mann. Sie reisst ein richtiges Loch.» Olaf nickte seine Gedanken ab. «Aber zum Glück haben wir noch dich», sagte er und sah zu Jan.

«Wir drehen noch ab, dann könntest du ein paar Stimmen drunterlegen. Die Blonde dort hinten könnte gut zu dir passen. Sie quiekt wie ein Schwein. Man könnte glauben, es macht ihr tatsächlich Spass. Leider zwei Tonlagen zu hoch. Da denken die Jungs, sie sind in einem Micky-Maus-Film.» Jan lachte. Olaf stimmte mit ein.

«Wenn du willst, kannst du schon hochgehen und dort warten. Nicht, dass der Kasache auch noch dich rannimmt. So viele Pillen, wie der sich eingeworfen hat, schiesst der, was ihm vor die Kanone kommt.» Wieder ein dreckiges Lachen. Wieder das Echo von Olaf.

«Los geht's. Wir machen weiter.» Jan klatschte laut in die Hände.

Die zwei Frauen stiegen aus ihren Skianzügen und zeigten Silikon, der Kasache zog sich den Pulli vom Leib und öffnete seine Hose. Lia sah nicht hin. Sie würde sein gedoptes Teil nachher in Nahaufnahme auf dem Monitor sehen.

«Und bitte!», rief Jan.

Die Frauen rekelten sich in Moonboots und rieben ihre Silikontitten aneinander, der Kasache schlich sich von hinten an und packte die Blonde bei den Hüften. Die liess sich sofort vornüberfallen. Der Kasache begann mit dem harten Teil der Arbeit. Olaf schob sich auf einer Isomatte unter die beiden, um gute Bilder zu machen. Olaf hielt nämlich nicht nur drauf. Olaf war Cineast. Es gab keinen Film, den er nicht kannte. Vermutlich würde er diese Einstellung als klassischen Tarantino verbuchen. Konnte aber auch vorkommen, dass er neorealistischen Rossellini drehte. Und Jan fühlte sich wie der gute alte Russ Meyer persönlich.

Lia verschwand in dem Gebäude. Die Blonde quiekte tatsächlich zwei Oktaven zu hoch.

ACHT

Stahl war nach Hause gegangen. Er nahm den blubbernden Kaffee vom Herd und goss sich ein. Er trank, während er ins Badezimmer ging und Wasser in die Wanne laufen liess. Eine Nackenmassage wäre jetzt das Richtige. Stahl entschied sich für entspannendes Badesalz und stieg in die Wanne. Als er das Wasser abdrehte, hörte er Musik aus dem Wohnzimmer klingen. Imelda May mit «Johnny Got a Boom Boom». Das Entspannungsbad konnte er vergessen. Er sprang aus der Wanne. Ohne sich abzutrocknen schlich er durch den Gang in das Wohnzimmer, aus dem die Musik erklang.

«Ein Bad könnte ich auch gebrauchen. Ich stinke wie ein Biber.» Es war Fromm, der die CD-Hülle von «Love Tattoo» in der Hand hielt und vom Sofa aus den nackten Stahl angrinste. «Gut in Form», sagte er und klopfte mit einem Besteck von Schliesswerkzeugen den Takt der Musik auf die CD-Hülle. «Wie müssen Sie erst aussehen, wenn Sie in Topform sind.» Er lächelte sarkastisch. «Entschuldigen Sie, war nicht so gemeint.»

Stahl nahm sich ein Handtuch aus dem Schrank und trocknete sich damit ab. Dann stieg er in frische Unterwäsche. «Was wollen Sie hier?», fragte er.

«Ihnen das Kopfgeld bringen. Ein Botendienst. Das Geld kommt direkt zu Ihnen nach Hause.»

«Und wo ist der Haken?»

«Sie schützen den Kopf, der Ihnen anderthalb Millionen einbringt. So lange, bis ich meinen Deal hier durchgezogen habe und aus der Stadt verschwinden kann.»

«Ich dachte, dafür hätten Sie Reschke.»

«Reschke ist tot.»

«Was?»

«Erst dachte ich, Sie wären dahintergekommen, dass er für mich arbeitet.»

«Reschke arbeitete für Sie? Warum wollte er dann von mir, dass ich ihm Ihren Kopf bringe?»

«Komplizierte Angelegenheit. Verschiedene Interessen unterschiedlicher Parteien. Das kennen Sie doch.»

«Tu ich das?»

«Davon gehe ich aus.» Er sah Stahl an und grinste. «Ich werde Ihnen etwas verraten. Aber dafür möchte ich etwas von Ihnen.»

«Kein Interesse.»

«Ihr Kopf ist mehr wert als meiner.»

Stahl sah ihn befremdet an.

«Witzig. Finden Sie nicht?»

«Mein Kopf? Kann ich mir nicht vorstellen.»

«Ich ehrlich gesagt auch nicht. Ich meine, er sieht ganz gut aus. Und er sitzt auch recht harmonisch auf Ihrem Hals. Aber es scheint nicht viel drin zu sein. Sonst hätten Sie längst kapiert, dass der Laden, in dem Sie gearbeitet haben, kein Fliessband ist, wo man einfach den Akku rausnehmen und hinlegen darf und kündigt.»

«Rom?»

«Doch nicht so dumm.»

«Wer?»

«Keinen Schimmer.»

«Und woher haben Sie dieses Gerücht?»

«Von Reschkes Mörder. Er hat mich angerufen.»

Stahl hatte sich angezogen und schlüpfte in seine Schuhe.

«Hat er auch einen Namen genannt?»

«Seinen nicht. Nur Ihren. Und die Summe, die auf Ihren hübschen Kopf ausgesetzt ist.»

«Tot?»

«Lebendig.»

«Und das wollen Sie schaffen?»

Fromm zuckte mit den Schultern. «Ich bin grösser als Sie. Mindestens zehn Zentimeter.» Er grinste wieder. «Aber ich bin auch klüger. Ich schlage Ihnen ein Geschäft vor. Sie lassen mir meinen Kopf, und ich helfe Ihnen, Ihren aus der Schlinge zu ziehen.»

Stahl sah Fromm eindringlich an. «Wer steckt dahinter?»

«Der ranghöchste Kontaktmann nennt sich Holzer. Er sagte, ich solle Ihnen liebe Grüsse ausrichten und Sie heute Nacht ins Dolder bringen. Er hätte dort mit Ihnen zu reden.»

«Holzer?» Stahl fiel die Kinnlade runter.
«Freut mich, dass er Ihnen nicht unbekannt ist.»
«Warum schickt er Sie? Warum kommt er nicht selbst hierher?»
«Vielleicht weil er ahnte, dass hier kein Zimmermädchen für Ordnung sorgt und das Bett frisch bezieht?»
«Ich glaube, es ist besser, wenn Sie jetzt gehen. Ihre Geschichten interessieren mich nicht.»
«Und das Geld, das auf meinen Kopf ausgesetzt ist?»
«Wenn Reschke tatsächlich tot ist, ist es der Auftrag ebenfalls.»
«Aber Reschke war doch nur ein Strohmann. Die Auftraggeber leben doch noch.»
«Ich kenne sie nicht.»
«Sie kennen Holzer.»
«Aber Holzer steckt nicht hinter Reschkes Auftrag.»
«Glaube ich aber doch.»
«Ich verstehe gar nichts.»
«Sagte ich doch. Ihr Kopf ist gar nicht so viel wert, wie darauf ausgesetzt ist.»
«Verschwinden Sie.»
«Geht nicht.»
«Soll ich Ihnen Beine machen?»
«Das wäre fein. Ich bräuchte nämlich ein neues Knie.» Er zeigte auf sein rechtes Bein. «Ich habe es nur mit Mühe hierhergeschafft. Jetzt fängt es an, richtig dick zu werden. Und es pocht. Ich glaube, die Bänder sind ab.»
Erst jetzt sah Stahl, wie fahl und abgerissen Fromm vor ihm sass. Sein heller Anzug schimmerte fleckig und knitterte. Das Gesicht war übersät mit Schrammen. Einzig der Humor des Spielers, der aus Fromms Augen blinzelte, überstrahlte seinen Niedergang.
«Was ist passiert?»
«Lange Geschichte in kurzer Zeit. So wie ich es mag. Keinen Leerlauf.»
«Können Sie es trotzdem für mich zusammenfassen? Kurz und undramatisch?»
«Autounfall. Hürlimann überschlug sich. Der Jaguar ging in Flammen auf. Ich überlebte.»

«Hürlimann? Was hatten Sie im Auto von Hürlimann zu suchen?»

«Ich sagte doch. Lange Geschichte. Viele Wendepunkte. Hürlimann wollte den Stick. Er hat mich und Yasmin entführt, kam wegen der schiesswütigen Martha von der Fahrbahn ab. Alle tot. Nur ich habe überlebt.»

«Sie tischen mir eine Story nach der anderen auf. Reschke tot. Hürlimann und Yasmin tot. Holzer will mich im Dolder treffen, damit Sie mein Kopfgeld kassieren. Wer soll Ihnen eine solche Geschichte abkaufen?»

«Sie. Und Sie wissen auch, warum. Weil Sie von noch ganz anderen Geschichten wissen. Geschichten, die Sie keinem Mensch der Welt abkaufen würden, hätten Sie sie nicht selbst erlebt.»

Sie sahen sich an. Im Hintergrund sang Imelda May «Knock 123».

«Was ist? Darf ich ein Bad nehmen, bevor wir ins Dolder gehen?»

«Ein Bad dürfen Sie gern nehmen. Aber ich glaube, Sie gehen mit dem Knie nirgendwohin.»

«Das lassen Sie mal meine Sorge sein.» Er stemmte sich aus dem Sofa und knickte weg. Stahl fing ihn auf.

«Danke. Ich glaube, der Kreislauf meldet sich. Haben Sie Sekt hier? Der würde mir helfen.»

«Ein kalter Lappen ins Genick tut es auch.»

«Ach, Stahl. Sie sind und bleiben ein Soldat. Da können Sie noch so edlen Zwirn tragen. Stil. Wo bleibt der Stil? Kommen Sie. Helfen Sie mir ins Bad.» Er stemmte sich aus dem Sofa.

Stahl stützte Fromm und brachte ihn ins Bad. Dann kehrte er zurück und wählte eine Nummer auf seinem Handy. Nur die Combox von Reschke sprang an. Sollte Holzer ihn tatsächlich erledigt haben? Aber wieso Holzer? Er tippte den Namen in sein Handy. Holzers Nummer blinkte auf. Stahl rief an.

***

Lia stöhnte mit geschlossenen Lippen. Die Darstellerin auf dem Porno-Streifen hatte einen prallen Penis im Mund. «Mmmhhhmmmm …» Es klang wie eine Sprechübung.

«Ein bisschen mehr Liebe», knarzte es über das Mikro. Laszlo, der Sounddesigner, wie er sich selbst titelte, hatte gesprochen. Lia drehte sich zu ihm um und sah sein Lachen durch die Glasscheibe.

«Das kannst du besser», sagte er und liess den Vorzähler laufen, damit Lia noch mal blasen konnte. Diesmal mit mehr Leidenschaft.

«Mmmhhhmmmmmm ...»

«Zu lang. Siehst du nicht, dass sie den Mund am Ende noch mal aufmacht? Ich bräuchte da ein A oder O. *Once again.*»

Wieder der Vorzähler. Diesmal aber: «Mmmhhhmmmmmaaah ...»

«Gekauft», sagte Laszlo. «Willst du den nächsten Take sehen, oder nehmen wir ihn kalt mit?»

«Da ist doch Text», sagte Lia.

«Aber nur im Off.»

«Braucht es den?»

«Jan findet ihn gelungen. Er sagt, es sei ein Tarantino-Dialog.»

«Na dann. Lass laufen. Ich mache es kalt.»

Vorzähler. Auf dem Monitor tropft eine Dusche. Eine Männerstimme: «Das ist aber ganz schön feucht hier.»

«Und verstopft ist es auch», sagte Lia.

Der Schnitt sprang auf einen Mann im Overall mit Werkzeugkasten, dem rot lackierte Fingernägel den Reissverschluss öffneten und direkt zwischen den Schritt griffen.

«Gekauft», sagte Laszlo. «Den nächsten zeige ich dir lieber. Wenn du den lippensynchron hinkriegst, zahl ich dir die Pizza.»

Vorzähler. Stöhnen des Mannes aus dem Off. Die Frau massiert den harten Schwanz, schmiegt ihre Wange dagegen und plappert etwas. Lia las leise den Text, den Jan für den Take geschrieben hatte.

«Das pack ich nicht. Was ist denn in den gefahren?» Sie lachte schrill.

«Zu viel weisses Pulver. Röhmer macht ihn kalt, wenn er den Streifen sieht», sagte Laszlo. «Aber Jan versteht sich eben als Autorenfilmer.»

Lia versuchte sich zu beruhigen. Der Vorzähler lief. Lia setzte an.

«Manchmal träume ich von –»

«Stopp.» Es war nicht Laszlos, sondern Jans Stimme, die über das Mikrofon in die Box drang. «Wir machen Pause. Röhmer ist gleich hier. Er will die Muster sehen. Vorher sollten wir hier noch ein bisschen für Partystimmung sorgen.»

Lia war froh, den schwülstigen Text nicht zu Ende sprechen zu müssen. Aber Röhmers Ankunft erfreute sie gar nicht. Sie verliess das Stehpult und ging aus der Box. Jan grinste breit. An seiner Nasenspitze klebte noch Pulver. «Das wird der beste Streifen, der je in der Porno-Welt gezeigt wurde. Ich mache sogar Jumpcuts. Stell dir das vor. Und ich zeig den Orgasmus aus der Subjektiven einer lesbischen Nymphomanin. Das gab's noch nie.» Er drehte sich zu Laszlo um.

«Hast du ihr die Stelle schon gezeigt?»

«Nein. Da gibt's ja nichts zu synchronisieren.»

«Wieso nicht? Ich hatte dir doch Text gegeben.»

«Ich dachte, wir legen da die Stones drunter. Als Woodstock-Zitat.»

«Nein. Das ist billig. Stones. Das war nur so ein erster Gedanke. Aber erste Gedanken haben alle. Wir machen Kurt Schwitters.»

«Fums-Föbö?», fragte Lia.

«Bums-Buffet.» Jan lachte. «Das ist doch witzig. Die Verballhornung verstehen natürlich nur die Intellektuellen.»

«Dein Zielpublikum.»

Jan sah Lia ernst an. Dann lachte er wieder. «Der war gut. Der war richtig gut. Lia, du bist eine Wucht. Wenn mir Röhmer das nächste Paket abkauft, kannst du grösser bei mir anfangen. Vielleicht hast du Lust, selbst ein paar Dialoge zu schreiben? Allein schaffe ich das dann nicht mehr.» Er nickte, um sich selbst zu bestätigen. «Ich meine es ernst.»

«Träum weiter.» Es war Carlo, Röhmers Geier, der im Türrahmen des Studios stand und den schiefen Versuch eines Lächelns grimassierte.

«Ich dachte, Röhmer kommt selbst?» Jans Selbstsicherheit war mit einem Schlag verschwunden.

«Wenn ich ihm sage, wer hier ist, kommt er sofort.» Carlo sah zu Lia.

«Wir haben schlimme Dinge von dir gehört, Lia. Aber durchaus auch interessant.»

Lia sah sich um. Carlo versperrte den Weg. Er sah, dass sie nach einer Fluchtmöglichkeit suchte, und baute sich breiter vor dem Türrahmen auf. Carlo zog sein Handy und wählte Röhmer an. «Chef, Lia ist bei Kossowski … ich hab sie noch nicht gefragt. Ich dachte, dass du das lieber selbst erledigen … wird gemacht.» Er steckte das Handy weg und sah Lia an. «Röhmer wird gleich da sein. Dann kannst du ihm das geben, was Hürlimann haben wollte.»

Es würde nichts bringen, die Dumme zu spielen. Aufgeben ging auch nicht. Sie hatte in dieses Spiel bereits zu viel investiert. Sie erinnerte sich an die Tür in der Sprechbox. Lia wusste nicht, ob sie offen war, noch, wohin sie führen würde, aber es war ihre einzige Chance. «Laszlo, kann ich die Rolle noch zu Ende sprechen? Bis Röhmer kommt, dauert es bestimmt noch zehn Minuten», sagte sie und wandte sich zur Box.

«Ich komme mit. Möchte sehen, ob du selbst auch geil bist, wenn du stöhnst. Ich meine, so wie du gurrst, musst du dabei doch was empfinden», sagte Carlo und rückte dicht an Lia ran. «Wir könnten uns die Zeit bis Röhmer kommt auch mit echtem Stöhnen vertreiben.»

«Dann müssten wir für dich aber erst einen Synchronsprecher finden. Auf Gekrächze stehe ich nicht.» Lia verschwand in der Box. Jan platzte ein lautes Lachen raus. Carlo drehte sich zu ihm und verpasste Jan einen Kinnhaken, dass er auf die Regler des Pults torkelte und eine Rückkopplung provozierte.

Lia nutzte den Augenblick der Ablenkung und rannte zur Tür, die auf der anderen Seite der Box lag. Sie drückte die Klinke und hatte Glück. Die Tür ging auf. Lia rannte den langen Gang entlang und drehte sich nicht um, bis sie am Ende des Ganges angelangt war. Jetzt sah sie Carlo aus der Box kommen.

«Bleib stehen!», rief er. «Es nützt dir nichts. Du kommst hier nicht raus.»

Rechts oder links? Lia entschied sich für links und rannte weiter. An zwei verschlossenen Türen vorbei, an deren Klinken sie vergeblich rüttelte. Die dritte ging auf. Sie rannte hinein.

Sackgasse. Es war Jans Kostümfundus. Sogar Rokoko-Kleider und weisse Puderperücken gab es hier. Lia drückte sich zwischen ein rotes und ein grünes Kleid und unterdrückte den Atem. Sie hörte Carlos keuchen. Er rückte näher. «Verstecken spielen macht mich besonders geil. Wenn ich dich habe, kann Olaf direkt die Kamera draufhalten. Den Fick schenk ich ihm.»

Er stand jetzt direkt vor ihr. Lia glaubte, seinen rasselnden Atem riechen zu können. Sie drückte sich weiter nach hinten und riskierte dabei, dass sich die Kostüme bewegten. Carlo bemerkte es und lachte. Seine Hand schoss zwischen rotem und grünem Stoff hindurch. Er hätte Lia erwischt, wäre sie nicht nach hinten abgetaucht. Dafür rempelte Lia eine Gruppe leerer Weinflaschen. Die kullerten und klimperten. Mit einem Satz kam Carlo durch die Kostüme gestochen. Siegesgewiss. Lia zog durch. Die Flasche zerschellte auf Carlos Kopf. Er sah sie verdutzt an, verdrehte die Augen und grinste. Aber er fiel nicht um. Lia nahm eine zweite Flasche und zerschlug sie ebenfalls auf Carlos Schädel. Wieder nur ein Grinsen.

«Die sind teuer», sagte Carlo. «Früher waren die aus Zuckerglas. Heute nehmen sie irgendeinen Kunststoff.»

Lia sah auf den Flaschenhals, den sie noch in den Händen hielt, und kapierte. Eine Fake-Flasche. Für Dreharbeiten.

Carlo rückte näher und streckte seine Flügel nach ihr aus. Sie kam nicht weg. Er packte sie an den Handgelenken und drückte sie gegen die Wand. Damit er seine Hose aufbekam, musste er sie an einer Hand kurz loslassen. Lia nutzte den Moment und stach ihm ihre Fingernägel ins Gesicht. Sie erwischte die Augen. Carlo schrie auf und liess Lia los. Gleich würde er wieder zupacken. Sie stiess sich von der Wand ab und tauchte wieder zwischen die Kostüme.

«Du machst es nur schlimmer», schrie Carlo, der ihr nachsetzte.

Lia erreichte die Tür und schlug sie hinter sich zu. Dann rannte sie nach links zurück. Vor ihr tauchten Jan und Röhmer auf. Sie drehte sich um. Hinter ihr kam Carlo aus dem Fundus. Sie sass in der Falle.

«Woher haben Sie das Ding?», fragte Fromm und sah auf die Schiene, die ihm Stahl ans Knie schnallte.

«Prothesen und Klinikbedarf. Helvetiastrasse. Mittlerweile wimmelt es von solchen Geschäften. Das sind die Tabakläden von morgen.»

«Au. Nicht so fest.»

«Was wissen Sie von Holzer?», fragte Stahl.

«Nichts. Nur dass er so heisst, behauptet, Reschke umgelegt zu haben, und Sie treffen will.»

«Will er den Stick von Ihnen?»

«Hat er nicht gesagt. Das ist ja das Seltsame. Er fragte nach Ihnen. Der Stick interessiert ihn nicht.»

«Vielleicht hat er ihn schon.»

«Umso besser, wenn wir ihn treffen. Dann plaudern wir mit ihm, nehmen ihm den Stick ab und reiten gemeinsam in den Sonnenuntergang.»

«So, fertig. Stehen Sie mal auf.»

Fromm drückte sich aus dem Sessel und ging ein paar Schritte. «Nicht schlecht», sagte er. «Sieht zwar scheisse aus. Aber man kann nicht alles haben.»

«Mit dem Gedanken müssen Sie sich wohl anfreunden.»

«Fällt mir schwer. Ich habe immer alles gekriegt. Und das wird auch so bleiben. Karma. Glauben Sie an Karma, Stahl?»

Stahl sah auf seine Armbanduhr. «Wann will uns Holzer treffen?»

«Er sagte um zehn.»

«Und wo im Dolder?»

«Bestimmt nicht an der Bar. Obwohl mir das lieber wäre.»

«Wo?»

«In der Küche. Damit er uns gleich zum Hachée legen kann.» Er lachte. «Stellen Sie sich das einmal vor. Zwei so zähe Kerle wie wir auf den Haute-Cuisine-Tellern des Dolder Grand. Unbezahlbar.»

«Ihre Faxen nerven.»

«Pardon. Galgenhumor. Wenn man fast ein Jahr aus dem Koffer lebt, nur mit der Knarre unter dem Kopfkissen schläft, schleichen sich solche Unarten ein.»

«Also?»

«Ganz oben natürlich. Im O5, dem Stockwerk, das nicht existiert. Waren Sie schon mal in Wien?»

«Warum?»

«Kennen Sie das dortige U-Bahn-Netz?»

«Ja.»

«Warum gibt es keine U5? Haben Sie sich das noch nie gefragt? Ich meine, es gibt U1, 2, 3, 4 und 6, aber keine U5. Merkwürdig, finden Sie nicht?»

Stahl warf sich den Mantel über. «Was wollen Sie mir damit sagen?»

«Nichts. Es fiel mir nur auf. Die Logik des menschlichen Hirns weiss, dass es eine U5 geben muss. Aber sie existiert nicht. Wenigstens nicht offiziell. Ich finde das grossartig. Ausgerechnet eine Untergrundbahn, die Linie eines Netzwerkes. Was für eine Metapher.»

Stahl stand bereits an der Tür. «Ich bin in einer Stunde wieder zurück.»

«Wohin gehen Sie?»

«Ein Netzwerk anzapfen, das nicht existiert.»

«O oder U-Bahn?»

Stahl antwortete nicht. Er verliess die Wohnung.

***

Röhmer drehte den Stick zwischen seinen Fingern und sah auf Lia, die mit einem geschwollenen Auge auf einem weissen Plüschsofa kauerte.

«Geschmacklos, Kossowski. Einfach geschmacklos», sagte Röhmer und spielte damit auf den Plunder an, den Jan auf dem Set für seine nächsten Szenen zusammengewürfelt hatte.

«Wenn ich mehr Geld hätte, würde das hier auch anders aussehen. Aber ich muss eben improvisieren», sagte Jan.

«Das müssen wir alle. Trotzdem. Entweder man hat Stil, oder man hat keinen.»

«Findest du, du hast Stil?»

«Nein. Wenn ich Stil hätte, würde ich mich nicht mit Gesindel abgeben.» Er lachte. Carlo lachte mit. Jan verzog den Mund.

Röhmer stand von dem Regiestuhl auf und setzte sich zu Lia auf das Sofa.

«Tut mir leid. Ich wollte nicht, dass Carlo dir wehtut. Carlo wird sich bei dir entschuldigen, das verspreche ich dir. Aber erst musst du mir das Passwort verraten.» Er hielt ihr den Stick vors Gesicht.

«Ich weiss es nicht. Wenn ich es wüsste, hätte ich längst Kopien davon gezogen.»

«Verarsch mich nicht. Wie willst du wissen, was drauf ist, wenn du noch nicht reingeschaut hast?»

«Elena hat es mir gesagt.»

«Und du hast ihr einfach geglaubt?»

«Wieso sollte ich zweifeln?»

«Weil sie ein elendes Flittchen war? So eine erzählt viel. Mich hat sie von vorne bis hinten angelogen. Das Miststück.» Röhmers Gesicht lief rot an. «Du weisst, dass wir ein Paar waren.»

«Paar?»

«Ja. Paar. Bei uns heisst das so, wenn einer den anderen liebt.»

«Und warum hast du sie Pornos drehen und anschaffen lassen, wenn du sie geliebt hast?»

«Weil das unser Metier ist. Das Vögeln hat nichts mit Liebe zu tun. Davon leben wir. Das ist wie bei den Waffenhändlern. Sie leben vom Waffenverkauf. Das heisst noch lange nicht, dass sie Kriege wünschen. Aber Kriege gibt es nun mal. So wie es geile Böcke gibt.»

«Du widerst mich an.»

Röhmer packte sie am Kinn und drehte Lias Kopf so, dass sie ihn ansehen musste. Sein Druck war brutal. «Sieh mich an, du arrogante Ziege.»

Lia stöhnte.

«Ich widere dich an? Nur weil ich einen Markt bediene, den es nun mal gibt? Was ist mit dir? Warum stehst du wohl am Mikrofon und heuchelst Orgasmen? Aus Nächstenliebe?» Er gab ihr einen Stoss. Lia fiel gegen den Plüsch. «Dir geht es auch nur ums Geld. Genauso wie Elena. Also spiel hier nicht die Mutter Teresa. Wenn ich es will, vögelt dich Carlo so durch, dass du mit deiner eigenen Stimme nicht mehr lippensynchron bist. Und Kossowski hält die Kamera drauf. Das Ganze verkaufen wir dann unterm Ladentisch. Und weisst du was? Es gibt einen Haufen feiner Leute, die sich auf solche Streifen einen runterholen. Leute, die ich anwidere, wenn sie abgespritzt haben und am Sonntag nach der Kirche mit ihrer bigotten Frau am Kaffeetisch sitzen. Aber ich brauche nur zu warten, bis sie wieder geil sind. Dann stehen sie wieder bei mir an und betteln um Erlösung.» Röhmer war in Rage geraten. Er wischte sich mit einem Taschentuch die Stirn.

«Kossowski, mach diese dämlichen Scheinwerfer aus. Es ist viel zu heiss hier drin.»

Jan gehorchte.

«Das Passwort», sagte Röhmer.

«Hast du Elena umgebracht?»

«Nein. Das hätte ich nie gekonnt. Aber sie ist tot, weil du sie in die Sache gehetzt hast. Allein wäre sie da nie draufgekommen. Du bist für ihren Tod mitverantwortlich.»

Lia sah durch Röhmer hindurch. Ja, sie war mitverantwortlich. Das wusste sie selbst. Aber ausgerechnet von Röhmer wollte sie es nicht hören. Das Dreckschwein, das schon so viele Frauenleben ruiniert hatte.

«Ich frage nur noch ein Mal. Dann prügelt Carlo es aus dir raus.»

«Fick dich, Röhmer», hörte sich Lia sagen. Und es klang gut. Die Ohrfeige, die sie dafür von Röhmer kassierte, ebenfalls.

«Carlo. Ring frei für die nächste Runde.» Röhmer setzte sich auf den Regiestuhl. «Kossowski. Mach Licht und wirf die Kamera an.»

«Röhmer. Ich bitte dich. So etwas kann ich nicht. Das ist pervers.»

«Willst du mal echte Filme drehen? Mit einem richtigen Budget? Wenn Lia das Maul aufmacht, kurbelst du deine Streifen in Malibu oder in der Karibik. Dann ist es vorbei mit durchgerittenen Plüschsofas. Dann kriegst du Miezen vor die Flinte, die was auf sich halten. Keine Einwegpussys, sondern richtige Panther.»

Jan stand grinsend vor Röhmer, sah sich schon mit dem Porno-Award auf dem Podest. «Du hast recht, Röhmer. Aber müssen wir deshalb so eine Show abziehen? Ich meine, Lia wird es uns auch so sagen. Wenn sie es überhaupt weiss.»

«Sie weiss es. Habe ich recht, Lia? Aber sie will es uns nicht sagen. Weil wir in ihren Augen Abschaum sind. Auch du. Also: Scheinwerfer an, wir drehen.»

Jan sah zu Lia hinüber, neben der bereits geifernd Carlo auf dem Plüsch hockte und auf seine Klappe wartete.

«Soll ich mich schon ausziehen, Chef? Oder erst, wenn die Kamera läuft?»

«So wenig Haut wie möglich. Es muss überfallartig wirken. *Short and dirty*. Echt, nicht gestellt. Sei einfach, wie du bist. Komm aber nicht zu schnell.»

«Soll ich nicht Olaf anrufen? Er schiesst bessere Bilder. Echte Kracher», sagte Jan.

«Bist du verrückt? Wir drehen hier keine Fiktion, sondern Doku. Das muss dilettantisch aussehen. Dann verkauft es sich. Du kapierst auch gar nichts. Los. Leg an.»

Er drehte sich zu Lia. «Deine allerletzte Chance. Passwort oder Carlo.»

«Ich hatte es schon gesagt. Das Passwort heisst: ‹Fick dich!›»

«‹Lia von hinten› die erste. Und bitte.»

Jan steckte den Baustrahler ein und filmte aus der Hand. Carlo nestelte an seiner Hose. Lia wollte vom Sofa springen, aber Carlo drückte sie ins Polster zurück, versetzte ihr einen Schlag ins Gesicht und drehte sich in Position. Lia wehrte sich, aber Carlo hatte sie eingeklemmt.

«Mach schon», rief Röhmer.

«Ich habe nur zwei Hände. Sie hält nicht still.»

«Das ist ja der Witz an der Sache. Gib ihr noch eine. Am besten auf den Arsch. Dass es brennt. Dann wird sie schon vernünftig. Vielleicht gefällt es ihr sogar.»

Carlo gehorchte und schlug Lia hart auf den Hintern. Sie

verbiss sich den Schrei und presste die Schenkel zusammen. Carlo schob ihr den Rock hoch und riss die Strumpfhose runter.

«Na, geht doch. Weiter so.» Röhmer hatte seinen Spass.

Jetzt riss Carlo an Lias Slip. Der Stoff gab nach.

«Riech an dem Fetzen», sagte Röhmer. «Das kommt gut.»

Carlo tat es. Lia sah aus dem Augenwinkel hinaus. Weit und breit nichts, wonach sie greifen konnte, um Carlo eins zu verpassen. Sie war den Schweinen ausgeliefert. Über sich ergehen lassen und hoffen, dass sie es überlebte? Sie dachte an die vielen Porno-Darstellerinnen, die sie synchronisiert hatte. Einmal hatte ihr Laszlo den O-Ton der Szene zu hören gegeben. Ein junges Mädchen hatte geschrien vor Schmerzen und gebeten: «Jan, sag ihm, er soll nicht so hart stossen.» Und Lia hatte ihr dann in den Mund gelegt: «Ja, lang hin, er soll richtig hart stossen.» Es passte und veränderte die Szene. Sollte sie sich gleich selbst einen Text lügen? Vielleicht würde es helfen. Sie spürte die gierigen Hände Carlos an ihrer Hüfte, presste die Schenkel zusammen. Leicht würde sie es ihm nicht machen. Sie dachte an die Korkenzieherente. Ausgerechnet jetzt. Sie hatte gelesen, dass der Erpel dieser Gattung nur eine Chance auf einen Koitus hatte, wenn sich das Weibchen mit ihrer Gewindevagina auf seinen Korkenzieher drehte. Jetzt wäre sie gern so eine Ente gewesen.

Carlo keuchte ihr ins Ohr.

«Bist wohl aus der Übung?», sagte Röhmer. «Hab dich schon schneller erlebt.»

«Sie wehrt sich. Sie bewegt sich zu viel.»

«Sie sucht wahrscheinlich deinen kleinen Schwanz.» Röhmer und Jan lachten.

«Halt jetzt endlich still!», schrie Carlo. Er packte Lia stärker in die Seiten. Sie schrie auf, konnte dadurch nicht hören, was binnen drei Sekunden geschehen war. Sie spürte nur, dass Carlos Hände nicht mehr zupackten, er schlapp wie ein Sack auf ihr hing. Gehörte das zum Spiel? Sie wartete ohne sich zu bewegen. Lauschte. Stille. Dann rutschte Carlo von ihrem Körper, und eine andere Hand berührte sie. Ein hellbrauner Handschuh. Feines Leder berührte sie an der Schulter.

«Ziehen Sie sich an», sagte der Mann. Sehr kurze weisse Haare.

Ein weisser gestutzter Schnauz. In der Hand eine Pistole mit einem Schalldämpfer. Vom Porno mitten im Agenten-Krimi. Jedenfalls sah der Fremde aus, als wäre er aus einem Spionage-Thriller des Kalten Kriegs entstiegen. Freundlich und unerbittlich.

«Wer sind Sie?», fragte Lia.

Der Fremde antwortete nicht. Er ging zu Jan, der mit einer Kugel im Kopf tot neben Röhmer lag. Auch Röhmer hatte ausgelacht. Sein Einschussloch sass im Auge. Carlo hatte der Fremde ins Genick geschossen. Er bückte sich über Jan und nahm ihm die Kamera ab. Er öffnete sie, nahm den Chip heraus und steckte ihn ein.

«Sind sie so weit?», fragte er.

«So weit? Wozu?»

«Um von hier zu verschwinden.»

Lia nickte. Was blieb ihr übrig. Die nächste Kugel würde ihr gelten, wenn sie nicht spurte.

Er steckte die Pistole ein und winkte ihr zu. Sie verliessen das Studio.

«Was ist mit Olaf und Laszlo?», fragte Lia.

«Kenne ich nicht.»

«Ich meine, haben Sie die auch –?»

«Ich habe niemanden … es gibt mich nämlich nicht. Sie waren auch nie hier und haben niemals das hier besessen.» Er zeigte ihr den Stick, den er Röhmer abgenommen hatte, und öffnete eine Tür, über die man auf einer Stahltreppe auf die Strasse gelangte.

***

Graue Wolken hatten die Sonne verschluckt. Es begann wieder zu schneien. Diesmal keine Flocken aus der Weihnachtswerbung, dafür scharfes Pulver, das der eisige Wind in Nadeln verwandelte. Stahl hatte die Hände in seinen Manteltaschen vergraben, den Kragen gestellt und duckte sich unter den Nadelstichen des stiebenden Pulvers. Stoisch setzte er einen Fuss vor den anderen, lauschte dem gleichmässigen Tritt seiner Schritte. Jetzt blieb er stehen und schaute auf die Jugendstilvilla. Sie ähnelte der, in der er gestern mit Lia und Reschke übernachtet hatte. Aber vom Schnee bedeckt ähnelte sich alles. Die Verpackung machte gleich. Uniform. Er dachte an die Garde. Scheinbar alle gleich. Ein Verbund. Gelb-blau. Aber darunter lagen einige tiefschwarze Seelen. Stahl selbst skalierte sich bei Dunkelgrau. Gern hätte er sich heller gesehen.

Er klingelte und las die Lettern auf dem Messingschild. «Dr. Karl Werfel».

Hundegebell. Zwei Dobermänner peitschten durch den Schnee und sprangen wild hinter den schwarzen Gitterstäben. Ein strenger Pfiff rief sie zurück. Am Ende des verschneiten Wegs tauchte eine vermummte Gestalt auf, neben die sich die Hunde gesellten. Ein Mann. Er näherte sich, die Hunde blieben zurück. Zwei Schritte hinter dem Eisentor hielt er an und musterte Stahl. Ein dichter grauer Vollbart mit wenigen schwarzen Stellen platzte unter Schal und Wollmütze hervor. Unter buschigen Augenbrauen tanzten klare blaue Augen. Irgendwo im Dickicht versteckt öffnete sich der Mund. «Roger Stahl. Dass ich das noch erleben darf.»

«Wollen wir das Gespräch hier führen?», fragte Stahl, dem kalt wurde.

«Führten wir das letzte Gespräch nicht auch zwischen Gitterstäben?»

«Man kann Gewohnheiten auch ändern.»

«Du nicht. Sonst wärst du nicht hier.»

Sie sahen sich an. Regungslos. Zwei Schneemänner, die alles voneinander wussten. So, wie es nur gute Freunde konnten – oder Erzfeinde. Stahl und Werfel waren Erzfeinde. Der Walliser Werfel hatte Stahl, den Zürcher, nie leiden mögen. Er nahm es ihm übel, dass nicht sein Sohn Julien, sondern Stahl in die Gunst Holzers gekommen war. Obwohl die Werfels schon in der vierten Generation dem Vatikan dienten und Stahl ein dahergelaufener Kretin gewesen war. Ein Heimkind ohne Bildung und Anstand. Grob und hitzig. Einer, der bei der Fremdenlegion besser aufgehoben gewesen wäre. Einer, der für ein paar Dollar für jede Truppe marschierte. Ein Strassenjunge, der prügelte, wo andere den Verstand einsetzten, der immer wieder aufstand, wenn er sich die Knie blutig schlug, sich den Rotz abwischte und aufs

Neue anrannte. Selbst wenn es aussichtslos schien. Gerade das hatte Holzer gereizt. Er hatte Stahl als Blaupause für den neuen Kreuzritter genommen und ihm alles gegeben. Vorne und hinten hatten sie Stahl gefüttert. Mit Wissen und Fertigkeiten. Und er hatte es dankbar aufgesogen. Bis er aus allen Poren troff.

Werfel kam ans Tor und öffnete es. Stahl trat ein. Werfel schloss das Tor und stapfte stumm voraus. Die Dobermänner knurrten und fletschten die Zähne.

«Ruhig. Werdet nicht übermütig. Der Kerl bricht euch sonst das Genick. Da kennt er nichts», sagte Werfel und stieg an den Hunden vorbei eine steinerne Treppe empor, die zum Hauseingang führte.

Stahl folgte und war auf der Hut. Er traute Werfel keinen Meter über den Weg. Und je freundlicher er wurde, umso wachsamer musste Stahl sein.

«Klopf die Schuhe hier ab», sagte er und zeigte auf eine Fussmatte. Werfel selbst zog seine Stiefel aus und schälte sich aus der Vermummung. «Deinen Mantel kannst du hier aufhängen.» Er zeigte auf eine Garderobe, die mit Schnitzereien verziert war. Stahl kannte sie gut. Er war häufiger mit dem Camerlengo bei Kardinal Paulus gewesen. Die Schnitzereien hatten ihn schon damals beeindruckt. Auf der einen Seite Luzifer und Gefolge, auf der anderen die drei Erzengel. Stahl glitt mit den Fingerkuppen über Michael, der das Schwert schwang.

«Ein Erbstück», sagte Werfel. Sein Unterton war mindestens so scharf wie die Klinge des Erzengels. «Keiner wollte es haben. Niemand wollte etwas mit dem gefallenen Engel zu tun haben. Auf einmal war der Kardinal Karrieregift geworden. Vom Paulus zum Saulus.»

«Er war nie ein Paulus. Er hatte nur den Deckmantel eines Heiligen. Drunter wucherten Korruption und Verbrechen. Und das weiss keiner besser als du.»

«So, tu ich das? Bist du deswegen hier? Ich dachte, die Sache sei verjährt. Jedenfalls habe ich dafür meinen Teil getan.»

«Wieso bist du eigentlich schon wieder draussen? Hatten sie dir nicht fünfzehn Jahre verpasst?»

«Mir reichten die fünf, die ich dir zu verdanken habe.»

«Wer hat dich rausgeholt?»

«Die Einsicht der Justiz. Manchmal nimmt sie ihre Augenbinde nämlich ab und sieht, dass sie die Falschen verurteilt hat.»

Stahl entglitt ein bitteres Lachen. Er kannte die verschlungenen Pfade der italienischen Justiz. Sie streiften Vatikan und Mafia.

«Komm, wir gehen ins Cheminéezimmer. Dort ist es gemütlicher. Vielleicht entdeckst du ja noch ein paar andere Erinnerungen.» Werfel ging voran. Stahl bemerkte erst jetzt, dass Werfel sein rechtes Bein nachzog. Zuvor hatte er es der Vorsicht im Schnee zugeschrieben. Werfel schien Stahls Blick zu spüren. Er hielt an und drehte sich um.

«Ein Autounfall. Direkt, als mich Julien vom Gefängnis abgeholt hat.» Er sah Stahl scharf an. «Und das war kein Zufall. Damit kenne ich mich aus.» Er öffnete die Flügeltür, die ins Cheminéezimmer führte. Stahl roch das Harz von brennendem Birkenholz. Das gelbe Licht flackerte und tanzte gegen die graue Dämmerung. Neben dem Cheminée sass ein Mann auf einem Stuhl. Eine Wolldecke lag über seinen Beinen. Der Stuhl fuhr auf Stahl und Werfel zu.

«Julien hatte weniger Glück.»

Julien war dicker geworden. Ein schwarzer Rollkragenpullover sollte ihn schlanker wirken lassen. «Herzlich willkommen, Supermann», sagte Julien. «Wollen wir uns nicht setzen?» Er verzog keine Miene über seinen Selbstwitz.

«Ich hoffe, wir brauchen nicht so lange», sagte Stahl.

«Ich habe es nicht eilig. Den Wettlauf gegen die Zeit verliert man sowieso immer. Allenfalls ein Remis ist drin.»

«Was macht Holzer in der Stadt?», fragte Stahl.

«Holzer?» Julien zuckte mit den Schultern. «Woher soll ich das wissen. Sieh mich an. Mich sucht er bestimmt nicht. Ich bin zu nichts mehr zu gebrauchen. Jedenfalls, was Holzer interessieren könnte. Er braucht Männer wie dich. Schon immer. Echte Kreuzritter.» Er fuhr mit dem Rollstuhl zu einem Teewagen, auf dem Whiskey, Portwein und Martini in Flaschen auf Einsatz warteten.

«Einen Oban?», fragte Julien und wartete nicht auf die Antwort. Er goss zwei Gläser ein. «Vater, einen Port?»

Der Alte brummte, Julien schenkte ein. «Na, wie mach ich

mich als Kellner?» Er fuhr mit einem Glas auf Stahl zu und streckte es ihm hin. Stahl nahm das Glas. Werfel ging selbst zum Teewagen, nahm die beiden anderen Gläser, gab eines davon Julien und schnupperte am Portwein.

«Sie werden dir keine Wahl lassen», sagte Werfel. «Entweder du steigst wieder ein, oder du bist fertig.»

«Es macht für mich keinen Sinn mehr.»

«Holzer interessiert das nicht. Und die anderen noch weniger. Sie haben in dich investiert und wollen ihre Rendite kassieren.»

«Ich bin kein Söldner. Man kann mich nicht einfach kaufen. Und zwingen schon gar nicht.»

«So?» Werfel schluckte den Portwein. «Nicht einmal für Gott und die richtige Mission?»

«Ich glaube nicht mehr an die richtige Mission.»

«Wer vom Glauben abfällt, gilt als Feind, das weisst du. Hast du nicht die Ketzer gejagt? Sie ins Gefängnis gebracht? Ihr Schicksal dorthin getrieben, dass sie auf dem Abstellgleis stehen oder im Rollstuhl hocken?»

«Dafür kann ich nichts.»

«Natürlich nicht», sagte Julien. «Pontius Stahl wäscht seine Hände wieder in Unschuld. Das hat er gelernt. Dafür hat man in ihn investiert. Ein Zauberer, der immer die weisse Weste zeigen kann. Egal, wie viel Blut daran klebt. Er redet sie sich rein.» Julien nippte am Whiskey und fuhr auf Stahl zu. «Stahl, ich würde alles dafür geben, wenn sie nur ein Mal mich so hofieren würden. Ich habe gepaukt und gedient, mich verbogen und gezahlt, nur damit ich in den Kreis der Kreuzritter gelange. Und dir haben sie alles vorne und hinten reingeschoben. Von Anfang an. Du bist es ihnen schuldig.»

«Die Zeiten fordern Leute wie dich», sagte Werfel. «Egal, wie sehr ich dich hasse und dir den Tod wünsche. Aber ich weiss, dass du der richtige Mann bist.»

«Wofür der richtige Mann?», fragte Stahl.

Werfel zog die Mundwinkel theatralisch nach unten und die buschigen Brauen nach oben. «Wenn ich das wüsste, würden sie nicht Holzer schicken. Triff ihn, dann wirst du es erfahren.»

«Warum macht ihr kein Licht?» Eine Frauenstimme erhellte

den Raum. Stahl sah sich nach ihr um. Defne. Sie knipste zwei Stehlampen an und fror in ihrer Bewegung ein, als sie Stahl erblickte. «Roger. Was machst du denn hier?»

«Gute Freunde besuchen», sagte Werfel und setzte einen zynischen Lacher hinterher.

Stahl fand keine Worte. Sein Hirn versuchte, Zusammenhänge zu knüpfen. Defne war Expertin für Wertpapierhandel. Die Vatikanbank hatte sie einst von der Bank Leu abgeworben gehabt, und Defne hatte einige profitable Deals für Rom geschoben. Sie hatten sich auf einem Osterfest kennengelernt, als Stahl den Camerlengo begleitet hatte. Es hatte gefunkt, noch am selben Abend hatte sie ihn mit sich nach Hause genommen. Vier Wochen hatte die Liaison gedauert, dann war Defne plötzlich verschwunden. Kein Telefonat, keine SMS, keine Mail. Dafür eine Postkarte aus Südafrika. Sie hätte einen Diamantenhändler geheiratet. Es wäre für die Sache. Sie würde ihn immer lieben. Stahl wusste nicht, wovon sie sprach. Er hatte es für eine schale Ausrede gehalten, ihr kein Wort geglaubt. Diamanten wogen eben schwerer als das Monatsgehalt eines Gardisten. Für Stahl war die Sache erledigt gewesen. Und jetzt stand sie vor ihm. Schön wie immer. Ihr schwarzes volles Haar, das energische Kinn, die scharf gebogene Nase und die fast schwarzen Augen, denen nichts entging und die Herzen schmelzen konnten wie Frühlingssonne den Schnee. Schlank war sie. Sah aus wie vierundzwanzig. Dabei zählte sie schon siebenunddreissig. Die Mutter eine Türkin aus der gehobenen Bourgeoisie der Istanbuler Gesellschaft, der Vater ein Rohstoffhändler. Jetzt, da Stahl sie vor sich sah, wusste er, warum es mit Cecilia nicht hatte klappen können. Defne stand noch immer zwischen allem. Er dachte kurz an Lia. Sie ähnelten sich, obwohl sie doch völlig verschieden waren und Stahl keine der beiden Frauen wirklich kannte. Aber vielleicht war es gerade das, was die beiden verband? Ihr Geheimnis? Ihr offensichtliches Doppelspiel?

«Heimaturlaub?», fragte Stahl. «Oder lebst du hier?»

«Warum habt ihr mir nicht gesagt, dass er kommt?», fragte Defne und sah abwechselnd zu Julien und Werfel.

«Wir hatten ihn nicht so schnell erwartet», sagte Werfel. «Aber

Roger war schon immer schnell im Kopf. Das zeichnet ihn aus. Wäre er nur eine Bulldogge, würde man wohl kaum so einen Tanz um ihn veranstalten.»

«Tanz? Was für einen Tanz? Klärt mich jemand auf?» Defne war näher gekommen. Stahl spürte, wie ihn die Nähe bedrängte, obwohl es noch fünf Meter waren, die sie voneinander entfernt standen.

«Weisst du, dass Stahl jetzt Türsteher im Dolder ist? Ein tolles Karriereziel, findest du nicht? Stell dir vor, du würdest als Kassiererin am Schalter der Raiffeisenbank arbeiten.» Julien fand sich lustig. Es wirkte gezwungen. Er schien das Flimmern zwischen Defne und Stahl ebenfalls zu spüren.

«Du trinkst zu viel, Julien», sagte Defne.

«Ach ja? Wollen wir Stahl einen unserer typischen Ehezwiste bieten? Dann weiss er, dass er vielleicht doch noch eine Chance hat.» Julien leerte sein Glas und goss sich nach. «Da staunst du, Stahl, was? Defne und ich sind ein Paar. Ausgerechnet. Katz und Hund. Komm her, Defne, zeig dem Mann vom Sicherheitsdienst, dass du mich liebst.»

«Du bist geschmacklos.» Defne rührte sich nicht vom Fleck. Ihr Kinn wurde spitz wie ein Speer.

«Dafür schmeckt der Whiskey.» Er trank.

Werfel ging zu ihm und nahm ihm das Glas aus der Hand. «Reiss dich zusammen.»

Julien trank aus der Flasche. Werfel riss sie ihm vom Mund. Julien grinste ins Leere.

«Siehst du, was ihr aus ihm gemacht habt?»

«Wir?», fragte Stahl.

«Ja, es waren deine Leute, die den Unfall verursacht haben.»

«Ich habe keine Leute mehr. Ich bin draussen.»

«Red keinen Blödsinn. Du bist nie draussen. Auch Defne dachte, sie wäre draussen, nachdem van Bargen gestorben war.»

«Musste sie deswegen Julien heiraten?»

«Liebe. Es ist Liebe. Hab ich recht? Defne, sag ihm, dass es Liebe ist.» Julien fuhr auf sie zu, bremste vor ihr ab und sah sie scharf an. Defne schwieg. Julien fuhr aus dem Zimmer.

Werfel sah ihm nach und drehte sich dann wieder zu Stahl.

«Vor seinem Unfall war er anders. Da hätte aus ihm und Defne etwas werden können. Ist doch so, Defne, oder?»

Defne schwieg weiter.

«Manche Spiele sind einfach beschissen. Man kann sie nicht gewinnen.» Er verliess ebenfalls das Zimmer. An der Tür drehte er sich um. «Auch du nicht, Stahl.» Er ging.

Im Cheminée krachte ein Holz. Ein Brocken Glut sprang heraus und glomm auf den Kacheln. Stahl sah dankbar hinein. Defne kam näher. Bis auf einen Meter. Er brauchte nur die Hand nach ihr auszustrecken und sie an sich zu ziehen. Er sah weiter auf die Glut. Sie erlosch.

«In welchem Spiel steckst du?», fragte sie.

Er sah sie an. «Vermutlich im selben wie du.»

«Sie wollen dich nicht gehen lassen.»

«Scheint so.»

«Hast du wirklich geglaubt, sie tun dir den Gefallen?»

«Ich habe es gehofft, nach allem, was ich für sie getan habe.»

«Es ist nie genug. Man ist immer in der Schuld. Seit der Vertreibung aus dem Paradies.» Sie nahm seine Hand.

Stahl durchschoss es. Er hätte die Hand gern zurückgezogen. Aber er schaffte es nicht. Wärme tat gut. Und Defne konnte Wärme geben. Umso kälter war es, wenn sie sie entzog.

«Seit wann seid ihr verheiratet?», fragte er.

«Seit zwei Jahren.»

«Liebe oder Geld?»

«Pflicht.»

«Und van Bargen?»

«Ist tot.»

«Auch Pflicht?»

«Erraten.»

«Warum hast du es mir nie gesagt?»

«Hätte es etwas geändert?»

«Ich wäre dir hinterhergeflogen.»

«Dann wären wir jetzt beide tot.»

«Oder mit einem Koffer Diamanten abgetaucht.»

«Romantiker.»

«Hexe.»

«Aber eine gute.»

«Natürlich.»

Sie waren sich mit jedem Wort näher gekommen. Jetzt trennten sie nur noch dreissig Zentimeter voneinander. Defne lächelte breit und zeigte ihre weissen Zähne. Einer ihrer oberen Schneidezähne schob sich leicht vor den anderen. Ein Makel, den Stahl schon immer bestaunte und der ihre übrige Schönheit umso mehr betonte.

Ihre Zähne verschwammen, weil Defne noch näher kam. Nase an Nase, die Augen schliessend, die Lippen schürzend. Kein Kuss, dafür heisser Atem und Herzen, die höher schlugen. Defnes Hand drückten Stahls Finger, ihre Wange schmiegte sich gegen seine. Dann liess sie los und trat einen Schritt zurück. «Pass auf dich auf», sagte sie.

Stahl spürte, wie die losgelassene Hand zu frieren begann. Er ging an Defne vorbei. Er glaubte, eine Träne zu sehen, die ihr über die Wange kullerte. Noch ehe er die Tür erreichte, sagte sie: «Und falls du über einen Koffer Diamanten stolpern solltest, denk an mich.»

«Bestimmt», sagte er und ging.

***

«Wer sind Sie? Was wollen Sie von mir? Sie haben den Stick. Dann können Sie mich doch gehen lassen.» Lia sah den Fremden, der sie vor wenigen Minuten aus den Klauen Röhmers gerettet hatte, von der Seite an. Er setzte den Blinker und bog von der Bellevuestrasse in eine kleine Seitenstrasse.

«Ich heisse Holzer. Und ich arbeite für einen besonderen Zweig der Schweizergarde», sagte er. «Meine Abteilung achtet darauf, dass alles im Gleichgewicht bleibt.»

«Was soll das heissen?»

«Würde ich es Ihnen erklären, würde etwas ins Ungleichgewicht fallen. Verstehen Sie?»

«Nein.»

«Gut so.»

«Wollen Sie mich verarschen? Oder ist das ein Koan?»

Holzer schmunzelte. Anders konnte man das minimale Zucken seines weissen Schnäuzchens kaum nennen.

«Wenn Sie mich jetzt gehen lassen, sage ich das Passwort.»

«Das Passwort interessiert mich nicht.»

«Was? Wieso nicht?»

«Erstens, weil Sie es nicht wissen. Zweitens, weil der Stick leer ist.»

«Er ist leer?»

«Ja.»

«Aber wieso? Ich habe die Liste doch gesehen.»

«Sie werden vergessen, dass Sie sie gesehen haben. Das ist Ihre Chance zu überleben.»

«Klar. Es gibt keine Liste. Und es gibt keine Toten.»

«Sehr gut.»

«Und Sie und Ihre Spezialabteilung der Schweizergarde gibt es auch nicht. Wozu auch?»

«Ausgezeichnet.»

«Und mich? Gibt es mich?»

«Kommt drauf an, wer Sie sein wollen.»

«Wer darf ich denn sein?»

«Eine Frau, die so tut, als gäbe es eine Liste.»

Er parkierte den Mercedes unter verschneiten Tannen.

«Leuchtet mir ein», sagte Lia.

Der Mann mit dem Schnauz schmunzelte wieder. «Wenn Sie Ihre Sache gut machen, hätte ich vielleicht einen Job für Sie.»

«Danke. Ich kann aber nicht schiessen.»

«Der Vatikan plant eine neue Bibel-Edition als Hörbuch. Im Trend von Gender denken einige Leute, dass es ganz gut sein könnte, wenn eine Frau die Erzählerstimme spräche.»

«Scherzen Sie?»

«Natürlich. In meiner Luger waren auch nur Platzpatronen.»

Er stieg aus dem Wagen und öffnete Lia die Tür. «Kommen Sie. Wir haben nicht viel Zeit.» Er ging an den Kofferraum und entnahm zwei Papiertaschen von Dolce & Gabbana.

«Zeit wofür?»

«Uns fein zu machen.» Er reichte Lia die beiden Taschen. «Wir sind auf einem Empfang eingeladen. Ich hoffe, die Sachen passen Ihnen. Zur Sicherheit habe ich zwei verschiedene Grössen genommen.»

Er schlug den Deckel des Kofferraums zu und stieg die verschneiten Stufen zum Hauseingang empor. Lia folgte ihm.

***

«Ich dachte schon, Sie wären ohne mich auf die Malediven», sagte Fromm, als Stahl zur Tür hereinkam. Es roch nach Curry. Fromm kam aus der Küche gehumpelt. Er hatte sich eine Schürze umgebunden. Ein Überbleibsel von Albin. «Haben Sie Hunger? Ist gleich fertig.» Er verschwand in der Küche.

Stahl legte den Mantel ab und ging an den fast leeren Bücherregalen vorbei. Nur noch ein paar Schinken waren übrig geblieben. Der Rest war ins Antiquariat Fetz gewandert. Stahl hatte schon mehrmals überlegt, ob er die letzten Bücher ebenfalls verhökern sollte. Viel Geld würde er dafür nicht bekommen. Aber es war ein willkommener Vorwand. Er hätte Hedwig nach Cecilia fragen können. Vielleicht wäre sie sogar im Antiquariat gewesen. Zufällig. Der Zufall hatte es ja auch gewollt, dass er Defne wiedergetroffen hatte. Ausgerechnet bei Werfel. Als Frau von Julien. Wie konnte es dazu kommen? Verstrickung. Mehr fiel ihm dazu nicht ein. Einfach nur Verstrickung.

Er nahm ein Buch aus dem Regal und setzte sich damit ins Wohnzimmer auf einen der Ledersessel. Er starrte eine Weile auf den Einband. Es war handgebunden. Ein seltenes Exemplar. Ein Original. Vielleicht gab es ein paar Fotokopien davon. Aber in Druck war es nie gegangen. Es war Spinnerei. Jedenfalls für jene, die es nicht lesen konnten. Denn man musste es lesen können. Das konnte man aber nur, wenn man wusste, worum es in dem Buch überhaupt ging. Stahl wusste es. Er war lange genug ein Teil des Buches. Und er hatte seine eigene Seite herausreissen wollen. Aber anscheinend klebten geschickte Buchbinder sein Blatt wieder ein, schrieben es neu, oder es wuchs von allein nach. Er klappte es auf. «Verstrickungen. Von Giorgio Alba.» Giorgio Alba war ein Pseudonym. Wer das Buch tatsächlich verfasst hatte, blieb ein Geheimnis. Manche tuschelten, dass es Kardinal Brighella selbst gewesen war.

Auf den ersten Blick machte das überhaupt keinen Sinn. Denn das Buch prangerte vor allem Brighella selbst an. Seine Machenschaften mit der Mafia, Korruptionen, die sich vom italienischen Staat bis nach Afrika und Südamerika zogen, interne Machtkämpfe und Logen des Vatikans, Bankgeschäfte mit Brokergiganten der Wall Street. Diamantenhandel mit Südafrika. Und spätestens in diesem Strang des Buches fand sich Stahl wieder. Nicht namentlich. Aber als Prototyp. Er blätterte bis zu dem Kapitel mit der Überschrift: «Diamantenblut». Und las. «Zu Gentleman-Agenten ausgebildete Gardisten übernehmen riskante Diamanten-Transporte aus Minen, die mit dem Blut missionierter Afrikaner geschürft werden. Getarnt als Diplomaten tragen die Agenten Depeschen und Verträge in ihren Koffern, die besagen, dass der Vatikan den Bau von Spitälern und Schulen unterstützt. Damit der Koffer auf der Heimreise nicht ungenutzt bleibt, schmuggeln die Agenten Diamanten aus dem Land, die dann über Rom nach Antwerpen gelangen.»

«Wollen wir hier essen oder in der Küche?», fragte Fromm.

Stahl lugte hinter dem Buch hervor. Fromm sah unwirklich aus in Albins Schürze, den Kochlöffel in der Hand. Alles war unwirklich. Immer gewesen. Von Anfang an. Seit er den Fahnenschwur geleistet hatte, war das Leben ein Traum geworden. Jetzt ein Alptraum, aus dem es kein Entkommen gab. Ein Labyrinth ohne roten Faden. Wer war Fromm? Was spielte er hier? Warum war er plötzlich Koch? Er sollte doch der gierige Millionenbetrüger sein, auf den ein Kopfgeld von anderthalb Millionen Euro ausgesetzt war. Ausgesetzt von Reschke. Der war jetzt tot. Und Holzer hatte ihn umgelegt. Und Stahl sollte Holzer treffen, weil man ihn wieder einbinden wollte. Er sollte wieder Teil des Buches werden. Ein Buch, das keinen Autor brauchte. Geschichten, die sich von selbst schrieben. Jeden Tag. Gesponnen von den Moiren. Gestrickt von Dämonen. Auch Chefkoch Fromm war ein Teil davon. Alles hing mit allem zusammen. Wer glaubte, er wäre frei, machte sich zum Narren. Wer einmal von dem Apfel gekostet hatte, hatte keinen Anspruch mehr auf das Paradies. Nur die Busse konnte ihn retten. Die katholische Kirche hatte es über Jahrtausende verstanden, Schuld mit Verstrickung zu schnüren. Da gab es kein Entkommen. Dieses Knäuel konnte kein Schwert der Welt durchschlagen. Da durfte man nur auf die Gewalt der sieben Posaunen hoffen, die allem ein Ende bereiteten. Oh, bekiffter heiliger Johannes. Hirngewaschener Mensch. Hast auch du die Verstrickung nur im Rausch ertragen?

Stahl klappte das Buch zu. «In der Küche», sagte er zu Fromm.

Fromm verschwand in die Küche. Stahl hörte das Klappern von Töpfen und Tellern. Er stand auf, stellte das Buch ins Regal zurück und setzte sich an den Küchentisch.

«Eigentlich müsste es einen Tag ziehen. Dann wäre es perfekt», sagte Fromm und servierte Stahl das Curry. «Ich hoffe, es ist nicht zu scharf. Zur Not können Sie sich den Gaumen mit Joghurt kühlen.» Er setzte sich zu Stahl an den Tisch und sah ihn auffordernd an. «Guten Appetit.»

«Gleichfalls», sagte Stahl und gabelte das dampfende Gericht.

Fromm lauerte, bis Stahl die Gabel endlich in den Mund schob. Er tat es.

«Und?»

Stahl kaute langsam, schluckte und löffelte Joghurt.

Fromm lachte. «Zu scharf? Tut mir leid. Aber ich vergreif mich manchmal. Ich liebe es scharf. Am Anfang ging es mir wie Ihnen. Ich habe mehr Joghurt gegessen als Curry. Aber man gewöhnt sich daran.» Er schob sich ebenfalls eine Gabel in den Mund. «Wie man sich an alles gewöhnt. Zwei Jahre bin ich jetzt schon auf der Flucht. Am Anfang war es die Hölle. Jetzt ist es Alltag. Heute hier, morgen dort. Gejagt von drittklassigen Detektiven, hofiert von geldgierigen Arabern, um Rat gebeten von Finanziers der katholischen Kirche. Schmeckt gut. Habe mich mal wieder selbst übertroffen. Ich lobe mich gern. Das ist wichtig. Vor allem, wenn einen der Rest der Welt als Arschloch anprangert. Loben Sie sich auch? Oder kriegen Sie genug positive Rückmeldung von aussen? Vergessen Sie aussen. Machen Sie sich frei davon.»

«Warum liefere ich Sie nicht einfach der Polizei aus oder suche die Hintermänner, die das Kopfgeld auf Sie ausgesetzt haben, kassiere die Kohle und setze mich ab? Warum sitze ich hier mit Ihnen und esse scharfes Curry?», fragte Stahl mehr sich selbst.

«Weil mein Curry verdammt gut ist?»

Stahl schluckte und sah durch Fromm hindurch.

«Oder weil Sie ahnen, dass es gar kein Kopfgeld gibt? Dass Reschke nur Teil einer Inszenierung war, um an Sie ranzukommen?»

Stahl nahm Fromm wieder wahr. «Ist es so? Oder wollen Sie mit dem Märchen Ihren Kopf retten?»

«Glauben Sie es, oder glauben Sie es nicht. Es gibt kein Kopfgeld. Jedenfalls keines, von dem ich weiss.»

«Warum sollte ich Ihnen glauben?»

«Weil es Sinn macht.» Fromm ass munter weiter. «Und weil es die Wahrheit ist.» Er spülte mit Wasser nach, unterdrückte einen Rülpser und wischte sich den Mund mit einer Serviette ab. «Wollen Sie die ganze Geschichte hören? Wir haben noch Zeit, bis wir Holzer treffen. Und ich finde es nur fair, wenn Sie Bescheid wissen.»

«Erzählen Sie.»

Fromm holte tief Luft, sah sich dann in der Küche um und fragte: «Haben Sie keinen Wein hier? Irgendetwas Stimmungsvolleres als Wasser?»

«Erzählen Sie.»

«Gut. Auch wenn die Story mehr Beiwerk verdient hätte.»

Stahl sah ihn ungeduldig an.

Fromm genoss es. Er reckte sich und lehnte sich zurück. «Wissen Sie, wie Sie mir vorkommen? Wie all meine Klienten, die es nicht erwarten konnten, ihr Geld bei mir anzulegen, in der Hoffnung auf die grosse Rendite. Die Gier ist Ihnen in den Augen abzulesen. Die Gier nach Wahrheit. Selbst wenn es eine gut verpackte Lüge ist. Sie würden Sie kaufen, weil Sie eine Logik brauchen. So wie die Anleger den Gewinner in sich spüren müssen, so brauchen Sie eine Boje, an die Sie sich klammern müssen, damit Sie nicht in Sinnlosigkeit ersaufen.»

«Sie haben gar keine Geschichte.»

«So? Habe ich nicht?»

«Sie bluffen. Das ist Ihr Metier. Sie verkaufen heisse Luft. Mehr nicht.» Stahl wollte aufstehen.

«Erinnern Sie sich an Elena, wie sie Ihnen einen langen Blick zugeworfen hatte, als sie die Treppe im Dolder hochging? Ich war nicht dabei. Wie sollte ich es wissen.»

Stahl setzte sich wieder.

«Es war abgesprochen, dass Elena das tut. Sie wusste nicht, warum. Ich hatte es ihr aufgetragen. Aber ich wusste auch nicht, warum sie es tun sollte. Die Aufgabe kam von Holzer. Als sie am nächsten Morgen tot im Wald lag, wusste ich, wieso. Sie war der Köder, um Sie ins Spiel zu bringen.»

«In was für ein Spiel?»

«Der Stick. Elena hatte mir den Stick gestohlen. Wir brauchten jemanden, der ihn wieder besorgte. Reschke war drittklassig. Eine schöne Tote und Belohnung auf meinen klugen Kopf sollten Sie motivieren, einzusteigen. Der Stick ist Millionen wert. Kann aber blitzsaubere Karrieren mit einem Schlag vernichten.»

«Woher haben Sie ihn?»

«Ich habe ihn ja nicht mehr. Den hatte die hübsche Freundin von Elena. Lia. Und die ist jetzt bei Holzer.»

«Also hat er den Stick.»

«Scheint so.»

«Und wozu braucht er jetzt noch mich?»

«Das wird er Ihnen heute Abend erzählen. Ich habe keine Ahnung.»

«Ihre Geschichte ist dünn.»

«Ich kann sie noch etwas ausschmücken.»

«Was ist mit Yasmin?»

«Eine andere Geschichte. Hat nichts mit Ihnen zu tun. Ich sollte sie heiraten, dafür hätte ich einen Porno-Handel zwischen Röhmer und Dubai ins Rollen gebracht. Ein Vermittlungsdienst, der mir gleichzeitig Asyl gebracht hätte. Der Deal ist geplatzt.» Er trank Wasser und verzog das Gesicht. «Wasser passt nicht. Nicht zu den Geschichten, die ich Ihnen erzähle.»

«Und Bogner, Merkel und Hug? Was ist mit denen?»

«Statisten und Staffage. Man braucht sie für Botendienste. Das kennen Sie doch.» Er lachte dünn. Stahl glaubte, in Fromms Augen ein kurzes Glitzern zu sehen, das ihn verriet. Es ging um mehr. Stahl spürte es. Die Story mochte stimmen, aber sie war lauwarm, nur die Spitze des Eisbergs. Wenn es den Stick gab und er wirklich so wertvoll sein sollte, wäre Fromm längst ein toter Mann. Es sei denn, er hatte sich so gut abgesichert, dass sich keiner an ihn ranwagte. Stahl musste Holzer treffen. Er wollte Gewissheit.

***

Lia war satt. Sie schob die Hälfte der Pizza von sich. «Wollen Sie noch? Ich kann nicht mehr.»

«Danke. Nein», sagte Holzer. «In meinem Alter hat man nicht mehr so viel Appetit. In keiner Hinsicht.»

«Wie alt sind Sie?»

«Im nächsten Jahr werde ich siebzig.»

«Zeit, in Pension zu gehen.»

«Für unsereins gibt es keine Pension. Oder haben Sie schon mal einen Kardinal gesehen, der in Pension geht?»

«Wenn der Papst das kann, kann ein Kardinal das doch auch?»

«Benedikt ist ein Sonderfall.»

«Wieso?»

«Ökonomische und politische Zwänge forderten seine Pension.»

«Konkret?»

«Imagewechsel, Trikotverkauf. Der Vatikan ist eine Mischung aus Weltunternehmen, Staat und Fussballverein. Da braucht es die richtigen Gesichter zum richtigen Zeitpunkt.»

«Und Franziskus ist jetzt das richtige Gesicht?»

«Die Mehrheit denkt so. Und sie scheint richtigzuliegen.»

«Und Sie? Was denken Sie?»

«Was ich denke, ist zweitrangig. Ich glaube und handle. Das ist mein Job.»

«Sie sind also ein Kardinal?»

«So etwas in der Art. Kardinal im Aussendienst. So könnte man es nennen.» Er gähnte. «Versprechen Sie mir, nicht abzuhauen, wenn ich mich zwanzig Minuten hinlege?»

«Das kann ich nicht.»

Er lächelte. «Sie gefallen mir. Aber Sie sind nicht nur hübsch, sondern auch klug. Und deswegen werden Sie hierbleiben, bis die Sache durchgezogen ist. Immerhin winkt eine Stange Geld.»

«Davon hatten Sie noch nichts gesagt.»

«Möglich. Manchmal vergesse ich Dinge. Vor allem, wenn sie zweitrangig sind.»

«Geld ist zweitrangig? Sie legen ohne mit der Wimper zu zucken Leute um, nur wegen eines Sticks, der Millionen wert ist. Was tun Sie dann erst für erstrangige Dinge? Und was sollte das sein?»

«Werte. Christliche Werte. Das sind erstrangige Dinge. Und dafür zogen die Kreuzritter einst nach Jerusalem.»

«Macht. Es geht um Macht.»

«Es geht um den richtigen Glauben.»

«Es geht nie um den richtigen Glauben. Es geht immer nur um die Macht, die man unter dem Deckmantel des Glaubens ausüben kann.»

«Das ist billig. Aufklärerisches Gewäsch von Narren, die die Hand Gottes nie gespürt haben.»

«Haben Sie sie gespürt?»

«Mehrfach. Ich wäre nicht mehr am Leben, hielte Gott nicht seine schützende Hand über mich.» Er stapelte die Pappkartons, aus denen sie die Pizza gegessen hatten, und stopfte sie in einen Plastiksack. «Die dürfen wir nachher nicht vergessen. Wir wollen keine unnötigen Spuren hinterlassen.» Er gähnte. «Es wird Zeit. Ich muss mich wirklich kurz hinlegen. Der Abend wird unsere ganze Wachheit fordern.» Er stand auf, ging durch den Raum und setzte sich auf den Holzboden. Er griff unter sein Jackett und zog die Luger. Dann legte er sich auf den Rücken und schloss die Augen. Die Luger lag in seiner Linken. Nein. Lia würde nicht versuchen abzuhauen.

ZEHN

Stahl stieg aus dem Taxi und liess Fromm bezahlen. Er wollte an den Angestellten vorbei. Der Sicherheitsmann, der nun statt Stahl den Eingang des Hotels bewachte, hinderte ihn daran.

«Ich muss dich erst Hug melden. Tut mir leid», sagte er.

Stahl hatte seinen Namen vergessen. Oder besser: Er hatte ihn nie gewusst. Ein mit Eiweisspulver aufgepumpter Fleischberg, der gern über den Abschaum der Gesellschaft lästerte. Stahl war ihm einmal übers Maul gefahren, seither hatten sie kein Wort mehr miteinander gewechselt.

Fromm kam hinzu. «Gibt es irgendwelche Probleme, Herr Kainz?», fragte er und lächelte den Fleischberg an. Der sah irritiert zwischen Stahl und Fromm hin und her.

«Wir sind mittlerweile gute Freunde geworden. Machen Sie sich keine Sorgen. Ich passe auf ihn auf. Er wird keinen Unsinn machen.»

«Wenn Sie das sagen. Ich muss es trotzdem meinem Vorgesetzten melden.»

«Natürlich.» Fromm sah überrascht auf den Boden und bückte sich.

«Nanu, was haben wir denn da? Haben Sie das verloren?» Fromm griff nach etwas, richtete sich auf und streckte Kainz die Hand hin. Eine Zweihunderternote. Kainz sah irritiert drauf, nahm sie und steckte sie schnell ein.

«Ihr Schuh ist offen», sagte Fromm.

Kainz sah an sich hinunter. Beide Schuhe waren ordentlich gebunden.

«Nein. Ich würde besser nachsehen. Vielleicht haben Sie noch eine Note verloren?» Fromm zwinkerte ihm zu. Kainz tat so, als würde er verstehen, und bückte sich, um sich den Schuh zu binden. Dabei hoffte er auf eine weitere Note.

«Gehen wir», sagte Fromm, und er fühlte sich in seinem Element.

Stahl folgte dem humpelnden Fromm in Richtung Lift. Die

Manschette half. Dennoch war er langsam. Zu langsam, um die Strecke ungehindert bis zum Lift zurückzulegen. Schon stand Schwientek vor ihnen.

«Herr Fromm, wir dachten schon, Sie prellen die Zeche.»

«Seit wann muss ich hier zahlen? Mir gehört doch der Laden.»

Schwientek lächelte gezwungen, liess sich aber nicht abwimmeln. «Es geht nicht um Ihr Appartement. Ein Herr Reschke ist ohne zu zahlen abgereist. Es ist nur eine Nacht. Er war gestern Ihr Gast. Sie erinnern sich?»

«Ungern.»

Schwientek wusste mit der Antwort nichts anzufangen.

«Setzen Sie es mir auf die Gesamtrechnung.»

«Das geht nicht. Wegen der Buchhaltung. Das sind getrennte Bereiche, Sie verstehen.» Schwienteks Stimme bekam den Ton der Diskretion.

«Natürlich.» Fromm stieg sofort darauf ein und wollte mit Stahl weiter. Schwientek verstellte ihm dezent den Weg. «Wenn Sie das jetzt gleich angehen würden, wäre mir das angenehm. Dann wäre die Sache aus der Welt. Was getan ist, ist getan.»

Fromm verdrehte die Augen. «Manchmal gehen mir diese Schweizer ordentlich auf den Wecker.» Er drehte sich zu Stahl. «Machen Sie es sich gemütlich. Ich bin gleich wieder zurück.» Fromm humpelte hinter Schwientek zur Rezeption.

Stahl liess sich auf einen Sessel der Sitzgruppe fallen, von dem er Lift und Eingang im Blick behalten konnte. Ohne Fromm kam er nicht in das oberste Stockwerk. Stahl besass keine Magnetkarte in den Himmel des Dolder. Er sah zu Kainz hinüber und erinnerte sich daran, wie er bis gestern noch selbst dort gestanden hatte. Austauschbar. Funktionssoldat. Irgendjemand übernahm immer den Platz, den man räumte. So wichtig konnte keiner sein, dass er nicht zu ersetzen wäre. Und trotzdem liessen sie ihn nicht in Ruhe. Erst wenn er tot wäre, würden sie ihn aufgeben. Solange er noch lebte, war er wichtig und scheinbar unersetzbar für Holzer und die Kreuzritter. Und wenn er sich für die Sache aufgeopfert hätte, dann würden sie ihm ein Ehrengrab schaufeln und einen Hohlkopf wie Kainz an seinen Platz stellen. Nein. Keinen Hohlkopf wie Kainz. Sie würden schon darauf achten, dass sie sich wieder einen Elite-Ritter züchteten. Einen, der ins Profil passte. Einen, der sich nur durch hohes Risiko für die gerechte Sache sein Selbstwertgefühl sichern konnte. Einen, dem es nicht genügte, einfach nur Boxer oder Lehrer zu sein. Einen, der die Abgründe der Welt kannte, sich dort zu Hause fühlte und romantisch genug war, an das Happy End für die Menschheit zu glauben. Einen Idioten. Einen wie Stahl. Wie viele gab es noch davon? Stahl kannte keinen mehr. Julien vielleicht. Aber Julien hatte sich von seinem Vater korrumpieren lassen. Und jetzt sass er im Rollstuhl. Dafür gehörte ihm Defne. Synchronizität? Die Tür des Lifts öffnete sich. Defne trat heraus. Sie trug ein rotes Abendkleid. Stahl kniff die Augen zusammen und sah erneut hin. Kein Traum. Sie war es wirklich. Es war nicht das erste Mal, dass er so ein Erlebnis hatte. Einmal hatte er in Rom innerhalb eines halben Tages eine Kindergartengruppe an drei völlig verschiedenen Orten gesehen. Und immer hatten sie dasselbe Lied gesungen. «Il coccodrillo come fa?» Die Melodie schoss ihm in den Kopf. Absurd. Defne im roten Abendkleid und ein italienisches Kinderlied im Sinn. Er selbst sass im Ledersessel des Dolder, philosophierte über die Austauschbarkeit des Menschen und wartete auf einen Ganoven, der ihm die Tür zum Treffen mit einem anderen Ganoven öffnen sollte. Und Defne? Natürlich. Sie war eingeweiht. Steckte mit drin.

Sie hatte ihn gesehen und schien nicht überrascht, ihn hier anzutreffen. Ein Anruf nach oben. Vermutlich von Fromm. Die Sache mit Schwientek und Reschkes Zimmer war nur inszeniert, damit Fromm telefonieren konnte. Auch die Nummer mit Kainz gehörte zu der Schmierenkomödie. Stahl kannte diese Spielchen nur zu gut. Er selbst hatte Hunderte solcher Shows geplant und geleitet. Sie waren für ihn immer gut ausgegangen. Die Opfer hatten stets verloren. Jetzt hatte er die Rolle des Opfers. Würde auch er verlieren?

«Hallo, Roger», sagte Defne. «Schön, dass du gekommen bist.»

«Das wusstest du doch.»

«Ich war mir nicht so sicher. Aber es schmeichelt mir. Immerhin ist es schon eine Weile her. Und die Zeit löst Bande.»

«Nicht, wenn einer mein Profil hat.»

Sie lachte und zeigte ihren schlanken Hals. Sie liess nichts aus, zog ihre Register. Stahl wusste es, und trotzdem stieg er darauf ein. Zu schön, die Verlockung, es könnte echt sein. Und was war schon daran, dass es verlogen war? Solange jemand so gut lügen konnte wie Defne, war es schon wieder wahr. So, wie schlecht gelebte Wahrheit eine Lüge war.

«Worum geht es?», fragte Stahl. «Warum das ganze Affentheater?»

«Eine Art Prüfung.»

«Prüfung?»

«Sie wollen erst testen, wie gut du noch bist, bevor sie dich zurückholen.»

«Aber ich will gar nicht zurück.»

«Wohin willst du dann?» Sie setzte sich zu ihm. «Sieh dich doch um. Das hier ist doch nichts für dich.»

«Ich arbeite nicht mehr hier.»

«Ich weiss. Und was hast du vor? Stehst du morgen vor irgendeinem Kaufhaus? Oder schiebst du Wache vor einem Juweliergeschäft?» Sie lächelte mitleidig. «Stell dir das vor. Du bewachst die Diamanten, die dir gehören könnten.»

«Mir hat nie etwas davon gehört. Ich habe es für die Sache getan.»

«Du wurdest aber gut bezahlt für deinen Samariterdienst. Und du brauchst Geld. Du warst nie ein Mönch. Und das wirst du auch niemals sein. Du liebst das Schöne. Und das Schöne kostet.»

Er sah sie an. Sie war schön. Wunderschön. Und sie würde kosten. Für Stahl unbezahlbar.

«Was muss ich tun?», fragte er.

«Keine Ahnung. Das weiss nur Holzer.»

«Bringst du mich zu ihm?»

«Ja.»

«Und Fromm?»

«Ist abgespielt.»

«Legt ihr ihn um?»

«Nein. Er kostet zwar, aber es rechnet sich. Seine Kontakte sind weltweit und bis in die oberen Spitzen. Auf so einen muss man achtgeben. Er wird wieder seinen Einsatz kriegen. Aber aus deiner Sache ist er draussen.»

Stahl wollte sie jetzt gern küssen. Er begnügte sich damit, ihr nur in die Augen zu sehen. Sie erwiderte seinen Blick für drei Sekunden. Nicht länger. Und trotzdem drang es tief und murmelte in seinem Bauch.

«Ich würde mich freuen, wenn du die Prüfung bestehen würdest. Dann könnte ich mich von Julien frei machen.»

Spielte sie so verdammt gut, oder hoffte sie wirklich darauf, dass Stahl und sie wieder zusammenkämen? Er wollte es gern glauben. Aber er wollte keine Prüfung ablegen. Wieso sollte er eine Prüfung ablegen, wo er doch nicht dorthin wollte, wohin ihn das Bestehen der Prüfung führen würde? Es hatte ihn unendliche Kraft gekostet, sich von dem Haufen zu entfernen. Und doch: Defne und die Vergangenheit zogen stärker als sein Wille. Er war ein Spieler. Immer gewesen. Das wussten sie. Sie hatten ihn studiert. Kannten ihn in- und auswendig. Vor allem, wenn Einsatz und Risiko sich die Hand gaben, war er zu haben. Und jetzt lag Defne wie ein roter Jeton auf dem Grün. Die Kugel war bereits geworfen, das Rad drehte sich. *Rien ne va plus.*

***

«Sie haben verstanden, was Sie zu tun haben?», fragte Holzer.

Lia nickte und nagte an ihrer Oberlippe. So etwas hatte sie noch nie getan. Aber Holzer hatte gesagt, dass es für sie ein Kinderspiel wäre. Und er musste es wissen. Er war lange dabei. Sie war nicht die Erste, die er rekrutierte.

«Wieso ich?», fragte sie.

«Weil Sie noch am Leben sind. Sie haben alle bisherigen Prüfungen gemeistert.»

«Weil Sie mir geholfen haben. Röhmer hätte mich erledigt.»

«Sie hätten auch Röhmer überlebt. Der hätte Sie nicht untergekriegt.»

«Woher wollen Sie das wissen?»

«Ich kenne Ihre Biografie. Ihre Geschichte. Und Ihren inneren Motor. Ich weiss, wie Sie ticken. Das ist mein Job. Seit fünfundvierzig Jahren studiere und wähle ich Menschen für Operationen aus. Und ich habe mich selten geirrt.»

«Und bei Stahl? Haben Sie sich da geirrt?»

Holzer fuhr den Wagen auf den Parkplatz. «Aussteigen. Den Rest fahren wir mit der Bahn. Und dann zu Fuss.»

Lia gehorchte und folgte Holzer durch den Schnee zur Bahnstation.

«Ich verrate Ihnen ein Geheimnis», sagte Holzer.

Lia spitzte die Ohren.

«Ich habe die Zahnradbahn als Modell zu Hause bei mir stehen. Auch den Adlisberg. Ich liebe Modelle. Wer am Modell übt, macht weniger Fehler.»

Sie sah ihn an. Er lächelte kalt. «Stahl. Ja. Vielleicht habe ich mich in ihm geirrt. Könnte sein.»

Er löste zwei Billette am Automaten und gab Lia eines davon.

«Vielleicht ist er aber die Krönung meiner Modelle. Das wird sich zeigen.»

Die Bahn fuhr ein. Eine Familie mit drei Kindern sprang heraus, eine ältere Frau mit einer Krücke hatte Schwierigkeiten, vom Waggon auf den Bahnsteig zu kommen. Holzer half ihr. Sie lächelte dankbar und humpelte davon.

«Nach Ihnen», sagte er.

Lia dachte nicht daran abzuhauen. Holzer würde sie finden. Sie musste mitmachen. Nicht nur, weil sie Angst um ihr Leben hatte. Sie wollte auch mitspielen. Er hatte sie richtig eingeschätzt. Bei ihr hatte er ins Schwarze getroffen. Plötzlich fühlte sie sich wichtig. Eine Schattenfrau. Sie tat etwas, was kein Alltag war. Sie hatte es immer gewusst. Alles war möglich. Jede Geschichte, die gedacht wurde, konnte Gestalt annehmen. Vom Gedanken zur Tat. Ihr schwindelte vor Aufregung, bei etwas dabei zu sein, was ihr niemand glauben würde. Doch. Einer würde ihr glauben. Einer, der ihr beigebracht hatte, dass niemals nur das existierte, was man sehen konnte, sondern es auch Handlungen gab, die im Dunkeln lagen und die durch die sichtbaren kaschiert wurden. Ihr Vater. Der Zauberer. Aber er lebte nicht mehr. Jedenfalls nicht sichtbar. In ihrem Kopf war er allgegenwärtig. Ein fernes Ideal. Ein Modell-Mentor. Sie sah zu Holzer. Er erinnerte sie an ihren Vater. Das schmale Schnäuzchen. Ja. Holzer war auch ein Zauberer. Sie würde ihm vertrauen. Er hatte sie vor Röhmer gerettet und hielt sie für stark. Endlich jemand, der ihre Fähigkeiten erkannte. Sie würde Holzer nicht enttäuschen. Sie war eine gute Tochter.

Die Bahn ruckelte an.

***

Fromm war nicht mehr von der Rezeption zurückgekommen. Er hatte seinen Part gespielt und war draussen.

«Gehen wir?», fragte Defne.

Stahl nickte und drückte sich aus dem Sessel. Er ging neben Defne zum Lift. Ein italienisches Pärchen wollte ebenfalls nach oben. Sie drückten die Drei. Defne die Zwei. Stahl stutzte. Er dachte, sie würden sich ganz oben mit Holzer treffen. Der Lift hielt im zweiten Stock. Defne und Stahl stiegen aus. Der Lift fuhr mit den Italienern weiter. Defne ging voran, durch den Gang. Stahl folgte. Vor Zimmer 205 blieb sie stehen und öffnete mit dem elektronischen Schlüssel die Tür.

«Nach dir», sagte sie und lächelte Stahl zweideutig an. «Wir haben noch ein wenig Zeit, ehe Holzer eintrifft.»

Holzer verspätete sich nie. Aber Defnes Augen und die Aussicht auf eine erotische Neuauflage ihrer einstigen Duelle liessen ihn in die Falle tappen. Er spürte einen dumpfen Schlag auf dem Hinterkopf und taumelte zu Boden. Benommen hielt er sich den Schädel. Ein Tritt ins Gesicht, und er fiel nach hinten. Alles drehte sich. Er kämpfte gegen die Ohnmacht an und starrte in das verschwommene Gesicht des Mannes, der über ihm stand, den Totschläger in der Hand. Julien. Ohne Rollstuhl. Sie hatten ihn geleimt.

«Es ist genug», sagte Defne. «Sie wollen ihn lebend.»

«Das versteht kein Mensch.» Julien packte Stahl am Kragen und schleifte ihn ans Bett. Dort fesselte er ihn mit den Händen hinter dem Rücken an einen Bettpfosten. Stahl liess den Kopf hängen. Der Schädel brummte, er blutete aus der Nase.

«Hol ein nasses Handtuch. Er versaut hier alles.» Juliens Stimme war hart. Stahl hätte so nie mit Defne gesprochen. Sie gehorchte. Kurze Zeit später wischte sie sein Gesicht sauber. Er sah sie an. Sie wich ihm aus. Die dunklen Augen flohen vor seinem fragenden Blick.

«Na, Supermann? Wie fühlt man sich am Boden?» Julien stand breitbeinig vor ihm. «Du bist echt alt und müde geworden. Früher wäre dir so etwas nicht passiert. Ich weiss wirklich nicht, warum Holzer auf dich scharf ist.»

«Was willst du von mir? Rache?», fragte Stahl.

«Vielleicht. Aber nur ein bisschen. Rache ist Schwäche. Wer rächt, ist anfällig. Das weisst du doch. Jede Emotion macht dumm. Hätte nicht gedacht, dass dir Defne noch so viel bedeutet. Aber ich kann es verstehen. Sie ist zauberhaft.»

Er packte Defne an der Taille, zog sie an sich und drückte ihr einen Kuss auf den Mund. Defne stiess sich von ihm ab. «Hör auf mit dem Blödsinn. Ich mag das nicht.»

«Entschuldige, Liebling. Aber ich möchte, dass er sieht, wie glücklich wir sind.»

«Wer Glück beweisen muss, besitzt es nicht», sagte Stahl.

«Oh. Kalenderspruch 117 vom Camerlengo? Darauf antworte ich: Wer eine grosse Klappe riskiert, kriegt sie gestopft. Ursache und Wirkung.» Er schlug zu. Defne wischte nach.

«Wo ist Holzer?», fragte Stahl.

«Keine Ahnung. Irgendwo hier im Hotel wird er sein und auf dich warten. Aber er wird dich nicht zu Gesicht kriegen. Wäre ohnehin verlorene Liebesmüh. Wir ersparen ihm einen grossen Irrtum.»

«Was habt ihr vor?»

«Du wirst es nicht glauben. Auf deinen Kopf ist ein Preisgeld ausgesetzt. Es gibt Leute aus Rom, die zwei Millionen Euro auf deinen Schädel setzen. Unfassbar. Aber wahr. Ich weiss nicht, was du denen getan hast, dass sie dich jagen lassen.»

«Wer?»

«Will ich nicht wissen. Wir liefern dich beim Postboten ab. Wohin der dich bringt, ist mir egal. Hauptsache, wir sehen uns nie wieder.»

«Wäre auch besser für dich.»

Julien schob den Unterkiefer vor. «Ich weiss. Aber das Risiko muss ich eingehen. Du hast nicht gesehen, wie es bei uns wirklich aussieht. Der Schnee verpackt selbst Lumpen in weissen Nerz. Wir sind verarmt. Können jede finanzielle Hilfe brauchen. Und für zwei Millionen riskiert man schon mal etwas. Da haben wir doch schon für weniger unseren Arsch verwettet, nicht?»

«Das schafft ihr nie. Wie wollt ihr mich ungesehen nach Rom bringen? Ausserdem beisse ich euch bei nächster Gelegenheit die Kehle durch.»

«Keine Sorge, Hannibal, wir tun gar nichts. Wir haben unsere Sache bereits getan. Wir geben uns mit der Hälfte des Kopfgelds zufrieden. Die andere Hälfte übernimmt der Postbote.»

Es klopfte rhythmisch an der Tür. Ein Zeichen, dass es nicht der Zimmerservice war. Defne öffnete.

«Da kommt er schon. Einen Moment.» Julien zückte sein iPhone und wischte ein paarmal mit den Fingerkuppen über den Screen. «Bingo. Das Geld ist überwiesen. Das Paket gehört Ihnen. Defne?»

Defne sah Stahl nicht mehr an. Sie verschwand mit Julien aus dem Zimmer. Dafür stand ein grosser Mann vor ihm. Über zwei Meter. Am linken Knie trug er eine Schiene. Fromm.

«Ich hoffe, es ist nicht zu unbequem», sagte er und zog sich selbst einen Stuhl heran, auf den er sich setzte. «Verwirre ich Sie?», fragte er.

«Ein wenig.»

«Tut mir leid. Aber das Spiel ist nicht immer ganz einfach. Manchmal verliere sogar ich den Überblick. Das kommt davon, wenn man in mehreren Clubs Mitglied ist.»

«Und für welchen Club spielen Sie jetzt gerade?»

«Kleiner Verein. Nichts Berühmtes. Aber durchaus ambitioniert. Hat nur wenige Mitglieder. Einem davon scheinen Sie aber unlängst mächtig auf die Zehen getreten zu sein. Bolongaro. Sagt Ihnen der Name etwas?»

«Nein.»

«Gut so. Bolongaro ist der Präsident des kleinen Clubs. Sie kaufen Politiker, schieben Diamanten und positionieren Kardinäle. Das übliche Geschäft, wenn man ganz oben mitmischen will.»

«Was habe ich damit zu tun?»

«Sie haben ihm einen seiner besten Leute gekillt. Bei Ihrer letzten Aktion in Kapstadt.»

«Marlowe?»

«Richtig. Marlowe. Was für ein Künstlername für einen Söldner. Jedenfalls war Marlowe so etwas wie ein Patenkind von Bolongaro. Obendrein sein bestes Pferd im Stall. Für einen kleinen Club ein herber Schlag. Das sehen Sie bestimmt ein.»

«Und was will Bolongaro von mir?

«Ihren Kopf.»

«Und den sollen Sie ihm bringen?»

«Ja.»

«Mit dem Knie? Das schaffen Sie nie.»

«Ich schneide Ihren Kopf ab und bette ihn in eine Hutschachtel. Und jeder italienische Zöllner denkt, es sei ein Panettone.» Er verzog sein Gesicht zu einem kindlichen Grinsen.

«Er will mich lebendig.»

«So? Wer sagt das?»

«Julien.»

«Dieses Plappermaul. Sein Niedergang ist nicht aufzuhalten. Die eine Million wird ihn davor nicht schützen. Was Defne nur an ihm findet. Wenn Sie mich fragen, sie sollte ihn schleunigst verlassen. Noch wirkt sie wie Mitte zwanzig, obwohl sie schon auf die vierzig zugeht. Sie könnte noch einen alten Geldsack abkriegen. Aber sie setzt auf Julien. Wenn Sie mich fragen, ihm fehlt der letzte Biss. Kind reicher Eltern. Generationendegeneration.»

«Was kriegen Sie, wenn Sie mich abliefern?»

«Ich rede ungern über Geld. Ich mache welches.»

«Ich zahle Ihnen das Doppelte.»

Fromm lachte schallend. «Das war gut. Sehr gut. Woher wollen Sie Geld nehmen? Etwa aus Ihrem Fonds, den Sie bei mir angelegt hatten?» Fromm wischte sich mit einem blauen Stecktuch die Tränen aus den Augen. «Sie sind sehr witzig. Wirklich, Stahl.» Er atmete tief durch. «Ich mag Sie. Also nehmen Sie die Sache nicht persönlich. Es geht mir auch nicht um das Geld, das ich kassiere. Ich bin Bolongaro einen Gefallen schuldig. Das Honorar ist ein Trinkgeld für guten Service. Nicht der Rede wert.» Er sah Stahl mit gespieltem Mitleid an. «Ich kann leider nichts tun. Mir sind da die Hände gebunden. Verbindlichkeiten. Furchtbar. Als junger, naiver Mensch glaubt man, mit Geld könnte man sich die Welt und die Freiheit kaufen. Aber man schlittert von einer Verbindlichkeit in die nächste. Ein Gefallen hier, ein Gefallen dort – und schon steckt man mit dem Hals in der Schlinge.» Er setzte sich aufs Bett und stöhnte auf, als er das verletzte Knie unbedacht beugte.

«Verdammt. Wissen Sie, was das für mich bedeutet, dass Yasmin tot ist?»

«Weniger Geld.»

«Geld. Geld. Ich höre immer nur Geld. Geld interessiert mich nicht. Es ist nur Mittel zum Zweck. Freiheit. Kapieren Sie das endlich. Bewegungsfreiheit in einem Käfig, in dem wir alle von Stange zu Stange hüpfen. Der Dubai-Clan wird mich für Ihren Tod verantwortlich machen. Unfall hin oder her. Kurz: Jetzt habe ich auch die an den Hacken.»

«Sie haben mein Mitleid.»

«Zynisch sein kann jeder.»

«Was erwarten Sie von mir?»

«Gar nichts.» Er sah zu Stahl hinab. «Oder doch. Machen Sie einfach keine Faxen und reisen Sie mit mir nach Rom. Wenn Bolongaro Ihren Kopf hat, hilft er mir bestimmt in der Sache mit Dubai.»

«Wie war das eben mit dem Zynismus?»

«Das ist kein Zynismus. Das ist Fakt. Sie sind so oder so erledigt. Entweder Bolongaro oder Holzer. Pest oder Cholera. Ich finde, auf dem Weg zum Schafott können Sie wenigstens noch eine gute Tat vollbringen. Und Sie müssen noch nicht einmal dabei etwas tun. Einfach nur brav sein.»

«Ist mir schon immer schwergefallen.»

Es klopfte rhythmisch an der Tür.

«Ja. Bitte», sagte Fromm und sah auf Hug und Kainz, die ins Zimmer traten.

Stahl hätte es wissen müssen. Natürlich war Hug längst gekauft. Söldner. Wohin man sah. Kainz beugte sich zu Stahl hinab und band ihn los. Hug kontrollierte mit der Luger in der Hand, dass alles glattlief. Stahl wehrte sich nicht. Es machte keinen Sinn. Hug würde Stahl bei dem geringsten Widerstand eine Kugel in den Oberschenkel verpassen.

Kainz schob Stahl vor sich her. An Fromm und Hug vorbei.

«Wir sehen uns in Rom», sagte Fromm und legte sich aufs Bett.

Stahl wurde von Hug und Kainz aus dem Zimmer geführt.

***

Sie hatten einen Hintereingang ins Dolder genommen. Einen Lift im neuen Gebäude. Holzer drückte den obersten Knopf. Der Lift setzte sich fast unmerklich in Bewegung. Nur ein Pling-Geräusch und eine Frauenstimme aus dem Lautsprecher behaupteten, dass der Lift angekommen war. Holzer zog eine Magnetkarte durch das elektronische Schloss. Der Lift öffnete sich. Holzer trat aus dem Lift. Lia folgte ihm. Vor einer Zimmertür blieben sie stehen. Holzer klopfte an. Lia konnte nicht erkennen, ob es sich um einen bestimmten Klopfcode handelte. Die Tür wurde geöffnet. Sie traten ein. Zwei Gorillas nahmen sie wortlos in Empfang. Einer der beiden führte sie durch einen Gang, der in einem grossen Zimmer mündete, dessen Fensterfront den Blick auf Zürich freigab. Vor dem Fenster stand ein elegant gekleideter Mann mittleren Alters, der die Lichter Zürichs genoss. Erst als der Leibwächter sich zurückzog, drehte sich der Mann um. Holzer machte einen leichten Knicks und verbeugte sich formell. Der Mann nickte.

«Lassen Sie uns allein», sagte er.

Holzer zog sich zurück.

«Setzen Sie sich bitte.» Er schob einen Stuhl zurecht, den er Lia anbot. «Geniessen wir den Ausblick.» Sein Deutsch war gut, aber der italienische Akzent unüberhörbar.

«Wer sind Sie?»

«Ihr Mentor», sagte er und zeigte mit der Hand auf den leeren Stuhl.

Lia setzte sich. «Und wie heissen Sie?»

«Lesen Sie keine Zeitungen?» Er setzte sich neben sie.

«Kaum.»

«Ist auch besser so. Das Wesentliche erfährt man darüber ohnehin nicht. Es sei denn, Sie beherrschen es, zwischen den Zeilen zu lesen.»

Sie sah ihn an. Er war ein hübscher Mann. Nicht ganz so smart wie Stahl, aber er erinnerte an ihn.

«Was wollen Sie von mir?»

«Hat Ihnen Holzer das nicht gesagt?»

«Er sagte nur, dass er eine Aufgabe für mich hätte, von der niemand erfahren dürfte.»

«Geheimniskrämer.» Er schlug die Beine übereinander. «Nehmen Sie es ihm nicht krumm. Er ist so erzogen. Wir alle sind so erzogen. Geheimniskrämerei, das ist unser Geschäft. Wir handeln mit Geheimnissen. Seit zweitausend Jahren. Immer sind wir die Verfolgten. Erst waren es die Römer, dann die weltlichen Kaiser, und heute sind es Schnüffler wie Wikileaks oder Geheimdienste, die uns aushorchen wollen. Dagegen haben wir uns bislang immer erfolgreich gewehrt. Aber die Zeiten sind härter geworden. Das Internet, die digitale Verbreitung und Vervielfältigung einer Information machen es schwerer, Geheimnisse zu bunkern.»

«Und was kann ich dabei tun?»

«Sie können uns helfen, einen Gralsschützer zurückzugewinnen.»

«Stahl?»

«Exakt.»

«Aber warum ich?»

«Er ist ein verdammt guter Kreuzritter. Aber er hat eine kleine Schwachstelle. Die müssten Sie bereits bemerkt haben.» Er sah sie zweideutig an. Lia errötete.

«Genau. Frauen. Besser gesagt, ein gewisser Typ Frau.»

«Blondinen?»

Er lachte. «Nein. Die Haarfarbe ist ihm egal. Er liebt Abenteurerinnen. Frauen, die etwas mehr riskieren als der Rest der Welt. Für sie verlässt er Haus und Hof, ist er imstande, den grössten Blödsinn zu veranstalten. Er wirkt wie ferngesteuert, hat er sich erst einmal verrannt.»

«Und Sie glauben, ich bin der Typ Frau?»

«Ich vertraue in dieser Hinsicht voll und ganz auf Holzer. Er hat Sie studiert und beobachtet. Andere Frauen wären in dieser Geschichte längst auf der Strecke geblieben. Sie sind hier. Und Sie haben noch immer den Stick mit den Dateien.»

«Holzer hat ihn.»

«Wer ihn von uns hat, ist einerlei. Wir gehören zusammen – wenn Sie wollen. Wir zwingen Sie nicht. Man kann niemanden zum rechten Glauben zwingen. Man kann aber abwägen und sich klar werden, wo die richtige Macht sitzt. Und wenn man schlau ist, schliesst man sich ihr an.»

«Habe ich eine andere Wahl?»

«Man hat nie eine Wahl. Man entscheidet scheinbar frei, aber es ist immer ein Selbstbetrug. Ein Betrug, der nichts Schlechtes an sich ist. Er schützt das Ego vor der Erkenntnis der eigenen Nichtigkeit.» Er neigte seinen Kopf zu ihr herüber. «Betrügen Sie sich. Tun Sie so, als würden Sie sich frei entscheiden. Wählen Sie die aufgeblasene Wichtigkeit und stellen Sie sich in den Dienst der Sache.»

«Welcher Sache?»

«Unserer.»

«Welche ist das?»

«Der wahre Glaube. Das Reich Gottes.»

«Und was muss ich dafür tun?»

«Adam mit dem Apfel ködern.»

Sie sah ihn mit grossen Augen an. Er lachte. «Entschuldigen Sie. Die Metapher bot sich an.»

Holzer trat ins Zimmer. «Er wird gerade hochgebracht.»

«Gut. Sehr gut. Ist Fromm mit dabei?»

«Nein. Er ist unten und ruht sich aus. Sollen wir ihn erledigen?»

«Auf keinen Fall. Geben Sie ihm den Stick zurück. Aber erst, nachdem Sie ein paar Namen von der Liste gelöscht haben. Mit dem Rest soll er machen, was er will.»

Holzer nickte und zog sich zurück.

«Und jetzt sage ich Ihnen, was Sie für sich und uns tun können.»

***

Stahl musterte Hug. Hug sah an ihm vorbei auf die Elektronik. Der Lift schwebte nach oben.

«Gehören Sie dazu? Oder sind Sie nur kurzfristig gekauft?», fragte Stahl.

«Gemietet. Man kann mich nicht kaufen. Nur mieten.» Hug sah Stahl an. Sein Ausdruck veränderte sich nicht. Er hätte ebenso gut weiter auf die Elektronik stieren können. Stahl spürte den Lauf der Luger in seinem Rücken. Kainz würde nicht zögern, abzudrücken. Trotzdem musste er handeln, ehe sie aus dem Lift draussen waren. Stahl wusste, dass es vorbei war, wenn Holzer ihn in den Klauen hatte. Holzer würde ihn weichreden. Stahl so lange umgarnen und schmeicheln, bis er umkippen würde. Und dann würde er ihn mit nach Rom nehmen. In Klausur. Sie würden ihm das Hirn waschen und ihn wieder dorthin trimmen, wo sie ihn haben wollten: Kreuzritter in Mission. Im besten Falle würde er enden wie Holzer. Als Ausbilder und Scout. Aber so alt würde Stahl nicht werden. Die Gegner würden ihn bald vom Feld räumen. So wie sie es mit den anderen bereits getan hatten. Keiner war mehr übrig von der Diamanten-Crew. Sie hatten alle erledigt. Und der grosse Gegenspieler, van Daal, lebte noch immer.

Der Lift stoppte. Hug griff in die Innentasche seines Jacketts und zog die Magnetkarte hervor. Er wollte sie durch den Schlitz ziehen. Stahl verhinderte es. Es lief blitzschnell ab. Stahl schlug Kainz den Hinterkopf gegen das Nasenbein. Hug trat er das Knie weg. Beide jaulten. Stahl setzte Hug einen Kinnhaken, Kainz bekam die Faust in den Solarplexus. Dann direkt zwei Handkantenschläge gegen den Hals. Sie lagen auf dem Boden wie Kartoffelsäcke. Hug war bereits bewusstlos. Kainz tastete nach seiner Luger. Stahl trat ihm auf die Finger und setzte einen zweiten Handkantenschlag an die Aorta. Jetzt verstummte auch Kainz. Stahl hob die Luger auf und steckte sie ein. Dann beugte er sich über Hug und nahm ihm die Magnetkarte aus der Hand. Er zögerte. Warum fuhr er nicht runter, verliess das Hotel und warf den ganzen Ballast von sich? Was interessierten ihn Holzer, die Kreuzritter und der Papst? Es war doch vorbei. Aber sie würden ihn nicht in Ruhe lassen. Täglich würden neue Reschkes und

Fromms vor seiner Tür stehen, ihm in Parks und Bars auflauern. Warum quälten sie ihn? Warum begriffen sie nicht, dass er mit den Nerven am Ende war? Er sah auf seine Hand. Sie zitterte. Sie gehörte nicht ihm. Sie sah aus wie seine, am Gelenk tickte dieselbe Uhr – doch sie verriet ihn. Sie tat, was er nie getan hätte. Sie zog die Magnetkarte durch den Schlitz. Die Tür öffnete sich. Stahl sah sich selbst dabei zu, wie er den Lift verliess und den Gang entlangschritt. «Kehr um», schrie es in ihm. «Kehr um.» Es klang von fern und hatte keine Chance, seinen Schritt zu bremsen. Er ging weiter.

Er kannte die Tür, auf die er zuschritt. Aus ihr war tags zuvor Fromm mit Yasmin gekommen. Jetzt öffnete sie sich wieder. Stahl legte sofort die Luger zum Schuss an. Er lief im Killermodus. Es gab jetzt kein Privat mehr. Nur noch die Angelegenheit. Auch wenn es in eigener Sache war.

Stahl stutzte, als er sie erkannte. Sie rannte auf ihn zu. Die Haare zerzaust, der Blick verstört. Sie drehte sich nach hinten um. Sie hatte Stahl noch gar nicht wahrgenommen. Sie musste gegen Stahl stossen. Er trat zur Seite und drückte sich gegen die Wand. Lia lief an ihm vorbei. Hatte sie ihn tatsächlich nicht gesehen? Was tat sie hier? Sie rannte auf den Lift zu. Die Tür stand noch offen. Mit einem Satz war sie drin. Sie würde nicht abhauen können. Ohne Magnetkarte kam sie nicht fort. Oder besass sie eine?

Stahl sah zu der Tür, aus der sie geflohen war. Ein Mann erschien. Breitschultrig. Ein Sicherheitsmann. Stahl zögerte nicht, er riss die Luger hoch und drückte ab. Die Kugel traf in die Schulter. Der Mann wurde vom Einschlag umgerissen. Aus dem Lift klangen hysterische Flüche. Lia begriff, dass sie in der Falle sass. Stahl war unentschlossen. Sollte er weitergehen? Holzer am Ende des Ganges treffen und alles beenden? Dafür musste er Holzer töten. Zwei weitere Männer erschienen in der Tür. Einer kümmerte sich um den Verletzten, der andere legte mit einem Präzisionsgewehr auf Stahl an. Er würde ihn abknallen wie einen Hasen im Käfig. Stahl musste schiessen oder irgendwie in den Lift kommen. Zwei Schüsse, die ihr Ziel verfehlten, und ein Sprung in Richtung Lift. Über ihm pfiff eine Kugel und schlug

Putz aus der Wand. Er robbte und rollte sich in den Lift. Eine weitere Kugel krachte. Auch die verfehlte ihn.

Lia kreischte und hielt sich die Ohren zu. Stahl schob sie zur Seite und zog die Magnetkarte durch den Schlitz. Er hörte Schritte und Stimmen im Gang. Eine davon erkannte er wieder. Er hätte sie aus Tausenden herausgehört. Nasal und blechern. Holzer.

«Stahl, bleib hier! Früher oder später kommst du doch zurück. Wo willst du sonst auch hin?»

Die Lifttür schob sich zu, der Lift fuhr nach unten. Lia glitt mit dem Rücken an der Wand des Kastens hinab und kauerte schluchzend zwischen Hug und Kainz, die noch immer bewusstlos am Boden der Kabine lagen.

«Nicht schiessen. Bitte nicht schiessen.» Lia drückte ihren Kopf zwischen die Knie und hielt sich die Ohren zu.

Stahl hatte auf «Erdgeschoss» gedrückt. Der Lift glitt runter. Sie würden es nicht wagen, ihn im Parterre aufzuhalten. Kein Aufsehen erregen. Das war Holzers oberste Maxime.

Der Lift setzte sanft auf. Die Tür schob sich auf. Stahl sah zu Lia. Er ahnte, dass es ein Fehler war. Aber er tat es. Er nahm sie bei der Hand, zog sie hoch und ging mit ihr aus dem Lift. Wie ein verstörtes Kind trottete sie an seiner Hand neben ihm her.

Sie gingen durch die Empfangshalle. Stahls Augen scannten jeden Zentimeter. Niemand von Hugs Leuten zu sehen.

«Stahl», rief eine Stimme. Stahl drehte sich um. Die Luger sass eingeklemmt zwischen Hosenbund und Kreuzbein. Ein Griff, und es würde knallen.

«Können Sie mir vielleicht sagen, wo Hug ist?»

«Keine Ahnung.»

«Und Kainz?»

«Ich habe keinen Dienst. Bin privat hier.»

Schwientek sah auf Lia.

«Verstehe. Aber Sie haben nicht eingecheckt. Sie wissen, dass so etwas bei uns nicht geht. Wir sind kein Stundenhotel.»

«Das ist meine Schwester. Ich habe ihr nur mal gezeigt, wo ich arbeite.»

«Sightseeing. Verstehe. Das sehen wir aber auch nicht so gern.»

«Sie können es ja für sich behalten.»

«Gern. Dafür schaffen Sie jetzt die besoffenen Iren aus dem Bistro-Bereich und besorgen die Autoschlüssel für den Van, der den ganzen Eingang versperrt.» Schwientek zeigte mit dem Finger zum Ausgang. Stahl sah einen grünen Van, der schräg auf der Strasse parkiert stand und die Zufahrt blockierte.

«Wird erledigt», sagte Stahl. Er drehte sich zu Lia. «Du kannst dort auf mich warten.» Er zeigte zu den Ledersesseln am Eingang. «Bin gleich wieder zurück.»

Er liess Lia stehen und ging zügig ins Bistro. Drei Iren sangen munter Heimatlieder. Keinesfalls aggressiv, dafür laut und raumgreifend. Stahl rückte an sie heran und wandte sich an den Kräftigsten. *«Who ist the owner of the van?»* Der Ire grinste und sah zu den beiden anderen. Die lachten und sangen fröhlich weiter. Es machte ihnen Spass, dem Hotelpersonal einen Streich zu spielen. *«Who is who?»,* grölten sie im Chor. *«Who is who?»* Sie lachten laut und tanzten Ringelreih.

Stahl hatte für weitere Mätzchen keine Zeit. Jederzeit konnte Holzer auftauchen oder ihm vor dem Hotel bereits den Weg abschneiden. Er schlug allen dreien hintereinander kräftig die Faust ins Gesicht. Drei Nasenbeine knackten. Der Gesang verwandelte sich in Stille und Stöhnen. Gäste schreckten hoch. Eine vornehme Dame in Pelzweste kreischte.

Stahl griff den verdatterten Iren nacheinander in die Innentaschen ihrer Jacketts. Beim zweiten hatte er bereits Glück. Er fand einen Autoschlüssel mit Golfball als Anhänger. Er packte den Iren am Kragen und zeigte ihm den Schlüssel. Der Ire nickte ängstlich. Stahl liess ihn los und eilte aus dem Bistro. Er passierte Schwientek. «Ich dachte, Sie wären im diplomatischen Dienst gewesen, als Sie im Vatikan arbeiteten. So hätte das jeder Preisboxer lösen können.»

Stahl hätte es sich verkneifen müssen. Aber er konnte nicht. Er schlug Schwientek ebenfalls auf die Nase. Es knackte. Im Ton etwas höher als bei den Iren. Schwientek taumelte jammernd zu Boden. Stahl lief weiter.

Lia kauerte auf einem Ledersessel und liess den Kopf hängen. Die blonden Haare verdeckten ihr Gesicht. Sie sah aus, als hätte sie die Nacht durchgezecht oder sich Betäubungsmittel eingeworfen. Stahl lief auf sie zu, packte sie im Vorbeigehen an der Hand und zog sie aus dem Polster. Jetzt musste es schnell gehen.

«Wenn du trödelst, lass ich dich zurück», sagte er. Er zog sie hinter sich her und zielte mit dem Schlüssel auf den Van. Die Schlösser sprangen auf. Stahl verfrachtete Lia auf den Rücksitz. «Leg dich hin. Da bist du am sichersten.»

Er drückte sich hinter das Lenkrad, zündete den Motor und fuhr los. Ein Blick in den Rückspiegel zeigte ihm Aufregung unter den Hotelfahrern. Aber niemand dachte an eine Verfolgung. Ausser Holzer. Der würde nicht lockerlassen.

ELF

Lia lag auf der Rückbank des Vans und sammelte sich. Sie hatte sich selbst überrascht. Erst hatte sie gedacht, sie könnte das nicht. Aber dann nahm sie die Situation real. Sie spielte nicht nur, sie erlebte es. Also log sie nicht. Daran musste sie glauben. Sie musste glauben, dass alles echt war, was sie spielte. Das hatte ihr Holzer in der kurzen Zeit eingebläut. «Glaube daran.» Immer wieder. «Es ist der Glaube, der Berge versetzt.» Und jetzt war sie tatsächlich in dem Glauben, von Stahl gerettet zu werden. Dabei würde sie ihn in die Falle locken.

«Alles klar dort hinten?», fragte Stahl.

«Geht so. Darf ich mich hinsetzen?»

Stahl sah in den Rückspiegel. Die Strasse war dunkel. Keine Autolichter, die auf Verfolger schliessen liessen. Er nickte. Lia setzte sich so hin, dass sie durch die Vordersitze gucken konnte.

«Was wollte Holzer von dir?»

«Holzer?»

«Ein älterer Mann mit einem weissen Schnäuzchen.»

«Heisst er so?»

«Hat er sich anders genannt?»

«Er hat sich nicht vorgestellt. Er hat nur Röhmer und dessen Kumpels abgeknallt, als ich bei Jan ein paar Takes synchronisiert hatte. Mich hat er mitgenommen wegen des Sticks.»

«Wo ist der Stick jetzt?»

«Er hat ihn.»

«War noch jemand bei Holzer? Ein grosser, gut aussehender Mann um die fünfzig? Schwarzes Haar? Graue Schläfen? Typ George Clooney?»

Lia lachte leise. «Leider nein. So einer wäre mir bestimmt aufgefallen.»

«Wie konntest du aus dem Zimmer fliehen?»

«Der Mann mit dem Schnauz, wie nanntest du ihn?»

«Holzer.»

«Holzer hat plötzlich Streit mit Fromm bekommen. Es ging

um den Stick. Holzer wollte Fromm den Stick nur unter der Bedingung geben, dass einige Namen von der Liste genommen würden. Fromm passte das nicht. Vor allem, weil es wohl die fettesten Fische waren. Dann zog Holzer plötzlich eine Pistole und knallte Fromm ab. Ich bekam Panik und bin aus dem Zimmer gerannt. Und dann kamst zum Glück du.» Sie berührte ihn leicht an der Schulter und liess ihre Hand dort liegen.

«Hat Holzer irgendetwas zu dir gesagt? Solltest du etwas für ihn erledigen?»

«Erledigen? Ich?»

«Holzer macht sich nicht die Mühe, eine Zeugin am Leben zu lassen, wenn er nichts von ihr will.»

Lia zog ihre Hand zurück und senkte den Blick.

«Ja. Er wollte etwas. Aber das kann ich nicht. Ich bin keine Schauspielerin. Elena konnte das besser.»

«Elena?»

«Ja. Holzer sagte, sie habe für ihn gearbeitet. Sie sollte Fromm den Stick stehlen und ihn dann ihm geben. Aber sie wollte ihren eigenen Coup machen. Mit mir. Sie hatte die Schnauze voll, wollte frei sein. Ich hatte keine Ahnung, dass sie mit Holzer bereits im Geschäft war. Erst als sie tot war, habe ich gemerkt, in was ich geraten war. Und jetzt komme ich da allein nicht mehr raus.»

«Was sollst du für Holzer tun?»

«Elena ersetzen.»

«Wie?»

«Morgen Abend kommt eine Delegation des südafrikanischen Fussballverbands, um die katastrophalen Nachwirkungen der dortigen WM mit der FIFA zu diskutieren. Es geht um Schadensersatz. In beratender Funktion reist einer mit, der van Daal heisst. An den soll ich mich hängen.»

«Van Daal? Dick van Daal?»

«Ja. So heisst er.»

«Wie kommst du an ihn ran?»

«Hostess-Service. Immer wenn er hier ist, bestellt er sich ein Mädchen.»

«Und was sollst du bei ihm?»

«Holzer sagt, dass er nur mitreist, um einen Koffer voll Diamanten abzugeben, von denen das Blut gewaschen werden soll.»

«Und du sollst ihm den Koffer stehlen?»

«Ja.»

«Das schaffst du nie.»

«Ich weiss.»

Stahl bog von der Hauptstrasse in eine Einbahnstrasse ab.

«Wohin fährst du?», fragte Lia.

«In die Villa, in der wir schon mal eine Nacht zusammen verbracht haben.»

«Können wir nicht irgendwo anders hin?»

«Bei mir sind wir nicht sicher. Hotels kommen auch nicht in Frage.»

«Hast du keinen Freund?»

«Der hat sich angeblich selbst erschossen, nachdem er deine Freundin ermordet hatte.»

«Tut mir leid. Ich hatte nicht gedacht, dass es solche Ausmasse annimmt.»

«Kannst du auch nicht ahnen. Niemand ahnt, was wirklich läuft. Und wem die Wahrheit begegnet, der stirbt entweder sehr schnell, wird verrückt oder Teil davon.»

«Was passiert mit uns?»

«Ich habe nicht vor zu sterben. Und ein Teil davon war ich bereits.»

«Bleibt verrückt.»

«Richtig. Bleibt verrückt.» Er wendete den Wagen und fuhr gegen die Fahrtrichtung der Einbahnstrasse.

«Was machst du?»

«Wir bleiben doch nicht hier.»

«Wieso nicht?»

«Fromm war hier. Er wird sich erinnern. Sie werden hier nachsehen.»

«Fromm ist tot.»

«Das glaube ich erst, wenn ich seine Leiche gesehen habe.»

«Aber ich habe doch gesehen, wie Holzer ihn ermordet hat.»

«Ich bin offiziell schon dreimal gestorben. Und wiederauferstanden. Das ist bei uns so üblich seit der Kreuzigung.»

Er wendete den Wagen.
«Und wohin fahren wir dann?»
«Wo man uns am wenigsten vermutet. Ins Dolder.»
Von vorne kam ein Auto entgegen. Es blendete mit Lichthupe. Stahl drückte den Van so nah wie möglich nach rechts. Das Auto dachte gar nicht daran, sich auf einen Handel einzulassen. Stahl erkannte, dass es eine Polizeistreife war. Die Beamten stiegen aus dem Wagen und kamen auf den Van zu. Stahl blieb keine Wahl. Er gab Gas, rammte das Polizeiauto und fuhr davon. Gleich kämen sie wie Hornissen aus ihrem Nest. Verfolgungsjagd im Schnee mit Sirenen. Darauf konnte Stahl verzichten. Er hatte einen kleinen Vorsprung. Bis die Polizisten ihren verbeulten Wagen gewendet hatten, konnte er eine Finte starten. Er fuhr zurück auf die Hauptstrasse und bog nach links ab. Hinter ihm hörte er bereits die Sirene. Er hatte die Kurve zu schnell genommen, der Van schlingerte, fing sich aber wieder. Lia schrie auf.
«Steig aus und versteck dich», sagte Stahl und hielt den Wagen an. Lia gehorchte. Stahl fuhr wieder los. Durch das Anhalten hatte er Meter verloren. Hinter ihm näherte sich das heulende Polizeiauto. Stahl beschleunigte und gewann an Abstand. Er hielt auf eine Böschung zu und drosselte die Geschwindigkeit. Der Schnee war tief – und frisch. Er würde weich fallen. Noch fünf Meter, dann musste er raus. Er trat noch einmal aufs Gas, öffnete die Tür und liess sich in den Schnee fallen. Er kugelte und blieb unter einem Gebüsch liegen. Er hörte es krachen. Der Van war die Böschung hinabgefahren und gegen eine Häuserwand gekracht. Die Sirene verstummte. Der Polizeiwagen fuhr nah an die Böschung ran. Gleich würde es hier munter zugehen. Stahl musste verschwinden, ehe sie bemerkten, dass niemand im Van sass.

Aber die Scheinwerfer des Polizeiautos zielten direkt auf sein Versteck. Er musste sich gedulden. Die Nässe kroch ihm in die Kleider. Das Adrenalin trieb ihm den Schweiss, der Schnee die Kälte in die Knochen. Stahl kannte das Gefühl. Das Gefühl von Jagd. Er erschrak, weil er merkte, dass es ihm gefehlt hatte. Nein. Es durfte ihm nicht fehlen. Er wollte weg davon.

Lia kauerte hinter einem verschneiten Holunderstrauch. Bisher hatte sie alles richtig gemacht. Stahl hatte ihre Geschichte gekauft, und sie hatte ihn auf den Diamantenhändler Dick van Daal gestossen. Sie hatte im Rückspiegel gesehen, wie sich Stahls Gesichtsausdruck verändert hatte, als er den Namen vernommen hatte. Hart wie Granit war sein Kinn geworden. Finster sein Blick. Wie ein Rächer aus einem Videospiel. Lia hatte gezittert. Jetzt fürchtete sie, dass die Polizei Stahl schnappen würde. Dann wäre der Deal geplatzt. Aber wenn Stahl wirklich so gut war, dass er es mit Diamantenhändlern aufnehmen sollte, dann würde er auch einer Polizeistreife entkommen.

Viel hatte Holzer ihr nicht erzählt. Nur, dass sie Stahl auf Dick van Daals Fährte lotsen sollte. Und sie sollte in Stahls Nähe bleiben, um zu sehen, ob er anbiss, und Holzer über den Stand der Dinge informieren. Jetzt hätte sie Zeit dazu.

Sie zog das Handy, das Holzer ihr gegeben hatte, und wählte seine Nummer.

Er ging sofort dran und reichte sie weiter. An den Mann, den Stahl wohl meinte, als er vom Typ George Clooney gesprochen hatte.

«Ich glaube, er hat angebissen … es gibt kleine Komplikationen. Er flüchtet gerade vor einer Polizeistreife … wenn er sie abgehängt hat, sammelt er mich wieder auf … gut.» Sie solle tun, was Stahl sagte, so werde sie am sichersten an ihm dranbleiben. Und um die Polizeistreife solle sie sich keine Sorgen machen. Da seien Stahl schon ganz andere Kaliber auf den Fersen gewesen. Lia glaubte es gern. Sie glaubte von nun an sowieso alles, was geschah. Fiktion und Realität waren eins geworden, seit sie mit Elena den Traumzug vom perfekten Coup bestiegen hatte.

Eine Hand legte sich auf ihre Schulter. Sie wollte schreien. Eine andere Hand legte sich auf ihren Mund und drehte ihren Kopf zur Seite. Sie starrte in Stahls Augen. Wie lange war er schon hier gewesen? Hatte er gehört, dass sie telefoniert hatte? Wenn er ihren Kopf weiter drehen würde, würde er ihr mit Leichtigkeit das Genick brechen. Er drehte nicht weiter, liess los.

«Ganz ruhig», sagte er. «Los, komm. Wir müssen von hier verschwinden.»

Stahl ging vor, Lia stapfte ihm hinterher. «Wir nehmen die kleinen Wege. Auf der Strasse kriegen sie uns.»

Sie stiegen Pfade hinunter, wo ihnen der Schnee bis zu den Knien ging. Stahl ging sehr zügig. Lia musste sich Mühe geben, um ihm folgen zu können.

«Wohin gehen wir?», fragte sie keuchend.

«In die Vergangenheit.» Stahl stapfte unbeirrt weiter. Es war riskant, die Nacht im alten Boxclub zu verbringen. Holzer würde alle wichtigen Orte aus Stahls Vergangenheit überprüfen. Und er kannte sie alle. Aber Stahl fiel nichts Besseres ein. Er hätte noch zu Merkels Frau gehen können. Dort hätte ihn Holzer wohl nicht vermutet. Aber wenn doch? Dann wäre sie samt ihrer beiden Kinder in Gefahr. Nein, das konnte Stahl nicht riskieren. Der alte Boxclub von Buffy und Fuzzy, der seit einem Jahr leer stand und den Stahl so gern wieder aufgemacht hätte. Er hatte ihn gepachtet. Aber das Geld für die Renovierungsarbeiten fehlte ihm. Wegen Fromm. Jetzt würde er es sich holen. Von van Daal. Diesem Dreckschwein. Stahl hatte die Kinder gesehen, die von Soldaten bewacht in van Daals Diamantenminen für ein Butterbrot schufteten und täglich ihr Leben für einen Glitzerstein riskierten. Er hatte auch die Krüppel gesehen, die nach Minenunfällen wie aussätzige Hunde in den Busch getrieben wurden. Und er hatte van Daal samt Kirchenfürsten gesehen, wie sie geschmaust hatten, während Stahl für deren Sicherheit zuständig gewesen war. Zweimal hatte er van Daal das Leben gerettet. Und mehr als zweimal hätte dieser Verbrecher den Tod verdient gehabt. Aber van Daal war ein braver Katholik. Und die Ausbeutung ärmerer Kontinente galt seit Christoph Kolumbus als ein Steckenpferd der Katholiken. Und Stahl hatte an der Fahnenstange geschworen, dem Papst und der katholischen Kirche zu dienen. Er war ein Gefangener des eigenen Kodex gewesen. Jetzt nicht mehr. Er war nicht mehr dabei. Der Eid war hinfällig geworden. Jetzt würde er van Daal an den Kragen gehen, selbst wenn fünf Kardinäle nebst Camerlengo und Papst um ihn Hof hielten.

«Ich kann nicht mehr», rief Lia. Sie war mindestens zwanzig Meter hinter ihn zurückgefallen. Er hatte es nicht bemerkt. Lia.

Holzer hatte sie van Daal als Hure schicken wollen, die ihm dann den Diamantenkoffer stehlen sollte. Ein verwegener Plan. Er passte zu Holzer. Aber ausgerechnet Lia? Sie schien nicht so ausgebufft. Eher naiv mit ihrer kleinen Stupsnase. Aber vielleicht war gerade das ihr Trumpf. Man traute ihr die Schlitzohrigkeit nicht zu. Für sie sprach: Sie hatte bislang überlebt. Anfängerglück? Wie beim Roulette? Stahl würde sie jedenfalls brauchen. Lia würde sich an van Daal schmeissen, und er würde sich den Koffer krallen. Er hatte es sich verdient. Er kannte genügend Leute, die ihm die Diamanten versilberten. Und mit dem Geld würde er dann nicht nur seine Boxschule im Kreis 4 eröffnen, sondern auch Schulen in Südafrika unterstützen. Die katholische Prägung stach wieder durch. Das schlechte Gewissen. Es würde ihn immer plagen. Egal, wie viel Absolution man ihm erteilte – er musste damit leben.

Lia hatte zu ihm aufgeholt.

«Ist es noch weit?», fragte sie.

«Noch die Böschung runter. Dort können wir ein Tram nehmen.»

Stahl ging voran.

Lia folgte. Sie würde es schaffen. Alles. Sie würde es durchziehen. Holzer hatte ihr zehn Millionen Franken versprochen. Und was noch mehr wert war: ihr Leben. Zehn Millionen, damit sie Stahl wieder in ihren Reihen hatten. Lia kannte solche Transfergelder nur von Fussballspielern. Dass es für Söldner solche Summen gab, hatte sie nicht gedacht.

***

Fromm nahm es gelassen hin, dass er einige fette Fische von der Liste streichen musste. Er kannte das Spiel und wusste, dass man hin und wieder auch Federn lassen musste, wollte man überleben.

«Reise ich mit der Katze?», fragte er Holzer und steckte den Stick ein.

«Bis zum Flughafen. Dann trennen sich die Wege.»

«Fliegt er nicht nach Rom zurück?»

«Doch. Aber in einer anderen Maschine.»

«Umweg?»

«Moskau.»

Fromm spielte den Sehnsüchtigen. «Ach, Moskau im Winter. Die schönste Zeit. Finden Sie nicht?»

«Früher schon.» Holzer stand an der Zimmerbar und suchte nach Gläsern. «Wodka oder Grappa?»

«Wodka. Und danach Grappa. So wie es die Reiseroute vorschreibt.»

«Ihre nicht. Sie fliegen direkt nach Rom.» Holzer goss sich selbst Wodka und Fromm Grappa ein.

«Das ist ungerecht. Ich würde gern mal wieder mit den Orthodoxen ins Geschäft kommen.»

«Das überlassen Sie besser uns.»

«Sie knausern. Ich gebe Ihnen alles, und Sie knausern. So kann man längerfristig nicht zusammenarbeiten.»

«Wir wollen Sie nur schonen. Mit ihrem Knie im rutschigen Moskau. Das wäre zu gefährlich.»

Fromm trank den Grappa. «Ich habe verstanden.» Er streckte Holzer das Glas zum Nachfüllen hin. Holzer bediente ihn.

«Und warum kann ich morgen Abend nicht bei dem FIFA-Diner mit dabei sein?»

«Weil Stahl glaubt, Sie wären tot.»

«Und Stahl wird dort sicher aufkreuzen?»

«Wenn die Kleine alles richtig macht.»

«Sehr wackliges Kalkül, Holzer. Hätte nicht gedacht, dass Sie auf so hohes Risiko spielen.»

«Wir haben dabei nichts zu verlieren.»

«Immerhin Stahl. Ich meine, warum machen Sie so einen Tanz um ihn, wenn Sie ihn am Ende fast nackt ins Messer laufen lassen?»

«Um zu sehen, ob er noch immer imstande ist, so eine Situation zu meistern.»

«Und wenn er es ist?»

«Haben wir höhere Aufgaben.»

«Er wird sie nicht annehmen.»

«Sie haben recht. Jetzt würde er sie nicht annehmen. Aber wenn er erst einmal gespürt hat, wozu er noch fähig ist, dann habe ich ihn am Haken. Und dann lasse ich ihn auch nicht mehr los.

Ich kenne ihn. Er würde vor sich selbst zittern, würde er wissen, wie er wirklich ist.»

«Und? Wie ist er wirklich?»

«Nicht so einfach zu manipulieren wie Sie. Aber gerade das macht ihn so wertvoll.» Holzer kippte den Wodka. Ein Bodyguard erschien in der Tür.

«Sie müssen los», sagte Holzer.

«Wir sehen uns in Rom.» Fromm stellte das Glas auf den Tisch und folgte dem Bodyguard aus der Suite.

***

Im Tram war es warm gewesen. Die Boxhalle glich einem Kühlschrank. Das Bild der ranzigen Boxsäcke, die von der Decke baumelten, erinnerte Lia an Fotos von Gehängten. Stahl ging auf ein Kabuff zu. Ein Glaskasten, von dem aus man die Halle überblicken konnte. Früher wohl das Büro des Schuppens. Er schloss die Tür auf und knipste das Licht an. Es strahlte gelb durch die speckigen Scheiben. Lia ging zu Stahl.

«Gemütlich», sagte sie. «Nicht das Dolder, aber gemütlich.»

Stahl überhörte den Hohn. Er drehte die Gasflasche auf und knipste den Feuerstein. Einige Funken flogen, ehe der Gasofen ansprang.

«Ist das eine Bombe?», fragte Lia.

«Du kannst dich auch mit einer Militärwolldecke in den Ring legen.»

«Schon gut. Kannst ja nichts dafür, dass ich dich in die Sache mit reingezogen habe.»

Stahl musterte sie. «Vielleicht kann ich mehr dafür, als du ahnst.»

Lia erschrak. Hatte er sie durchschaut? Nein. Er dachte, er sei der Grund, warum sie in der Patsche sass. Sollte er. Umso besser. Sie spürte seinen Blick auf ihrem Mund und erinnerte sich an den Kuss in der Villa.

«Was hast du vor?», fragte sie.

«Wir werden uns die Diamanten holen.»

«Und sie Holzer geben?»

«So weit denke ich noch nicht.»

«Wie weit denkst du?»

Er zog sie an sich und küsste sie. Sie erwiderte zaghaft, wollte den Mund öffnen, drückte sich dann aber sanft von ihm ab.

«Meine Kleider sind ganz nass. Ich friere.»

«Dann zieh sie aus und hänge sie über den Stuhl neben dem Gasofen. Soll ich dir helfen?»

«Nein. Du sollst mir eine Decke reichen und dich umdrehen.»

Stahl lachte laut. «Wenn du so prüde bist, wird das nichts mit dem Hostessendienst und van Daal.»

«Vielleicht steht er auf unschuldige Mädchenspiele?» Sie klimperte kokett mit den Wimpern und drehte ihre Knie nach innen.

Stahl warf ihr eine Militärdecke zu. «Ich dreh mich um.»

«Brav.» Lia zog sich aus, drapierte ihre Kleider nah am Gasofen und wickelte sich in die Militärdecke.

«Ich bin fertig.»

Stahl wandte sich zu ihr und musterte sie. «Kratzt die nicht?»

«Nicht so sehr wie deine Stoppeln.»

Er räumte ungewaschene Handtücher von einem abgewetzten Ledersessel und bot Lia Platz an. Sie setzte sich hinein und zog die Beine an. Die nackten Füsse lugten unter der Decke hervor. Hellrot lackierte Nägel.

Stahl kramte in einem Aktenschrank und versuchte, den unteren Rollladen zu öffnen. Er verkantete. Stahl riss mit Gewalt. Ein Holzstab krachte, der Rollladen rauschte runter. Stahl schob zwei Ordner zur Seite und holte eine Flasche Schnaps hervor.

«Enzian», sagte er. «Fuzzys eiserne Reserve.» Er spülte zwei Gläser am Waschbecken aus und stellte sie auf den überfüllten Schreibtisch. Es sah hier aus, als würde gleich einer kommen, um aufzuräumen. Hoffentlich kam keiner.

«Wer ist Fuzzy?», fragte Lia.

«Ein alter Freund. Er ist tot. Auch Buffy ist tot. Und Albin und Alfred. Alle tot. Wie Elena und Merkel, Bogner und Reschke. Sogar Hürlimann und Röhmer hat's erwischt. Ich könnte dir noch mehr Namen nennen, die um mich herum gefallen sind wie Dominosteine.» Er goss den Enzian in die Gläser. «Meine Nähe ist ungesund. Prost.» Er kippte den Schnaps und zog den heissen Wind des Alkohols tief in die Kehle.

«Gleich noch einen. Das hält die Grippe fern.» Er schenkte nach und hielt das Glas Lia entgegen. «Trink. Das ist kein Besäufnis. Das ist Medizin. Fuzzys Tante hat darauf geschworen. Sie wurde hundertacht. Im Wallis.» Er trank. «Aber im Wallis ist es keine Kunst, so alt zu werden. Und weisst du, warum? Weil sie dort so fromm lügen, dass sich sogar der Teufel vor ihnen fürchtet.»

«Was hast du gegen die Walliser?» Lia nippte.

«Wenn du Zürcher bist, hast du automatisch etwas gegen die Walliser.»

«Wenn du Zürcher bist, hast du automatisch gegen alle etwas. Und alle etwas gegen dich.»

«Der war gut. Darauf trinke ich noch einen.» Er goss sich noch einen ein. «Aber über die Walliser geht nichts. Sie sind die Erzfeinde.»

«Entweder du spinnst, oder du bist betrunken. Man kann nicht verallgemeinern. Man sagt ja auch nicht: Alle Deutschen sind Nazis, oder alle Calvinisten sind bigott.»

«Sind sie aber.» Er sah sie an. «So wie alle Katholiken in den Himmel kommen.» Er kippte das Glas, klopfte es auf den Schreibtisch und lachte laut. Das Lachen riss abrupt ab. Stahl hockte sich auf den Boden und stellte die Füsse auf. Den Kopf liess er auf die Knie sinken. Er murmelte ein Ave-Maria. Mittendrin brach er ab und sah zu Lia.

«Entschuldige. Vielleicht bin ich betrunken. Nichts gegen die Walliser. Nichts gegen die Deutschen und nichts gegen die Calvinisten. Wir sind politisch korrekt und aufgeklärt.» Er grinste sie an. «Zufrieden?» Er reckte sich zu dem Stapel Decken, nahm sich zwei und bereitete sich damit ein Lager auf dem Holzboden. Er kroch unter die Decke, rollte sich ein und sagte halblaut: «Die Walliser sind trotzdem die Erzfeinde.» Dann schlief er ein.

Lia merkte, wie es ihr in der Nase kribbelte. Sie kippte den Enzian. Hundertacht Jahre. So alt würde sie wohl nicht werden. Aber vielleicht hielt der Fusel die Grippe fern.

***

Fromm dachte gar nicht daran, in den Flieger zu steigen. Nachdem der Bodyguard ihn am Schalter abgesetzt hatte, checkte er brav ein. Er hatte nur Handgepäck. Er wusste, dass Holzers Wachhund warten würde, bis er durch die Sicherheitskontrolle war. Es piepte.

«Die Schiene am Knie. Da ist Metall drin.» Der Sicherheitsangestellte bat Fromm in eine Kabine. Er musste die Hose ausziehen. Die Schiene wurde kontrolliert.

«Danke. Sie können durch», sagte der Angestellte.

Fromm war zufrieden. Jetzt wusste er, wie er die Diamanten über die Grenze bringen konnte. Holzer hatte sich verrechnet, wenn er glaubte, dass er wie ein Gardist Gewehr bei Fuss stand. Er war immer sein eigener Boss gewesen. Dienstleistungen ja. Aber kein Knecht. Holzer hatte ihn fünf fette Fische von der Liste streichen lassen. Das war ein Verlust, der kompensiert werden musste. Andere wären froh gewesen, wenn sie mit dem Leben davongekommen wären. Fromm war es gewohnt zu überleben. Woran er sich nicht gewöhnen konnte, waren finanzielle Verluste. Van Daal war in der Nähe. Obendrein mit einem Koffer voll mit Diamanten. Selbst wenn Fromm auf dem Schwarzmarkt die Hälfte des Wertes einbüssen müsste – an so einem Coup konnte er nicht vorübergehen. Er würde sich nicht mehr im Spiegel anschauen können. Und er schaute sich gern an. Auch jetzt besah er sich. Im Spiegel auf der Herrentoilette. Ein wenig hatte sein Gesicht gelitten durch den Unfall. Ein paar Schrammen an der Stirn. Nichts Grosses. Aber wenn man sich schön fand, störten kleinste Kratzer.

Ein Mann neben ihm richtete sich das Haar. Ein Toupet. Von der schlechten Sorte. Solche trug man noch in den Achtzigern. Der Mann schien auch modisch dort stehen geblieben zu sein. Er lächelte Fromm über den Spiegel an. «Das ist Verkleidung. Ich bin nämlich Auftragskiller und muss mich ständig verändern. Immer auf der Flucht. Wenn Sie wüssten, was das heisst.» Er wusch sich die Hände und trocknete sie sich mit zwei Papiertüchern ab. Er zwinkerte Fromm zu. «Sie haben mich nicht gesehen. Okay? Es täte mir leid um Sie. Ich mag es nicht, wenn Unschuldige draufgehen, nur weil sie zur falschen Zeit am falschen Ort waren.» Der Toupetträger verliess die Toilette.

Natürlich wusste Fromm, dass es sich um einen Spinner handelte, der zu viel «24» geguckt hatte. Wenn man sich schon ein Vogelnest als Frisur baute, durfte das übrige Lebenskonstrukt nicht kleiner ausfallen. Warum wollten die Menschen nur so vieles sein? Warum genügte es ihnen nicht, sich selbst zu finden? Hätte der Kerl es nicht viel einfacher, wenn er zu seiner Glatze stünde? Aber wozu stand Fromm? War nicht auch er ein Spieler, ein Selbsttäuscher, der sein Spiegelbild aufrechterhalten musste? Nein. Er täuschte sich nicht selbst. Er wusste, wen er vor sich hatte. Nur die anderen kannten ihn nicht. Ihnen gaukelte er etwas vor. Immerzu. Wenn man einmal damit begonnen hatte, konnte man nicht mehr aufhören. Er verstand den Kerl mit dem Toupet. Einmal falsches Haar am Kopf, und man kriegt es nicht mehr los. Deswegen würde Fromm sich auch von Holzer nicht abspeisen lassen. Fromm hatte keine Angst. Vor keinem. Und er beschwor schon jetzt das Glücksgefühl, den Kick, den es ihm bescheren würde, wenn er das nächste Mal mit den Diamanten in der Knieschiene durch die Sicherheitskontrolle spazieren würde. Er warf sich zwei Hände kaltes Wasser ins Gesicht und besah sich erneut. Die Kratzer störten ihn nicht mehr.

ZWÖLF

Stahl hatte Lia schlafen lassen. Irgendwann war sie in der Nacht von ihrem Sessel gestiegen und hatte sich an ihn gedrückt. Sie hatte stark geschwitzt und im Traum geredet. Es waren Zitate. Stahl kannte sie. Er hatte Benn mit dem Camerlengo durchgekaut. Deutsche Sprachgewalt. Benn gehörte dazu. Er gehörte auch zu vielem anderen, was deutsch war, und war doch ein Fremder in seinem Land. So wie Stahl Schweizer war und dennoch heimatlos.

«Doppelleben», sagte er. Wer führte keins? Wer führte nur ein einziges überschaubares? Die ganze Welt spielte doppelt. Gott tat es ja auch. Von jemandem mussten es die Menschen schliesslich gelernt haben. Und wer behauptete, es sei nicht Gott, sondern der Teufel, der die Menschen dazu anleitete, dem hielt Stahl entgegen, sie sollten den Teufel mal bitten, seine Maske abzunehmen. Dann würden sie sehen, wer wirklich hinter der Teufelsfratze stünde. Doppelleben. Gott war der Meisterspieler. Niemand narrte so gut wie er.

Stahl öffnete leise das Tor der Boxhalle und schlüpfte hindurch. Schnee stob ihm ins Gesicht. Er zog die Tür hinter sich zu und schloss ab. Das war sicherer für Lia.

Er konnte zu Fuss gehen. Oberstleutnant Karger wohnte nur ein paar Strassen weiter. Stahl sah sich um. Niemand, der ihm folgte. Holzer war ihm noch nicht auf der Spur. Es würde aber nicht lange dauern, da würde Holzer auf den Boxclub kommen. Er markierte eine zu wichtige Station in Stahls Vita, als dass Holzer ihn übersehen konnte. Aber mit Karger würde er vielleicht nicht rechnen. Karger war ein Joker, den Stahl ziehen konnte. Mittlerweile war er fast sechzig. Er war Leiter von Stahls erster Diamantenreise gewesen. Gemeinsam hatten sie die Steine in Kapstadt abgeholt und dann nach Liechtenstein gebracht. Es war ganz einfach gewesen. Der Pass des Vatikanstaats mit dem Siegel der Petri-Schlüssel öffnete Türen und Tore. Karger war einer der wenigen Zürcher in der Garde gewesen. Deswegen hatte der

Camerlengo auch veranlasst, dass Stahl bei ihm angelernt wurde. Er kannte die Rangeleien zwischen den Wallisern und dem Rest der Garde. Sie waren über Generationen gepflegt worden und wurden von Lobbyisten gefüttert, um sich die eine oder andere Partei zu Diensten zu machen.

Karger war sehr lebenslustig gewesen. Nach jedem Einsatz hatte er es krachen lassen. Stahl hatte es geliebt. Das Leben hatte ihm plötzlich alles geboten, worauf er in Kindheit und Jugend hatte verzichten müssen. Karger brachte Stahl Geschmack und Schick bei. Die ersten Schuhe aus Pferdeleder hatte er gemeinsam mit Karger gekauft. Dann wurde Karger in Kapstadt von einer Kugel erwischt. Stahl hatte schon ein mulmiges Gefühl gehabt, als sie in die Townships sollten, um dort Ware abzuholen. Die Diamanten waren zwar dort gewesen. Mit ihr aber auch eine Bande vermummter Killer, die das Geld kassieren und die Steine behalten wollten. Es war eine Falle gewesen. Stahl war sich sicher, dass van Daal dahintersteckte. Er hatte einen der Killer erwischt, den er aus anderen Einsätzen für van Daal wiedererkannt hatte. Diamanten und Geld waren damals an die Gegenseite gegangen, van Daal spielte den Unschuldigen und schob die Sache den marodierenden Schwarzen in die Schuhe. Stahl gelang es, Karger ins nächste Spital zu schleppen. Die Kugel, die Karger erwischt hatte, war knapp zwischen Herz und rechtem Lungenflügel eingeschossen. Karger hatte es als ein Zeichen Gottes gedeutet und sich vom Dienst befreien lassen. Zwei Jahre war er ins Kloster gegangen, hatte die Exerzitien des Ignatius von Loyola praktiziert und sich geläutert. Stahl hatte ihn einmal besucht. Da war Karger mitten in einer Fastenzeit. Schmal war er damals, die Züge hart, die Augen tief lauernd in den Höhlen. Ein anderer Mensch. Verschreckt, unsicher, zwischen den Welten. Stahl hatte bei einem Veteranentreffen im «Wildguet» erfahren, dass Karger jetzt in Zürich lebte. Er hatte ihn schon längst aufsuchen wollen, es aber immer verschoben, weil er die alten Zeiten nicht heraufbeschwören wollte. Jetzt hatten sich aber die alten Zeiten bei Stahl gemeldet. Und Karger war der Einzige, dem Stahl unter den Veteranen vertrauen konnte. Die anderen hatten sowieso nicht verstanden, wie Stahl in so jungen Jahren und mit solchen Kontakten zur Führungselite das Handtuch geworfen hatte. Er hatte es gemerkt, als er beim Treffen war. Sie hatten ihn ausgegrenzt. Wie ein Wolfsrudel den Lahmen. Nur Kreuz hatte mit ihm gesprochen. Ein liebenswerter alter Geschichtenerzähler, der Leute wie Karger und Stahl immer bewundert hatte für ihren Wagemut und deren Nibelungentreue. Von ihm hatte Stahl auch erfahren, dass Karger in der Stadt lebte.

Stahl ging die Langstrasse entlang. Er musste ganz ans untere Ende unter der Eisenbahnbrücke durch in den Kreis 5. Der Schneefall hatte nachgelassen. Karibische Schönheiten in Moonboots, Netzstrümpfen und kurzen Pelzjäckchen warben um Freier. Schneeschaufeln kratzten das Trottoir sauber. Hände mit Streusalz flogen durch die Luft. Ein dicker Kerl mit Pudelmütze und einem roten Eimer in der Hand versperrte Stahl den Weg. Stahl wollte auf die Strasse ausweichen, da packte der Kerl ihn an der Schulter.

«Roger, Gopfridstutz. Läbsch du au no?»

Stahl sah verdutzt in das runde, gedunsene Gesicht, dessen Röte er eher dem regelmässigen Alkoholkonsum als der Kälte zuschrieb.

«Hast dich überhaupt nicht verändert», sagte der Salzstreuer und nahm die Pudelmütze vom Kopf. «Ich schon. Hab weniger Haare.»

Jetzt erkannte Stahl den alten Heimkumpan. «Felix», fiel es Stahl aus dem Mund. «Felix von Boysen.»

«Gehobener Adel in geheimer Mission.»

«Wie immer. Keiner wird dich erkennen.»

Felix ging einen Schritt zurück und studierte Stahl. «Und bei dir wird niemand ahnen, was für einem Dreckloch du entsprungen bist. Die Welt ist ungerecht. Ein Bier?»

«Gern ein anderes Mal. Ich habe es eilig.»

«Beim nächsten Mal wirst du es genauso eilig haben. Ich kenne Leute, die solche Klamotten tragen. Die haben es immer eilig. Also? Ein Getränk?»

«Na gut. Aber nur eins.»

«Mensch, Roger. Ich fass es nicht.» Felix liess den Eimer in den Schnee fallen und umarmte Stahl. Dann ging er vor in die Beiz, vor der er Schnee geschaufelt hatte.

«Gemütlich, findest du nicht?», sagte Felix.

«Wärmer als draussen.»

Ein derbes Lachen von Felix, ein schmutziges Schulterklopfen und ein harscher Befehlston an die asiatische Bedienung hinter dem Tresen.

«Zwei Bier und zwei Schnäpse.» Er rückte Stahl einen Hocker an den Ausschank und setzte sich mit einer Backe auf einen anderen.

«Gehört mir, der Laden. Noch ein Jahr, und ich habe ihn abbezahlt.»

«Nur mit Getränken und Geschnetzeltem?»

Felix zwinkerte. «Frischfleisch läuft besser. Asiatisch und Karibik. Hält sich länger. Exotik bleibt länger haltbar. Das habe ich von deinem Vater gelernt.»

Stahl hatte befürchtet, dass Felix auf Alfred zu sprechen käme. Alfred war tot. Und das war gut so. Aber das Milieu lebte wie jede Szene von ihren Legenden. Und Alfred war eine Legende. Wenn auch eine sehr düstere.

«Er war nicht so schlecht, wie du denkst. Er hat nur versucht zu überleben. So wie du und ich. Jeder auf seine Weise.» Er drehte sich zur Theke und schrie: «Wo bleibt das Bier?»

«Das ist der einzige Ton, den sie kapieren. Asiaten. Die brüllen nur. Ich habe Filme gesehen, auf YouTube, wie die ihre Leute drillen. Nur mit Gebrüll. Wenn du da vornehm bittest, kannst du verhungern.»

Bier und Schnaps landeten. Felix nahm das Schnapsglas und prostete Stahl zu. Stahl erwiderte. Sie kippten den Schnaps. Dann stiessen sie mit dem Bier an.

«Wenn du eine willst, das erste Mal ist gratis», sagte Felix. «Ich hab auch richtig junge. Du verstehst? Gerade mal volljährig.» Er zwinkerte.

«Dadurch natürlich wieder billiger. Aber sie sind noch genauso gut wie die Minderjährigen. Mit ein wenig Phantasie kriegst du sie auf vierzehn.» Er lachte und schüttelte den Kopf. «Mensch, Roger. Du glaubst gar nicht, wie einfältig manche Freier sind.

Neulich habe ich einem eine Fünfundzwanzigjährige auf fünfzehn geschminkt. Eine, die schon zwölf Jahre im Geschäft ist. Und der Idiot hat gedacht, er entjungfert sie. Ist das nicht wahnsinnig? Ich sage dir, die Leute wollen verarscht werden. Nichts ist, wie es ist. Und sie wollen es so. Sie wollen es so.» Er trank. «Oder wollen sie es nicht so? Sag was. Roger. Sag was.»

«Sie wollen es so.»

Felix schlug sein Glas gegen Rogers und leerte das Bier in zwei Zügen. «Ich muss weiterstreuen. Eigentlich könnte ich das auch ein Schlitzauge machen lassen. Aber die machen das nicht gut. Am Ende rutscht noch einer aus, bricht sich ein Bein und bittet mich zur Kasse. Hat's alles schon gegeben. Nein, nein. Da bin ich vorsichtig. Hab genug erlebt, Roger. Stimmt doch, oder? Was wir alles erlebt haben, wir zwei. Das geht auf keine Kuhhaut.» Er stand auf und streckte Stahl seine behaarte Pranke entgegen. Stahl schlug ein. «Lass dich bald wieder blicken.» Er begleitete Stahl zur Tür. «Und wie gesagt. Meine Hasen sind gut. Und für dich das erste Mal gratis.»

«Ich komm darauf zurück», sagte Stahl und atmete die Schneeluft ein, die ihm draussen ins Gesicht schlug. Hinter sich hörte er, wie Felix in den Eimer griff und Salz auf das Trottoir schleuderte.

***

Lia hatte Holzer angerufen und ihm gesagt, wo sie waren. Er hatte es zur Kenntnis genommen, war aber hörbar unzufrieden, als sie ihm erzählte, dass Stahl in der Stadt unterwegs war. Holzer hatte sie angeraunzt, dass ihr Auftrag lautete, sich Stahl an den Rockzipfel zu hängen. Er musste jeden Schritt wissen, den Stahl unternahm. Nur so konnte er sicher sein, dass alles glattlief. Lia hatte versprochen, dass es nicht wieder vorkommen würde, sie Stahl von nun an keinen Millimeter mehr von der Seite wich. Holzer hatte es grummelnd entgegengenommen und aufgelegt.

Lia überprüfte ihre Kleider. Sie waren trocken. Sie zog sich an und verliess das Kabuff, um eine Toilette zu suchen. Es musste hier auch Duschen geben. Bewaffnet mit einem ruppigen Frotteehandtuch ging sie durch die Halle. Sie passierte zwei Boxringe und erreichte eine Tür, die zu den Umkleidekabinen führte. Sie ging hinein. Der Korridor war dunkel. Hier gab es keine Fenster. Lia drückte den Lichtschalter. Nichts. Die Birne war kaputt. Am Ende des Korridors lag eine zweite Tür, die angelehnt war. Lia ging darauf zu. Hinter ihr fiel die andere Tür zu. Dunkel. Lias Puls schlug höher. Sie ging schneller und drückte die hintere Tür auf. Hell. Durch ein Fenster, das über Kopfhöhe angebracht war, fiel Licht in die Umkleidekabine. Ein Paar Boxhandschuhe lag vereinsamt auf einer Massagebank, vergessene Handtücher gammelten an rostigen Heizungsrohren. Lia verging die Lust aufs Duschen. Womöglich gab es sowieso kein warmes Wasser. Und eine Kaltdusche brachte sie heute nicht fertig. Nicht in diesem Kühlschrank. Trotzdem ging sie in die Duschen und drehte am Hahn. Es tröpfelte und gurgelte, kotzte braunes Wasser und Luft aus der Röhre. Wie ein angeschossenes Nilpferd grunzte es aus der Düse. Endlich kam mehr, das Braun wich, das klare Wasser setzte sich durch. Lia hielt ihre Hand darunter. Eiskalt. Sie wartete und hoffte. Lauwarm? Nein. Einbildung. Es blieb eisig. Sie wollte das Wasser abdrehen, bekam aber einen Stoss von hinten, dass sie unter den Strahl stolperte. Sie schrie und japste. Schrecken und Kälte des Wassers liessen sie zittern. Sie sprang von dem Strahl weg. Eine Gestalt wankte vor ihr. Ausgemergelt, Höhlen statt Augen, zwischen den knöchrigen Fingern eine Spritze haltend. Ein Junkie. Lia schätzte ihn auf zweitausend Jahre.

«Was machst du hier?», fragte er, fuchtelte mit der Spritze in der Luft herum. «Mach das Wasser aus und hilf mir. Ich finde keine gute Vene.»

Lia stellte das Wasser ab.

«Alles schon zerschossen. Scheisse.» Er liess sich am Eingang der Dusche auf den Boden niedersinken und drückte sich mit einem abgewetzten Gürtel das Blut in die Venen des Unterarms. «Sieh dir das an. Nur noch ein Löchersieb. Komm, zieh. Ich hab zu wenig Kraft.»

Lia rührte sich nicht. «Mach schon!», schrie er und geiferte dabei. Speichel klatschte auf die Kacheln. Er gurgelte ebenso wie die Dusche zuvor. Lia wollte an ihm vorbei. Er fasste nach ihr, erwischte sie an der Wade. Sie trat aus und riss sich los, war an ihm vorbei. Da baute sich ein zweites Wrack vor ihr auf. Eine Frau, die zwei Köpfe grösser mass als Lia. Verfilzte Rastazöpfe, deren Farbe nicht zu bestimmen war.

«Wer ist das? Jules? Wer ist das?», fragte sie und stierte Lia an. Auch sie hatte dunkle Augenhöhlen. Tief drin funkelte es blaugrün. So wie das Meer auf Werbeprospekten. Karibik. Sardinien. Hawaii.

«Jules?» Sie hatte seinen Namen sehr lang gezogen und war am Ende mit der Stimme in die Höhe gegangen.

«Kenne ich nicht. Ist mir scheissegal. Guck, ob sie Geld hat, und nimm es ihr weg. Und hilf mir. Ich pack es nicht.» Seine Hand zitterte, die Spritze zwischen seinen Fingern schlug aus wie ein Seismograph bei Stärke zehn auf der Richterskala. «Chiara, so hilf mir doch, verdammt noch mal.»

Chiara stiess Lia gegen die Brust. «Setz dich dort hinten hin.» Sie zeigte mit dem Kinn auf einen Stuhl, auf dem ein altes Handtuch hing.

Lia gehorchte und setzte sich. Ihre nassen Kleider klebten, und sie begann zu frieren. Sie sah einen offenen Spind. Ein Bademantel baumelte am Haken. «Kann ich mich ausziehen? Ich hol mir in den Klamotten den Tod.»

Chiara kniete bereits über Jules und presste ihm mit dem Gürtel das Blut in die Unterarmvenen. Sie murmelte etwas, das Lia als «Ja» deutete. Rasch zog sie sich aus und schlüpfte in den Bademantel, während sie hörte, wie Chiara auf Jules' Unterarm klopfte.

«Gib mir die Spritze», sagte Chiara. «Gib her.»

«Nein. Ich mach das selbst. Ich lass die Spritze nicht los. Ich trau dir nicht. Am Ende haust du ab, damit du selbst den nächsten Schuss hast. Ich kenne dich, Chiara. Ich kenne dich genau.»

«Leck mich doch am Arsch.» Sie liess von Jules ab, stand auf und wandte sich zu Lia. «Hinsetzen, hab ich gesagt.»

Lia setzte sich wieder.

«Hast du Geld?»

«Nein.»

«Was machst du hier?»

«Bin abgehauen.»

«Wovor?»

«Röhmer.»

«Kenne ich nicht.»

«Cabaret Caligula? Noch nie gehört?»

«Ach das Puff hinter der Langstrasse. Klar kenne ich das. Die verkaufen dort aber nur verschnittenes Zeug. Du musst zum Pascha, dort gibt es anständigen Stoff. Aber viel zu teuer.» Sie musterte Lia.

«Du nimmst aber kein Heroin. Koks, stimmt's? Ihr Nutten nehmt lieber Koks. Kann ich verstehen. Hätte auch nie anfangen dürfen mit dem Scheissheroin.» Sie lachte. «Ich rede wie meine Mutter. Scheissmutter. Der Vater war in Ordnung. Und weisst du, warum? Weil er nie da war. Von Anfang an. Nicht da. Hat aber anständig überwiesen. Anständig, ja, das war er. Bis sie ihn umgelegt haben. Das glaubst du nicht, was? Aber es ist so. Sie haben meinen Vater umgelegt. Die Mafia. Wie im Film. Mit dem Messer den Hals aufgeschlitzt. Ich habe ihn gefunden.» Sie sah Lia forschend an und lachte dann los. «Du hast es geglaubt. Stimmt's? Du hast es geglaubt. Du spinnst, wenn du so etwas glaubst. Niemand hat meinen Vater umgebracht. Das Arschloch lebt und macht auf heile Familie. Aber mit der zweiten Frau. Ist zwanzig Jahre jünger als er. So alt wie ich. Verstehst du das? Mein Vater vögelt seine Tochter. Im übertragenen Sinn. An mir war er nie dran. Nein, nein. Keine Misshandlung. Keine Misshandlung.»

Jules klopfte sich die Nadel in den Unterarm und fluchte. «Er schafft es nie. Jede Wette, er schafft es nie.» Sie lachte. «So ein Idiot. Wie im Slapstickfilm.»

«Halt's Maul!», schrie Jules und setzte eine neuen Versuch.

«Du solltest Dart spielen», sagte Chiara und lachte wieder. Jules traf und jagte sich den Stoff in die Venen. Einen Moment später verdrehte er selig die Augen und starrte gegen die Decke. Chiara drehte sich wieder zu Lia.

«Gib mir die Klamotten.» Sie trat auf Lia zu und untersuchte die nassen Kleider nach Geld. Enttäuscht schleuderte sie die Klamotten Lia ins Gesicht. Dann hockte sie sich neben Jules und wischte ihm den Sabber aus dem Mundwinkel.

«Er ist ein feiner Kerl. Und trotzdem. Ich hätte ihm die Spritze tatsächlich geklaut. Ist das nicht beschissen? Du wirst zum Tier. Nichts ist dir mehr heilig. Sogar deinen Liebsten würdest du für den nächsten Schuss verraten. Lang halt ich das nicht mehr aus. Man darf keinen verraten. Wenn man damit anfängt, ist es vorbei. Verrat ist schlimmer, als an der Nadel zu hängen. Wenn du an der Nadel hängst, hast du immerhin noch Hoffnung auf den nächsten heilenden Trip. Wenn du einen verrätst, dann verfolgt dich der Alptraum bis in die Hölle.»

Sie sah Lia an. «Und du hast wirklich kein Geld?»

«Nein.»

«Scheisse. Ich glaube dir. Du hast so etwas, dass man dir glaubt. Was natürlich nicht heisst, dass man dir glauben darf. Mir haben früher auch immer alle geglaubt. Alle. Und ich habe sie belogen nach Strich und Faden. Belogen und bestohlen. Einfach so. Es machte mir Spass. Und weisst du, warum? Weil sie alle dachten, sie könnten mir glauben. Das hat mich wütend gemacht, dass sie mich für so brav hielten.» Sie griff in ihre Jacke und holte ein handgrosses braunes Fläschchen hervor. Sie schraubte den weissen Deckel ab und schluckte den Inhalt der Flasche. Die Flasche schleuderte sie auf die Kacheln, den Deckel drehte sie zwischen den Fingern.

«Methadon. Langweiliges Zeug. Aber es nimmt immerhin die Schmerzen. Ich nehme es nur im Notfall. Meistens verkaufe ich es. War die letzte Flasche. Habe es Jules nicht gesagt, dass ich noch eine habe.» Sie setzte sich neben ihn und strich ihm übers Haar. «Apothekenüberfall. Am hellen Tag. Stand sogar im ‹Blick›. Sie haben uns nicht erwischt. Rennen, das können wir. Aber wohin? Im Kreis. Am Ende kommst du immer wieder dort an, von wo du losgerannt bist. Nur eine Etage tiefer. Bis du bei der Spirale unten angekommen bist. Und dort ist Sumpf. Da kommst du nicht mehr raus.» Sie redete langsamer. Sie kämpfte dagegen an, dass ihr die Augen zufielen. «Das Zeug macht müde. Noch müder, als ich ohnehin schon bin. Ich bin sehr müde. Ich mag nicht mehr. Schlafen, das ist gut. Schlafen und nichts träumen. Einfach weg sein. Winterschlaf. Ein Jahr lang. Ich wach auf, und ich bin clean. Entzug im Schlaf statt Schlafentzug.» Sie gähnte. «Vielleicht fangen sie dann wieder an, mir zu glauben? Obwohl ich jetzt nicht mehr aussehe wie eine, der man glauben kann. Dir, dir kann man glauben. Du siehst so aus. Oder hast du mich belogen? Hast du doch Geld?» Sie kippte zur Seite, gegen Jules' Schulter. «Belüg mich nicht. Hörst du? Fang nicht damit an.» Sie schlief ein.

Lia nahm ihre Kleider und ging aus der Dusche.

***

Stahl stand vor dem Mehrfamilienhaus und suchte auf der Klingelleiste den richtigen Namen. «Karger», stand dort. Mit Kugelschreiber auf ein Pflaster gedrückt. Stahl klingelte und wartete. Durch die Sprechanlage kratzte es.

«Post», sagte Stahl. Ein Summen öffnete die Tür. Stahl stieg die Stufen empor. Im zweiten Stock stand er vor einem knöchrigen Mann, dessen weisser Schnauz vom Nikotin an den Haarspitzen vergilbt schimmerte. Er trug einen blau karierten Morgenmantel. Darunter einen braunen Pyjama aus Seide. Die Füsse steckten in grauen Filzpantoffeln. Dicke Brillengläser drückten die schmale Nase zusammen. Er stützte sich auf einen schwarzen Gehstock, dessen Knauf ein Wolfskopf aus Silber zierte.

«Auf diese Post kann ich verzichten», sagte er, drehte sich ab und verschwand in der Wohnung. Er liess die Tür offen. Stahl trat in die Wohnung und folgte Karger in ein Zimmer, das überheizt und sauerstoffärmer war als die Bibliothek im Vatikan. Seit Monaten hatte hier niemand mehr ein Fenster geöffnet. Stahl kämpfte sich durch die schmalen Gänge, die gestapelte Bücher bildeten, und steuerte auf das einzige Fenster zu, das den Raum spärlich erhellte. Er riss das Fenster auf und inhalierte die Frischluft.

«Bist du wahnsinnig? Mach sofort wieder zu.» Karger schwang drohend den Stock. «Ich vertrag keine Kälte. Kriecht mir sofort in die Knochen und setzt sich dort fest. Dann habe ich wochenlang Schüttelfrost.»

Stahl atmete noch einmal tief, dann schloss er das Fenster.

«Was willst du?»

«Informationen.»

Karger neigte den Kopf wie ein Papagei und wiederholte.

«Informationen.»
«Über Holzer.»
«Über Holzer.»
«Und van Daal.»
«Und van Daal.»
Stahl räumte einen Stapel Bücher von einem Holzstuhl und setzte sich drauf. «Und ich gehe nicht eher, als dass ich sie von dir bekommen habe.»
Karger hielt den Kopf wieder gerade und zeigte mit dem Stock auf die Bücher und Ordner, die das Zimmer bis an die Decke füllten. «Hier hast du alles, was du brauchst. Musst dich nur durchfressen.»
«Keine Zeit.»
«Zeit ist Geld.»
«Kriegst du.»
«Hunderttausend.»
«Du spinnst. Seit wann sind Informationen so viel wert?»
«Wenn es der Markt hergibt.»
«Ich kann sie auch aus dir rausprügeln.»
Karger lachte schrill, neigte sein Köpfchen und trällerte. «Nicht dein Ernst, nicht dein Ernst, nicht dein Ernst.» Er hob den Kopf und steckte sich eine Zigarette an. Er inhalierte drei schweigsame Züge. «Weisst du nicht, was sie mit mir in Simbabwe gemacht haben? Warum ich den hier brauche?» Er schlug mit dem Stock auf ein Buch. Es staubte aus den Seiten. Dann schlug er mit dem Stock gegen sein rechtes Bein. Es klang nach Prothese.
«Sie haben mir das Bein abgesägt. Bei vollem Bewusstsein. Und wenn ich ohnmächtig wurde, haben sie mich geweckt und weitergesägt. Aber ich habe den Niggern nichts gesagt. Gar nichts. Und deswegen habe ich überlebt. Schweigen bedeutete Zeit gewinnen. Ich wusste, dass Holzer kommen und mich dort rausholen würde. Eine Beinlänge zu spät. Aber er kam.» Die Asche fiel von der Zigarette auf einen Buchdeckel. Karger wischte sie mit dem kleinen Finger weg. «Seitdem sind mir Informationen kostbar.»
«Einverstanden. Hunderttausend.»
«Woher willst du die nehmen? Ich habe gehört, du arbeitest als

Wachmann im Dolder. Wie verträgt sich das mit Hunderttausend für eine Information?»

«Weil ich aus der Information mehr Geld schlage.»

«Sehr spekulativ. Du bleibst ein Spieler, Roger. Und Spieler verlieren am Ende immer. Und weisst du, warum?»

«Weil sie nicht aufhören können und das Glück ungerecht ist?»

«Weil es den Spielern nicht ums Gewinnen geht, sondern nur um den Rausch des Spiels. Sonst wären sie Sportler. Sportler geniessen den Sieg. Spieler den Weg ans Ziel. Sie wollen nur scheinbar gewinnen. Und deswegen verlieren sie am Ende.»

«Du musst es wissen.»

«Ich habe lange keine Karte mehr angerührt, wenn du das meinst. Ich bin trocken. Frei vom Spiel. Abstinent.»

«Und? Wie fühlt es sich an?»

«Beschissen und langweilig.» Er sah an Stahl vorbei, suchte das Licht des Fensters. «Wir leiden alle an derselben Krankheit, Roger. Wir sind Junkies. Wenn wir in Ruhestand gehen, krepieren wir nach und nach. Der Kick. Das Adrenalin. Das Spiel auf hohem Niveau. Wenn es plötzlich vorbei ist, kracht alles zusammen. Die Welt, die wir uns konstruiert haben, sie fällt zusammen wie ein Kartenhaus.» Er drückte die Zigarette in einem überfüllten Aschenbecher aus und zeigte mit dem Stock ins Rund. «Hier. Hier findest du die ganze Welt. Zusammengefallen. Durcheinandergemischt. Sauerstoffarm. Ich muss sie sortieren und aufschreiben.» Er drehte sich zu Stahl. «Ja, ich schreibe sie auf. Meine Welt. Ich spiele sie noch mal nach, indem ich sie aufschreibe. Manchmal, in manchen Momenten, habe ich dann das Gefühl, als wäre ich wieder mittendrin. Nur durch das Aufschreiben. Dann pocht es in meinen Adern. Ich spüre zwei gesunde Beine, ducke mich unterm Kugelhagel hinweg, die Depesche im Rucksack, höre den Helikopter, der mich gleich retten wird, und freue mich auf das heisse Bad mit Lavendelsalz in Rom.»

«Wann warst du zuletzt dort?»

«In Rom? Jeden Tag bin ich dort. In meinen Erinnerungen. Aber es ist schäbig geworden. Ein Papst, der zurücktritt. So etwas will mir nicht in den Kopf. Ich lasse mir das Bein absägen, und er tritt einfach zurück.»

«Du weisst, warum er es getan hat.»

«Papperlapapp. Alles Geschwätz. Johannes Paul war auch krank. Sichtbar krank. Aber er hat gerungen. Benedikt hat aufgegeben. Er war eben nie Papst. Nur Stellvertreter.»

«Stellvertreter Gottes. Das ist sein Amt. Er hat es so gesehen und die Macht losgelassen.»

«Die Macht losgelassen? Willst du mich verarschen? Du weisst genau, was gespielt wird.»

«Nein. Tu ich nicht. Deswegen bin ich ja hier.»

«Benedikt zieht sich aus der Schusslinie. Aber nicht, um Macht abzugeben, sondern um Kraft genug zu haben, die Fäden weiter in den Händen zu halten. Der neue Papst ist eine Puppe Benedikts.»

«Das ist Boulevard.»

«Das ist die Wahrheit.»

«Dafür zahle ich dir keinen Rappen.»

«Und ich sage dir auch nichts, wofür du zahlen könntest. Holzer ist mein Freund. Er hat mich rausgeholt aus dem Busch. Die anderen hatten mich längst aufgegeben.»

«Du weisst, dass es ihm nicht um dich ging, sondern um die Diamanten.»

Karger kicherte. «Um die Diamanten. Herrgott, Roger. Wie naiv bist du eigentlich? Diamanten kommen und gehen. Verliert man die einen, gewinnt man die anderen. Aber ein mühsam aufgebautes Netzwerk, das mit einem Schlag hochgehen könnte, das riskiert man nur ungern.»

Stahl hatte Karger dort, wo er ihn haben wollte. Am Schopf der gekränkten Eitelkeit.

«Holzer hatte Angst, dass ich beim nächsten Bein vielleicht doch reden würde. Und weisst du, wie viele Leute ich dadurch hätte hochgehen lassen können? Die ganze Handelskette zwischen Südafrika, Belgien und Rom hätte ich sprengen können. Ich kannte alle Stationen. Auch dich hätten sie an den Eiern gehabt. Du warst damals mit einer Depesche von Verträgen bei van Daal.»

«Ich erinnere mich.»

«Weisst du eigentlich, was du ihm da überreicht hattest?»

«Ich habe niemals einen der versiegelten Umschläge geöffnet.»

«Und damit, glaubst du, bist du reingewaschen? Wegschauen rettet keinen vor Schuld.»

Stahl merkte wieder, dass die Luft im Raum dünn war. Es zwang ihn, das Fenster zu öffnen und nach Luft zu japsen.

«Das schlechte Gewissen braucht viel Sauerstoff. Vor allem wenn Beichten nicht anschlägt», sagte Karger und hinkte aus dem Zimmer.

Stahl stand am Fenster und sah hinaus. Schnee. Überall Schnee. Das Weiss blendete. Im Hinterhof bauten Kinder in bunten Skianzügen einen Schneemann.

«Mach wieder zu. Das reicht», sagte Karger, der wieder im Zimmer war, unter dem Arm einen Ordner. Er klatschte den Ordner auf den überfüllten Nussbaumtisch. «Hier steht alles drin. Die ganze Verflechtung. Das Netzwerk. Und die Geschäfte, die liefen.» Er schlug den Ordner auf und blätterte darin. «Hier. Simbabwe, Juni 2006.» Er nahm ein Blatt heraus und las davon ab. «Diamanten für van Daal. Karger.» Er blätterte weiter. «Kapstadt, Juni 2006. Restmüll-Verträge für van Daal. Stahl.» Er reichte Stahl das Blatt. Stahl nahm es und flog darüber.

«Das kannst du dir alles ausgedacht haben. Es fehlen Unterschriften und Stempel.»

«Natürlich fehlen Unterschriften und Stempel. Sonst wäre ich schon tot.»

«Und was willst du damit?»

«Mich erinnern, dass es das alles wirklich gab. Und mich darüber ärgern, dass ich nichts daraus gemacht habe. Sieh mich an. Eine schmale Rente und Erinnerungen. Das ist alles, was mir bleibt.»

«Gehst du manchmal zu den Veteranen?»

«Meinst du die Kaninchen- und Rosenzüchter? Nein danke. Früher hatte ich mich manchmal mit Albin dort getroffen. Aber seit er tot ist, gibt es dort keinen mehr, der mich interessiert.»

«Und was ist mit Alice?»

Karger setzte sich auf einen Holzschemel.

«Wollte kein hinkendes Wrack, das nur in der Vergangenheit

lebt. Ausserdem sind fünfundzwanzig Jahre Altersunterschied irgendwann nicht mehr zu übersehen.»

«Lebt sie in Zürich?»

Karger senkte den Kopf.

«Rom?», fragte Stahl.

«Antwerpen.»

Karger hob den Kopf. Seine grauen Augen waren wässrig. «Sie ist mit van Daal zusammen.» Er fingerte zittrig eine Zigarette aus dem Päckchen. Das Feuerzeug funkte, gab aber keine Flamme. Stahl gab ihm Feuer und steckte sich selbst ebenfalls eine an.

«Van Daal ist nicht jünger», sagte Stahl.

«Reichtum kennt kein Alter.»

Stahl beugte sich zu Karger. «Hilf mir, an van Daal ranzukommen.»

«Du willst heute Abend zum FIFA-Treffen, stimmt's?», fragte Karger.

«Woher weisst du davon?»

«Ich weiss alles über van Daal.» Er klopfte auf seinen Ordner. «Und seitdem Alice an ihm hängt, lass ich nicht mehr von ihm ab.»

«Dann hilf mir, dass ich dort reinkomme.»

«Wie?»

«Seine Handynummer. Kannst du sie herausfinden?»

«Die wird dir nichts nützen. Er nimmt keine unbekannten Anrufe entgegen.»

«Du bist kein Unbekannter.»

Karger warf die Zigarette in den Aschenbecher. Sie schien ihm nicht mehr zu schmecken.

«Ich kann das nicht.»

«Warum? Er hat dir Alice weggenommen.»

«Hat er nicht. Sie ist ihm zugelaufen.»

«Und dein Bein?»

«Habe ich auf den Papst verwettet, nicht auf van Daal.»

Stahl zog Karger am Kragen zu sich. «Wovor hast du Angst?»

«Um mein mickriges Leben», sagte Karger. «Einfach nur Angst um mein beschissenes kleines Leben.»

Stahl liess ihn los. Karger nahm die weggeworfene Zigarette

aus dem Aschenbecher und zog daran. «Ich bin ein Wurm. Nur noch ein Wurm. Was ich einst war, was ich heut sein könnte – ich komme nicht darüber weg. Stahl, wenn alles im Arsch ist, du an gar nichts mehr glauben kannst, das ist die Hölle.» Er rieb sich mit dem Handrücken die Augen trocken, kämpfte gegen das Heulen an. Es nützte nichts. Der magere Körper begann zu beben. Stahl legte Karger die Hand auf die Schulter. Karger schluchzte. Zog dann den Rotz hoch, stiess Stahl von sich weg und fegte mit dem Stock den Aschenbecher vom Tisch.

«Aber ich kämpfe. Jawohl, ich werde kämpfen. Gegen die Angst. Und gegen van Daal. Roger, ich bin dein Mann.» Er richtete sich auf. Stahl sah, wie viel Kraft es Karger kostete. Lange würde er den Helden nicht durchhalten. Aber vielleicht reichte es, um an van Daal ranzukommen.

«Ruf ihn an und sag ihm, dass du Alice treffen willst.»

«Was sollte ihm das bringen?»

«Jemand hätte in Alices Vergangenheit gewühlt und Filme alter Bunga-Bunga-Partys mit ihr gefunden.»

«Sie war nie auf Bunga-Bunga-Partys.»

«Und wie hat sie van Daal kennengelernt?»

Karger brummte.

«Du sagst van Daal, der Typ habe dir die Bänder gezeigt, auf denen Alice mit einiger Prominenz zu Gange war. Und die Filme würden eine Million Euro kosten.»

«Und du bist der Typ mit den Filmen?»

Stahl grinste.

«Und dann?», fragte Karger.

«Braucht dich nicht zu interessieren. Dann kriegst du deine Hunderttausend. Eine hübsche Summe dafür, dass van Daal eine verpasst kriegt, oder?»

***

Lia sass vor dem Gasofen im Kabuff und trocknete ihre Kleider. Sie hoffte, dass Stahl zurückkam, ehe die Junkies in der Dusche aus ihren Träumen erwachten. Ihr war mulmig. Und sie hatte Hunger. In dem Kabuff hatte sie nur eine verjährte Packung

Spaghetti gefunden. Ein Waschbecken, in dem ein Topf mit angebrannten Milchresten vergessen worden war, und eine Heizplatte, auf der sich bereits Rost eingefressen hatte, stellten die Küche dar.

Sie stand auf und kramte in Schränken und Schubladen. Sie fand einen Schwamm und eine Flasche mit Flüssigseife. Damit schrubbte sie den Topf. Die ersten Schichten der Milchasche lösten sich, richtig sauber würde man den Stahl nur mit einem Sandstrahler bekommen. Sie schwenkte den Topf mehrmals aus und füllte ihn mit Wasser. Sie drehte die Herdplatte an, prüfte mit dem Zeigefinger, ob sie sich erwärmte, und stellte den Wassertopf drauf. Pasta bianca. Auch ohne Olivenöl. Irgendwo hatte sie noch Salz gesehen. Sie versuchte, sich zu erinnern, und kramte wieder in den Regalen. Dort, zwischen zwei Ordnern eingeklemmt, stand es. Sie nahm einen der Ordner heraus, um besser an das Salz zu kommen. Aus den Deckeln des Ordners glitten Fotos und klatschten zu Boden. Lia legte den Ordner neben die Heizplatte und bückte sich zu den Fotos. Es waren Boxer in Pose. Fest entschlossen im Blick. Harte Jungs, die siegen wollten. Fast alle hatten eine krumme Nase. Nur einer nicht. Das fiel Lia auf. Einer schien nicht dazuzugehören. Wie ein Modell, das man in Boxerkluft gesteckt hatte, wirkte er. Sein Blick war nicht minder entschlossen. Stahl. Vielleicht zweiundzwanzig Jahre alt. Mit Autogramm.

Lia steckte es ein und sah sich die restlichen Fotos an. Sie waren deutlich älter. Siebziger Jahre. Gleich ein ganz anderer Schlag. Hier gab es überhaupt keinen, der eine gerade Nase besass. Bullige Kerle, Preisboxer, die mit geschlossenen Lippen lächelten, weil ihnen bereits einige Zähne fehlten. Aber auch hier gab es einen, der herausstach. Er war strohblond, hatte eine drei Zentimeter lange Narbe, die über die rechte Wange verlief und einen Bogen zog, als wäre es ein überzeichnetes Grübchen. Wie ein schräges Dauergrinsen. Auch mit Autogramm versehen. Unleserlich geschrieben. Mit einem Strich gezogen, der andeutete, dass dieser Mensch keine Zeit hatte, sich mit dem Ausschreiben von Vokalen und Konsonanten zu befassen.

Lia drehte das Foto um und las den Namen des Boxers: «Dick van Daal».

Sie merkte, wie ihr das Herz zu pochen begann. Hätte sie den Namen nicht gestern von Holzer gehört, sie hätte dem schneidigen Boxer zugetraut, sich den Namen gebastelt zu haben. Sie sah ihn sich wieder an. War das derselbe Dick van Daal, den Lia mit Stahl zusammenbringen sollte? Hatten van Daal und Stahl eine ganz eigene Geschichte, von der Lia nichts wusste?

Das Nudelwasser brodelte. Lia legte das Foto beiseite und warf zwei Prisen Salz hinein. Sie öffnete die Spaghettipackung. Die Nudeln zerbröckelten zwischen ihren Fingern. Was nicht auf den Boden bröselte, rettete sie in den Topf.

Die Tür des Kabuffs öffnete sich. Lia schrak auf. Es war Stahl. Sie hatte ihn nicht gehört. Er war ihr unheimlich. Plötzlich hatte sie Angst. Sie würde es nicht schaffen, ihn an Holzer zu verkaufen. Er würde es merken. Sie starrte auf seine ungebrochene Nase, kam sich vor, als hätte er sie beim Klauen erwischt. Sie fühlte sogar, wie sie rot anlief. Sie ging einen Schritt zurück und stellte sich vor den Schreibtisch, auf dem die Fotos lagen. Stahl sollte nicht wissen, dass sie von van Daal wusste.

Stahl sah auf den blubbernden Topf. «Wollen wir nicht etwas Anständiges essen?» Er drehte die Herdplatte aus und nahm den Topf herunter.

«Gern. Aber können wir uns raustrauen, ohne von Holzer erwischt zu werden?»

«Wenn Holzer uns hätte haben wollen, wäre er hier bereits aufgetaucht. Die Verbindung zum Boxclub ist schnell gezogen.»

«Warum sind wir dann hierher?»

«Weil ich hier ein Heimspiel hätte.» Er grinste. «Ausserdem wollte ich wissen, was Holzer spielt. Und jetzt weiss ich, dass er nicht das spielt, was du mir vorspielst. Denn dann wäre er tatsächlich schon hier gewesen.»

Lia verstand nicht, was Stahl genau meinte, aber sie ahnte, dass sie aufgeflogen war.

«Holzer wollte, dass du mit mir zusammenkommst, damit wir gemeinsam van Daal die Diamanten abjagen. Und du solltest mich dann an Holzer verkaufen.»

Lia stockte der Atem.

«Hab ich recht?»

«Ich hatte keine andere Wahl.»

«Ich weiss.»

«Und was hast du jetzt mit mir vor?»

«Dir auch keine andere Wahl zu lassen.» Stahl kam näher an Lia heran. Sie wich zurück, stiess an die Tischkante, sass in der Falle. Sie tastete nach etwas, womit sie sich wehren konnte, fand nur Fotos. Stahl rückte noch näher. Gleich würde er ihre Gurgel packen und zudrücken. Ihre Finger stiessen an den gläsernen Aschenbecher. Sie krallte ihn, schwang ihn nach vorne. Wenn er sein Ziel fand, würde er Stahl das Nasenbein zertrümmern. Blitzschnell wechselte sich das Foto des jungen Boxers mit dem Bild des leibhaftigen Stahl vor Lias innerem Auge ab. Der Aschenbecher schoss ins Leere. Stahl hatte sich geduckt, packte Lias Handgelenk und zog sie an sich. Er presste seine Lippen gegen ihren Mund und küsste sie. Der Aschenbecher glitt ihr aus den Fingern, polterte auf den Boden. Lia hörte nur ihren eigenen Atem. Sie fühlte Stahls Hände, die ihr unter den Bademantel krochen und sich in ihren Rücken krallten. Sie drückte sich sanft von ihm ab, unsicher, wie es weitergehen sollte.

Stahl liess sie los und trat einen Schritt zurück.

«Wir ziehen den Plan so durch, wie Holzer ihn sich ausgedacht hat. Du rufst ihn an und sagst ihm, dass ich angebissen habe. Dann wird Holzer dir helfen, dich als Escort-Girl einzuschleusen.

«Und du?»

«Ich werde in der Nähe sein und dich beschützen. Darin bin ich gut.»

Lia senkte ihren Blick. «Es tut mir leid. Ich hatte wirklich keine andere Wahl.»

«Kein Problem. Ich kenne das Spiel nicht anders. Kabale und Liebe. Bei Hof wiederholen sich die Strickmuster. Deswegen sind Klassiker auch unsterblich.»

Lia zog ihn an sich und gab ihm den Kuss zurück. Sie öffnete ihren Bademantel und liess Stahl nackte Haut spüren. Seine Hände packten zu, ihre Hüften drückten fordernd aneinander. Sie spürte seinen harten Schwanz, seine Finger, die sich in ihren Po gruben, seine Zähne, die in ihren Hals bissen. Sie seufzte, verdrehte die Augen, sah nach oben. Dann schrie sie. Es ging zu schnell. Sie sah den Aschenbecher, wie er auf Stahls Hinterkopf rauschte. Ein dumpfes Geräusch, ein Stöhnen. Er glitt an ihr hinunter und blieb regungslos am Boden liegen.

«Los. Durchsuch ihn. Der hat bestimmt Kohle», sagte Jules, den Aschenbecher in der Hand. Chiara beugte sich über Stahl und grub in seinen Taschen. Sie fand ein Portemonnaie und zog Noten heraus.

«Wie viel?»

«Fünfhundert.»

Jules lachte. «Frohe Weihnachten.» Er nahm ihr das Geld aus der Hand und stopfte es sich in seine versiffte Jeans.

«Komm, lass uns verschwinden», sagte Chiara.

«Und was ist mit ihr? Sie hat uns gesehen. Angenommen, der steht nicht mehr auf. Sie könnte uns bei der Polizei verpfeifen. Ich mag keine Zeugen.»

«Ich sage nichts.» Lia hatte den Bademantel zugezogen und zitterte am ganzen Leib.

«Ich glaub dir nicht.» Jules kam näher.

«Chiara, glaub mir, ich verpfeif euch nicht.»

«Sie kennt deinen Namen, Chiara.»

«Es gibt viele Chiaras. Damit käme ich doch nicht weit. Ausserdem habt ihr mir einen Gefallen getan. Ich bin froh, dass ich ihn los bin.»

«Sah aber gerade anders aus.» Jules fasste ihr an die Brust. Lia schlug ihm auf die Finger. Er packte sie brutal am Kinn.

«Fotze. Wenn ich will, fick ich dich und leg dich danach zu ihm.»

«Hör auf damit, Jules.» Chiara hatte keine Zeit für Spielchen. «Lass uns lieber abhauen, bevor jemand kommt. Wer weiss, wie viele noch von denen hier auftauchen.»

«Für einen Quickie ist immer Zeit. Geh, lass uns allein und pass auf, falls tatsächlich noch jemand kommt.» Jules meinte es ernst. Sein Blick stierte gierig auf Lia.

«Hast du sie noch alle? Du glaubst doch nicht, dass ich Schmiere steh, während du eine andere vögelst?»

Jules lachte. «Doch. Genau das meine ich. Ist doch geil. Mache ich bei dir demnächst auch. Versprochen.»

«Du bist verrückt.»

«Du etwa nicht? Schau dich doch an. Tochter aus besserem Hause. Die ganze Welt ist verrückt. Ich mach nur ein bisschen mit. Also. Raus auf deinen Wachposten, Soldatin.»

Chiara zögerte.

«Wird's bald? Denk daran. Ich habe hier fünfhundert Stutz. Weisst du, wie viel kleines Glück wir uns mit fünfhundert Stutz kaufen können?» Er schlug sich mit den dreckigen Fingern auf die Hosentasche, in der das Geld steckte. Chiara sah drauf und verliess das Kabuff.

Jules drehte sich zu Lia. «Und jetzt zu uns beiden, schöner fremder Engel.» Er gefiel sich in seiner Trivialpoesie. «Weisst du, ich habe mal ganz gut gezeichnet. Dann habe ich gesprayt. Kühlerhauben von Autos. Mystery-Motive. Hab ganz gut verdient damit. War so was wie ein Geheimtipp in der Szene. Das ist wie bei Tätowierern. Die meisten haben irgendwelche Vorlagen, von denen sie dann abpausen. Deswegen rennen auch fast alle mit Konfektionstattoos herum. Meine Bilder waren Unikate. Und irgendwann fiel mir nichts mehr ein. Dann begann ich mich selbst zu kopieren. Riesenscheisse. Das macht einen fertig. Aber wenn ich Heroin nehme, habe ich wieder Bilder. Ganz eigene. Nur will jetzt keiner mehr, dass ich ihm welche spraye. Ich bin aus der Mode. Schöne Scheisse, was? Die Zeit läuft zu schnell. Du musst die richtigen Bilder haben, wenn du gerade in bist. Oder eben ein Konfektionsfuzzi sein, der nur Kohle abschöpfen will. Kann ich nicht. Nicht meine Welt. Ich bin Künstler. Und jetzt mach dich bereit auf ein Unikat.» Er fand sich grossartig, nestelte an seiner Hose und streckte eine überlange Zunge aus dem Kariesmaul.

Lia schauderte und sah sich auf dem Schreibtisch um. Kein weiterer Aschenbecher in Sicht. Jules kam näher. «Dreh dich um. Ich will kein ängstliches Gesicht sehen. Da krieg ich keinen hoch.» Er packte sie bei den Schultern und drehte sie von sich weg. Lias Körper krampfte zusammen. Irgendetwas musste ihr einfallen. Sie konnte sich doch nicht einfach von diesem Elend vergewaltigen lassen. Sie hatte Faller überstanden, Carlo und Röhmer. Dann würde sie auch mit Jules fertigwerden. Sie drehte sich mit einem Ruck zu Jules, bereit, ihm ihre Faust ins Gesicht zu schlagen. Jules hatte damit gerechnet, parierte ihren Unterarm und schlug ihr ins Gesicht. Lia schmeckte Blut an ihrer Unterlippe.

«Versuch besser keine Dummheiten mehr.» Er grinste breit und wiederholte sein ekliges Zungen-Ritual. Dann ein seltsames Geräusch. Wie wenn Gummibänder rissen. Jules schrie auf und sackte zu Boden.

Stahl hatte Jules' Fuss in der Hand und drehte ihn um hundertachtzig Grad weiter. Als wäre es ein Puppenbein. Jules schrie nochmals. Chiara stürmte herein, wollte sich auf Stahl werfen. Stahl schnellte herum und legte sie mit zwei Hieben flach. Wohin er geschlagen hatte, konnte Lia nicht ausmachen. Chiara lag regungslos neben dem jammernden Jules.

«Mein Geld?», fragte Stahl.

Jules konnte nicht antworten. Er war zu sehr mit seinen kaputten Bändern beschäftigt.

«In seiner Hosentasche.» Lia zeigte darauf.

Stahl zog die Noten aus der Tasche. Jules stöhnte auf.

«Los. Zieh dich an. Wir haben noch was vor.» Stahl warf Lia die Kleider rüber.

«Die sind noch nass. Damit hol ich mir draussen den Tod.»

«Dann zieh ihre Sachen an.» Er zeigte auf Chiara.

Lia sah zu ihr. «Ist sie tot?»

«Schon längst. Sie weiss es nur noch nicht.»

Lia beugte sich über Chiara und zog ihr die dreckigen Jeans aus. Sie hielt inne. «Nein. Das pack ich nicht. Ich kann diese Klamotten nicht anziehen. Es stinkt. Ich kotze gleich.» Sie stiess sich von Chiara ab und beugte sich würgend über das Waschbecken.

Stahl öffnete einen Spind und fand einen olivgrünen Overall, auf dem «Fuzzy» stand. Er reichte ihn Chiara. «Hier, der könnte passen.»

Chiara nahm ihn und schlüpfte hinein.

«Riecht der besser?»

«Etwas nach Ziege.»

«Hat was von Pin-up-Girl für Fernfahrer.»

Lia zog den Reissverschluss bis zum Hals. «Jetzt nicht mehr.»

Sie sah, dass Stahls Blick auf den Schreibtisch mit den Fotos fiel, konnte aber nicht verhindern, dass er van Daals Bild nahm. Er sah es sich an und warf es auf den Tisch zurück.

«Komm. Wir gehen.»

Lia machte einen grossen Bogen um den wimmernden Jules und folgte Stahl aus dem Kabuff.

DREIZEHN

Fromm lächelte ölig wie ein Staubsaugervertreter, als Karger ihm die Tür öffnete. «Schleimer. Ich kaufe nichts. Nicht von dir. Ist mir ohnehin ein Rätsel, wie so viele Menschen auf dich hereinfallen konnten», sagte Karger, umarmte Fromm und musterte ihn.

«Weil ich grundehrliche Absichten habe und es die Leute selbst sind, die sich betrügen. Ihre eigene Gier gräbt ihnen die Fallen. Sie wollen an ihr Glück glauben, weil ihr Leben sonst wertlos ist.»

«Ist es ihnen zu verübeln?»

«Tu ich das?»

«Du wäschst dich frei, indem du ihnen deine Gier unterstellst.»

«Sie waschen mich mit ihrer Dummheit frei. Und du solltest dich auch mal beizeiten wieder waschen. Du stinkst wie ein Büffel im Zoo.»

«Und du wie ein Eunuch im Puff zu Bagdad. Hast du im Duty-free-Shop wieder die Parfumflakons geplündert?»

«Neue Gerüche inspirieren. Der Mief von gestern lähmt und macht krank. Das ist das Manko bei euch im Vatikan. Der Gestank von Jahrtausenden. Weihrauch und Myrrhe. Da bevorzuge ich Dior und frische Luft.» Er plapperte munter weiter, während er Karger in die Wohnung folgte. «Und Frischluft täte hier besonders gut.»

«Bist nicht der Erste, der mir das heute ans Herz legt.»

«Dior?»

«Frischluft.»

«Stahl war also schon hier? Schnelles Kerlchen. Aber doch nicht so klug, wie ich annahm. Hätte nicht gedacht, dass er vorbeikommt.»

«Holzer weiss, was Menschen tun. Er ist ein Teufel.»

«Weiss er auch, dass ich nicht nach Rom geflogen bin?»

«Von mir nicht.»

«Will ich hoffen.»

«Was hätte ich davon, es ihm zu sagen?»

«Nichts. Nur weiterhin Weihrauch und Myrrhe statt Karibik, Sonne, Sand und Meer und –»

«Hör auf damit. Ich buche keine Kreuzfahrt bei dir.»

«Habe ich aber auch schon verkauft. Hatte ich dir das mal erzählt?»

«Setz dich endlich hin und halt die Klappe.»

Fromm setzte sich, stöhnte beim Beugen seines Knies und streckte es sofort aus. Dabei stiess er einen Stapel Bücher um, der auf dem Boden stand. Es staubte. Fromm musste niesen. «Wie du das aushältst mit all diesen Staubfängern.»

«Aushalten ist meine Profession. Meinst du, du schaffst das mit deinem Knie?»

«Wenn nicht, lass ich mir so ein Bein wie du schnitzen. Dann schmerzt es wenigstens nicht.»

«Was weisst du schon. Du wirst es nicht glauben, aber manchmal juckt es mich an der Prothese, und dann kratz ich wie verrückt.»

«Ich sag's ja: Weihrauch und Myrrhe. Dagegen sind Koks und LSD ein Kaugummi.»

Karger knallte eine Mappe auf den Tisch. *«Basta, sul serio»*, sagte er, *«adesso, si lavora.»* Er musste es sehr ernst meinen, wenn er die Staatssprache verwendete.

Fromm richtete sich im Sessel auf und schob seinen Oberkörper über den Tisch.

Karger begann zu erklären. «Hier ist der Küchenausgang. Er führt direkt zum Lieferantenparkplatz. Dort steht das Motorrad neben den Abfallcontainern. Du fährst hinter den Containern rechts direkt auf den Feldweg zu.»

«Bei dem Schnee werde ich ihn nicht sehen.»

«Es steht eine grosse Eiche mit einer Aussichtsbank links davon. Wenn du rechts an ihr vorbeifährst, bist du in der Spur.»

«Und der Lift?»

«Nichts für Riesen. Aber da musst du jetzt durch.»

Karger legte ein weiteres Blatt frei. «Und Hug kann man vertrauen?»

Karger zuckte mit den Schultern. «Man kann keinem vertrauen. Aber er wird dich ins Dolder schleusen. Dass er dich danach nicht verpfeift, kann ich nicht garantieren.»

«Das Risiko ist verdammt hoch.»

«Die Rendite auch.» Karger sah Fromm listig an.

«Das Geschäft würde ich keinem meiner Anleger raten.»

«Du hast keine Wahl. Dazu bist du selbst zu gierig.»

«Falsch. Ich bin nicht gierig. Ich will mich nur spüren.»

Karger schlug Fromm mit dem Stock gegen das verletzte Knie. Fromm schrie auf. Karger lachte. «Jetzt spürst du dich.»

***

Lia suchte in ihrem Kleiderschrank nach dem passenden Outfit für den Abend. Sie würden bis dahin in Lias Wohnung bleiben. Holzer würde sie nicht aufsuchen. Er würde warten, bis Stahl die Drecksarbeit für ihn erledigt hatte, und sich dann der Diamanten bemächtigen. Stahl hatte einen anderen Plan.

Er sah vom Küchenfenster auf den verschneiten Helvetiaplatz hinunter. Die Sonne war herausgekommen. Der Schnee glitzerte. Stahl dachte an die Diamanten. Und an van Daal. Er war ein guter Boxer gewesen. Flink und schwer auszurechnen. Fuzzy hatte Stahl damals aufgetragen, van Daal zu studieren. Er war einer der wenigen gewesen, die ohne Stottern ihre Auslage wechseln konnten. Das schafften sonst nur die Kubaner. Van Daal war damals schon knapp vierzig gewesen. Und trotzdem hatte er die Jungen im Mittelgewicht weggefegt. Nur Stahl wollte sich nicht wegputzen lassen. Er war gerade achtzehn geworden, volljährig, weg vom Heim. Und er brannte vor Lebenswut. Er hatte es van Daal schwer gemacht, sie waren über sieben Runden gegangen. Stahl hatte van Daal immer wieder in die Seile gedrängt und auf ihn eingedroschen. Van Daal war nur hinter Deckung gestanden und hatte die Prügel ausgehalten. Doch in dem Moment, als Stahl glaubte, die Lücke zu sehen, hatte sich van Daal aus dem Seil gedreht und ihm eine rechte Gerade aufs Auge verpasst. Stahl war irritiert gewesen. Er hatte sich schon gesehen, wie er die Arme als Sieger nach oben riss. Stattdessen hatte van Daal nachgesetzt und Stahl eine Linke aufs Kinn geschossen, dass er rückwärts durch den Ring taumelte. Stahl sah wieder das Grinsen in van Daals Augen und wie er zum K.-o.-Hieb ausholte. Fuzzy, der Ringrichter war, wollte dazwischengehen. Er kam zu spät. Gleichzeitig mit van Daal hatte Stahl seine Faust geschlagen. Van Daals Nasenbein hatte geknackt, eine Zehntelsekunde später hatte Stahl nur noch Sterne gesehen. Sie hatten so gefunkelt wie jetzt der Schnee auf dem Helvetiaplatz. Das war der einzige K.o. in Stahls Boxer-Karriere gewesen. Er hatte schwer an ihm zu tragen. Zweimal hatte er als Kurier Depeschen aus Rom für van Daal zu erledigen. Sie waren sich nie mehr persönlich begegnet. Alles war über Karger gelaufen. Jetzt war die Zeit für eine Revanche.

«Wie findest du das?», fragte Lia und drehte sich in knapper Seide und hohen Lederstiefeln einmal um die eigene Achse. Dabei warf sie ihr langes blondes Haar durch die Luft und wechselte von einer Hüfte zur anderen.

«Sexy. Es wird ihm gefallen.» Er ging auf Lia zu und fasste sie an den Fingern. Ihre Lippen schmiegten sich gegen seine. Ihr Kuss hatte sich verändert. Stahl schien es, als wären ihre Lippen pralle Kirschen, die gleich aufzuplatzen drohten. Weich und hart zugleich. Süss und sauer. Fordernd und zögernd. Sie knöpfte sein Hemd auf, glitt mir ihren Nägeln über seine behaarte Brust, krallte sich fest. Er sog den geilen Schmerz durch die Zähne ein. Sie warf ihren Kopf in den Nacken und sah ihn scharf an. «Und? Was ist mit dieser Prüfung?» Sie wollte sich lösen, aber Stahl hielt sie an der Hüfte fest und drückte sie an sich. Er glitt über ihre rechte Flanke, massierte ihre Rippen. Sie japste nach Luft und stiess sich ab. «Woher hast du diesen Trick?», fragte sie. «Das darfst du nicht tun. Da verlier ich meinen Kopf.» Sie lachte und drückte sich an ihn. «Mach es noch mal. Aber du darfst es keinem verraten.» Stahl packte wieder dorthin, wo es Lia die Sinne stahl, dann liess auch er sich fahren, und bald war der Kleiderschrank auf dem Boden verteilt.

***

Fromm stand vor dem verschlossenen Cabaret Caligula. Er hätte gedacht, dass der Laden trotz Röhmers Tod geöffnet sei. Schock?

Trauer? Oder eher die kurze Irritation über das Vakuum, das Röhmer plötzlich hinterlassen hatte? Bestimmt war man sich der Erbfolge noch nicht klar. Röhmer hatte zwei Töchter aus erster Ehe, die mit dem Porno-Geschäft aber nichts zu tun hatten. Fromm hatte sie mal auf einem Charity-Ball kennengelernt. In Monaco. Gebildete, schöne Wesen, die beide nach ihrer Mutter kamen, einem ukrainischen Modell der neunziger Jahre. Die Mutter hatte ihre Küken weise vom Tagesgeschäft des Clans ferngehalten. Internat und Côte d'Azur, im Schlepptau des Gesellschaftsadels. Das Parkett, auf dem Fromm einst zu Hause gewesen war, ehe er einem Grossteil der schönen Reichen die Federn gerupft hatte.

Er klopfte an die Tür des Clubs. Vielleicht tobte das Geschäft hinter verschlossenen Türen? Er brauchte Entladung. Das war immer so gewesen. Vor grossen Geschäften musste er sich den Schwanz massieren lassen. Einfach nur dasitzen und massieren lassen. Nicht mehr. Er dachte an Elena. Sie war darin grossartig gewesen. Sie hatte den richtigen Händedruck. Schade, dass sie tot war. Aber die Sache mit dem Stick war einfach ein Fehler gewesen. Er ärgerte sich über sie. Dank ihrer Falschheit hatte er nun die fettesten Fische von der Liste streichen müssen. Mit denen, die noch drauf waren, war er gezwungen, weiter von Raubzug zu Raubzug zu denken. Mit van Daals Diamanten hätte er für ein Weilchen Ruhe.

Die Tür blieb verschlossen. Hier würde er keine Entspannung finden. Er schob die Hände in die Taschen seines hellbraunen Wollmantels und stapfte durch den Schnee in Richtung Langstrasse. Er erinnerte sich, dass es dort einen Laden gab, der junge Asiatinnen anbot. Er stolperte über einen verschneiten Trottoirrand, fing sich aber auf. Das Knie fühlte er kaum. Karger hatte ihm starke Schmerztabletten gegeben. Karger. Noch ein Gestrandeter. Er durfte ihm nicht trauen. Karger spielte um die Zeit, die ihm noch blieb. Ein enttäuschter Veteran, der einst auf die Fahne des Vatikans geschworen hatte und bis auf den letzten Tropfen von der Firma ausgequetscht worden war. Er würde alles und jeden verraten, wenn er nur auf seine alten Tage noch einen Zipfel vom Paradies abbekommen würde, auf das er im

Jenseits längst nicht mehr setzte. Aber Fromm kannte keinen anderen Partner. Er musste es mit Karger riskieren. So weit war es schon mit ihm gekommen. Er wettete mit Typen wie Karger. Stahl wäre der bessere Partner. Aber Stahl brauchte ihn nicht. Ausserdem war man neben Stahl eine wandelnde Zielscheibe. Ganz durchschaut hatte er Holzers Spiel noch nicht. Wollten sie Stahl nun zurückhaben oder ihn nur benutzen, um van Daal die Diamanten abzujagen? Vermutlich beides. Van Daal war in letzter Zeit stark unter Beschuss geraten. Blut klebte an seinem Namen. Das kostete Anwälte, Aufträge und besonders teure Massnahmen, um die Steine offiziell reinzuwaschen. Wenn ihm ein Koffer mit Hochkarätern, die es offiziell nicht gab, gestohlen werden würde, könnte er einpacken, und er müsste einige Minen zu Dumpingpreisen verkaufen. Daran konnte Holzer und seinen Geschäftsleuten um den Vatikan gelegen sein. Stahl war da wohl eher zweitrangig. Ein Mittel zum Zweck.

Fromm stand vor dem Etablissement, das mit Asiatinnen und billigem Bier warb. Er klopfte sich den Schnee von den Schuhen und trat ein. Es war wenig los. Ein Achtzigjähriger mit Brillengläsern wie Bauklötze hing an einer Zwanzigjährigen und knabberte an ihren Nippeln. Sie kicherte und goss sich Schampus in die Kehle. Es war erst Nachmittag. Happy Hour.

«Fromm?»

Fromm drehte sich erschrocken um. Wer kannte ihn da? Er sah in ein rundes aufgedunsenes Gesicht. Die Erinnerung stieg hoch. Felix von Borsoy.

«Das ist aber eine Überraschung», sagte Felix. «Bist du gekommen, um mir mein Erbe auszuzahlen?»

«Erbe? Wieso Erbe?» Fromm sah zur Tür. Felix hatte sich so postiert, dass Fromm ihn umwerfen musste, wollte er zur Tür gelangen.

«Die fünf Millionen meiner Tante. Du erinnerst dich? Ich war bei der Unterzeichnung des Vertrags dabei, der aus fünf fünfzehn zaubern sollte.»

«Es wäre drin gewesen. Aber die globale Wirtschaftskrise, da kann man nichts machen. Aktien sind immer ein Risiko. Was will man machen.»

«Sich aufhängen. So wie es meine Tante getan hat, weil sie die Schmach nicht hatte ertragen können.»

«Oh. Das tut mir leid. Aber wegen Geldverlusts bringt sich niemand um. Sonst müssten sich ja neunzig Prozent der Bevölkerung selbst töten.» Er lachte allein über seinen Scherz. «Da gab es sicher andere Gründe. Depressionen, verlorener Lebenssinn und so weiter.» Er wollte an Felix vorbei. Der hielt ihn am Arm zurück.

«Und so weiter?»

«Ja, was weiss ich, wieso sich Ihre Tante das Leben genommen hat. Mir können Sie das nicht in die Schuhe schieben. Und wenn Sie etwas erben, freuen Sie sich doch.»

Felix schleuderte Fromm herum. Fromm hätte dem Pykniker diese Kraft nicht zugetraut. Schliesslich war Fromm kein Fliegengewicht. Mit seinen zwei Metern brachte er über hundert Kilo auf die Waage. Davon war wenig Fett. Veranlagung und viel Training in der Jugend. Er war stets davon überzeugt gewesen, dass man ihm seinen Erfolg nur abkaufen würde, wenn er selbst erfolgreich aussah. Und da gehörte eine gewisse Fitness dazu. Jetzt half sie ihm wenig. Das lädierte Knie nahm ihm den sicheren Stand. Er taumelte in die Plüschecke, in der die Asiatin gerade den Opa bearbeitete. Sie erschraken. Die Asiatin zog den geilen Greis an der Hand aus der Nische in ein Hinterzimmer.

Fromm sortierte sich zwischen den Polstern. Felix trat einen Schritt auf ihn zu. Zwei tätowierte Glatzen gesellten sich neben ihn. Mit Kampfkunst würde Fromm hier nicht rauskommen. Aber er rechnete, dass sein IQ selbst dann noch höher wäre, wenn man die Intelligenz seiner drei Widersacher miteinander multiplizierte. Deswegen blieb er ruhig.

«Du bist anderthalb Millionen Euro wert», sagte Felix. «Und die kassiere ich nun.»

«Sie glauben an diesen YouTube-Scherz? Lächerlich.»

«Werden wir ja sehen.» Felix drehte sich zu einer Glatze. «Bringt ihn nach hinten. Und passt auf ihn auf. Ich muss ein paar Telefonate erledigen. Dann sehen wir weiter.»

Felix zog sich zurück. Fromm rief ihm hinterher. «Kann ich die zwei Affen gegen zwei Miezen eintauschen? Dann lauf ich auch bestimmt nicht weg.»

Einer der Affen schlug Fromm die Faust ins Gesicht. Fromm schmeckte Blut an seiner Lippe. Dann packten sie ihn grob unter den Armen und schleppten ihn fort.

***

Lia drückte sich an Stahl und steckte ihre Nase in sein Brusthaar. Stahl hielt sie an der Schulter und strich selbstvergessen mit dem Daumen über ihre Haut. Sie tauchte aus dem Urwald auf und drückte ihm einen Kuss auf die Lippen. «Noch eine Runde?», fragte sie.

«Keine Zeit. Lieber liegen wir noch ein halbes Stündchen.»

«Keine Zeit oder keine Kraft?» Sie knabberte an seinem Hals, glitt küssend an ihm hinunter. Auf Höhe des Bauchnabels stoppte sie Stahl.

«Keine Kraft.»

Sie kugelte sich zur Seite und lachte. «Glaub ich nicht. Du hast eine andere. Gib's zu. Eine rassige Römerin, die schrecklich eifersüchtig ist und die beste Pasta der Welt kocht. Dazu fünf Kinder, darunter ein Paar Zwillinge und die Familie deiner Frau nebst hundertjähriger Grossmutter, der du das Herz brechen würdest, wenn sie wüsste, dass du es zweimal mit einer fremden Frau triebest. Du hattest sie für einen Moment vergessen – und jetzt denkst du an sie, mit einem schlechten Gewissen. Ist es so?»

Er stützte sich auf die Elle und sah sie an. «Du magst Geschichten, hab ich recht?»

«Ich lebe von Geschichten. In Indien habe ich einmal vier Wochen lang gefastet. Damit kam ich klar. Aber einen Tag ohne eine Geschichte, und ich drehe durch wie die beiden Junkies im Boxclub.»

«Du denkst, das hier ist eine Geschichte?»

«Irgendwie schon, oder?»

«Das ist keine Geschichte. Das ist bitterer Ernst.» Er strich ihr durchs Haar, kraulte sie im Nacken. Sie drückte ihren Kopf gegen seine Hand wie ein junges Kätzchen. «Ich dachte auch einmal, es wären Geschichten. Abenteuer, in die ich flüchten könnte. Storys, die man sonst nur liest und die mit dem letzten Satz der letzten Seite wieder vergessen sind. Aber sie sind nicht vergessen. Geschichten können befreien. Was wir leben, kettet uns an.»

«Kettet nicht das Ungelebte mehr?»

«Es kommt darauf an, was du lebst. Wenn du dich erst einmal für das Extrem geöffnet hast, frisst es dich auf. Du kannst nicht mehr aufhören. Es ist die Falle, in die jeder Spieler gerät, der einmal den Klang der Roulettekugel lieb gewonnen hat.»

«Ich geniesse es, wenn die Kugel rollt. Es ist die Gegenbewegung, die fasziniert. Der Teller dreht sich in die eine, die Kugel in die andere Richtung. Und doch treffen sie sich irgendwann für einen Moment und kommen überein.»

«Rot oder schwarz.»

«Gerade oder ungerade.»

«Sieg oder Niederlage.»

Sie küsste ihn. Er hielt seine Lippen ruhig. Sie merkte es und zog ihren Mund zurück. «Hast du Angst vor mir?», fragte sie.

Er schwieg. Sah auf ihre zarten Augenbrauen. «Vielleicht.»

«Du traust mir nicht?»

«Du hättest mich an Holzer verkauft.»

«Wahrscheinlich.»

«Und jetzt?»

«Möchte ich, dass der Teller gedreht wird und die Kugel rollt.»

Er zog sie an sich. Sie wälzten sich über den Boden. Der Sieger war nicht auszumachen.

***

Felix stand breitbeinig vor Fromm und lauschte seinem Handy. Die Glatzen hatten ihn an einen Stuhl gefesselt und ihm noch zweimal ordentlich ins Gesicht geschlagen, damit er wusste, was gespielt wurde.

«Nur Anrufbeantworter», sagte Felix.

«Ich sagte doch, die Sache mit der Belohnung war nur eine Finte, um einen Typen zu ködern, der einigen Leuten wichtig ist.»

«Wie heisst der Kerl, der so wichtig ist, dass man ihn nur auf so eine Art vor die Flinte kriegt?»

«Keine Ahnung.»

Felix nickte einer Glatze zu. Der schlug ohne zu fragen in Fromms lädiertes Gesicht. Fromm verzog keine Miene. «Er ändert seine Namen öfter als du deine Unterhosen. Was aber wohl keine Kunst ist.»

Die Glatze wollte wieder zuschlagen. Felix hob einhaltend den Arm.

«Nenne mir drei Namen. Vielleicht kenne ich einen davon.»

«Was würde dir das bringen?»

«Wenn ich ihn kenne, kann ich ihn warnen und meine Information versilbern. Ist doch einfach. Also los.»

«George Clooney.»

«Weiter.»

«James Bond.»

«Weiter.»

«Roger Stahl.»

Felix fielen die Kinnladen herunter. «Roger Stahl? Du kennst Stahl?»

«Flüchtig. So wie deine Tante. Ich hatte ihn mal beraten.»

«Verstehe. Anderthalb Millionen und dein Kopf. Da würde ich auch aus der Deckung kommen.» In Felix begann es zu arbeiten. Er ging vor Fromm auf und ab. Dann trat er wütend gegen einen Stuhl.

«Kein Schwein wird für dich etwas zahlen.»

«Sag ich doch.»

«Aber irgendwas muss ich mit dir anfangen. Schon aus Liebe zu meiner ehrwürdigen Tante.»

«Kann dich verstehen.»

«Verarsch mich nicht.»

«Lag nicht in meinem Sinn. War ernst gemeint. Ich war ein Schwein. Die Verlockung war einfach zu gross. Das schnelle Geld. Und so einfach. Wer träumt nicht davon. Aber ich habe mich geändert.»

«Noch ein Wort, und meine Jungs schlagen dich zu Brei. Dann kann jeder sehen, wie sehr du dich verändert hast.»

«Du glaubst mir nicht. Das wäre auch zu viel verlangt. Aber es ist wahr. Fast das ganze Geld, das ich erwirtschaftet habe –»

«Erwirtschaftet?»

«Habe ich in ein Spital in Somalia gesteckt. Ich habe gemerkt, dass Geld nicht alles ist. Aber es ist ein hervorragendes Mittel, um Gutes zu tun.»

«Ich kotze gleich. Nehmt ihn ran. Und entsorgt ihn sauber.»

Die Glatzen bewaffneten sich mit Schlagring und Baseballschläger.

«Fünfhunderttausend. Bar. Heute Abend», sagte Fromm, während die Faust mit dem Schlagring sich über seinem Gesicht erhob.

«Halt.» Felix grinste siegessicher. «Wo und wie?»

«Im Dolder. Dort treffen sich heute Abend ein paar Geschäftsleute aus Südafrika mit FIFA-Abgeordneten. Inoffizielle Sache. Weiss kein Schwein. Ich bin der Zwischenhändler von Geldern, die die Hände wechseln sollen. Du kannst meine Provision haben.»

Felix sah zu den zwei Glatzen. «Lasst uns kurz allein.»

Sie gehorchten und verliessen die Kammer. Felix trat näher an Fromm heran. «Wie gross ist der Gesamtbetrag?»

«Zehn Millionen.»

«Ich will alles.»

«Das geht nicht. Ich habe den Koffer nur zwei Minuten. Und in denen werde ich mindestens von drei Profis bewacht.»

«Denk dir was aus. Du bist doch sonst auch nicht auf den Kopf gefallen.»

Fromm atmete tief ein. Zu tief, als dass es glaubwürdig wäre. Ein anderer hätte gemerkt, dass er eine Schmiere abzog. Aber Felix war kein anderer. Er war ein gieriger Dummkopf. Nicht schlauer als seine altersgeile Tante, die Fromm mit indiskreten Fotos zur Investition in seinen Fonds überredet hatte. Es gab so viele Narren, die sich für schnelles Geld in den Abgrund stürzten. Der Verstand setzte aus.

Manche Psychologen behaupteten, den Verstand gebe es nur, um Logik in die Emotionen zu bringen. Fromm glaubte an diese These. Und er nutzte sie schamlos aus. Wenn ein Mensch etwas begehrte, musste man ihm nur die Entschuldigung für diese Krankheit schreiben, und der Mensch marschierte. Jeder war bereit für einen Kreuzzug. Und jeder glaubte den grössten Schwindel, wenn es ihn bereicherte. Fromm hatte noch keinen getroffen, der sich selbst gegenüber nicht korrupt gewesen wäre. Sogar Stahl hatte er übers Ohr gehauen. Stahl hätte ihm diese Geschichte jetzt nicht abgekauft. Stahl war clever. Fromm freute sich darauf, sich mit ihm zu messen. Aber das dumme Ferkelgesicht vor ihm, das man in jedem Abfallhaufen nach Nuggets schnüffeln lassen konnte, hatte keinen blassen Schimmer, dass Fromm ihm einen Bären aufband. Und dass, obwohl bereits seine Tante nicht nur mit ihrem Vermögen, sondern auch mit Ehre und Leben für ihre Dummheit bezahlt hatte. Aber wählten nicht Millionen Italiener wiederholt Berlusconi? Was war es, dass man Lügnern immer wieder auf den Leim ging? Das eigene Eingeständnis, dass Lügen und Betrügen doch so menschlich war? Dass man sich täglich ständig bei tausend gedachten Versuchen ertappte, während man gleichzeitig das Banner der Ehrlichkeit zur Schau trug?

«Ich schleuse dich mit ein. Ich sage einfach, ich brauche einen Assistenten wegen meines verletzten Knies.»

«Und die glauben dir das?»

«Sie vertrauen mir. Es ist nicht der erste Deal, den ich für sie mache. Aber es wird der letzte sein, wenn ich sie linke.»

«Du wirst ihn erst gar nicht machen, wenn du sie nicht linkst.» Felix grinste siegessicher. Er musste sich grossartig fühlen. Herr über Leben und Tod eines Obergauners. Ein billiges Gefühl, das ihm Fromm gern liess. Machte es Felix doch blind wie einen Maulwurf im Flutlicht eines Fussballstadions.

«Wann geht es los?»

«Spätestens um neun Uhr müssen wir uns auf den Weg machen. Wäre nicht schlecht, wenn ich mich davor noch etwas frisch machen dürfte.»

«Kein Problem. Du kriegst beste Pflege.» Felix zwinkerte Fromm zu. Plötzlich waren sie Waffenbrüder. Was für Idioten es doch gab.

«Wenn du mich aber linkst, bist du ein toter Mann.» Der Satz musste kommen. Denn Felix würde es sich selbst nicht eingestehen wollen, dass er tatsächlich so ein Idiot war. Fromm erwiderte nichts. Manche Dinge musste man im Raum stehen lassen. Dann fielen sie entweder auf den Sprecher zurück, oder sie verpufften. Bei Felix würden sich die Worte wie eine kleine schwarze Wolke überm Haupt zusammenbrauen und mit Blitz und Donner den Schädel zerschmettern.

***

Stahl wählte die Nummer, die Karger ihm gegeben hatte. Am anderen Ende meldete sich van Daal mit einem internationalen *«Hello?»*.

«Escort-Service ‹Cap ou pas cap›. Guten Abend, Herr van Daal. Wohin sollen wir Ihnen Ihre heutige Begleiterin schicken?»

Van Daal schwieg. Dann legte er auf. Hatte er etwas gerochen? Mit einem Koffer Diamanten im Gepäck musste er sehr vorsichtig sein. Eine unbekannte Stimme musste ihn warnen. Stahl wartete und hoffte, dass van Daal zurückrufen würde. Er wusste, dass van Daal eine Frau zur Entladung brauchte. Der Deal, den er am Abend vor sich hatte, war zu aufladend. Stahl erinnerte sich, wie van Daal auch vor wichtigen Boxkämpfen noch in der Garderobe gestanden und onaniert hatte. Fuzzy hatte Stahl damals gesagt, das käme von den Mittelchen, die van Daal eingenommen hatte, um stärker zu sein. Hormone eben.

Van Daal rief nicht zurück. Stahl musste sich etwas anderes einfallen lassen, um an ihn zu kommen. Vielleicht wäre es eine Möglichkeit, Lia in den Service zu schmuggeln. Bei grösseren Anlässen heuerte das Dolder gern Hilfspersonal fürs Catering an. Stahl selbst würde sich verändern müssen. Zu viele kannten ihn dort.

Lia kam aus dem Bad. Sie trug einen einfachen Trainingsanzug und hatte die Haare in ein Handtuch gewickelt.

«Und?», fragte sie.

«Nichts. Er hat aufgelegt.»

«Was machen wir jetzt?»

«Kannst du kellnern?»

«Ich hatte mal eine eigene Bar. Jedenfalls tat ich so, als gehöre sie mir, wenn ich dort den Abend allein schmiss. Café Orient. Kennst du das? Nicht weit vom Bahnhof.»

«Nein, kenne ich nicht. Wäre dort aber bestimmt Stammgast gewesen.» Er zog sie an sich und küsste sie. Es fühlte sich gut an. Nah. Vertraut. Warum konnte es nicht so bleiben? Weiterknutschen, drei Tage nur im Bett verbringen, eine echte Beziehung wagen. Stahl drückte Lia von sich und sah ihr tief in die Augen. Unergründlich. Es würde schiefgehen. Holzer würde sie nicht in Ruhe lassen.

«Zieh dich an. Es geht bald los. Ich muss noch mal zu mir. Wir treffen uns in einer Stunde an der Dolderbahn.»

VIERZEHN

Die Pflege, die Fromm von den beiden Asiatinnen erfuhr, entschädigte ihn für die Glatzenschläge. Er fühlte sich entspannt und kampfbereit. Nur das lädierte Knie begann wieder zu schmerzen.

«Gib mir meine Jacke», sagte er zu der Asiatin, die ihm den Rücken mit Massageöl ausstrich. Sie gehorchte. Fromm nahm das Päckchen Schmerztabletten aus der Tasche und warf sich eine davon in den Mund. Mit Wasser spülte er sie hinunter. Er lächelte der Asiatin zu. Sie erwiderte. Beide spielten ihre Höflichkeit perfekt. Ein Aussenstehender hätte denken können, sie mochten sich wirklich. Dabei war es nur Geschäft. Fromm hätte gegen einen weiteren Deal nichts einzuwenden gehabt.

Felix kam herein. Die Glatzen im Gepäck.

«Gehen wir?»

«Aber ohne die beiden Affen. Das Dolder ist kein Zoo.»

«Jemand muss uns fahren.»

«Hast du keinen Führerausweis?»

Felix sah kurz beschämt auf den Boden. «Haben sie mir abgenommen. Vor vier Jahren. Hätte einen Test machen müssen, um ihn wiederzubekommen. Dafür hatte ich keine Zeit.»

«Verstehe. Du fährst trotzdem. Mit meinem Knie krieg ich das nicht hin. Ein Auto wirst du wohl haben.»

Felix nickte.

Fromm zog die Kniebandage stramm und stieg in seine Hosen. Von der Asiatin liess er sich in ein frisches Hemd kleiden. Er tat so, als gehöre ihm der Laden. Das passierte ihm überall. Er verbreitete das Gefühl, ihm gehöre alles, die ganze Welt. Ein Lächeln genügte, und sie lag ihm zu Füssen. Ob es ein Bordell oder das Dolder Grand war. Fromm machte es sich zu eigen, sobald er seinen Fuss hineinsetzte. Selbst im Vatikan würden sie ihn für den Papst halten, wenn er ihn beträte.

Leider war ihm der Genuss bislang versagt geblieben. Nur bis an die Pforten hatte man ihn gelassen. Das würde sich aber ändern, wenn ihm das gelang, was er sich für heute Nacht vorgenommen hatte.

***

Stahl besah sich im Spiegel und war zufrieden. Er hatte sich schon lange keinen falschen Bart mehr angeklebt. Aber die Verwandlung, samt Halbglatze und Designerbrille, war perfekt. Jetzt noch die Latexfalten in den Augenwinkeln, eine kleine Narbe, die ihm den rechten Mundwinkel nach unten zog, und ein paar Altersflecken. Perfekt. Er verliess das Badezimmer und besah sich auf dem Bett die drei verschiedenen Outfits. Er entschied sich für die britisch-aristokratische Land-Version und sah darin aus wie ein betagter Oxford-Professor der Mathematik. Noch einen Gehstock, mit dem man sich zur Not verteidigen konnte, und gefütterte Winterstiefel, deren Sohlen ein starkes Profil hatten, um schnell verschwinden zu können.

Er überprüfte das Gesamtbild vor dem Ankleidespiegel und probierte verschiedene Körperhaltungen aus. Endlich fand er die richtige. Leicht gebeugt, den Schwerpunkt in die Knie verlagert. Alt, aber nicht gebrechlich. Er warf sich einen dunkelgrauen Wollmantel über und verliess die Wohnung.

Er wollte ein Stück zu Fuss gehen, um die Figur in ihren Bewegungen zu verinnerlichen. Holzer würde mit allem rechnen. Verkleidung und Verstellung hatte Stahl von ihm gelernt. Der Schüler wollte seinen Meister nicht enttäuschen.

Es blies ein heftiger Wind durch die Engelstrasse und wirbelte den Schnee durch die Nacht. Stahl duckte sich in seinen Schal und schritt durch den Schnee. Zwei Kerle versperrten ihm den Weg.

«He, Opi, hast du ein paar Stutz für die durstige Jugend?», fragte der Grössere der beiden. Stahl sah ängstlich hinter seinem Kragen hervor.

Jetzt konnte er seine Stimme testen. «Ich habe selbst kaum etwas.»

«Das glaubst du doch selbst nicht. In deinem feinen Zwirn steckt doch bestimmt ein fettes Portemonnaie. Lass mal nachsehen.» Er packte Stahl am Kragen und drückte ihn gegen die Häuserwand. Der andere stand Schmiere.

«Nein, bitte. Lassen Sie mich. Nicht schlagen, bitte. Ich gebe Ihnen alles, was ich habe.» Stahl lauschte auf seine Stimme. Sie klang ihm noch zu jung und zu stark. «Ich habe Ihnen doch nichts getan», sagte er. Der Tonfall wurde gebrechlicher. Etwas zu sehr. «Warum machen Sie das?» Jetzt schien es ihm perfekt.

«Weil wir Geld brauchen und nicht arbeiten wollen. Ist das so schwer zu verstehen?» Der junge Mann riss Stahl den Mantel auf und fasste in die Innentasche, dort, wo er das Portemonnaie vermutete. Statt eines Portemonnaies bekam er eine SIG zu greifen. Überrascht starrte er auf die Pistole.

«Du musst sie entsichern. Weisst du, wie das geht?», fragte Stahl und behielt den Tonfall seiner Figur bei. «Mit so einem Ding kann man richtig schnell Kohle machen. Wenn man damit umgehen kann.»

Die beiden Jungs sahen sich an. Der eine noch immer fassungslos die SIG in Händen.

«Einfach nur den Schlitten zurückziehen. Dann ist eine Kugel im Lauf.»

Stahl schlug dem Waffenträger mit dem Stock gegen den Unterarm. Die Pistole flog nach oben. Stahl fing sie mit der freien Hand, schlug mit dem Stock gegen den Hals des Verblüfften, steckte den Stock in den Schnee, zog den Schlitten der SIG zurück und zielte auf den Zweiten. Er merkte, wie er während der Aktion in seine normale Körperhaltung gefallen war. Das durfte ihm nachher nicht passieren. Er korrigierte sich, sicherte die SIG und steckte sie ein. Er knöpfte den Mantel zu und nahm den Stock aus dem Schnee. Dann zog er eine Zwanzigernote aus der Manteltasche. «Hier. Ihr wolltet doch ein paar Stutz. Stosst auf mich an.» Er drückte dem Unbeschädigten die Note in die Hand und ging davon. Er wusste, dass sie ihm noch einen Moment nachsehen würden, und nutzte die skeptischen Zuschauer zur Probe.

***

Fromm wurde schlecht von Felix' Fahrstil. «Es war gut, dass sie dir den Lappen abgenommen haben», sagte er.

Felix klammerte sich ans Lenkrad. Sein Rücken war verkrampft, Schweiss stand ihm auf der Stirn. «Halt dein Maul. Es liegt Schnee, und ich bin seit vier Jahren nicht mehr hinterm Steuer gesessen. Und diese Kurven machen mich wahnsinnig.»

«Brems, es wird rot», sagte Fromm.

Felix trat auf die Bremse. Der Wagen rutschte über das Rotlicht und stand auf der Kreuzung.

«Jetzt würd ich Gas geben.» Fromm verdrehte die Augen und stöhnte. Felix trat aufs Gas und nahm den Fuss zu früh von der Kupplung. Der Motor soff ab.

Fromm strich sich genervt mit der Hand durchs Haar. «Ein schöner Parkplatz. Jedenfalls sehe ich hier kein Halteverbotsschild, dafür einen Streifenwagen.»

Tatsächlich stand auf der anderen Seite ein Polizeiauto an der roten Ampel. Die Wagen der Grünampelphase fuhren auf die Kreuzung und begannen zu hupen. Auf dem Dach des Streifenwagens erleuchtete das Blaulicht.

«Wenn du ihn ankriegst, würde ich geradeaus an der Streife vorbeifahren.»

Felix zitterten die Finger. Fromm fürchtete, der Stümper würde den Schlüssel abbrechen. Das Blaulicht hatte das Hupen zum Schweigen gebracht. Ein Polizist war aus dem Wagen gestiegen. Mit einer blinkenden Kelle forderte er Felix auf, von der Kreuzung zu fahren und rechts anzuhalten.

Der Motor sprang an. Felix fuhr wie in der ersten Fahrstunde. Der Wagen hoppelte von der Kreuzung.

«Ich hätte doch meinen Sattel mitnehmen sollen», sagte Fromm.

Jetzt waren sie auf Höhe der Streife. Der Beamte winkte weiterhin mit der Kelle und forderte zum Anhalten auf.

«Gib Gas.»

Felix trat das Pedal bis zum Anschlag durch.

«Und geh erst wieder davon runter, wenn ich es sage.»

Felix gehorchte und klammerte sich an das Lenkrad. Aus seinen Knöcheln schwand das Blut. Er hielt die Luft an, als würde er unter Wasser tauchen, und lief blau an.

«Atmen nicht vergessen», sagte Fromm.

Felix schnappte nach Luft, japste und lenkte.

«Dort vorne links.» Fromm zeigte mit dem Finger auf eine Abbiegung.

Felix' wollte schon das Steuer rumreissen.

«Achtung! Gegenverkehr!» Fromm griff ins Steuer. «Brems!»

Felix gehorchte. Der Wagen schlingerte, hielt dann aber. Sie warteten drei Autos ab.

«Jetzt», sagte Fromm. Felix würgte den Motor wieder ab.

Fromm sah durch die Heckscheibe. Keine fünfhundert Meter hinter ihnen blinkte das Blaulicht.

Felix startete den Motor und bog links ab.

«Gleich wieder rechts», sagte Fromm.

Felix gehorchte. Diesmal ging es glatt.

«Langsam.»

«Aber sie haben gesehen, dass wir hier rein sind.» Felix' Stimme bröckelte.

Fromm sah, wie ein Auto aus einem elektrischen Tor aus der Garage auf die Strasse setzte und wegfuhr. «Fahr dort rein. Schnell. Bevor das Tor wieder schliesst.»

Felix lenkte den Wagen zum Rolltor. Es bewegte sich bereits nach unten.

«Mach schon.» Fromm sah nach hinten. Das Blaulicht war nicht zu sehen. Jetzt sah er es um die Ecke biegen. «Schnell.»

«Das schaffen wir nicht. Das Tor schliesst.»

Fromm hob sein lädiertes Bein mit den Händen, hievte es über die Schaltkonsole und drückte es auf Felix' Gasfuss. Der Wagen raste auf das Tor zu. «Halt das Lenkrad gerade.» Fromm korrigierte das Steuer.

«Kopf runter.» Sie duckten sich. Über ihnen krachte es gewaltig.

«Brems!»

Die Reifen quietschten. Der Wagen stand. Fromm drehte den Motor und das Licht ab. Sie lauschten. Fromm hob den Kopf und sah zum Tor hinaus. Das Blaulicht fuhr langsam vorbei. Fromm blickte auf die Uhr des Wagens. «Wir müssen uns beeilen. Wäre dumm, wenn wir zu spät kämen.»

«Zu Fuss?», fragte Felix.

«Nein. Ich habe Schlüssel für den Wagen dort drüben.» Fromm zeigte auf einen Porsche. Felix sah ihn verblüfft an.

«War ein Witz.» Fromm verdrehte die Augen über so viel Blödheit.

«Natürlich zu Fuss.»

«Schaffst du das?»

«Für zehn Millionen und die Eintrittskarte in den Vatikan ziehe ich die Nummer sogar amputiert durch.» Er stieg aus dem Wagen. Felix ebenfalls.

Ein schwerer Mann im Security-Outfit versperrte ihnen den Weg. Breitbeinig mit durchgedrückten Knien wippte er auf und ab. Er wartete auf Erklärung.

«Ich kenne ihn nicht. Er hat mich mitgenommen, wie mein Auto im Schnee stecken geblieben ist», sagte Fromm und zeigte auf Felix. «Ein Irrer. Gut, dass Sie da sind. Wer weiss, was er sonst noch angestellt hätte.»

Felix sah entgeistert aus der Wäsche. Ihm fiel nichts ein.

«Wir warten, bis die Polizei da ist. Dann können Sie das mit denen klären.»

«Ausgezeichnete Idee. Polizei ist immer gut. Meine Aussage haben Sie ja bereits. Auf Wiedersehen.» Fromm machte sich auf, der Wachmann hielt ihn an der Schulter zurück. Fromm blieb stehen, drehte sich aber nicht um. «Felix, spätestens jetzt müsstest du dem Kerl von hinten eine über den Kopf gezogen haben.»

Der Wachmann drehte sich rasch nach Felix um. Der stand hilflos im Raum. Fromm nutzte die Ablenkung, griff dem Wachmann ins Holster, entsicherte die SIG und zielte auf die flache Stirn des Wächters.

«Das sind Momente, die ich hasse», sagte Fromm. «Wenn ich abdrücke, macht es wieder Lärm. Und das lockt womöglich noch mehr Leute an. Wenn ich nicht abdrücke, wollen Sie den Helden spielen und hängen mir an den Hacken wie eine Fliege am ungewischten Arsch. Nun müssen Sie verstehen, dass ich nicht viel Zeit habe, lange zu überlegen. Und da handelt man manchmal unbedacht. Nehmen Sie es mir also bitte nicht übel, wenn ich mich jetzt vertue.» Er drückte ab. Das Kleinkaliber machte mehr Lärm als gedacht. Es hallte in der Garage nach. Der Wachmann sackte zu Boden. Felix stand wie angewurzelt. Fromm sicherte die Pistole und steckte sie ein. Dann humpelte er schleunigst aus der Garage.

Felix stierte auf den toten Wachmann. Dann begriff er die Situation und rannte Fromm hinterher. Fromm war unerwartet gut zu Fuss. Felix musste rennen, um zu ihm aufzuschliessen. Er hatte die falschen Schuhe an. Er rutschte immer wieder im Schnee weg.

«Du hast ihn abgeknallt.»

«Ich?»

«Ja, du. Wer sonst?»

«Ich könnte bezeugen, dass du es warst.»

«Das kauft dir keiner ab. An der Waffe sind deine Fingerabdrücke. Und an den Fingern hast du Schmauchspuren.»

«Du guckst wohl gern fern. Die Sprüche kannst du nur von dort haben.» Fromm zog die Pistole.

Felix erschrak. «Willst du mich jetzt auch umlegen?»

Fromm warf Felix die Waffe hin. Aus Reflex fing er sie.

«Jetzt sind auch deine Fingerabdrücke drauf.»

Felix sah entgeistert auf die Pistole. Dann drehte er sich nach möglichen Leuten um. Die Strasse war leer. Fromm nahm ihm die SIG aus der Hand und schob sie sich in den Hosenbund. Dann humpelte er voran. Felix hatte es schwer, Schritt zu halten, obwohl er zwei gesunde Knie hatte. Er war fett und bequem geworden. Fromm ein zäher Wolf, der ständig auf der Hut sein musste, dass ihm keiner seiner Gläubiger an den Kragen ging. Das hielt fit. Doch der Preis war hoch. Darauf konnte Felix verzichten.

«Willst du zu Fuss zum Dolder hoch?» Felix keuchte. Seine Raucherbronchien rasselten.

«Dann weiss ich wenigstens, dass ich ankomme. Mit dir am Steuer bin ich mir da nicht so sicher.»

«Ich könnte meine Jungs anrufen. Die sind in fünf Minuten hier.»

«Ich sagte doch: Ich arbeite nicht mit Affen. Reicht mir schon, dass ich mich auf dich eingelassen habe.» Fromm lief stur weiter. Felix hechelte hinterher.

***

Lia hatte sich ein Billett aus dem Automaten gezogen. Nervös sah sie sich auf dem kleinen Bahnsteig um. Die Dolderbahn trudelte ein. Stahl war nirgends zu sehen. Nur eine Dame mittleren Alters, die ihren Pudel in ein lila Wollhöschen verpackt hatte, das wiederum farblich mit ihrer Pudelmütze harmonierte. Und ein älterer bärtiger Herr, der sich auf einen Gehstock stützte, in der anderen Hand ein Buch hielt und darin las.

Lia sah genauer auf den Buchtitel und erschrak. «Doppelleben» von Gottfried Benn. Zufall? War Benn wieder in Mode gekommen? Ihr wurde heiss. Oder war es gar ihr Buch? Sie öffnete ihre Tasche und kramte darin. Ihr Exemplar befand sich nicht darin. Sie sah zu dem älteren Mann hinüber. Er hob seinen Blick und lächelte. Die Dolderbahn hielt. Die Türen öffneten sich. Einige Passagiere verliessen den Waggon.

Sie stieg hinten ein, der Leser ihres Buchs nahm die vordere Tür.

Sollte sie wieder aussteigen? Stahl anrufen? Wo war er? Sie hatten sich für diese Bahn verabredet. Sie sah zu dem Mann hinüber. Zwischen ihm und ihr gab es nur die Frau mit dem Pudel. Er hatte sich gesetzt und las in dem Buch. Lia hielt es nicht aus. Sie zückte ihr Handy und rief Stahl an. Dabei sah sie keine Sekunde von dem Mann mit dem Buch weg. Er griff in seine Manteltasche. Zog er eine Pistole? Würde er sie gleich umlegen? War er von Holzer geschickt? Oder von van Daal? Oder von beiden? Lia blickte sowieso nicht mehr durch. Wie sollte man auch den Überblick behalten, wenn jeder etwas anderes spielte, als er vorgab? Sie mischte ja selbst kräftig dabei mit. Trotzdem wurde es ihr jetzt gerade zu viel. Es war keine Pistole, sondern ein Handy. Lia hörte, wie Stahl abnahm. Ohne zu warten fragte sie: «Wo bist du? Ich bin in die Bahn eingestiegen, wie abgemacht. Hier ist ein seltsamer Kerl, der aus meinem Buch liest.»

Die Bahn fuhr in die Zwischenstation. Frau und Pudel stiegen aus. Jetzt war Lia mit dem Mann allein. Er drehte sich mit dem Rücken zu ihr und telefonierte.

«Vielleicht spinne ich ja auch nur, und es ist ein blöder Zufall. Aber warum bist du nicht hier?»

Stahl begann zu sprechen. Lia lauschte. Es kam ihr bekannt vor.

«Meine Generation hatte noch gewisse literarische Residuen von den vorausgegangenen, an die sie anknüpfen konnte: Vater-Sohn-Probleme, Antikes, Abenteuer, Reisen, Soziales, Melancholie des Fin de Siècle, Ehefragen, Liebesthemen – die heutige hat nichts mehr in Händen, keine Substanz und keinen Stil, keine Bildung und kein Wissen, keine Gefühle und keine formalen Strebungen, überhaupt keine Grundlage mehr – es wird lange dauern, bis sich wieder etwas findet.»

Der Mann war aufgestanden und auf sie zugekommen, während er aus dem Buch vorgelesen hatte. Jetzt erkannte sie ihn.

«Stahl.»

«Verworrensein und nicht schreiben können ist noch kein Surrealismus.» Er lächelte, steckte sein Handy ein und gab ihr das Buch zurück. «Darf ich mich setzen?» Er tat es.

Lia steckte das Buch ein und musterte ihn. «Du hast mich echt reingelegt», sagte sie.

«Hoffentlich gelingt uns das auch mit Holzer.» Er musterte sie. «Hast du ihm schon Bescheid gegeben, was wir planen?»

«Nein.»

«Dann solltest du das jetzt tun.»

«Warum?»

«Weil er denken soll, dass ich nichts kapiert habe. Das macht es für uns leichter. Holzer wird dich erkennen. Er wird die Kameras überwachen lassen und selbst an den Monitoren stehen. Wenn er dich entdeckt und du dich nicht bei ihm gemeldet hast, wird er stutzig werden. So aber wird er dir freien Zutritt zu van Daal verschaffen. Besser können wir es nicht haben.»

«Soll ich ihn jetzt anrufen?»

«Ja.»

***

Fromm spürte sein Knie wieder. Der Marsch war länger und anstrengender als erwartet. Felix keuchte wie eine Dampflok.

«Können wir eine kurze Pause machen?» Er stemmte die Hände auf die Knie und pumpte Luft in den Rücken. Fromm blieb stehen und lehnte sich an eine Tanne. Sein Blick schweifte durch den dunklen Wald.

«Weisst du denn überhaupt, ob wir hier richtig sind?», fragte Felix.

«Hier sieht doch ein Fleck wie der andere aus. Am Ende rennen wir im Kreis.»

«Das tun wir sowieso.»

«Was?»

«War philosophisch gemeint. Entschuldige, ich vergass, dass du dich sonst nur mit Tieren unterhältst.»

«Fick dich.»

«In der Extremsituation zeigt sich der Charakter. Versuch dich zu benehmen. Immerhin bist du ein von Borsoy.»

«Man kann sich noch nicht einmal hinsetzen zum Ausruhen. Scheissschnee.»

«Spar dir deine Wut für den Rest des Aufstiegs.» Fromm stiess sich vom Baum ab und trat auf. Es stach heftig im Knie. Er kramte in seinem Mantel nach den Schmerztabletten, fand sie und schluckte zwei davon. Dann warf er das leere Päckchen in den Schnee. Er wollte nicht warten, bis die Tabletten wirkten. Beim Gehen würde der Schmerz vergehen. Es war immer so gewesen. Man musste etwas tun, damit man den Schmerz vergass. Und Fromm war immer schon von Schmerzen gepeinigt. Als Kind hatte es begonnen, wenn er mit ansehen musste, wie andere in die Ferien fuhren, während er zu Hause auf dem Hof hatte rackern müssen. Schläge ins Genick und auf den Rücken, wenn die Arbeit aus Sicht des Vaters schlecht geraten war. Kein Abendbrot, wenn die Mutter glaubte, der Bengel sei frech gewesen. Und Prügel vom älteren Bruder, der Florian neidete, dass er trotz der knappen Lernzeit ein Sechserschüler war. Nur Josefine, seine jüngere Schwester, war gut zu ihm gewesen. Sie hatte ihm heimlich zu essen gebracht und dafür Schläge und Extraaufgaben von der Mutter riskiert. Dafür hatte Fromm nachts ihre Hausaufgaben gemacht. Unter der Bettdecke. Er hatte nicht verstehen können, dass andere pauken mussten. Er hörte, verstand und merkte sich, was gesagt wurde. Und er zog seine Schlüsse aus dem Wissen. Das machte ihn auf dem Hof zum Fremden. Sie mussten ihn schlagen, wollten sie die Macht über ihn nicht verlieren. Es half nichts. Sie verloren sie trotzdem. Auch weil Fromm mit sechzehn in die Höhe schoss und ein Kerl wurde, den man nicht mehr so leicht prügelte. Schmerz spürte er trotzdem. Den Schmerz des Andersseins. Er war ein Ausgestossener, weil er klüger war. Auch Josefine verstand ihn bald nicht mehr. Sie sahen sich zwar noch immer tief in die Augen und spürten Geschwisterliebe. Die bezog sich aber nur auf die Vergangenheit, auf das gemeinsame Kindsein. Und eines Tages schlich sich Fromm fort. Als alle schliefen. Ohne Abschied. Sie hätten seine Worte ohnehin nicht verstanden. Seither hatte er keinen mehr gesehen. Noch nicht einmal auf die Beerdigung seines Vaters war er gegangen. Wozu auch? Sie hatten sich im Leben nichts zu erzählen gehabt, was sollten sie sich am Grab belügen? Der Bruder hatte den Hof übernommen, Josefine einen Bauern aus dem Dorf geheiratet, und die Mutter führte das Regiment und tyrannisierte die Familie mit ihren Gebrechen. So malte es sich Fromm wenigstens aus. Er konnte die Menschen hochrechnen. Es war bestimmt so.

Er kehrte aus seinen Gedanken zurück. Das Knie spürte er nicht mehr. Die Tabletten wirkten. Und die Bewegung. Nur noch wenige Meter, dann hatte er einen Anstieg erreicht, von wo aus es flach weiterging. Er zog an, weit hinter ihm hörte er Felix rufen. «Warte. Ich komm nicht hinterher!»

Fromm hörte nicht auf ihn. Er musste die Steigung durchziehen. Das Knie war im Fluss.

«Arschloch!», schrie Felix.

Fromm hatte die Ebene erreicht und atmete tief durch. Er sah das hell beleuchtete Dolder über Zürich thronen. Die Fenster funkelten. Sie erinnerten ihn an die Diamanten. Ein Lächeln schlich über seinen Mund. Er drehte sich zu Felix um. Der kroch auf allen vieren den Anstieg hoch, den Hals voller Wut und Flüche. Unverständlich kotzte er seinen Widerstand in den Schnee. Warum musste Fromm auf einen solchen Idioten bauen? Er hoffte, dass er mit Felix keinen Fehler machte. Aber er brauchte ein Bauernopfer. Dafür war Felix dumm genug. Fromm fürchtete aber gerade, dass Felix noch dümmer war. Vor allem war er ein Jammerlappen. Einer, auf den man unter normalen Umständen niemals setzen würde. Aber was blieb Fromm übrig? Karger konnte Fromm für die Aktion nicht gebrauchen. Dazu brauchte es zwei ganze Beine.

Fromm half Felix auf die Füsse. Felix beruhigte sich.

«Alles klar?», fragte Fromm.

Felix brummte und nickte.

«Ist keine einfache Sache. Du kannst immer noch umkehren.»

«Willst du mich verarschen? Dann war die ganze Aufregung ja umsonst.» Felix sah zum Dolder hoch. «Nein, für mich gibt es kein Zurück mehr. Ich will da hoch. Unten in dem Sumpf gehe ich unter. Ich tauge nicht zum Zuhälter. Ich bin Baron, auch wenn man es mir nicht mehr ansieht. Aber tief drin bin ich Baron. Das hat mir meine Tante immer wieder gesagt.»

«Ja, sie war eine feine Frau.»

«Arschloch. Mach dich nur lustig. Dass sie dir auf den Leim gegangen ist, gibt dir noch lange nicht das Recht, dich über sie lustig zu machen.»

Felix warf sich gegen Fromm. Beide fielen in den Schnee. Sie rangelten. Fromm warf Felix ab. Der kullerte ein ganzes Stück den Hang hinunter. Ein Schlehenstrauch fing ihn auf. Die Dornen stachen durch die Hose. Felix fluchte.

«Beeil dich, es geht gleich los», sagte Fromm und wartete nicht.

***

Stahl zog Lia an sich und beobachtete den Hintereingang des Hotels. Einer der Hilfsköche brachte Essensreste zu den Abfalltonnen.

«Du sagst, du bist vom Catering-Service DeLuxe. Dann kriegst du die Arbeitskleidung für den Abend.»

«Bei wem muss ich mich melden?»

«Die Chefin im Service ist Frau Winter. Frag nach ihr.»

«Hat sie keine Namensliste von den Aushilfskräften?»

«Das müssen wir riskieren.» Er fasste sie bei den Schultern. «Bereit?»

Lia schluckte. «Bereit.»

Er zog sie an sich, küsste sie und sang «When I'm Sixty-Four».

Sie grinste und ging in Richtung Hintereingang. Stahl sah ihr nach, bis sie im Hotel verschwand. Dann machte er sich selbst auf den Weg. Als Professor Lutz Lüdtke würde er den Vordereingang nehmen und sich für zwei Nächte einmieten. Er nutzte den Weg um das Hotel, um ich an die Körperlichkeit des alten Mannes zu erinnern, und fand in die Figur.

In der Halle begegnete ihm Hug. Er erkannte Stahl nicht. Dann tauchte Schwientek auf. Er flatterte wie ein aufgeregter Schmetterling durch die Halle. Höchste Aufregung. FIFA-Delegation. Blatter und Beckenbauer sollten kommen. Und andere hohe Tiere aus Fussball, Politik und Wirtschaft. Samt ihren offiziellen und inoffiziellen Häschen. Nicht ungewohnt, dass hier besondere Anlässe stattfanden. Schwientek war aber eingefleischter Fussballfan. Einer, der sich noch über Retortenvereine aufregen konnte, die keine Tradition besassen und nur vom Geld eines Oligarchen oder Ölscheichs aufgeblasen wurden. Auch konnte er nicht verstehen, wie man eine WM nach Dubai vergeben konnte. Er hatte sich wohl vorgenommen, den Funktionären heute die entscheidenden Fragen zu stellen. Anders konnte sich Stahl Schwienteks Nervosität nicht erklären.

«Sind sie schon eingetroffen?», fragte Schwientek die Kollegin an der Information.

«Bislang noch nicht.»

Schwientek sah zu Stahl hinüber, klärte für sich ab, ob der ältere Herr zur schottischen Delegation gehörte, und kam auf Stahl zu.

«Guten Abend. Gehören Sie zur FIFA?»

«Nein. Leider. Obwohl ich ein leidenschaftlicher Fussballfan bin. Mein Steckenpferd ist die Quantenphysik. Professor Lutz Lüdtke, internationales Forschungszentrum der modernen Physik.»

Schwientek nickte enttäuscht, behielt aber seine professionelle Freundlichkeit bei.

«Darf ich Sie zur Rezeption begleiten, Herr Professor?»

«Danke. Sehr freundlich.»

«Und Ihr Gepäck?»

«Ist im Schnee stecken geblieben. Kommt aber nach.»

«Das tut mir leid. Falls Sie etwas brauchen, bitte sagen Sie Bescheid. Für uns ist nichts unmöglich.» Er ging voran und gab Stahl an der Rezeption ab. Auch hier wurde er nicht erkannt.

«Ihren Ausweis bitte.»

Stahl schob ihn über den Tresen. Das letzte Mal hatte er Professor Lutz Lüdtke in St. Moritz gegeben, bei einem Treffen der Bilderberger. Damals hatte er rein beobachtende Funktion gehabt. Der Vatikan hatte ihn ausgesandt, um einige Informationen über einen deutschen Politiker einzuholen. Die Beute war mager gewesen, dafür war Professor Lutz Lüdtke geboren und konnte heute zum richtigen Einsatz kommen.

«Danke schön», sagte die Rezeptionistin. «Zimmer 208.»

Stahl nahm den elektronischen Schlüssel entgegen. Das Telefon klingelte. Die Rezeptionistin nahm den Anruf entgegen. «Sie sind da», sagte sie zu Schwientek. Der schlug sofort mit den Flügeln und flog zwei Kreise um die eigene Achse. «Sie entschuldigen mich. Meine Kollegin zeigt Ihnen Ihr Zimmer.» Er flog davon und erinnerte an einen Falter, der immer wieder gegen eine Lampe knallte, nur weil er ins Licht wollte.

Stahl schlurfte durch die Halle zur Sitzgruppe, von der aus man sowohl den Eingang als auch den Treppenaufgang und die Lifte beobachten konnte. Er setzte sich und gab vor, in einem Notizbuch Gedanken festzuhalten. Tatsächlich galt seine Aufmerksamkeit den Auftritten und Abgängen der Hotelmenschen.

Dort, wo er noch vor zwei Tagen gestanden hatte, hielt jetzt ein anderer Wache. Stahl kannte ihn nicht. Er sah nur durch den Anzug hindurch, dass der Kerl gut durchtrainiert war. Vielleicht etwas aufgeblasen. Der Schwerpunkt lag im Brustkorb. So einer war unten anfällig. An den Beinen. Stahl würde sich im Notfall daran erinnern.

Die Tür öffnete sich, und ein grosser Mann trat ein. Sechsundfünfzig Jahre alt. Das erste Grau blond nachgefärbt, das Gesicht dezent gebräunt. Er trug einen Aktenkoffer. Van Daal. Neben sich eine Frau Ende dreissig. Sie sah gut aus. Frisch und sportlich. Man sah, dass sie Zeit hatte, Körper und Geist zu pflegen. Alice. Deswegen hatte van Daal auf den Escort-Service nicht reagiert. Hatte Holzer nicht gewusst, dass Alice mit dabei war? Oder war die Escort-Nummer nur eine Story, die Lia Stahl hatte auftischen sollen?

Ein kleiner dicker Schwarzer folgte ihnen. Er trug ebenfalls einen Aktenkoffer. Stahl kannte ihn nicht. Womöglich ein FIFA-Funktionär aus Südafrika. Sie steuerten auf die Sitzgruppe zu. Stahl duckte sich in sein Notizbuch, die Ohren spitzend.

«Ich gehe noch rasch nach oben. Mich frisch machen», sagte Alice.

«Mach aber nicht zu lange. Du weisst, mir geht bei den Leuten schnell der Gesprächsstoff aus.»

«Rede doch einfach über Cruyff und die Anfänge des Tiki-Taka. Dann erzählen die weiter.»

«Ich hasse Fussball.»

«Aber du liebst das Geld, das damit zu machen ist. Also, wo liegt das Problem?»

«Dass ich keine Minute ohne dich sein will.»

Sie drückte ihm einen Kuss auf den Mund. «Heuchler.»

Stahl sah hinter seinem Notizbuch auf. Kleine Lachfalten zogen sich um ihre Augen. Alice war noch immer eine Raubkatze auf dem Parkett. Smaragdgrüne Augen, brünettes langes Haar, das sie legen konnte, wie sie wollte – es sah immer nach Frisur aus. Ein Körper, der ihr gehorchte, ein wilder Geist, den sie gezähmt hatte. Sie sah zu Stahl. Er schaffte es nicht, seine Augen zu senken. Sie hielt den Blick länger, ihre Smaragde begannen sich schnell zu bewegen, als suchten sie in ihrem Archiv nach dem passenden Namen zu Stahls verklebtem Gesicht. Sie fanden wohl nichts. Dafür schickten ihre Lippen ein freundliches kühles Lächeln, das Stahl mit einem Nicken erwiderte, ehe er wieder in seine Notizen abtauchte.

«Bis gleich», sagte Alice und verschwand im Lift.

Van Daal sah ihr hinterher.

«Schöne Frau», sagte der Schwarze und bleckte seine Zähne. Er schwitzte stark. Jetzt, da er sich mit einem weissen Taschentuch über die Stirn wischte, erinnerte er an Louis Armstrong. Auch das heisere Timbre in der Stimme ähnelte der Jazz-Legende. «Und klug», fügte er hinzu. «Sie hat recht. Cruyff geht immer.»

«Pelé auch.»

Der Schwarze nickte. Dabei schwappte sein ganzer Körper. «Pelé auch.»

«Und Beckenbauer», sagte van Daal gelangweilt.

Der Schwarze lachte. «Klar. Beckenbauer.»

Stahl hätte jetzt noch Bobby Charlton, Maradona und Zidane einwerfen können. Aber er sagte nur: «Sir Stan Matthews.»

Van Daal drehte sich zu Stahl und sah verdutzt auf ihn hinab. «Der einzige Fussballer übrigens, der noch während seiner aktiven Laufbahn geadelt wurde. Machte mit fünfzig Jahren sein letztes Pflichtspiel.» Stahl stand auf, reichte van Daal und dem Schwarzen die Hand. «Puskás und Di Stéfano geben auch immer etwas her. Kommt darauf an, mit wem man zu tun hat.» Stahl lächelte. «Professor Lutz Lüdtke. Physiker.»

«Dick van Daal. Erfreut.» Der Händedruck war knirschend.

«Adam Mwangi.» Die Hand des Schwarzen hielt sich zurück.

«Entschuldigen Sie, dass ich mitgehört habe. Aber an Fussball kann ich nicht vorbeihören. Ausserdem ist es das einzige Thema, bei dem ich meine Gesprächspartner nicht langweile. Welcher normale Mensch spricht schon gern über Axiome und Teilchenbeschleuniger?» Er hielt seinen Kopf schief, um schrullig zu wirken. «Darf ich fragen, was Sie in Zürich tun?»

Van Daal und Mwangi sahen sich an. «Fussball. Wir sind in Sachen Fussball unterwegs», sagte van Daal.

Stahl zog den Hals lang wie eine allwissende Schildkröte und nickte lange. «Spielervermittler? Ich wüsste ein junges Talent aus dem Aargau. Der Sohn meiner Cousine. Ein richtiger Knipser. Erinnert in seiner Spielweise an den jungen Gilbert Gress.»

Van Daal verdrehte die Augen. Das Fussballgesimpel schien ihn mächtig zu langweilen.

Stahl legte nach. «Wen treffen Sie denn hier? Fädeln Sie was für die Bayern ein? Neymar oder Messi? Das wäre ein Coup.»

«Cruyff», sagte eine Frauenstimme. Es war Alice. Stahl drehte sich zu ihr und wiederholte «Cruyff. Da bin ich baff. Dem würde ich auch gern mal begegnen. Aber vielleicht können Sie mir ja ein Autogramm von ihm besorgen und an der Rezeption für mich hinterlegen?» Er streckte ihr die Hand entgegen. «Lüdtke. Professor Lutz Lüdtke.» Sie schlug ein. Er spürte und erinnerte sich an ihre Wärme. Ob seine Hand sie auch erkannt hätte, wenn er sie nicht gesehen hätte? Ob ihre Hand sich an seine erinnerte? Für einen Moment schien es so. Die smaragdenen Augen scannten wieder das Archiv der Erinnerungen ab. Dann hielten sie inne.

«Kennen wir uns nicht von irgendwoher?», fragte Alice.

«Daran würde ich mich erinnern», sagte Stahl. «Und Sie auch.» Er zwinkerte schelmisch.

«Wir müssen los», sagte van Daal. Er nickte Stahl zu. Mwangi tat es ihm gleich. Nur Alice zauderte noch und schüttelte den Kopf. «St. Moritz?», fragte sie. «War es in St. Moritz? Bei den Bilderbergern? Vergangenes Jahr.»

Stahl war überrascht. Er war dort gewesen. Es war bislang sein erster und einziger Auftritt als Lutz Lüdtke gewesen. Alice hatte er dort nicht gesehen. Ob sie ebenfalls in Verkleidung zu tun gehabt hatte? Er erinnerte sich nur an ein paar farblose Politikerfrauen, die sich schlecht beraten in unvorteilhafte Kostüme gezwängt hatten. Alice hätte er nicht übersehen. Er merkte, wie sie ihn musterte, seine Augen beobachtete, wie sie in der Erinnerung kramten. Verdammt, war sie gut. Noch immer. Dieselbe Ausbildung. Holzer und Karger. Vor allem Karger. Ein Meister der Verwandlung. Manche spotteten, Kargers Prothese sei eine Finte. Tatsächlich habe er die Flügel des gefallenen Engels und sei schneller an verschiedenen Orten als jeder Jetsetter. Alice grinste. Sie hatte das Spiel gewonnen. Jedenfalls hatte sie ihn als Lüdtke wiedererkannt, während er im Dunkeln tappte. Er kniff die Augen zusammen und merkte, dass es besser war, es nicht zu tun. Der Latex um die Augenwinkel zwickte. Er könnte sich lösen. Für einen geschulten Blick leicht zu entlarven. Er entspannte die Augen und war sich sicher. Sie wusste, wer er war. Sie hatte den Mann hinter Lutz Lüdtke erkannt. Ihre Smaragde funkelten, wie sie es nur taten, wenn sie sich damals in Rom heimlich in der Taverne hinter dem Kolosseum getroffen hatten. Bei Enzo hatten sie gesessen, Barbera getrunken und sich die Pasta geteilt.

Manchmal bis in den Morgen. Die letzten beiden Gäste. Enzo hatte dann den Schlüssel auf den Tisch gelegt und gesagt, Stahl solle abschliessen.

«Es ist mir peinlich. Ja, ich war dort. Aber an Sie würde ich mich bestimmt erinnern.»

«Wenn sich einer noch an Stan Matthews erinnert, glaube ich das sofort.» Sie lächelte. «Erinnern Sie sich auch an den verschossenen Elfmeter von Roberto Baggio in den Nachthimmel Roms?»

«Gegen Argentinien im Halbfinale 1990.»

«Wenn er getroffen hätte, hätten Sie heute ihn genannt. Er hätte Maradona damit vom Platz gefegt. Aber man muss eben in den richtigen Augenblicken treffen. Vor allem in Rom.» Sie sah ihn herausfordernd an. Er schluckte. Eine eindeutige Botschaft. Immerhin liess sie ihn nicht auffliegen. Noch nicht. Aber er musste handeln. Sobald sie mit van Daal allein war, würde sie ihn warnen.

«Gehen wir?», fragte van Daal, dem das Fussballgeschwätz auf die Nerven ging.

«Schönen Abend, Herr Professor», sagte Alice und nickte. Dann zog sie mit van Daal und Mwangi davon.

Stahl wollte schnellen Schrittes über die Treppen in sein Zimmer eilen, da merkte er gerade noch rechtzeitig, dass er die Körperlichkeit seiner Figur zu verlieren drohte. Er sackte tief in die Knie, beugte seinen Rücken unter der Schwerkraft des Lebens und schlurfte zum Lift.

***

«Sie stehen nirgends auf der Liste», sagte Frau Winter und sah über die Halbschalengläser ihrer Brille hinweg in Lias Gesicht.

«Das muss ein Computerfehler sein. Das ist mir letzte Woche auch schon im Schweizerhof passiert.»

«Tut mir leid. Ohne Überprüfung kann ich Sie nicht bei uns arbeiten lassen.»

Hinter Frau Winter flirrten Kellnerinnen, Zimmermädchen und Hilfsköche durch Türen. Es glich einem Bienenkorb. Lia war begeistert von der ungeschriebenen Choreografie. Sie hörte kaum, was Winter sagte.

«Ich kann Sie nicht einfach wegschicken. Wir brauchen heute jede Hand. Ich bin gleich wieder zurück», sagte sie und tauchte mit ihrer Liste in den Fluss der Emsigen ein.

Lia wartete. Winter würde noch einmal an anderer Stelle nachfragen, ob Lia trotz Listenfehlers arbeiten durfte. Darauf konnte sie nicht hoffen. Sie wartete, bis eine Kellnerin über das Tableau lief, und folgte ihr aus dem Knotenpunkt der Gastronomie.

Die Kellnerin hatte in etwa Lias Masse. Lia holte zu ihr auf.

«Hallo, ich bin Marlen», sagte sie. «Arbeitest du fest hier?»

«Nein. Ich bin von DeLuxe. Sophie.»

«Das ist ja lustig. Ich auch.»

«Hab dich noch nie gesehen.»

«Ist das erste Mal.»

«Wer hat dich eingestellt? Meyerhoffer?»

«Ja. Komischer Kauz.»

«Ich finde ihn ganz süss. Ein bisschen aufdringlich vielleicht.»

«Ich habe ihm gleich signalisiert, dass ich auf billige Anmachen nicht abfahre.»

«Muss schon was kosten. Hast recht. Uups. Wenn man vom Teufel spricht.»

Am Ende des Ganges stand ein gut gekleideter Mann um die dreissig, der sich mit Frau Winter unterhielt. Lia schwante, dass sie gleich auffliegen würde. Sie suchte nach einer Abzweigung. Aber der Gang lief ohne Fluchtchance auf Winter und Meyerhoffer zu. Da musste sie jetzt durch.

«Da ist sie», sagte Winter. «Ich bat Sie doch, zu warten.» Sie drehte sich zu Sophie. «Auf. Auf. Du wirst nicht fürs Glotzen bezahlt.»

Sophie senkte den Blick, den sie zu lange auf den schicken Meyerhoffer geworfen hatte, und trippelte davon.

«Frau Orff?», fragte Meyerhoffer und schätzte sie mit dem Blick eines Kenners. Er schürzte die Lippen, als würde er einen Wein kauen und kosten. Dann lächelte er. «Ich erinnere mich.» Er streckte ihr die Hand entgegen, Lia schlug ein und fühlte einen kalten Lappen in ihrer Hand.

«Eigentlich hatte ich Sie für die Parallelveranstaltung im Widder eingeplant. Das muss ein Missverständnis sein.» Er hielt Lias Hand noch immer. «Aber wenn Sie schon hier sind, können Sie auch gleich hier arbeiten. Kommen Sie, ich zeige Ihnen, was für Sie zu tun ist.»

«Das kann ich wohl besser einschätzen», sagte Winter.

Meyerhoffer liess Lias Hand los und drehte sich zu Winter. Für einen Moment schien es, als würde er ihr gleich an die Gurgel springen, dann schürzte er aber wieder die Lippen, schmeckte die Alternativen ab und entschied sich für sein Lächeln.

«Natürlich können Sie das. Hier auf dem Parterre geniessen Sie Heimvorteil. Aber die Einweisung in die oberen Regionen übernehme wohl besser ich.»

«Sie soll oben arbeiten?»

«Ja.»

«Wer sagt das?»

«Die Chefetage.»

«Und warum spricht man das nicht mit mir ab? Ich bin unterbesetzt, und oben hat jeder zwei Kellnerinnen.»

«Wenn wir hier jetzt eine Grundsatzdiskussion zwischen Arm und Reich starten wollen, wird es lächerlich. Wenn Sie kubanische Absichten hegen, dann greifen Sie Ihrem Personal doch selbst unter die Arme. Auf. Die Ärmel hochgekrempelt und mit angepackt. Völker, hört die Signale! Auf zum letzten Gefecht!» Er lachte schäbig und sah verbrüdernd zu Lia. «Kommen Sie, ich stecke Sie in Ihr Outfit und erkläre Ihnen Ihre Aufgaben.»

Er nahm Lia bei der Hand. Sie spürte wieder die Kälte seiner Marmorfinger und liess sich fortführen. Im Rücken hörte sie noch, wie Winter etwas murmelte. Es klang wie ein Hexenfluch aus «Macbeth».

Schweigend ging sie neben Meyerhoffer her. Was spielte er? Warum hatte er so getan, als würde er Sie kennen? Dachte er, sie wäre ein Escort-Girl, das durch den Hintereingang ins Geschäft kommen wollte?

Sie standen vor einem Lift. Meyerhoffer drückte den Knopf und sagte kein Wort. Der Lift hielt an, die Tür öffnete sich, zwei Frauen im gleichen Dress wie Sophie traten heraus und lächelten

Meyerhoffer devot an. Lia folgte ihm in den Lift. Er drückte den obersten Knopf. Lia ahnte, wohin es ging.

***

«Meine Hosen sind nass. Wenn wir hier noch länger rumstehen, hole ich mir eine Lungenentzündung.» Felix versuchte, sich mit den Armen den Rumpf warm zu klopfen.

«Wenn wir da so einfach reinspazieren, liegen deine Hosen für immer irgendwo im Schnee», sagte Fromm. «Geduld.»

«Worauf warten wir? Und warum hier?»

Sie standen etwa zweihundert Meter vor dem Eingang des Dolder am Strassenrand. Der Wind pfiff ihnen um die Ohren. Es gab keinen Schutz.

«Jetzt komm hierher und duck dich.»

Felix ging zu Fromm. «Ich verstehe gar nichts.»

«Ist besser so. Dann wirkt es natürlicher.»

«Was wirkt natürlicher?»

«Stell dich dorthin.»

Felix trat an den Strassenrand. Direkt vor Fromm.

«Da kommt ein Auto», sagte Felix und deutete nach oben, von wo zwei Scheinwerfer sich den beiden näherten.

«Runter. Keiner darf uns sehen.» Fromm drückte Felix in die Hocke, wartete den richtigen Zeitpunkt ab und stiess ihn dann auf die Strasse.

Felix schrie auf. Das Auto konnte gerade noch rechtzeitig bremsen. Felix klebte fast am Nummernschild.

Der Fahrer sprang aus dem Wagen und rannte zu Felix.

«Alles in Ordnung?», fragte er. «Tut mir leid, ich habe Sie nicht gesehen.»

Ehe Felix etwas erwidern konnte, sprang Fromm aus dem Hinterhalt und schlug dem Fahrer mit der Pistole auf den Hinterkopf. Der taumelte in den Schnee und stöhnte. Fromm stieg über ihn und schlug ein zweites Mal zu. Der Fahrer gab Ruhe.

«Zieh ihm die Kleider aus.»

«Warum?» Felix begriff gar nichts.

«Weil ich es sage.»

Felix gehorchte und machte sich über den Fahrer her.

«Er blutet stark.»

«Hoffentlich versaut er nicht den Anzug. Wisch ihm den Kopf mit Schnee ab, damit er nicht kleckst.»

Felix tat es und zog dem Fahrer Jacke und Hosen aus. Fromm nahm ihm die Kleidungsstücke aus der Hand und machte schnell, sie gegen seine eigenen Klamotten auszutauschen.

«Alles Zwerge. Ich sehe darin aus wie ein Sechzehnjähriger im Konfirmationsanzug.» Fromm sah an sich hinab auf die Hochwasserhosen. Das Jackett endete knapp unter dem Bauchnabel.

«Los. Wirf ihn in den Schnee und steig ein.» Fromm setzte sich hinters Steuer. Felix entsorgte den Fahrer und hockte sich auf den Beifahrersitz.

«Er wird erfrieren.»

«Nicht der schlechteste Tod.»

«Du bist brutal.»

«Streichelst du deine Nutten etwa nur?»

«Das ist etwas anderes.»

«So?»

«Ja. Das sind die Geschäftsprinzipien in meinem Milieu. Da muss man schlagen, wenn man ernst genommen werden will.»

«In meinem Milieu ist es nicht anders.»

«Trotzdem. Getötet habe ich noch keinen. Und im Schnee habe ich auch noch keinen verrecken lassen.»

«Dann ist das jetzt dein Erster.» Fromm zündete den Motor. Er tat sich schwer, das Knie so zu beugen, dass er mit dem Fuss aufs Gas stehen konnte. Es schmerzte höllisch. Er sog die Luft durch die Zähne. Dann stand er aufs Gas und wendete den Wagen.

«Was hast du vor?»

«Dich ins Dolder zu bringen. Als Gast.»

«Das glaubt mir doch keiner.»

«Du hast doch eine goldene Kreditkarte. Das ist die einzige Glaubwürdigkeit, die zählt. Ich kenne Multimillionäre, die laufen rum, als würden sie von der Sozialhilfe leben. Da kommst du noch ganz gut weg. Solltest nur nicht zu viel reden.»

Fromm fuhr vor den Eingang des Hotels, stieg aus und öffnete Felix die Tür.

«Und mein Gepäck? Es wird auffallen, dass ich kein Gepäck habe», sagte Felix.

«Liegt noch am Flughafen. Schneechaos.» Fromm beugte sich zu Felix hinunter und zischte ihm ins Ohr: «Wenn du dich nicht zusammenreisst, leg ich dich um.»

Felix nickte und schluckte trockenen Speichel.

«Wenn du alles so machst, wie ich es sage, liegst du übermorgen an der Copacabana und darfst dich wieder ruhigen Gewissens von Borsoy nennen. Du gehst jetzt da rein, nimmst ein Zimmer und rufst mich an, wenn du oben bist. Verstanden?»

Felix nickte. Fromm liess ihn aussteigen und klemmte sich selbst wieder hinters Steuer. Er fuhr den Wagen zur Seite und sah Felix nach, wie er an den Angestellten vorbei ins Hotel ging.

***

Stahl stand am Fenster des Hotelzimmers und sah auf die verschneite Auffahrt. Er hoffte, dass Lia ihm als Zimmermädchen gleich ein heisses Wasser mit Rum vorbeibringen würde. Er sah auf seine Armbanduhr. Gleich neun Uhr. Vor einer halben Stunde hatten sie sich getrennt.

Es klopfte an der Tür. Das musste sie sein. Stahl drehte sich vom Fenster ab, ging zur Tür und öffnete. Es war nicht Lia, sondern Alice.

«Darf ich reinkommen, Professor?», fragte sie und wartete nicht auf Antwort.

Stahl trat einen Schritt zurück. Alice ging an ihm vorbei und setzte sich in einen der beiden Ledersessel. Stahl schloss die Tür.

«Was hast du vor?», fragte Alice.

Stahl sah sie nur an. Er wusste, dass seine Verkleidung aufgeflogen war. Aber Alice hatte van Daal wohl nichts verraten, sonst wäre sie jetzt nicht allein hierhergekommen.

«Kannst dich ruhig strecken. Alter Mann konntest du noch nie gut spielen. Du bist zu eitel.»

Stahl richtete sich auf und ging auf Alice zu.

«Nicht zu nah. Ich ziehe schnell», sagte sie und liess eine Luger mit Schalldämpfer blitzen.

Stahl setzte sich in den anderen Sessel. Dabei stöhnte er und hielt sich den Rücken. «Ich werde langsam zu alt für solche Spiele. Ich sollte mich zur Ruhe setzen.»

«Womit? Mit zehn Millionen von Diamanten?»

«Warum nicht?» Es kam tonlos aus Stahls Mund. Als hätte er es zu sich selbst gesagt.

«Das schaffst du nie allein.»

«Wer sagt, dass ich allein bin?»

Alice sah ihn forschend an. «Holzer?»

«Karger.»

«Du lügst. Karger würde niemals mit dir zusammenarbeiten. Er hasst dich.»

«Schien mir nicht so.»

«Weil er sich verstellt. Glaube mir, er ist die grösste Schlange, die je dem Vatikan gedient hat.»

«Und du bist seine beste Schülerin.»

Sie schwiegen sich an. In ihren Augen blitzte «Unfinished Business».

«Du kannst mir nicht verzeihen, stimmt's?», fragte sie.

«Kann es Karger?»

«Ist mir egal, was er kann. Er hat mir all die Scheisse beigebracht. Es war nur eine Frage der Zeit, dass ich ihn verliess. Der Altersunterschied war zu gross.»

«Van Daal ist nicht viel jünger.»

«Diamanten halten jeden jung.»

«Bitch.»

Sie grinste. Genauso frech und unwiderstehlich wie damals, als sie zusammen bei Holzer und Karger die Schulbank drückten. So hatte sie ihn angesehen, bevor sie ihn zum ersten Mal küsste. Er hatte sich nicht dagegen wehren können. Stahls grosse Schwäche. Er konnte sich nie wehren, wenn ihn eine Frau so ansah. Seine Augen fielen dann in ihre, und er war ein seliges Opfer. Alice dachte gar nicht daran, ihre Augen aus seinen zu nehmen. Sie genoss es, darin zu baden. Stahl spürte es. Aber er hockte sicher in seinem Sessel. Sie im anderen. Dazwischen der kleine Tisch mit dem Blumengesteck des Tages. Man hätte sie malen können. Keiner war fähig, den nächsten Zug zu machen. Zwei gelähmte

Kaninchen vor zwei Schlangen. Furchtsame Kinder und eiskalte Killer zugleich. Das waren sie. Aus dem einen hatte man das andere gezüchtet.

«Komm her und küss mich», sagte Alice.

«Ich bin ein alter Mann.»

«Da steh ich doch drauf. Komm. Nur ein Mal. Der alten Zeiten wegen. Mmh?»

Da war es. Dieses «Mmh?», bei dem sie am Ende die Stimme nach oben zog. Ihre Geheimwaffe, die wirkte wie bei einem Tier, das man streichelte, oder bei einem kleinen Kind, das schlecht geträumt hatte. Und Stahl träumte schlecht. Schon seit jeher.

«Mmh?», machte Alice wieder. Kurz war es. Zu kurz. Wie eine Kugel Zitronenglace. Viel zu wenig, als dass es für Erfrischung reichte. Und viel zu gut, als dass man nicht noch mindestens eine weitere davon lecken wollte. Und das jeden Tag. Immer. Ja, immer. Das grosse Wort.

«Immer?», fragte Stahl.

«Natürlich für immer. Und ewig.»

Es zog ihn aus dem Sessel. Ihre Blicke rissen für keine Sekunde ab. Sie sassen wieder in der kleinen Gelateria in der Via Puccini und naschten. Einen Coupe mit fünf Kugeln. Und nur Zitrone. Alice hielt das Biskuit. Das Geschmolzene lief ihr über die Finger. Stahl leckte sie ab. Zarte, süss-saure, klebrige Knöchel. Die Glace fiel zu Boden, sie küssten sich.

Stahl stand auch jetzt kurz davor. Dann spürte er den Schalldämpfer der Luger an seinem Bauch. Der Film riss ab.

«Erst in der Via Puccini», sagte Alice.

Stahl trat einen Schritt zurück.

«Allein jagst du van Daal die Diamanten nie ab.»

«Und du kommst allein nicht von ihm weg.»

«Bingo.»

Er sah sie an, spielte, dass er zögerte, und nickte dann langsam.

«Einverstanden. Wie ist dein Plan?»

***

«Steht Ihnen gut», sagte Holzer. Er drehte sich zu Meyerhoffer. «Danke, Sie können gehen.»

Meyerhoffer verliess das Zimmer. Holzer trat einen Schritt auf Lia zu. In der Hand hielt er einen Metallring. Er kniete sich vor Lia. Und noch ehe sie begriff, was er tat, hatte sie den Ring um den Knöchel.

«Was ist das? Eine Fussfessel? Damit Sie wissen, wo ich bin?», fragte Lia.

«So etwas Ähnliches. Die Fessel besitzt einen Hohlraum. Darin befindet sich Panclastit.»

«Was ist das?»

«Siebzig Prozent Distickstofftetroxid und dreissig Prozent Nitrobenzol. Säuberlich getrennt in zwei Kammern. Über Funk kann ich die Kammern öffnen, dann vermischen sich die Substanzen und werden zu Flüssigsprengstoff.» Er hielt einen Autoschlüssel vor Lias Gesicht. «Der sieht aus wie ein normaler Autoschlüssel. Üblicherweise öffnet man damit elektronisch Türen. Ich kann Sie damit in die Luft jagen.»

Lia starrte auf den Schlüssel. Dann auf ihren Knöchel.

«Ein zweiter Schlüssel liegt in einem Schliessfach am Bahnhof. Damit können Sie sich nach getaner Arbeit selbst befreien.»

«Und der Schlüssel fürs Schliessfach?»

«Kriegen Sie bei der Aufsichtsfrau, die Sie bereits kennen. Sobald wir den Koffer und Stahl haben. Haben Sie alles verstanden?»

Sie nickte, verstand aber gar nichts mehr. Das ging über ihre Phantasie hinaus. Das träumte sie nur. Sie berührte den Metallring. Er war echt. Aber konnte das Ding sie wirklich in die Luft sprengen? Sie sah Holzer an. Es gelang ihr nicht zu erkennen, ob er bluffte.

FÜNFZEHN

Fromm dauerte es zu lang. Felix müsste längst eingecheckt und sich gemeldet haben. Etwas war faul. Fromm fuhr den Wagen zum Lieferanteneingang. Er parkierte, stieg aus und ging an den Abfallcontainern vorbei ins Hotel. Niemand störte sich an ihm. Alle waren mit ihren Aufgaben beschäftigt. Nur eine herbe Frau mit spitzer Nase und einer schwarzen kantigen Brille vor ihren hellblauen Augen interessierte sich mehr für Fromm, als ihm lieb war.

«Kann ich Ihnen helfen?», fragte sie.

«Ja. Ich bin der Fahrer eines Gastes. Und er liebt Papaya seit er Parkinson hat. Haben Sie vielleicht welche in der Vorratskammer?»

«Papaya? Bei Parkinson?»

«Soll die Krankheit verlangsamen.»

«Gibt es da nichts Chemisches?»

«Bestimmt. Aber wenn die Leute richtig krank sind, glauben sie wieder an die Natur.»

«Ich nicht. Die Natur war immer Feind des Menschen. Nur weil er die Natur zu bändigen wusste, ist er jetzt dort, wo er ist.»

«Und wo ist er?»

«Wie?»

«Vergessen Sie es. Papaya. Kann ich welche bekommen?»

«Eigentlich sind wir hier nicht auf dem afrikanischen Markt. Bestellen Sie die Papaya über den Zimmerservice. Der Auftrag geht dann an uns, und wir besorgen sie. Wir besorgen alles. Also auch Papayas. Nur muss der Dienstweg eingehalten werden.»

Die Frau begann zu nerven. Fromm sah sich um. Zu viele Leute schwirrten durch die Gänge. Er konnte die Schwellenhüterin unmöglich umlegen.

Ein Koch kam hinzu. Klein und schmächtig, aber mit einem mächtigen gezwirbelten Schnurrbart.

«Frau Winter, uns reicht das Personal vorne und hinten nicht. Im Service hat fast jeder Gast zwei Bedienungen, und uns brennen die Pfannen an. Das geht so nicht. So kann man keine Qualität liefern.» Er stellte sich auf die Zehenspitzen und fuchtelte mit dem Zeigefinger vor Winters Nase. So als wollte er ein Käsefondue anrühren.

Winter wich einen Schritt zurück.

«Ich hatte Ihnen gesagt, ich kümmere mich darum. Gehen Sie an Ihren Herd zurück und wenden Sie ihre Omeletten.» Winters Stimme surrte wie ein Fallbeil. «Sie tun Ihren Job und ich den meinen. Haben wir uns verstanden?»

Der Zeigefinger des Kochs knickte ein. Er verzog die Mundwinkel, dass selbst das Gezwirbelte nach unten zeigte, und schlich sich. Winter drehte sich geladen zu Fromm. Er wusste, dass sie ihn jetzt vom Hof fegen würde. Es musste ihm rasch etwas einfallen. Mochte es noch so dumm sein. Er verdrehte die Augen, hielt sich die Hand vors Gesicht und taumelte.

«Ist alles in Ordnung?», fragte Winter.

«Mein Knie. Ich habe mir gestern das Knie verletzt.» Er stützte sich an Winter ab, täuschte vor, dass er sonst fallen würde. Winter spannte ihren Körper an. Die fremde Berührung forderte Gegenreaktion. Fromm ging noch einen Schritt weiter, krümmte sich und drückte seinen Kopf gegen ihren Busen. Sie atmete ein, als hätte sie eine Panzerlunge, bekam aber kein Wort heraus. Fromm drückte sich von ihrer Brust ab und legte den Kopf an ihr Ohr.

«Entschuldigen Sie», stammelte er, «kann ich mich kurz irgendwo hinlegen? Mir wird schwindlig.» Er hauchte ihr bewusst seinen heissen Atem ins Ohr und spürte, wie sie zu zittern begann. Ein leiser Seufzer entglitt ihr. Sie schluckte und nickte. Fromm hauchte noch einmal aus vorgetäuschtem Schmerz an ihr Ohr. Ein weiterer Schauder lief ihr durchs Gebein. Sie räusperte sich zur Räson.

«Dort hinten ist mein Büro», sagte sie. «Dort können Sie sich kurz erholen.»

«Können Sie mich stützen? Mir knickt das Knie weg.»

Sie nickte wie ein Wackelpudding, half Fromm durch den Gang und öffnete das Büro. Fromm löste sich von ihr, stiess sie von sich und schloss die Tür. Winter war auf dem Schreibtisch gelandet. Verschreckt sah sie ihn an. Gleichzeitig öffnete sie ihre Bluse.

«Ja. Zieh dich aus. Ich will dich nackt nehmen», sagte Fromm.

«Das geht nicht. Was machen wir hier? Ich kenne Sie, dich, ja gar nicht. Ausserdem muss ich arbeiten.» Während sie sprach, zog sie ihre Bluse aus. Ungeduldig, dass zwei Knöpfe sprangen. «Und dein Knie. Das tut doch weh.» Sie öffnete ihren roten BH und entblösste ihren Busen. Sie trat einen Schritt auf ihn zu. War dann unsicher und überkreuzte ihre Arme über der Brust. «Nein, das geht nicht. Was mache ich?»

Er setzte einen Riesenschritt, legte seine Pranke an ihren Hintern und zog sie an sich. Sie schloss die Lider. Sie flatterten wie die Flügel eines Kolibris.

«Du hast recht. Man sollte nichts überstürzen», sagte er. Winter öffnete ihren Mund, den Kuss erwartend. Er zog das Stecktuch aus dem Chauffeur-Jackett und stopfte es ihr in den Mund. Sie riss erschrocken die Augen auf. Er drehte ihr die Arme auf den Rücken, griff nach der Bluse und fesselte sie damit. Sie stiess undeutliche Laute des Widerstands aus. Fromm gab ihr eine schallende Ohrfeige. Sie verstummte umgehend.

«Keinen Mucks. Sonst mache ich Nacktfotos von uns zwei und stelle sie auf meine Facebook-Seite.» Er drückte sie in ihren Bürostuhl, nahm ihr die Schlüssel ab, verliess das Büro und schloss hinter sich ab.

Auf den Gängen hatte sich nichts geändert. Noch immer schwirrten die Helden hinter den Kulissen des Hotels in stummer Choreografie von Tat zu Tat. Vielleicht sogar noch schneller als zuvor. Fromm las daraus, dass er sich beeilen musste. Der Empfang hatte bereits die ersten Reden hinter sich, das Essen wurde aufgefahren.

***

Alice zeigte ihre Einladung vor. Der Sicherheitsmann warf einen geübten Blick darauf und gab sie mit einem Lächeln zurück.

«Das ist Professor Lüdtke. Und wie alle Professoren ist er etwas zerstreut. Er hat seine Einladung im Büro in Genf vergessen. Aber ich bürge für ihn.» Ihr Lächeln war unschlagbar. Der Sicherheitsmann schmolz wie Butter in der Sonne und liess die beiden neuen Gäste passieren.

Ein Empfang wie viele andere auch. Grüppchen standen beim Sekt, eine Band spielte auf, Kellnerinnen schwirrten mit Häppchen übers Parkett, Cervelat-Prominenz spielte sich ins Visier von Fotografen, und die Strippenzieher hielten sich im Hintergrund, wechselten Blicke und Datensticks mit einem Händedruck.

Stahl kannte die Choreografie. Er war oft genug Teil davon gewesen. Und auch jetzt spielte er seinen Part. Alice führte ihn ans Buffet. Er nahm einen Teller und gab etwas Lachs darauf.

«Wo ist van Daal? Ich habe ihn nirgends gesehen», fragte Stahl leise.

«Vermutlich noch mit Mwangi an der Bar. Jedenfalls waren sie dort noch bis vor fünf Minuten.»

«Bist du sicher, dass die Diamanten hier übergeben werden sollen?»

«Van Daal geht in kein Hotelzimmer. Da kann er nicht überprüfen, wer schon drin ist. Er ist sehr vorsichtig. Und wie du weisst, sind Dinge am unfassbarsten, je öffentlicher sie geschehen. Er wird die Übergabe hier machen. Ich kenne seine Prinzipien.»

Stahl gab Feldsalat auf seinen Teller und platzierte sich damit an einen Platz, an dem er schon öfters gestanden hatte, wenn er als Sicherheitsmann Dienst geschoben hatte. Von hier aus konnte er den Saal und die Haupteingänge überblicken, stand aber selbst unsichtbar im Hintergrund. Alice hielt nach Bekannten Ausschau, fand ein Pärchen, das sich an zwei Sektgläsern festhielt, und begrüsste es mit Wangenküssen.

Stahl entdeckte van Daal. Flankiert von Mwangi trat er in den Saal. Den Koffer trug er nicht mehr bei sich. Dafür ein in Geschenkpapier gekleidetes Päckchen von der Grösse eines Bildbands. Van Daal steuerte damit auf eine Fünfergruppe zu, die sich angeregt unterhielt.

Vier Männer und eine Frau. Sie taten wichtig. Als sie van Daal sahen, unterbrachen sie ihre Konversation und begrüssten ihn freudig. Van Daal übergab das Päckchen an einen unauffälligen Mann, der sofort damit verschwand. Stahl wollte hinterher. Aber jemand hielt ihn am Arm zurück.

«Wohin so eilig, Herr Professor?» Es war Hug. Jetzt spürte Stahl den Lauf einer SIG im Rücken. «Es gibt jemanden, der gern mit Ihnen sprechen möchte.»

«Über Teilchenphysik?»

«Über Gott.»

«Verstehe.»

Stahl stellte den Teller zur Seite und liess sich von Hug aus dem Saal führen. Er ahnte den Weg. Hinüber zum Lift, der in den obersten Stock führte.

«Wer hat mich verraten? Alice?»

Hug schwieg und öffnete den Lift. Sie gingen hinein. Der Lift fuhr nach oben. Stahl dachte gar nicht daran, Hug zu entwaffnen. Es würde nichts bringen. Wenn Holzer an ihm dran war, würde er überall im Hotel seine Posten verteilt haben.

Der Lift hielt an. Die Tür öffnete sich. Stahl und Hug stiegen aus und schritten den Gang entlang auf das Zimmer zu, aus dem Lia gestern noch geflüchtet war. Hug klopfte an. Die Tür wurde geöffnet. Holzer stand am Ende des Raums und lächelte. «Roger, das ist aber eine Überraschung. Mit dem Professor hatte ich nicht gerechnet.»

Hug führte Stahl hinein.

«Sie können uns allein lassen», sagte Holzer. Hug verliess das Zimmer. Holzer sah zu dem Gardisten. «Sie auch.» Der Gardist zog sich zurück in ein Nebenzimmer.

«Setz dich, Roger.» Holzer zeigte auf einen Sessel und setzte sich selbst in einen anderen, der im rechten Winkel angeordnet war. Stahl gehorchte und liess sich nieder. Holzer hielt den Kopf wie eine Elster, die einen Silberdollar beäugte. Gleich würde er ihn sich krallen.

«War es Alice?», fragte Stahl.

«Natürlich war es Alice. Sie arbeitet noch immer für uns. Du hattest doch nicht etwa tatsächlich geglaubt, sie hätte die Seiten gewechselt?»

Stahl nickte, tat so, als würde er Holzer glauben, aber es war zu offensichtlich. Natürlich traute er Alice zu, verdeckt für Holzer an van Daal zu hängen. Aber er glaubte, einen Hilferuf in Alices Augen gesehen zu haben. Die Suche nach einem rettenden Anker. Und dieser Anker, so bildete sich Stahl ein, wären er und die Diamanten gewesen. Sollte Alice sich diese Chance entgehen lassen und Stahl direkt an Holzer verpfeifen?

«Wer einmal bei uns war, kann nicht einfach gehen. Wir sind keine Firma, wir sind eine Familie. Und wir brauchen dich. Gerade jetzt, nach dem Wechsel in Rom.»

«Ich bin raus. Schau mich doch an. Ich schaffe es noch nicht einmal mit dieser Tarnung, nicht aufzufliegen. Auf mich würde ich nicht setzen.»

«Mach dich nicht schlechter, als du bist. Du brauchst nur wieder das richtige Training.» Er beugte sich vor. «Roger. Die Kirche braucht dich. Sie steht vor einer der grössten Herausforderungen seit der Gegenreformation. Wir können es uns nicht leisten, Kreuzritter wie dich in einem Boxclub versauern zu sehen. Wir haben in dich investiert. Wir wollen etwas dafür zurück.»

«Ich habe genug gegeben. Fast meine Seele verkauft.»

«Fast. Aber nur fast.» Holzer legte seine Hand auf Stahls Arm. Stahl schauderte. Eine Berührung wie Marmor. Glatt und kalt.

«Vergiss die Diamanten. Mit denen wirst du nicht glücklich werden. Es klebt zu viel Blut daran.»

«An meinen Fingern auch.»

«Aber gerechtes Blut. Das Blut der Kreuzritter. Das ist ein Unterschied.»

Stahl sah Holzer an wie ein Kind, dem von der anderen Seite der Klippe die Hand gereicht wurde, um den Schritt über den Abgrund zu wagen. Sie war nah. So nah, diese Hand. Und sie war vertraut. Aber auch glatt und kalt. Eben noch hatte er sie auf seinem Arm gespürt. Sollte er sie jetzt greifen? Er sah hinunter in den inneren Abgrund. Ihm schwindelte. Dann wieder zu Holzer. Dessen Hand würde Halt geben. Wie immer. Er würde frieren und abrutschen. Na und? Aber er wüsste, wofür. Für die wahre katholische Kirche und den ewigen Kampf gegen das Böse.

«Wir sind nicht mehr im Mittelalter», hörte er sich von fern sagen. Ein Argument, das ihm Zeit verschaffen sollte.

«Aber unsere Gegner. Sie führen ihren Dschihad. Und sie fragen uns nicht, ob wir dabei mitmachen wollen oder nicht.»

Stahl fühlte kalten Schweiss auf seiner Stirn. Das kannte er bislang nur, wenn er aus dunklen Träumen erwachte. Er musste kreidebleich sein. Die Knie wurden weich. Er suchte Halt und fand ihn bei Holzer.

Holzer packte ihn unter den Achseln und fing ihn auf, ehe Stahl zu Boden fallen konnte. Dann schleppte er Stahl zu einem Sessel, auf dem er ihn niederliess.

Stahl öffnete sich die obersten beiden Knöpfe seines Hemdes und rang nach Atem. Holzer reichte ihm ein Glas Wasser. Stahl nahm es und trank es in kleinen Schlucken aus. Er beruhigte sich.

«Seit wann hast du das?», fragte Holzer.

«Seit einem Jahr.»

«Seit der Geschichte mit Albin und deinem Vater?»

«Kurz danach. Es hat aber nichts damit zu tun.»

«Nein?»

«Nein.»

«Womit dann? Mit der Journalistin?»

Stahl sah Holzer an. Cecilia. Ja. Sie hatte ihm zu erkennen gegeben, dass er keine Chance auf eine normale Beziehung hatte, solange er ein Kreuzritter war. Stahl war aber kein Bond. Stahl hatte Sehnsucht. Sehnsucht nach einem Menschen, mit dem er alles teilen konnte. Die katholische Lehre bot ihm die Beichte an, um sein Gewissen zu erleichtern. Und er hatte das Angebot oft genutzt. Aber es erleichterte ihn nicht. Es galt nicht, einem Menschen hinter einem geflochtenen Fenster Sünden zu beichten. Er wollte jemandem in die Augen schauen können und sagen, was ihn bewegt. Aber wem konnte er das? Auf Cecilia hatte er gehofft. Sie war rein und hatte Prinzipien. Aber er hatte sich vor ihr gefürchtet. Er hatte ihr nicht sagen können, wie es wirklich um ihn bestellt war. Deswegen hatte er sie verloren. Zwischen ihnen stand die Vatikanmauer. Uneinreissbar. Und ihm war, als würde sie Tag für Tag dicker um sein Herz gemörtelt. Wenn er schon nicht rauskonnte, warum sollte er dann nicht drinnen sein Glück versuchen? Einfach daran glauben, was ihn Holzer, Karger und der Camerlengo gelehrt hatten? Würde es ihm damit nicht besser gehen? Ein Konstrukt war so gut wie das andere. Solange er an das eine wirklich glaubte, konnte ihm das andere als Lüge gelten. Nein. Es gab kein Draussen. Draussen lauerte der Erzfeind. Satan.

«Was soll ich tun?», fragte er.

«Erst einen kleinen Auftrag erledigen, damit wir sehen, dass du wieder der Alte bist», sagte Holzer.

«Und dann?»

«Willst du nicht wissen, wie der Auftrag lautet?»

«Ich habe nie gefragt.»

Holzer lächelte. «Stimmt. Insofern bist du bereits auf gutem Weg, wieder der Alte zu werden.»

«Und dann?»

«Das hast du auch nie gefragt.»

«Ich frage aber jetzt. Weil ich eine Perspektive brauche.»

Holzer setzte sich in den Sessel gegenüber und sah Stahl prüfend an.

«Dann ...» Er stockte, holte neuen Anlauf. «Dann wirst du den Ritterschlag kriegen.»

«Was heisst das?»

«Dir werden neue Türen geöffnet in Gemächer, von denen du nie geglaubt hast, dass es sie gibt. Der Blick hinter die Kulissen. In die Loge der zwölf Kreuzritter.»

Stahl stiess einen irren Lacher aus. «Dafür bin ich viel zu jung.»

«Blödsinn. Alle glauben, es sässen nur die Alten darin. Aber die Zeiten ändern sich. Globales Denken, digitale Medien. Rasantes Tempospiel. Das braucht junge, frische Denker. Das ist Multitasking in Lichtzeit, keine Plauderei auf Altgriechisch. Die Zeiten sind vorbei. Wir verjüngen. Radikal.»

«Was muss ich dafür tun?»

«Dir den Platz freischiessen.»

Stahl kapierte. Eine politische Kiste. Natürlich. Warum sollte Holzer sich sonst so um ihn bemühen.

«Warum ich?»

«Weil du ihn am besten kennst.»

«Wer ist es?»

Holzer trat einen Schritt zurück. Für einen Moment liess er die Maske fallen. Ein Gesicht, das Stahl noch nie gesehen hatte. Fern von der aristokratischen Würde, die es sonst ausstrahlte, fern von der Unantastbarkeit römischer Statuen, die einem stets den Eindruck vermittelten, nur ein Wicht im Weltenlauf zu sein. Nur ein erschöpfter, alter Mann, der Angst hatte und in dessen

Gesicht jede Furche zum Fragezeichen wuchs. Hunderte von Fragezeichen. Keines schien Antwort zu bekommen. Antwort nach Sinn und Zweck des eigenen Lebens.

Stahl war froh, als Holzer sein Gesicht wieder im Griff hatte. Er bevorzugte die bekannte Maske. Die wusste er in ihrer Starrheit zu lesen.

«Ich», sagte Holzer. «Ich bin der Mann, den du verdrängen sollst.»

Stahl verstand nichts mehr. Holzer schien das zu gefallen. Er lächelte von weit oben herab. Sein Kopf schien zwischen den Wolken hindurch auf den kleinen, dummen Stahl hinabzuschauen. Hinter den Wolken donnerte das grosse Gelächter der anderen unsichtbaren Kreuzritter. Jene Gruppe, die sich vor langer Zeit von der Garde abgespalten hatte, um die Geschicke hinter den Geschicken zu leiten. Ein Söldnerverein, der sich den Anstrich eines heiligen Ordens gab und mit am Weltenrad drehte. Albin hatte ihm einst davon erzählt, der Camerlengo hatte Stahl mit Holzer bekannt gemacht, und Holzer hatte Stahl angeworben. Wie viel der Camerlengo damit zu tun hatte, durfte Stahl nur ahnen. Überhaupt war es besser, nichts Wirkliches über die Kreuzritter zu wissen. Eine Legende, eine Mär, ein Gerücht. Dinge, die man sich gern hinter vorgehaltener Hand erzählte. Wenn irgendwo im Vatikan oder auf der Welt etwas geschah, das man sich nicht erklären konnte, schrieb man es den Kreuzrittern zu. Eine Sondereinheit der Schweizergarde, der Geheimdienst hinter dem Geheimdienst. Verschwörungstheorie eben. Früher, als Stahl noch im Heim um seinen Status boxte, hatte er von der Fremdenlegion geträumt, dann vom KGB und dem Mossad. CIA und MI5 waren kurzfristig auch seine Favoriten gewesen. Dass es ihn dann zur Schweizergarde verschlagen hatte, war Schicksal gewesen. Dass er jetzt in den Genuss kommen sollte, ganz oben im Olymp der Strippenzieher mitzuwirken, schien ihm wie ein böser Traum. Ein Traum, vor dem man sich fürchtete und von dem man gleichzeitig hoffte, dass man gerade durch ihn Erlösung fand.

«Auf mich ist ein Kopfgeld ausgesetzt», sagte Holzer. «Anderthalb Millionen Euro.»

«Die Summe kommt mir bekannt vor», sagte Stahl, der sich

zwang, wieder einen klaren Kopf zu bekommen. Alles konnte nur Spiel sein. Holzer war mit allen Wassern gewaschen. Vielleicht wollte er Stahl nur aus dem Gleichgewicht bringen. Ganz bestimmt sogar.

«Richtig. Dieselbe Summe, die wir Reschke für Fromm geboten hatten.»

«Aber Fromm war nur ein Köder.»

«Ja. Wir wollten testen, ob du wieder anspringst.»

«Und? Wie ist die Auswertung des Tests?»

«Positiv.»

«Aber nicht für einen Mord.»

«Nicht einmal an mir?»

«Nicht einmal an dir.»

«Aber du würdest mir einen Gefallen tun. Ich werde sowieso bald sterben. Krebs.»

«Wozu braucht es dann mich?»

«Weil wir eine Show brauchen. Bestimmte Leute müssen sehen, dass es mich erwischt hat. Nur dann werden sie so reagieren, wie wir es uns wünschen.»

«Wer sind *sie*?», fragte Stahl und lehnte sich im Sessel zurück.

«Investoren, die wissen, welchem Orden ich angehöre. Wenn sie meinen Tod sehen, werden sie sofort reagieren und einen Mann versuchen an meinen Platz zu setzen, der uns aushöhlen kann.»

«Vatileaks?»

«Es wäre fataler. Sie werden ihren besten Mann bei uns einschleusen wollen, aber nicht wissen, dass der Platz bereits mit dir besetzt ist. Allerdings wird das keiner der anderen elf Kreuzritter wissen. Nur der Principe selbst.»

«Du vermutest also bereits andere Maulwürfe unter den Kreuzrittern.»

«Exakt. Der Neuling wird den Kontakt suchen und versuchen, den Orden mit Hilfe der anderen zu übernehmen. Nach und nach werden sie dann die alten Ritter ausschalten und einen eigenen Principe stellen.»

Stahl glaubte sich um achthundert Jahre zurückversetzt. Es war absurd. Aber die katholische Kirche bewegte sich in vielen Dingen eben noch immer im Mittelalter. Manche Mittel wollten sich wohl geändert haben, die Prinzipien blieben dieselben. Macht für einige wenige, Augenwischerei und geheime Orden, die die Macht sichern sollten. Stahl schien es, dass mit dem Anwachsen demokratischer Machtverteilung der Drang in die geheime Nische wuchs. Je öffentlicher im Internet alle und jeder alles und jedes verhandeln durfte, umso eifersüchtiger scharten sich die wirklich Mächtigen in dunkle Ecken.

«Und wie und wo soll das Ganze vor sich gehen?»

«In einer Stunde. Unten im Festsaal. Vor aller Leute Augen.» Holzer legte seine Hand auf Stahls. Sie war jetzt nicht wärmer.

«Es geht nicht um dich oder mich. Es geht um die Kirche. Die Kirche, auf die du deinen Eid abgelegt hast.»

«Und die anderthalb Millionen?»

Holzer lächelte schief. «Schön, dass du praktisch denkst. Die kriegst du. Das Kopfgeld ist echt. Vom Konto des Principe persönlich.»

«Und was ist mit Alice?»

«Vergiss sie. Ihr werdet nie zusammenkommen.»

***

Fromm war in vier Zimmer eingebrochen, um die passende Kleidung zu finden. Der Besitzer dieser Anzüge schien mal kein Zwerg zu sein.

Dafür war er geschmacklos. Die Klamotten erinnerten an Thomas Gottschalk. Bunt und kariert, rüschig und grell. Er besah sich im Spiegel und plusterte die Backen. Für noch einen weiteren Versuch, aus der Horrorkollektion ein halbwegs unauffälliges Outfit zu basteln, war die Zeit zu knapp. Fromm musste runter. Er musste sich an van Daal ranmachen, ehe er die Diamanten übergab. Und er musste Felix finden.

Er wollte das Zimmer gerade verlassen, da hörte er die Zimmertür. Der Besitzer des Clownskostüms trat ein. Fromm blieb nichts anderes übrig, als in den Kleiderschrank zu springen. Er klemmte sich zwischen die bunten Klamotten und zog die Schranktür zu. Er lauschte und hörte Stimmen. Ein Mann und eine Frau.

«Du wärst die erste Frau unter den Kreuzrittern», sagte der Mann.

«Und wenn ich nicht will?», fragte die Frau.

«Kannst du das entscheiden?»

«Ich habe Angst.»

«Die haben wir alle und immer. Der ganze katholische Glaube baut auf Angst auf.» Er lachte. Ein überraschend hohes Lachen im Verhältnis zur Stimme.

«Van Daal wird es merken. Er wird fragen, warum ich so oft fort bin. Und er wird mir nachspionieren, wohin ich gehe.»

«Um van Daal kümmern wir uns. Du wirst ihn bald los sein.»

«Unterschätz ihn nicht. Es haben schon mehrere versucht, ihn auszuschalten. Alle haben sie den Kürzeren gezogen.»

«Das waren Amateure. Bislang hat sich van Daal auf der Strasse bewegt. Da kennt er sich aus. Aber auf dem gewienerten Parkett des Vatikans wird er schneller ausrutschen, als er denken kann.»

«Er wird schnell lernen.»

«Umso dringender ist es, ihn rasch auszuschalten. Und deswegen wirst auch du es tun.»

«Nein.»

«Warum nicht? Empfindest du etwa etwas für ihn? Fast machst du mich eifersüchtig.»

«Blödsinn. Ich empfinde nichts für ihn. Ich hasse nur den Verrat.»

«Verrat ist es nur, wenn man davor loyal war. Und es war von Anfang an nur ein Auftrag. Keine echte Verbindlichkeit.»

«Ja. Ich weiss. Du hast recht.»

«Karger konntest du auch fallen lassen wie eine heisse Kartoffel. Und er war verbindlicher. Einer von uns.»

Sie schwieg.

«Und was ist mit Stahl?»

«Was soll mit ihm sein?»

«Gibt es da etwas? Die alten Geschichten?»

«Blödsinn. Stahl will einen Boxclub eröffnen und Strassenkindern Selbstbewusstsein einbläuen. Ein Romantiker. Er ist hier, weil er scharf auf die Diamanten ist.»

«Bist du dir da sicher? Ich weiss, dass er bei Karger war.»

«Natürlich war er das. Irgendwie musste er ja an van Daal kommen.»

«Ich traue ihm nicht. Der Kerl war schon immer unberechenbar.»

«Glaub mir. Er ist durch. Weit entfernt von dem, was er einmal war.»

Ein Handy klingelte. Fromm kannte die Melodie. Sie war aus einem seiner Lieblingsfilme: «Bullitt», mit Steve McQueen. Lalo Schifrin hatte den Track komponiert. Fromm überkam Lust, den Titel weiterzupfeifen. Aber er beherrschte sich.

«Ja. Ist gut», sagte der Mann hart ins Telefon. Dann veränderte sich seine Stimme. Sie wurde sehr weich. «Es geht los.»

Fromm hörte Schritte, die sich auf den Schrank zubewegten, dann knarrte die Tür. Wenn sie jetzt geöffnet wurde, war er verloren. Er ballte die Fäuste. Immerhin hatte er die Waffe der Überraschung auf seiner Seite. Sie würde ihm einen Vorsprung verleihen. Und zur Not würde er die Knarre benutzen, die er dem Wachmann in der Garage abgenommen hatte.

Doch die Tür ging nicht auf. Es war, als ob sich jemand an sie lehnte. Sie bog sich leicht nach innen. Dann bog sie sich noch mehr. Zwei Körper lehnten nun an ihr. Fromm begriff, was gerade passierte. Er hörte das leise Schmatzen, wenn sich Lippenpaare trennten.

«Du schaffst das», sagte der Mann. Die Stimme klang nun wie aus einer Bierwerbung. Wie konnte einer eine solche Stimme haben und sich so scheisse anziehen?

Die Tür bog sich wieder gerade.

«Sie werden niemals zulassen, dass wir zusammen sind», sagte die Frau.

«Das ist der Preis, den wir zahlen. Nur, wenn niemand weiss, dass wir uns lieben, sind wir unantastbar und ihnen stets einen Schritt voraus.»

Fromm konnte es nicht lassen. Er drückte sanft gegen die Schranktür. Sie liess sich ohne Knarren einen Spalt öffnen. Er konnte hindurchsehen. Es war Alice, die ihre Hände um den Hals eines attraktiven Mannes geworfen hatte und ihm tief in die Augen sah. Er kannte sie von Karger und van Daal. Ein nettes

Früchtchen, das ihr Mäntelchen nach der Macht richtete und immer oben mitschwamm. Hochintelligent, skrupellos und sexy. Eigenschaften, die Fromm auch an sich selbst bewunderte. Den Mann kannte er nicht. Er war besser gestylt, als der Kleiderschrank vermuten liess. Vermutlich war es gar nicht seine Garderobe, in der Fromm gerade schwitzte, sondern ein Fundus für Gäste, die spontan an Kostümbällen oder an der Fastnacht teilnehmen wollten.

Alice löste ihre Hände vom Hals des Mannes und nahm seine Finger. «Samtene Pfötchen», sagte sie und sah auf seine Kuppen.

«Nennt man dich deswegen die Katze?» Sie küsste seine Finger.

«Ich hoffe, wegen der Krallen und der sieben Leben.» Er küsste sie kurz, fasste sie bestimmt an den Schultern und sah sie eindringlich an. «Du schaffst das.» Seine Stimme war scharf wie Diamant geworden.

Fromm fröstelte. Die Katze. Er hatte die Katze gesehen. Wusste, wo sie sich aufhielt. In seinem Hirn ratterte es. Sollte er aus dem Schrank steigen und sich der Katze vorstellen? Mit einem Mal wäre er ganz oben, im heiligen Club der Strippenzieher. Ebenso gut könnte er aber auch in wenigen Minuten ein zerfleischtes Mäuschen sein, das sich an einem überschweren Gruyère verschluckt hatte. Sein Herz pochte. Er wollte schreien vor Lust, Freude und Angst. Das war Abenteuer, russisches Roulette, alles oder nichts. So liebte er es. Dafür lebte er. Nichts wog diesen Kick auf. Er sah, wie die Katze sich von Alice abwendete. Ein smarter Kerl. Ein Gewinn für jeden Werbepartner. Fromm wollte den Spalt zuziehen. Aber es war zu spät. Wenn er die Tür jetzt bewegte, würde er auffliegen. Nein. Er durfte sich nicht zeigen. Noch nicht. Er kannte das Gesicht der Katze. Er würde es nie mehr vergessen. Das Geschäft war der grosse Joker. Jetzt wollte er sich aber erst um die Diamanten kümmern. Die Katze kam auf ihn zu. Wollte der Kerl jetzt etwa doch seine Garderobe wechseln? Sich verkleiden für einen Spass?

Einen Meter vor dem Schrank drehte er ab.

«Du bist die Frau meines Lebens», hörte Fromm ihn sagen.

«Das ist schlechter Text.» Sie lachte. «Aber ich bin zu romantisch veranlagt, um ihn nicht zu glauben.» Schritte entfernten sich.

Die Zimmertür wurde geöffnet und wieder zugezogen. Stille. Alice atmete schwer durch. Sie rieb sich die Augen, puderte ihre Nase und verliess ebenfalls das Zimmer.

***

Lia trug ein Tablett mit gefüllten Rot- und Weissweingläsern durch die Reihen der Gäste. Sie hatte van Daal entdeckt und näherte sich ihm und zwei Geschäftsleuten, die wie viele aussahen und sich bereits an halb leeren Sektgläsern festhielten. Dezent trat sie an die Dreiergruppe heran und präsentierte das Tablett. Die zwei tranken rasch aus und tauschten die leeren gegen volle Gläser. Van Daal lehnte dankend ab. Lia tat so, als wollte sie weiter, wich dann übertrieben einer beleibten Frau aus, kam so ins Rückwärtsstolpern und schmiss das Tablett auf van Daal. Der sprang einen Schritt zurück, konnte aber der geballten Ladung Wein nicht entkommen. Es schepperte. Gefühlte hundert Augenpaare starrten auf das Spektakel, das Lia angezettelt hatte.

Van Daals weisses Hemd war blutrot. Die beleibte Dame schrie auf. Einer der Geschäftsleute half Lia auf. Van Daal fluchte erst, dann nahm er es mit Humor. Instinktiv hatte er an die Innentasche seines Jacketts gefasst. Lia hatte darauf geachtet, so wie Holzer es ihr gesagt hatte. Es bedeutete, dass van Daal die Diamanten noch hatte.

«Entschuldigen Sie vielmals. Das lassen wir sofort reinigen. Wenn Sie kurz mitkommen wollen, ich besorge Ihnen ein frisches Hemd.» Lia spielte ihren Part ordentlich. Sie hatte Lampenfieber. Das war mehr als eine Radiosendung.

«Oder wollen Sie auf Ihr Zimmer, und ich bringe Ihnen das Hemd nach oben?» Sie hoffte, dass er auf die Force ansprang.

«Nein, nein. Das können wir hier unten irgendwo erledigen», sagte van Daal. «Mein Oberkörper kann sich noch immer zeigen lassen.» Er zwinkerte den beiden Geschäftsleuten zu. Die lachten, nickten und tranken. Devote Höflinge, die sich im Schlepptau des Machers den einen oder anderen Handel erhofften.

Van Daal fühlte sich von den Claqueuren angestachelt.

«Beeilen Sie sich, wir gehen dann kurz hinter den Busch.»

Die Höflinge goutierten die Schlüpfrigkeit mit einem weiteren Lacher. Lia ging rasch, um das Hemd zu holen, das sie bereits auf einem Teewagen hinter dem Buffet bereitgelegt hatte. Zwei Kollegen räumten unauffällig die Sauerei weg. Die kurze Aufregung war verflogen, die Band schmierte mit Police-Pop alle Unebenheiten, die im Saal stattfanden, mit geraden Akkorden zu.

Lia kam mit dem Hemd zurück. Die beiden Geschäftsleute standen nicht mehr bei van Daal. Dafür aber eine schöne Frau, die ihn bei der Hand nahm und vom Parkett führen wollte.

«Ihr Hemd», sagte Lia.

Van Daal sah sie an. «Ist schon gut. Ich ziehe mich doch besser rasch oben im Zimmer um.»

Er flirtete nicht mehr. Es gab auch keine Zuschauer, die es goutieren würden. Die Frau an seiner Seite wirkte nicht so, als ob sie neben sich eine andere in van Daals Brustnähe dulden würde.

Van Daal zog mit der Schönen ab. Lia sprach in das Mikrofon, das ihr Holzer unter dem Revers ihrer Bluse befestigt hatte.

«Er geht aufs Zimmer. Eine Frau ist bei ihm. Soll ich folgen?»

«Ja. Aber unauffällig. Ich möchte nur wissen, ob er auch wirklich dorthin geht.» Die Stimme Holzers. Ein merkwürdiges Gefühl, sie im Ohr zu haben. Lia kannte so etwas nur aus Filmen. Ein Ohrstöpsel. Sie hatte ihre blonden Haare darübergelegt. Sie wollte van Daal folgen, ein Mann versperrte ihr den Weg. Stahl als Professor Lüdtke.

«Könnte ich einen Rotwein bekommen?», fragte er.

Das passte ihr gar nicht. Sie wollte van Daal folgen. Holzers Auftrag ging vor. Oder doch nicht? Sie sah auf Stahl. Versuchte, den Menschen hinter der Maske zu sehen. War das aber nicht auch wieder nur eine Maske? Wer war Stahl wirklich? Er war unfassbar. Bei Holzer glaubte Lia zu wissen, woran sie war. Er war ein Schurke. Aber sie waren im Geschäft. Stahl hingegen konnte sie nicht einordnen. Ein unbrauchbarer Held. Er changierte wie ein Chamäleon. Mal Sozialromantiker, mal erbarmungsloser Machiavellist und ferngesteuerter Auftragskiller. Jetzt war er Professor Lüdtke und gleichzeitig ihr Komplize, um van Daals Diamanten zu stehlen. Aber Holzer war auch ihr Komplize. Und zwar der ranghöhere. Also hatte Stahl jetzt nichts zu melden. So war das Leben, die Natur, das Weib. Es folgte dem Ranghöchsten. Das hatte nichts mit Charakter zu tun, das war schlichter Trieb. Man konnte noch so sehr darum wissen; sich dagegen zu wehren machte wenig Sinn. Die Frauen, die es taten, blieben am Ende allein und mit einem gebrochenen Herzen zurück. Naive Romantikerinnen, denen die Mutter zu viele Märchen vorgelesen hatten. Lia wollte nicht dazugehören. Sie hatte jetzt ihre Chance, und die würde sie nutzen.

«Van Daal ist gerade mit einer Frau fortgegangen», sagte sie.

«Ich weiss. Habe sie gesehen.»

«Ich muss hinterher.» Sie wollte gehen, Stahl hielt sie dezent am Ärmel zurück.

«Wieso?»

Lia zögerte. «Du hattest doch gesagt, ich soll mich an ihn hängen.»

«Planänderung.»

Lia riss sich los. «Er übergibt dieser Frau jetzt wahrscheinlich die Diamanten, und sie verschwindet damit. Das lass ich nicht zu. Ich möchte meinen Anteil.» Es machte ihr Mühe, die Stimme gedämpft zu halten.

«Wenn er die Diamanten noch hat, gibt er sie sicherlich nicht ihr.»

«Woher willst du das wissen?»

«Weil sie seine Frau ist.»

«So?» Lia suchte nach Lösungen. «Und wenn sie jetzt gemeinsam jemanden treffen, dem sie die Diamanten übergeben? Vielleicht an der Bar, im Lift oder in ihrem Zimmer?» Sie täuschte links an und ging rechts vorbei. Eilig verliess sie den Saal. Stahls Verkleidung liess es nicht zu, dass er sie verfolgte. Professor Lüdtke würde auffliegen.

***

«Stahl hat mich aufgehalten», sagte sie ins Mikrofon. «Aber ich bin auf dem Weg.» Holzer antwortete nicht. «Hallo? … Hallo?»

Was war los? War der Empfang futsch? Blödsinn. Sie arbeitete mit Profis. Die hatten sogar im Busch Empfang. Sie ging zum Lift und wartete, bis sich die Tür öffnete. Der Lift war leer. Sie stieg ein und wollte die Zwei drücken. Eine Hand kam ihr zuvor und drückte ins zweite Untergeschoss. Sie sah ihm ins Gesicht. Er grinste. Was für einen Charme dieses Arschloch besass.

«Immer wieder schön, dir zu begegnen», sagte Fromm. «Wie fühlt es sich an, wenn man selbst an vorderster Front um die Millionen kämpft? Oder würdest du nicht viel lieber jemanden wie Elena als Vorhut schicken?» Der Lift setzte sich in Bewegung.

«Wovon sprechen Sie?»

«Elena hat mir alles erzählt. Ich hatte sie wirklich gern. Sie sagte mir, dass es dein Plan gewesen ist, mich melken zu wollen. Hätte sie es nicht getan, wäre sie jetzt wohl noch am Leben. Sie hatte das Zeug dazu, sich noch einen reichen Knacker zu angeln. Ich hätte ihr dabei helfen können. Aber sie wollte mich linken. Weil du es ihr ins Hirn gepflanzt hattest.»

«Was haben Sie mit mir vor?»

«Ich fahre mit dir in den zweiten Stock und folge dir. Dann werden wir sehen.»

Der Lift hielt. Die Tür öffnete und schloss sich. Dann stieg der Lift in den zweiten Stock.

«Versuche nicht, mich zu verarschen. Ich weiss, in welchem Zimmer van Daal wohnt.»

«Aber ich weiss gar nicht, ob er noch dort ist.» Lia wand sich. Plötzlich lauerten auf allen Gängen Gegner.

«Zimmerservice», sagte Fromm und verstellte dabei die Stimme. Er hob die Brauen und grinste. Der Typ verlor wohl niemals seinen Humor.

Der Lift hielt, die Tür schob sich auf. Niemand auf dem Gang.

«Nach dir», sagte Fromm.

Sie stiegen aus und gingen den Gang entlang. Zimmer 211.

«Zimmerservice», sagte Lia. «Wir wollen das verschmutzte Hemd in die Reinigung bringen.» Sie sah zu Fromm. Er nickte anerkennend.

Die Tür wurde einen Spalt geöffnet. Das Gesicht der Frau erschien, mit der van Daal gegangen war.

Fromm zögerte nicht. Er warf sein Gewicht gegen die Tür. Die

Frau taumelte zurück und schrie. Fromm stiess Lia ins Zimmer und nahm sie als Schutzschild. Er hatte eine Pistole gezückt und bedrohte damit drei Personen abwechselnd. Die Frau am Boden, van Daal und eine ältere, vornehme Dame, die van Daal gegenübersass und fasziniert auf schwarzen Samt starrte, auf dem Diamanten glitzerten. Sie schien Fromms gewaltsames Eindringen gar nicht zu bemerken. Dafür war van Daal aufgesprungen, hatte instinktiv zur Waffe gegriffen und damit einen grossen Fehler begangen. Fromm knallte ihn ab. Leise, mit Schalldämpfer. Van Daal sank zu Boden. Die Frau auf dem Boden kroch zu van Daal und versenkte jammernd ihren Kopf auf der Brust des Toten. «Ich habe gewusst, dass es irgendwann so enden würde. Ich habe es gewusst.» Dann fiel sie in ein Schluchzen.

Die Alte stierte noch immer auf die Diamanten. Wie unter Hypnose sass sie vor den Klunkern. Sie sah herb aus, erinnerte Lia an jemanden, den sie kannte. Vielleicht eine Verwandte aus Basel? Warum dachte sie jetzt an so etwas?

«He, Mütterchen. Hier spielt die Musik», sagte Fromm und fuchtelte mit seiner Pistole vor der Nase der Alten. Langsam sah sie auf. Beseelt vom Anblick der kostbaren Steine schien sie nicht zu begreifen, was da gerade vor sich ging. Auch Fromm schien kurz gefangen vom Glitzern der Kristalle. Ein Fehler. Fromm bemerkte zu spät, wie die jammernde Frau von van Daals Leiche aufsprang und ihm ein Messer zweimal in die Nieren und dann von hinten ins Herz rammte. Er stöhnte auf, drehte sich einmal im Kreis und sackte zusammen. Die Pistole glitt ihm aus der Hand und schlitterte vor Lias Füsse. Lia hob sie sofort auf und bedrohte damit die Frau mit dem Messer. Die sah arrogant auf sie hinab.

«Schätzchen, leg die Pistole weg. Du könntest damit Schaden anrichten.» Die Lady fand sich besonders cool. Das mochte Lia gar nicht. Sie hatte Menschen noch nie leiden können, die sie unterschätzten, nur weil sie auf den ersten Blick aussah, als könne sie kein Wässerchen trüben. Sie schoss. Die Kugel krachte in das Tischbein. Die Arrogante und die Alte schraken hoch.

«Ich will die Diamanten», sagte Lia. Sie hörte sich dabei zu, wie sie es manchmal tat, wenn sie neue Texte sprach. Und dieser Text war neu. Aber er klang gut. Ohne Druck auf den Stimmlippen.

Warm und rund. Das gefiel ihr. Sie wiederholte ihn. «Ich will die Diamanten.» Der Sound klang noch immer. Jeder im Raum musste ihn gehört haben. Aber niemand reagierte so, wie Lia es sich gewünscht hätte.

Die Arrogante bog rasch ihren Arm samt Messer nach hinten und schleuderte ihn nach vorn. Lia duckte sich. Das Messer surrte knapp an ihrem Kopf vorbei und spaltete das Holz der Schrankwand. Die Alte wickelte die Diamanten in den Samt und steckte sich das Päckchen unter die Bluse, wo sie ein Hemd mit eingenähter Tasche zu tragen schien.

Lia riss die Pistole hoch und schoss erneut, weil die Arrogante sich auf sie stürzte. Der Schuss verfehlte und schlug in die Zimmerdecke. Putz bröckelte. Lia verlor durch den Aufprall der Arroganten das Gleichgewicht und fiel mit ihrer Gegnerin zu Boden. Die Pistole entglitt Lias Hand und schlitterte zum Tischbein. Sie rangelten um die Pistole. Keiner gelang es, sie zu fassen. Die Gegnerin packte Lia mit beiden Händen am Hals und würgte sie. Lia hatte keine Ahnung, wie man sich aus so einem Griff befreite. Sie lief rot an. Nicht lange, dann würde die Farbe in Blau wechseln. Dann Schneeweiss. Rot-Blau-Weiss. Die Farben der Trikolore. Die Farben der Freiheit. Freiheit oder Tod. Es war immer dasselbe. Sie zappelte. Es half nichts. Die Hände klammerten wie Schraubstöcke. Was für eine Kraft. Lia quollen die Augen. Sie sah ihrer Gegnerin flehend ins Gesicht. Eine Schönheit. Das musste Lia anerkennen. Schön, reich und stark. Zum Siegen geboren. Was sich Lia für sich immer erträumt hatte. Aber am Ende war sie doch eine Verliererin. Wie ihr Vater. Gesegnet mit Talent, aber mit dem fehlenden Glück. Sie kramte wild nach einem Benn-Zitat. Etwas Kraftvolles, Schlichtes. Mit Stil, Würde und Trotz. Es fiel ihr nicht ein. Zu wenig Sauerstoff. Das schöne Gesicht ihrer Mörderin verschwamm. Gleich würde es dunkel werden.

***

Stahl hatte den Lärm im Zimmer 211 gehört. Erst hatte er gelauscht und gewartet. Jetzt war es an der Zeit einzugreifen.

Lia wäre der Sache nicht gewachsen. Er rammte seine Schulter zweimal gegen die Zimmertür und brach das Schloss aus der Leiste. Dann sprang er sofort ins Badezimmer, um keiner Kugel in den Weg zu laufen. Aber es schoss niemand. Er streckte seinen Kopf hinter dem Türrahmen vor und sah Alice, wie sie auf Lia hockte und sie würgte. Lia zappelte bereits mit den Beinen. Mit drei grossen Schritten stand er über Alice. Er schlug ihr beide Handkanten an die Halsschlagadern und riss sie von Lia. Alice ächzte. Lia lag regungslos am Boden. Stahl durfte sich damit jetzt nicht aufhalten. Alice war zu gefährlich. Er drehte sich nach ihr um und blickte in die Mündung einer Luger mit Schalldämpfer.

«Tut mir leid, Roger. Sosehr ich dich liebe, aber das Schicksal wird uns nie zusammenbringen.»

«Weisst du, was Liebe ist?»

«Ich schätze, genauso wenig wie du. Aber es klingt gut.»

«Ganz schönes Schlachtfeld, das du da mal wieder hinterlässt. Wer soll das sauber machen?»

«Ich würde dich darum bitten. Aber du wirst leider nicht in der Lage dazu sein.»

«Warum nicht? Wir könnten doch noch immer gemeinsam aussteigen. Die Diamanten reichen für beide. Vielleicht lernen wir dann zusammen, was Liebe sein kann?»

Sie schüttelte den Kopf und lachte. «Deine rhetorische Schulung ist und bleibt einfach gut. Du hättest mehr daraus machen sollen.»

«Du und ich, Alice. Mit Kapital. Wir wären ein unschlagbares Team. Niemals Langeweile. Immer neue Abenteuer, bis wir tatsächlich so alt sind, wie ich jetzt aussehe.»

«Das hast du immer missverstanden, Roger. Ich will keine Abenteuer. Ich will Macht. Das ist der feine Unterschied, der uns auf ewig trennen wird. Du lebst im Moment. Ich plane Zukunft.»

«Also habe ich dir nie etwas bedeutet?»

«Nein. Ich habe dich gebraucht. So wie ich Karger und van Daal gebraucht habe. Ihr habt dafür etwas bekommen, was ihr euch gewünscht habt. Eine Frau, in die ihr eure Sehnsüchte und Vorstellungen von Liebe hineinprojizieren konntet. Ein fairer Preis, findest du nicht?»

«Vielleicht kannst du mich noch immer gebrauchen? Mein Arm reicht womöglich weiter, als du denkst.»

«Mein neuer Mann steht weit über dir. Mindestens drei Stufen. Er sitzt dort, wo Politik gemacht wird. Und er hat mir einen Platz zu seiner Rechten versprochen.»

«Wenn er schlau ist, setzt er dich zu seiner Linken.»

«Schau, schau. Da kennt einer die Bibel. Deine Lehrmeister wären stolz auf dich. Leider haben sie dich aber immer nur benutzt. Die wahren Dinge haben sie dich nicht gelehrt. Deswegen wirst du jetzt auch zur Hölle fahren. Du glaubst doch an den Teufel? Weisst du, wo seine treuesten Anhänger sitzen? Bei den Kreuzrittern. Und dort werde ich auch bald sein. Eingeschleust. Sobald Holzer ausgeschaltet ist, werde ich dort seinen Platz einnehmen. Als erste Frau in der Geschichte des Ordens.»

«Du? Seltsam. Mir hat man dasselbe Angebot gemacht.»

Alice hielt inne. «Du bluffst.»

«Nein. Holzer selbst hat mir anderthalb Millionen versprochen, wenn ich ihn umbringe.»

«Er selbst? Wieso?»

«Er sagte, er würde ohnehin sterben. Und die Hinrichtung eines Kreuzritters würde den Orden wachrütteln und in Kriegsbereitschaft setzen.»

«Ich glaube dir kein Wort. Holzer ist kerngesund. Er spielt mit dir. Wie er es immer getan hat.»

«Und wer spielt mit dir?»

«Niemand, den du kennen willst. Wie gesagt, drei Ligen über dir und eine über Holzer.»

Stahl pfiff durch die Zähne. «Ich ahne es. Gratuliere. Du hast es wirklich geschafft.»

«Gleich.»

Sie hob die Pistole und zielte. Stahl wusste, dass sie ihn treffen würde.

Egal, wohin er sprang. Also wollte er ihre Augen sehen, wenn sie ihn tötete. Vielleicht wäre eine Regung des Schmerzes in ihrem Blick. Ein Hauch von Gefühl, das für ihn schlug. Er las nichts darin. Nur Kälte. Jetzt schloss er die Augen. Kein Gebet. Er wartete auf die letzten Bilder, die in ihm aufsteigen sollten. Alles, was er sah, war ein speckiger Boxsack, auf den er verschwitzt eindrosch. Das Extrakt seines Lebens. Nicht viel. Aber immerhin etwas. Er konnte stolz darauf sein. Warum drückte sie nicht ab?

Roger öffnete die Augen und sah, wie die Alte, der er bislang noch keine Aufmerksamkeit geschenkt hatte, hinter Alice stand und sie mit einer Garrotte würgte. Es ging schnell. Die Alte war ein Profi. Alice sank zu Boden. Die Alte sprang über sie und entwendete ihr die Luger. Sie richtete sich auf und warf Stahl die Pistole zu. Er fing sie und sah die Alte verblüfft an.

«Ich habe die Diamanten. Und du wirst sie bekommen, sobald du mich vor aller Augen getötet hast.»

Jetzt erkannte er ihn. Es war Holzer, der sich als belgische Diamantenhändlerin verkleidet hatte.

«In zwanzig Minuten bin ich unten und halte eine kleine Rede. Dann erwarte ich, dass du unsere Abmachung erfüllst.» Er sah auf die abgespielten Protagonisten am Boden. Fromm, Lia und Alice. «Alles Glücksritter. Sie reiten für nichts. Wir reiten für das Kreuz. Denk daran.»

Holzer legte Stahl die Hand auf die Schulter. Ein Klumpen Eis.

«Falls die Kleine noch lebt, erledige sie.» Holzer zeigte auf Lia.

«Ist das notwendig?»

«Sie weiss zu viel.»

«Sie ist meine Partnerin.»

Holzer zog ein iPhone und spielte ein Filmchen ab. Er zeigte es Stahl. Holzer und Lia waren darauf zu sehen. Der Ton war leise, aber verständlich. Stahl kapierte.

«Wohl eher *meine* Partnerin», sagte Holzer. «Leg sie um. Sie hätte dich ohne mit der Wimper zu zucken gelinkt. Ihr geht es nur um die Diamanten. Keinen Deut besser als Alice.»

Stahl stand wie gelähmt. Verrat, wieder Verrat. Immer wieder Verrat. Am liebsten hätte er sich jetzt selbst eine Kugel in den Kopf gejagt. Damit das Pochen endlich aufhörte.

«Ich muss los. In zwanzig Minuten knallst du mich ab. Wie abgemacht. Ich werde zuerst über den italienischen Fussball erzählen. Über den letzten Bestechungsskandal und Berlusconi. Dann schwenk ich über auf den Vatikan, erzähle von der Unterwanderung der Mafia und der Erpressbarkeit von Kardinälen.

Dein Stichwort ist, wenn ich frage: ‹Wie kann es sein, dass ein Jesuit Papst wird?› Verstanden? Stahl? Wiederhole.»

Stahl sah zu Holzer auf. «Wie kann es sein, dass ein Jesuit Papst wird?»

«Dann schiesst du. Da werden alle wichtigen Augen auf mich gerichtet sein.»

Stahl nickte.

«Zögere nicht. Leg sie um. Es wird dir guttun.»

Holzer verliess das Zimmer.

Stahl beugte sich über Lia. Sie atmete noch. Sie sah schön aus mit geschlossenen Augen. Ihr blondes Haar erinnerte an einen Freskenengel, den Stahl aus dem Petersdom kannte. Ein verspieltes Schlitzohr, das hinter einer Wolke hervorlugte und aussah, als wollte es gleich mit Kirschkernen auf die Heiligen spucken. Warum hatte sie ihn linken wollen? Hatte Holzer sie unter Druck gesetzt, dass ihr keine andere Wahl blieb? Oder war sie auch nur eines dieser gierigen Geschöpfe, denen nichts etwas galt? Stahl hatte genug von ihnen kennengelernt. Männer wie Frauen. Aber vor allem die Frauen hatten ihn verraten. Bei den Männern war er davon ausgegangen, dass sie jederzeit die Seiten wechselten. Aber von den Frauen trug er ein romantisches Bild in sich, das zum Scheitern verurteilt war. Er wollte die Frauen beschützen, ihnen Geschenke bringen, für sie kämpfen. Altmodischer Kram. Kreuzrittertum. Lia sah genauso aus wie eine, die man beschützen musste. Mit der Stupsnase eines Kleinkinds, den grossen runden Augen, dem barocken Körper und dem Hang zur Träumerei.

Stahl stiegen die Tränen in die Augen. Er hielt sie nicht. Sie kullerten über seine Wangen. Er spürte nur Schmerz. Es ging ihm dabei nicht um Lia. Sie war eine von Michelangelos Putten. Es ging ihm um die Heiligen. Wo waren sie? Hatte es sie überhaupt gegeben? Und die Apostel? Waren sie am Ende nicht auch nur eine Horde Lobbyisten gewesen, die sich ihre Pfründe sicherten?

Er wischte sich die Tränen aus dem Gesicht und drückte mit der Luger auf Lias Herz. Sie schlug die Augen auf, sah ihn an. Mit ihren braunen Augen, die wie Kontaktlinsen auf einem hellen Blau zu liegen schienen. Nicht einmal die Augenfarbe war eindeutig.

Sie sah auf die Luger, dann wieder in Stahls Gesicht.

«Warum?», fragte Stahl.

Lia schluckte. «Ich hatte keine Wahl.»

«Den Satz hatte ich erwartet. Billiger geht es nicht.»

«Ich habe eine Fussfessel. Holzer kann mich damit jederzeit in die Luft sprengen.»

Stahl schob Lias Hose nach oben. Er sah die Fessel und verstand. Wenn Holzer weit genug entfernt war, konnte er jetzt Stahl und Lia in die Luft jagen. Alles war nur ein Bluff. Holzer war nicht krank. Er würde auch keine Rede halten. Alles Unfug. Die Nachfolge im Rat der Kreuzritter. Es ging einzig um die Diamanten. Stahl hatten sie als Ablenkungsmanöver benutzt. Damit er ihnen Fromm vom Leib hielt. Auch Fromm war nur hier gewesen, um sich van Daals Steine zu sichern. Zehn Millionen waren kein Pappenstiel. Und Stahl hatte sich eingebildet, dass sie ihn wieder zurückhaben wollten. Verfluchte Eitelkeit. Er war austauschbar. Ein Söldner, wie man sie sich zu Hunderten schuf. Und jeder von ihnen dachte, er sei der ungekrönte James Bond oder Jack Bauer. Jetzt erst fiel Stahl auf, dass beide Überhelden mit denselben Initialen anfingen. Zufall oder Zitat? Egal. Seine Initialen lagen weit davon entfernt. Aber er musste handeln. So wie sie jetzt handeln würden.

Er musste an Holzer. Ihm den Zündschlüssel entwenden, ehe es zu spät war. Oder eine Axt beschaffen und Lia damit den Fuss abhacken. Die zweite Variante wäre sicherer. Er wusste, wo sich die Feuerwehräxte im Hotel befanden. Aber er entschied sich dagegen. Er wollte Holzer. Und die Diamanten. Und er wollte Genugtuung. Je näher er mit Lia an Holzer dran war, umso sicherer war sie. Holzer würde sich nicht selbst mit hochjagen wollen.

Stahl packte Lia an den Schultern und zog sie hoch. «Komm. Wir müssen los.»

Lia war schwindlig. Ihr knickten die Beine weg. Stahl nahm sie huckepack und eilte aus dem Zimmer.

Holzer würde garantiert nicht auf der FIFA-Veranstaltung sprechen. Auch das war nur ein Bluff. Er würde versuchen, so schnell wie möglich das Hotel zu verlassen, um dann mit den Diamanten abzutauchen. Also war es das Beste, vor dem Dolder zu warten und Holzer dort abzufangen. Stahl überlegte, ob Holzer sich seiner Verkleidung entledigen würde oder eine neue auflegte.

«Ich kann wieder gehen», sagte Lia.

Stahl setzte sie ab und rannte die Treppen hinunter. Lia ihm nach. In der Hotelhalle wimmelte es von Menschen. Stahl hatte die Körperhaltung von Professor Lüdtke längst aufgegeben. Wache Augen würden erkennen, dass er keine siebzig war. Er entdeckte eine ältere Dame, die das Hotel verliess und nach einem Wagen winkte. Holzer. Stahl nahm Lia bei der Hand und zog sie mit sich durch die Menge. Ein Betrunkener torkelte auf Stahl zu, stolperte und riss Stahl die Perücke vom Kopf. Der Betrunkene erschrak, sah Stahl an und begann irr zu lachen. «Roger! Gopfridstutz. D' Wält isch chli.» Es war Felix von Borsoy. «Da staunst du, was? Dass ich im Dolder bin! Aber ich bin der einzige echte Adlige hier unter den verfickten Neureichen, das kannst du mir glauben. Ich habe noch Stil. Genetisch bedingt, nicht in Internatskursen antrainiert.» Er hielt sich an Stahls Revers fest. Stahl schlug ihn zu Boden. Er sah, wie Holzer in einen Wagen stieg, und wollte hinterher. Ein Arm hielt ihn fest.

«Stahl. Was machen Sie hier? In dieser Aufmachung?» Es war Hug. Die Nervensäge. Für einen Ringkampf mit Hug hatte Stahl keine Zeit. Das würde länger dauern.

«Er hat eine Bombe! Hilfe! Er sprengt sich gleich in die Luft!», schrie Stahl. Die Leute in der Halle reagierten panisch, begannen, wie kopflose Hühner zum Ausgang zu drängen. Stahl nutzte den Überraschungseffekt und rannte mit Lia vornweg. Die Panischen bildeten einen Schutzwall zu Hug.

Stahl sah die Rücklichter des Wagens, in den Holzer gestiegen war. Er fuhr langsam, wegen des Schnees. Stahl stiess einen Fahrer zur Seite, der gerade einen neuen Hotelgast ankarrte, und sprang hinters Steuer. Lia setzte sich auf den Beifahrersitz. Stahl fuhr an. Nach wenigen Metern hatte er Holzer an der Stossstange. Er sah, wie sich Holzer umdrehte. Stahl knipste das Licht im Wagen an, damit Holzer sehen konnte, dass er und Lia es waren, die ihm auf die Pelle rückten. Stahl wollte sichergehen, dass Holzer die Fussfessel nicht zündete. Und er würde es nicht tun, solange Lia dicht genug an ihm dran war.

Holzer schimpfte mit dem Fahrer, gestikulierte, forderte ihn auf, schneller zu fahren. Als Druckmittel hatte er eine Pistole gezückt. Der Wagen fuhr sofort schneller. Gleichzeitig drehte sich Holzer wieder nach hinten und schoss durch die Scheibe.

«Runter!», befahl Stahl und drückte mit dem rechten Arm Lia ins Cockpit. Er selbst duckte sich hinter dem Steuer ab. Die Kugel zerschlug die Scheibe. Eiskalter Wind fegte in den Wagen. Stahl gab Gas und rammte den vorderen Wagen. Der geriet ins Schlingern, drehte sich um die eigene Achse und überschlug sich. Stahl konnte nicht mehr bremsen. Er schlitterte auf eine Leitplanke zu und krachte dagegen. Er selbst wurde durch den Airbag aufgefangen. Er sah zu Lia. Sie lag benommen auf dem Beifahrersitz. Ihre Tür eingedellt durch den Aufprall. Die Leitplanke versperrte den Ausgang.

Stahl blickte nach vorn. Ein Mensch kroch aus dem Wrack. Holzer. Er humpelte, schleppte sich hastig davon. Querfeldein. Über ein fallendes Schneefeld. Stahl konnte Lia nicht mitnehmen. Er musste sich entscheiden. Er stieg aus dem Wagen und hetzte Holzer durch den Schnee hinterher. Er war viel schneller als der alte Kojote. Holzer sah sich um. Verzweiflung und Trotz standen in sein Gesicht geschrieben. Stahl war nur noch drei Meter hinter ihm. Holzer blieb stehen und riss den Arm in die Höhe.

«Keinen Schritt weiter, oder ich jage sie in die Luft.» Er japste, dachte aber nicht daran zu schweigen. Holzer wusste, er musste reden, wollte er noch etwas gewinnen.

«Sie ist dir doch was wert, oder? Sonst hättest du sie erledigt. Warum hast du nicht auf mich gehört? Jetzt sitzt du in der Patsche. Wie immer. Mensch oder Sache. Du hast dich schon lange gegen die Sache entschieden. Deswegen bist du ausgeschieden. Glaubtest du tatsächlich, wir wollten dich wieder zurückhaben? Eine Memme wie dich? Einen, der noch zur Beichte geht und hofft, dass ihm Gott eine Erklärung liefert? Wie naiv kann man sein? Oder war es die alte Eitelkeit?»

«Seit wann war alles inszeniert?»

«Schon der erste lange Blick von Elena war Theater. Ich wusste doch, wie du auf Weiber reagierst. Fromm hatte sofort durchschaut, dass sie ihn melken wollte. Da haben wir mit ihr gesprochen und ihr ein anderes Geschäft vorgeschlagen. Allerdings hatte sie nicht das Kleingedruckte gelesen. Ihr Tod war natürlich Voraussetzung dafür, dass du Fahrt aufnimmst. Reschke sollte dich dann näher an Fromm bringen, dadurch auch zu mir.»

«Und wozu das alles?»

«Ich brauchte einen Sündenbock. Es gibt Tote, darunter einen berühmten Diamantenhändler. Da will die Öffentlichkeit einen Täter sehen. Und du passt optimal ins Profil. Gescheiterter Gardist, der sich an der Welt rächen will. Und Alice und du, ihr wart einmal ein Paar. Das können einige bezeugen. Eifersucht, Frust, Rache. Hervorragende Motive.»

«Und die Kreuzritter?»

«Die Kreuzritter? Eine Legende aus dem Mittelalter. Eine hohle Nuss. Ein zerstrittener Haufen, in dem jeder nur auf seinen eigenen Vorteil bedacht ist. Es geht zu Ende. Roger, ich kann deinen Frust nachvollziehen. Alles, wofür wir einmal angetreten sind, ist eine Luftblase. Wir taten es im Glauben an die Sache. Haben Freunde verraten, uns mit Feinden verbündet, haben Dinge getan, die unaussprechlich sind, und dann die Oblate gefressen, um den Leib Christi zu spüren. Ich spüre nur noch Kälte und Verbitterung. Und die wenigen Jahre, die mir noch bleiben, will ich geniessen. Irgendwo, wo es warm ist, wo mich keiner fragt, woher ich komme und wer ich bin. Vielleicht beginne ich, Blumen zu malen, Gedichte zu schreiben oder Klavier zu spielen. Irgendetwas wird es noch geben, das mir zeigt, dass man auch anders hätte leben können.» Holzer hatte sich für einen Moment verloren. Stahl nutzte die Chance, ging einen Schritt und sprang Holzer an. Der Schlüssel fiel in den Schnee. Sie kippten gemeinsam und rangelten. Holzer war zäh. Er hatte die Kraft des altgedienten, täglich gestählten Soldaten.

Stahl kam auf Holzer zu sitzen und schlug ihm dreimal die Faust ins Gesicht. Bei Stahls Wucht hätte das genügt, um Halbschwergewichte auf die Bretter zu schmettern. Auch Holzer unterlag den Schlägen und sank k. o. in den Schnee. Stahl raffte sich auf. Gehetzt sah er sich nach dem Schlüssel um, versuchte, sich zu erinnern, wo Holzer ihn hatte fallen lassen. Ein Fehler. Er hätte Holzer im Auge behalten müssen. Holzer hatte den K. o. nur gemimt, griff jetzt liegend mit den Beinen an. Eine Schere samt halber Drehung. Stahl verlor das Gleichgewicht und fiel in den Schnee. Er fing sich mit der linken Hand ab und spürte etwas Kleines, Festes unter seinen Fingern. Der Schlüssel. Er war auf den Schlüssel gefallen. Er fürchtete und hatte recht. Fünfzig Meter weiter oben explodierte eine Bombe. Lia. Stahl sah entsetzt auf das brennende Auto. Zorn und Ohnmacht rangen um Platz. Stahl schrie den Schmerz in die Nacht. Der Schnee schluckte das Echo.

Holzer hatte sich aufgerappelt. In der Hand eine SIG, die er auf Stahl richtete. «Siehst du. Du zerstörst alles. Am liebsten würde ich dich mit deinem Fluch leben lassen. Dich zu erschiessen muss eine Erlösung für dich sein», sagte er.

Stahl sah ihn an. Dann blickte er auf den Schlüssel in seiner Hand. «Ja. Es wäre eine Erlösung. Vielleicht. Aber wer weiss, was einen drüben erwartet? Vielleicht wird es dort noch schlimmer?»

«Unverbesserlicher Katholik. Paradies, Schuld und Bussgang. Und die ewige Angst vor dem Fegefeuer. Wenn es ein Fegefeuer gibt, dann ist es das Leben auf Erden.»

«Und wer ist der Teufel?»

«Willst du einen Namen?»

«Warum nicht?»

«Namen sind austauschbar. Luzifer, Satan, Beelzebub, Katze. Der Teufel ist kein Name, er ist keine Person, er ist eine Funktion. So wie der Mittelstürmer oder der Papst.»

«Es gibt bald keine Mittelstürmer mehr. Weil sich das Spielsystem ändert.»

«Dafür gibt es jetzt zwei Päpste.»

«Und wie viele Teufel?»

«Tausend?»

«Und keinen Gott?»

«Das musst du für dich entscheiden.»

An der Strasse hörte man Sirenen heulen. Feuerwehr und Polizei.

«Bring mich zur Katze.»

Holzer steckte die SIG ein. «Scheiss auf die Katze. Sie ist nicht das Ende der Fahnenstange, auf die wir geschworen haben. Der Teufel ist eine Puppe in der Puppe. Komm mit mir. Wir teilen uns die Diamanten und werden der tausendunderste Teufel auf Erden, der alle anderen das Tanzen lehrt.»

Stahl stand wie gelähmt.

«Ich hatte mich in dir getäuscht. Du bist immer noch verdammt gut. Wir könnten dich gebrauchen.»

Es ging wieder von vorne los. Die alte Tour. Gehirnwäsche. Lob und Liebe gegen Kälte und Verweigerung. Und Stahl fror. Er sehnte sich nach Liebe. Er hatte gehofft, sie in Lia zu finden. Sie hatte ihn getäuscht und war doch selbst Opfer der Täuschung. Ehrliche Liebe hatte sie ihm nicht gegeben. Alle wollten sie nur seine Stärke. Von seinen Schwächen wollten sie nichts wissen. Aber er war keine Maschine. Er war ein Mensch. Und schlimmer noch. Ein romantischer Mensch. Die Träume von Glück, Sonnenuntergängen und wahrer Liebe hatten ihn auf der Strasse, im Heim und im Kreuzkrieg überleben lassen. Wenn es all das nicht gab, wozu dann die tägliche Qual der Hoffnung? Das Geld, die Diamanten. Ja, er konnte sie gebrauchen. Aber nicht für sich, sondern für seinen romantischen Traum. Ein Boxclub für sozial Schwache. Er wollte seinen Traum weitergeben. Wie die Missionare zur Zeit der Gegenreformation, wie Don Bosco im ausgehenden 19. Jahrhundert. Doch alles, was er anfasste, explodierte, fing Feuer und rauchte schwarz wie das Opfer des Kain.

Holzer hatte auf keine Antwort gewartet. Er war durch den Schnee davongestapft. Eine alte Frau mit einem Sack voller Diamanten. Von oben drangen Stimmen zu ihm herab. Scheinwerfer stachen über das Feld. Man suchte nach anderen Insassen. Stahl bückte sich und wurde zu Professor Lüdtke. Er trat in die Fussstapfen Holzers. Ein alter Mann, der den Sack voller Diamanten noch nicht aufgegeben hatte. Er würde weit gehen müssen. Aber er würde nicht aufgeben. Die letzte Runde war noch nicht zu Ende

MICHAEL MORITZ
Weinselig
DER BADISCHE KRIMI
emons:

Michael Moritz
LOST PLACE VIENNA
Broschur, 320 Seiten
ISBN 978-3-89705-902-3

Drei abgesägte Köpfe schöner Frauen bringen die Wiener Kriminalkommissarin Valentina Fleischhacker in Bedrängnis. Als sie auch noch unter Verdacht gerät, ihren Kollegen Zirner getötet zu haben, ist sie gezwungen, abzutauchen. In Zirners Wohnung findet sie einen gepackten Rucksack samt GPS – und eine außergewöhnliche Schnitzeljagd beginnt. Am Fundort des letzten Frauenschädels stößt sie auf die Koordinaten, die sie zum nächsten Cache führen sollen. Doch je näher sie dem Mörder kommt, umso mehr begreift sie, dass er sie kennen muss. Denn er legt ihr Rätsel aus, die nur sie lösen kann …

Michael Moritz
ZÜRCHER VERSCHWÖRUNG
Broschur, 272 Seiten
ISBN 978-3-89705-972-6

»Ein temporeiches Buch mit packenden Thrillerelementen um einen zunächst sehr undurchsichtigen Fall, in den unzählige verdächtige Personen verwickelt sind, es Leichen zuhauf gibt und Stahl niemandem trauen kann. Das sich dramatisch zuspitzende Finale führt schließlich die losen Fäden gekonnt zusammen.« ekz

www.emons-verlag.de